文學新象 250

Extracted
末日特遣隊

RR・海伍德
R R Haywood
微光——譯

高寶書版集團

本書為虛構故事。舉凡名字、角色、機關、事件、地點等，皆為作者之想像及並作為虛構用途。

序幕

到了二〇六一年，無形商品的所有權及持有，在數位時代至關重要，但消費者仍然想要實體商品，也依舊想要購買實體物品。消費者會上網仔細閱讀商品內容，下單，剩下的交給賣家處理。

走在科技前端的賣家使用無人機、以及超級電腦控制的先進作業系統，這些賣家擅於把產品從倉庫送到消費者手上。然而，再好的科技，從甲地到乙地還是得依賴實體運輸工具，這便得花上時間，而時間就是金錢。

那些商人和科技公司投資的研究有各式各樣的名稱。但不管叫什麼名字，研究的目的都圍繞著隔空傳送，就是在一瞬間把物品從生產者送到消費者手上的功能。

如果科技能開發出物品的「瞬間傳送」，那麼加上研究和理解，假以時日便也能用在人類的移動上，也就是「瞬間移動」。

問題當然在於隔空傳送是件不可能的事。那是小說、故事和想像中的事情。理論科學可以隨心所欲地理論化任何事，但這件事卻不可能成功，永遠也不可能。所有人都知道玩弄自然法則的危險。讀過暢銷科幻小說的人都知道哪些事情會出差錯。是以科技公司會說這些投資純粹是研究和發展理論罷了，說他們只是事先計畫假想的未來，因為隔空傳送是件不可能的事。那是虛構的產物。現在不存在，以後也不會。

接著開始出現傳言，來源不明，卻在知識圈滋長並蔓延開來。有人做到了。有人造了一臺機器，但不是為了遠距離傳送物品。那臺機器是為了傳送物品與**人類**，可橫跨距離和**時間**。

穿越時空。

所有的目光都轉向零售和科技業龍頭上，但他們矢口否認，並說自己和其他人一樣驚訝。

虛擬世界出現各種先進的入侵編碼，寫來監控上億社交媒體帳戶、以及各種形式的文字語言。這當然是祕密，因為廣袤大眾是不可能聽到這種事情的。

任務就此開始。狩獵就此展開，但沒有具體位置、沒有起始點，就像在星球般浩瀚漆黑的海洋上捕魚，拿著幾把魚叉，無望地期盼抓到一條魚。

© PNTS

二〇四六年

他低頭看著自己近乎全裸的身體，思忖著是否該脫下四角褲。全裸走進海中所代表的意義，跟保持尊嚴的希望相互矛盾。他想想，全裸而亡非他所願，便抬頭望向映照著滿月的海面。滿天星斗，好多，好亮。靜默的夜，祥和自在。沙子在腳趾間柔柔地移動，他把紙條放在整齊疊好的衣服上，下方則是打了蠟的晶亮黑皮鞋。

時候到了。該走了。

事情早已失去控制。尊嚴和驕傲也沒了，但一切都是他自己造成的。現在該付出代價了，做出這樣的抉擇，才對得起家人。

「沒事，」羅蘭喃喃自語，不安地拍著大腿兩側，「好的，沒事。」

但他還是停了下來，無法跨出第一步。他的大腦急切找尋多待一秒的理由。他轉頭確定衣服和手寫的紙條都還在原地。要是紙條被風吹走怎麼辦？應該不會。天氣預報說接下來幾天都是好天氣。他彎腰整理那疊衣服，把鞋子移到紙條上面。調整一下讓紙張露出來，又調整一下鞋子之間的距離。應該把一隻鞋子放在紙條上嗎？還是兩隻都放在上面呢？要不然一隻在衣服下面、一隻在上面呢？有差嗎？會被當成是最後失去理智的證據嗎？鑑識專家會認為他徹底瘋了，才會讓鞋子一隻在上、一隻在下，只穿著一條樸素無聊的四角內褲走進海裡嗎？

此時此刻，鞋子的擺放方式變得極為重要。這是他生而為人的最後行為，必須正確無誤才行。莫名的執著油然而生。每個小動作日後會被如何解讀，構成了一連串的思緒湧入心頭。有一瞬間，他甚至考慮把紙條塞進其中一隻鞋子裡，隨即又擔心鞋子被偷走。

「天哪。」他壓低聲音，挺身站直，用顫抖的雙手撫平深色的頭髮。他又看了鞋子一眼，一邊皺眉、一邊抵抗留下來微調的衝動。

他堅定地點點頭，鐵下心腸。他可是英國人，會帶著尊嚴和緊抿的上嘴唇離開。第一步踩得堅定而踏實。他是個能再度掌控局面的男人，他是個勇往直前、開創自己未來的男人，只是此刻的未來非常有限。

穿過細沙的短短路途卻似漫漫長路，不過，就像所有的事情一樣，路途結束了，左腳伸進冰冷海水的那一刻，淚水重重地滾落臉龐。他的嘴唇在顫抖，雙腿開始發軟，背脊一陣哆嗦。他的心天旋地轉，瘋狂而絕望。視線模糊，心跳如雷，呼吸急促起來，即將過度換氣。

他繼續往海裡走，直到浪花打上膝蓋、大腿、下腹部、上腹部，他的眼淚隨著每個進程流得更急更多，他輕聲嗚咽，害怕起來。為了家庭，他會這麼做。為了他們好，他必須這麼做。

「別走。」

聲音從安靜的沙灘上傳來。羅蘭心裡燃起一股罪惡感，立刻在及胸的海水裡轉身，看到沙灘上有個人影，籠罩在搖曳的藍光中。

「是你嗎？」男子大喊，哽咽中充滿感情。是個陌生人，但有點熟悉，對方的聲音和站姿有點熟悉。

「我認識你嗎？」羅蘭問，視線在奇怪的燈光和男子之間跳轉。

「是我……」男子說，換了口氣，好止住哭泣。

「我……我不認識你。」羅蘭結巴著，腦袋卻急著搜索。

「我需要你幫忙，」男子失聲說著，穿著衣服走向羅蘭，「失敗了……我……我搞砸了……」

「我不認識你，走開。」羅蘭說，往後向海的深處走去，語帶防備，但這個男子，他的聲音和走路的方式。那可憐的語氣。那樣的感情。惱人地熟悉。

「我搞砸了……我……別走……拜託……別走……」

那是見到衣著不同的雙胞胎時會有的感覺。是見到腦袋無法運轉的事物時，眼睛會有的抽搐感。

羅蘭嚇壞了。他正一步步走向海裡準備自殺，滿是不想活的情緒，但眼前這朝他走來的男子，崩潰程度卻是過之而不及。恐懼和絕望深深刻進男子臉上每一線條。那是個年輕人。那下巴。那髮線。那髮色。那走路的樣子。那聲音。

羅蘭的胃忽然一沉，他認出那熟悉感，但絕不可能。他踉蹌往後，雙手拍打著海面。雙眼圓睜，眨也不眨。

「不可能……」羅蘭低聲道，瞄了一眼方型藍光，又瞄一眼男子。這人他再熟悉不過了，卻不是以大人的模樣，而是孩子的模樣。他認識還是個孩子的他。是他穿著泰迪熊睡衣待在家的孩子。

「我搞砸了，」男子啜泣著，「我需要你……幫我……拜託……爸。」

一

二〇一五年

「史黛芙？」班恩朝著樓上大喊，「史黛芙？我要走了……」他看了看錶，抬起頭，低聲喃喃要遲到了，「史黛芙？」

「啊？」她在他進房時把電話丟在床上，「要走啦？」她忽然綻開笑容，藍眼睛笑咪咪地走向他。一頭濕髮垂在瘦小的肩上，濕濡的浴巾緊裹著胸口。

「對啊，」他回答，又看了看錶，她上前吻他，「今晚可能會晚點回來——」

「你說過了。」她打斷道，彎腰輕啄他，免得濕答答的身體碰到他的衣服。

「有嗎？」他一面問一面傾身。

「地鐵？觸電身亡？」她往後一縮，盯著他片刻，才眨眨眼迅速移開視線。

「什麼時候——」

「昨晚。」她帶著同樣的開朗笑容打斷他，迅速脫下浴巾，赤裸地站著。

「可惡。」他低聲說，盯著她完美的胸部和修長的雙腿。她上前抱住他，混合洗髮精、潤絲精、止汗劑和乳液的女人香充滿他的鼻息。他的嘴在她的頸間探索，一路親吻至肩膀。她愉悅地呢喃，卻還是躲開了。

「火車，」她用手掌抵著他的胸口，「你會遲到的。」

「那就遲到吧，」他咧嘴一笑。

「不行，」她笑著，「別說了……快走……」

「妳讓我想要了。」他伸出手，但她早已走去拿浴巾，一個俐落的動作便將身體包好。

「你會撐過去的。」她輕輕微笑，床上的手機震動起來，她衝了過去，手指滑開螢幕後便轉過身。那顯然是暗示他從後面接近，並繼續親吻她的頸肩，說不定還可以偷看一下手機畫面，但他的手一碰到她的腰，她便走開，鎖住手機畫面，生氣地看著他。「班恩，你會遲到。」

「我不在乎。我們可以來做昨晚做的事情……」

「我說不要了，不要那麼變態。」

「啊？」他因那嚴厲的語氣住手。

她轉身走向梳妝臺拿梳子，「我不喜歡硬來，你明明知道。」

「硬來？是妳脫掉浴巾……」

「就像強暴犯對法官說的話。」

「妳在說什麼幹話……」

「班恩，不要對我罵髒話。」

「啊，現在可好了。」班恩滿臉歉意地笑著，一隻手放在頸後，低頭由下往上看她。

「喂喂，不要喔，」她忽然說，對他生氣地搖頭，「不要那樣。」

「哪樣？」他問。

「那句『啊，現在可好了』，然後把手放在脖子上的那個樣子。聽好，我要遲到了，」她呼了一口氣，「晚上見。」

「史黛芙，等一下……」

「我說晚上見。」她說。

「好、好。」他放棄了，對她突然的情緒起伏感到不解。她最近很常這樣，但他們正在籌備婚禮，同時也都在市區做著壓力很大的工作。他走下樓，在門口頓了頓，表情凝重。此刻他非常想回頭詢問史黛芙，但他的心情已經夠灰暗了，而且還可能引發爭執，造成兩人上班都遲到。有時候某些事最好先擱著。「那就晚上見了。」他溫柔地朝樓上喊道。

「好啦。」她用同樣惱怒的語氣回答。

他嘆口氣，開車前往火車站。停好車後，他衝向月臺上的售票口，看見火車頭出現在鐵軌彼端時咒罵幾聲。

「班恩。」

他抬頭，看到朱笛絲探出售票窗口，拿著一大杯外帶咖啡。她滿臉皺紋、頭髮斑白，還有一雙發亮的眼睛，正慈祥地微笑著。「你遲到了。」

「是啊，來不及了。還是很謝謝妳……」他一面接走杯子，一面掏口袋。

「錢明天再給我吧，」她說，「你會錯過火車的。」

「謝啦，朱笛絲。」

「史黛芙快到了吧？」朱笛絲在班恩移動時大喊。

「對，她大概還在吹頭髮。」

「我會弄一杯給她。」

「謝啦，朱笛絲。」

嘿，寶貝，有時間的話可以幫我付咖啡的錢嗎？我差點錯過火車了。朱笛絲說她會準備好咖啡等妳。親一個。

他按下「傳送」，坐好等著度過四十分鐘的車程，但幾秒鐘後手機便震動了一下。

好

他注意到簡訊明顯少了親吻等親密的話語。這已經持續一陣子了，更是增加了他的不安，他的內心深處隱隱擔心著。你可以感覺到某人漸漸離你遠去，消失的親密時間以及睜著眼的親吻。她有別人，他現在明白了。不是因為占有慾或沒安全感，純粹就是把所有證據放在一起得出的合理結論。對象是她的上司，史黛芙以前常稱讚他，說他隨時都很酷。班恩沒在意過，但的確注意到她忽然就沒那麼常提起她主管，也是在同一時間她的熱情消失了，壞心情出現了。她的外表有了些許轉變，天天噴香水，她說過她主管有多喜歡那味道。小細節，許許多多的小細節，但這就是班恩做的事情。他觀察小細節，仔細研究，找出合理的結論。唯一的不同是，這次是他的人生，不是保險理賠案件。他什麼也沒說，害怕自己聽起來像個善妒的控制狂，感覺差透了，好像胃裡有個死結。

他多次問過史黛芙怎麼了，她總說沒事。他還問過她一次，就那麼一次，是否還想跟他結婚，但她馬上翻臉，叫他別那麼沒安全感又黏人。

奇怪的是，他終於在昨晚明白事情真的非常不對勁。他們好久沒做愛了，感覺卻變了，非常不一樣。剛過午夜，就被史黛芙放在他胯下的手弄醒，她嘴唇貼進他耳裡。

「操我。」史黛芙幾乎是憤怒地說。

班恩轉過身，開始親吻她的脖子，卻被狠狠推開。

「我說操我。」她嘶吼，一面把他拉到身上，一面摩擦他的下體。他一變硬，史黛芙就要他插進來，又是扭動、又是呻吟，一面撩抓他肩膀，一面要求他更用力操她。那樣的她卻很快就結束了，她躺在百葉窗間灑落的月光中，盯著上方的他，良久後，才轉身倒頭睡去。她變了，好多怒氣，好像有很多不滿。班恩不認識她了。

他們住在倫敦郊外。說近算近，房地產價格高得嚇人；說遠算遠，還是歸在通勤區裡。

四十分鐘後，他跑上月臺，帶著滿滿的咖啡因，穿過一條條繁忙的街道。

「早啊，班恩。」櫃檯小姐帶著笑容打招呼，他衝進門，跑過磁磚地，往電梯奔去。

「嗨，崔西。」他揮揮手大喊，在階梯上奔跑，想衝進擁擠的電梯。一名男子按住電梯門，他一身西裝加上梳理整齊的深色頭髮，點點頭，移開讓他進來。班恩的事務所占了五樓。停留四樓的門關上後，那個幫他開門的男子還留在電梯裡。

「您要去哈羅氏嗎？」班恩有禮地問。

「對，」他的回答不僅回應班恩的有禮態度，那種受過良好教育的說話方式更添幾分客氣，「您在那裡上班嗎？」

「是的，班恩．凱爾夏，很高興認識您。」班恩伸出手。

「凱爾夏先生，很高興認識您。您從事什麼行業呢？」

「理賠調查員。」班恩像是在說壞事一樣苦著臉。每個人都有被保險公司剝削或拿不到錢的慘痛故事。「可不是核保人員喔。」他立刻補充一句，因為大部分的人會把兩者的職責搞混。

「喔，真有意思。」男子打趣地看著班恩身上的牛仔褲和開襟格紋上衣。

「我今天要去事故現場，才沒穿西裝。」班恩解釋道，「您是來開會的嗎？」

「是的。」他非常客氣地說，電梯門叮一聲開啟，「凱爾夏先生，很高興認識您。」他走出去，帶著自信筆直走向櫃檯。班恩看了他一眼，試著找出男子來這裡的理由。他的西裝看起來很貴，也很合身，但有什麼地方不太對勁。而且現在已經很少人面對面開會了，就算不用Skype，多方會議通話和電子郵件也很方便。班恩把這件事放在腦後，看了手錶一眼後繼續趕路。

「早安、早安，」班恩急忙衝進已經坐滿的會議室，「我遲到了嗎？」

「沒事的，」老闆說，「喝杯咖啡。」

「誰還要？」班恩一面問、一面環顧四周，大家搖頭並舉起馬克杯示意已經有了。

班恩倒了杯咖啡，從籃子裡拿了個可頌，才在圓桌旁坐下來，等著週一早上的當週簡報。老闆堅持使用圓桌，因為她認為使用長桌的事務所，只會助長不必要的階層和上下關係，然後帶來分裂。圓桌代表坐哪裡都可以，而老闆總是第一個就座的人，代表著她每次都能選擇坐在不同的位子。老闆是個聰明的女人。

班恩等待就座，發現有時間吃掉可頌並拍掉衣服上的屑屑，大個子陶德朝他翻個白眼，露出頑皮的笑容。班恩對他閃了根中指，陶德報以噗哧一笑。班恩喜歡陶德這個人。老實說他喜歡這裡所有的人，老闆雇人就和挑選桌子一樣謹慎。

「班恩，」她說，「你上禮拜去調查火場了吧？都解決了嗎？」

「是的，報告已經寫好了。」

「結論？」她問。

「噢，」班恩做了個鬼臉，「坐落鄉間的豪宅，價值連城。夫妻兩人加上兩個孩子和兩條狗，經濟拮据。先生的公司經營失敗，導致收入損失，代表著他們不能替客廳買最新的歐式沙發。太太放火燒了家裡的沙發，我認為……」他頓了頓，拿起筆吸引注意，「我認為她本來只打算燒壞沙發，但忽然起了貪念，以為多燒壞幾個東西，就可以一起求償，這也是她在寒冷的天氣裡開窗的原因。」

「為了助長火勢啊。」有人喃喃道。

「完全正確。煙灰缸裡有香菸，香菸掉了、滾過防火物品、停在故意放在地上的報紙，大火燃起，燒掉整棟房子，燒死兩條狗……」

「天哪，」陶德說，「惡毒的女人。」

「噢，老兄，她可冷血了，」班恩對他說，「堪稱一零一忠狗裡的壞女人，還更沒感情。」

「有助燃物嗎？」老闆問。

「前一天才重漆了木頭地板。」班恩說。

「火勢很大嗎？」

「很大，」班恩板著臉，那表情老闆再清楚不過了，「毀了所有的證據。」

「我懂了，」老闆說，揚起一邊眉毛。她嘆了口氣製造效果，「說下去吧，」她帶著笑容接著說，「看你的表情就知道，你找到了什麼吧。」

「啊，現在可好了。」班恩賊賊地笑，一手放在後頸上，低著頭環顧會議室。

「好戲上場了。」陶德說完大笑，搖搖頭，其他人也笑了起來。老闆靠著椅背，雙手抱胸，帶著玩味的表情。

「就是呢，」班恩說，「六個月前地板才剛打亮過，所有的工程都是專業的地板公司做的。大房子當然房間多，所有的房間都是木頭地板，全部重做的花費當然很可觀。為什麼六個月後還要重弄一次呢？特別是在經濟狀況不是很好的情況下。一般家庭平均每五到十年做一次，人潮來往頻繁的商用建築可能三到五年換一次，但六個月？就連英國女王都不會六個月就重鋪地板。重點來了，我有想過，要是有個房間的地板受損，確實可能需要重新整修地板，但她把整棟房子都重新弄過一次，聽好了：連地板公司都告訴她沒這必要。這已經足以證明她是預謀縱火，打算詐領保險金……報告書已經寫好了，簽完名就可以交給警方。」

整桌的人臉上都掛著笑容，用點頭和抿嘴來認同他的成果。

「做得好，」老闆對著班恩微笑，「保住了你百分之百的成功率。」

「謝謝。」班恩說，對於忽然成為焦點感到彆扭。

「接下來處理地鐵案嗎？」老闆明知故問，因為是她把案子交給他的。

「對。」

「地鐵有什麼？」有人問。

「列車，」陶德咧嘴微笑，環顧眾人，「怎樣？很好笑耶。」

「不好笑。」班恩說，語氣冷淡。

「你很好笑喔。」他說。

「你看起來才好笑。」班恩說。

「小鬼們，別吵了。」老闆說，面露愉快的微笑。

「有工人被電死了。」班恩向眾人解釋。

「是鐵軌嗎？」克萊兒問。

「不是，是電源開關。對方指控接線有誤，」班恩回答，「空間昏暗狹窄。他說頭戴式照明燈太昏暗，而且線路或是接線沒有好好保養。」

「那就是雙重法律責任了，」克萊兒說，「臨時工嗎？」

「是啊，他隸屬的公司是分包商，所以對方指控分包商提供不良設備、倫敦交通局未能妥善維護電源線路。很可能要付一大筆錢，因為對方有工會撐腰。」

「所以說你接下來幾天都要在老鼠橫行的地道裡鑽來鑽去囉，」老闆說得一派輕鬆，「加油。」她露出燦爛的笑容，「克萊兒，淹水的案件怎麼樣了？」

「很濕……」

班恩感覺到口袋裡的手機震動了一下，查看手機的衝動席捲而來，但那麼做的下場比死亡還可怕。老闆人超棒，但跟她作對的人會永世不得翻身，不在週一上午的晨禱看手機，可是明文刻在石板上的呢。他忍過整個會議，結束時率先拿著手機衝出門。

今晚我們談一談

那幾個字看起來很不祥，班恩的胃糾結起來。他在走回電梯的路上迅速回傳。

聽起來不太對勁，怎麼了？（抱抱）

晚上再說

我會晚點回家……怎麼了？妳可以講電話嗎？（抱抱）

不行，在忙，晚上再說

史黛芙，我愛妳，但妳最近怪怪的。昨晚是怎麼了？我感覺得到事情不對勁。（抱抱）

昨晚？

做愛，那是怎麼一回事？

你喜歡嗎？

我當然喜歡，但感覺有點奇怪。我討厭打字講事情，妳可以講電話嗎？

從辦公室到地鐵站的路上，他肚子裡的結隨著一封封簡訊打得更緊。就連變慢的回覆速度都彷彿在暗示什麼。有一陣子幾乎是瞬間回覆，現在卻不是，彷彿傳簡訊是忙完才會想到的事，或者令她心煩的事情。

手機訊號隨著地鐵車門將他關進擁擠的人潮而逝。他低頭盯著手機，看見未來像螢幕上的訊號格數一樣迅速消失。最後他把手機收進口袋，像身旁的乘客一樣憂鬱地看著四周，心裡滿是未婚妻在別人懷裡的畫面。他之前盡可能不去想，但現實情況愈來愈清楚，已經到了他不得不去想的日子。他清清喉嚨，迅速眨眨眼拋開思緒，死命地握緊吊環。

他穿越倫敦市，前往霍本站的會面點。初夏時節，車站和地鐵裡擠滿了各種文化和語言的喧鬧。冬季大衣已不見蹤跡，取而代之的薄外套、薄上衣和休閒西裝外套。到了霍本站後，班恩便在售票機前等待領班。對他來說，這回算是非正式見面，只是為了初次現場勘查。工地領班受令與他獨自見面，不會有工會代表或資深領班在場。他不停檢查手機，但沒有新訊息。史黛芙現在應該坐在辦公桌前了，或許午休時間會傳訊息給他。肚子裡的結扭曲下沉著，焦慮寫在他臉上。他放下思緒，專注在手邊的工作上，就在他漫不經心地亂看時，發現今早電梯裡的那個西裝男子就在街道另一邊。但巴士接連而過，擋住了他的視線。就算只是在倫敦，世界有時真的很小。班恩再看一次，猜想對方說不定跟今天的勘查有關，但他穿得太正式，不可能是領班，而且看起來更像高級主管。男男女女與班恩擦肩而過，趕往地鐵入口。一名高大的紅髮男子因肩膀擦撞到班恩，轉身怒視，但這裡是倫敦市中心，班恩微笑表示自己沒被冒犯。

「班恩．凱爾夏嗎？」

「噢，嗨。」班恩轉身，看見一名臃腫的男子，他全身的衣服皺巴巴，正不友善地看著他。

「我是工地領班，」他開門見山地說，操著一口明顯的倫敦口音，「抽到爛籤了？」

「是啊，差不多是那樣。」班恩回答。

「有帶連身工作褲吧？」

「呃，沒有，本來想說可以借一件？」班恩垮著臉，一副忘記帶的樣子。

工地領班的假笑立刻消失，「沒有。」他沒再多說，逕自轉身走掉。領班穿過車站大廳，往後方的服務臺走去，班恩被甩在後頭。剛剛看到的高大紅髮男子跟一群人還在原地，班恩猜想他們八成是哪個西方國家來的觀光客。髮色和膚色有深有淺，全都有「我愛倫敦」的外套和手提包。看起來都很不快樂就是了。不過話說回來，地鐵裡沒人看起來開心過。

班恩跟著工地領班走進員工專用的門，門闔上的瞬間便阻絕了大廳的吵雜聲。他們陷入尷尬的沉默，地鐵呼嘯和震動的聲音偶爾打斷。他們穿過層層疊疊的通道、門與階梯，一路往下走。

「事故是在哪裡發生的？」班恩明知確切地點卻還是開口詢問。

「奧德維奇站，」工地領班用一樣的低沉語氣說，「那笨蛋。」他咕噥著，「啊喔，不能發表個人意見。」他刻意補充道。

他們走到一個房間，滿房的工人正在休息。到處可見橘色連身工作褲、安全帽和頭戴式照明燈。他們一走進去，對話聲嘎然而止。椅背上放著一件大尺寸的工作褲，工地領班便拿了穿起來。

「嗨，」班恩說，環視著灰頭土臉、毫無表情的眾人，「大家好嗎？」沒人回答，「你們跟被電死的人都是替同一間公司做事嗎？」

「你在質問我的員工嗎？」工地領班警戒地問，「如果你要那麼做，要有工會代表在場才行。」

「啊，現在可好了。」班恩滿臉歉意地說，一手摸著後頸，抬頭看著工地領班。「那他們是你的員工囉？」

「啊？」

「你是工地領班對吧？」

「是啊。」

「所以你受雇於倫敦交通局。」

「對。」

班恩看見這裡的人身上不是穿倫敦交通局發的工作褲，換句話說，他們不是倫敦交通局的員工。「這些人是打工仔，」他向仍舊保持沉默的工人點點頭，「也就是說，不是直接受雇於倫敦交通局。」

「什麼？」

「說說而已。」班恩聳聳肩，一派輕鬆，「你懂的，理論上來說他們不是你的員工。他們是發包工人，所以說他們受雇於他人，是你付錢給那個人做某些工作。」

「我們該走了。」領班的臉迅速漲紅。

「重點是，」班恩站穩腳步，沒跟著他走，「這些人應該遵守的安全規範，就跟所有在這底下工作的人一樣，可是他們並不受倫敦交通局僱傭規定保護。」班恩直盯著他看，彷彿只對他說話，卻知道所有人都屏氣聆聽。「所以說，你知道吧，如果有人想跟我講話，是可以跟我講話的……」他從口袋裡拿出幾張名片，「如果有人想跟我說些事情，是可以說的。」他把名片放在桌上，「安全漏洞、沒必要的風險、有問題卻沒處理，你知道吧，那種保險公司會付錢的事情……」他讓最後一句話在空氣中醞釀，感覺氣氛變化，工地領班看起來像要心臟病發作了。

「我們得走了！」他大吼。

到了下一個房間，工地領班發給班恩一頂安全帽、橘色背心、頭戴式照明燈，還有一本安全手冊叫他讀完，接著讓他在護貝的訪客證上面簽名。班恩的辦公室裡有滿滿的防護裝備供人使用，但他什麼都沒有帶。看看對方違反了什麼規定，總是件有趣的事，不過這裡的規範都有好好執行。

「隨時待在我的視線範圍內，只做我說要做的事情。」工地領班連珠炮式地念過指示，「走在我的正後方，未經事先詢問，不得觸碰任何東西。我們不會靠近使用中的軌道，但地下鐵路設備還是有很多潛在的危險。凱爾夏先生，您聽懂了嗎？」

「老兄，我懂啦，叫我班恩就行了。」

和平的橄欖枝被無視了，他們又沉默地穿越迷宮般的通道，才抵達圓拱型的隧道，他們的腳步聲在裡頭迴盪。班恩可以感覺到其他隧道裡地鐵開過時的震動，他緊跟在工地領班後面，走到一座亮著燈的月臺，上頭有個舊式標誌，說明了他們來到了奧德維奇站。班恩在電影裡看過這座車站，知道這裡是政府特地保留下來當作電影和電視劇的拍攝地點，以及作為觀光地點。他們爬上月臺，走進一條曾經供人使用的舖磚主穿堂。領班打開一扇上鎖的員工專用門，走進一間漆黑的房間，裡頭全是電力開關和線路。

「就是在這裡面嗎？」班恩問。

「對。」

「發生了什麼事？」

「我又不在場，是吧？我沒看到。」

「說得也是。事發後有什麼東西被動過嗎？」

「搞電器的下來過，把這裡弄安全了。」

「事發後有電力維修人員來過？」

「我就是那樣說的。」

「誰？沒人告訴我這件事。」

「不是我的責任。」

「那是誰的？」

「人事主任。」

「他說是那條線路造成的呢？」

「不知道。」

「媽的你當然知道，你是工地領班耶。是哪條線路？」班恩直接了當地說，表達相當程度的堅持，隨和的笑容消失。

領班怒呼一口氣，走向第二個電箱。「這個。」他指著連接電箱的其中一條線路。

「這是用來做什麼的？」

「提供電力給電箱。」

「我不是說線路，是電箱。電箱是做什麼的？」

「用來啟動樓梯間的燈。」

「他為什麼要處理這個電箱？」

「要拍電影。電影團隊想要替歷史劇換燈光。」

「還有呢？」

「還有什麼？」

「那個工人來這裡的目的是什麼？」

「問他啊。」

「我在問你。」

「他受製片公司所託來檢查裝備，好讓他們能做個安排，製作正確的燈具和器材尺寸。」

「他說他碰了電箱，然後就被電到了。」班恩指著電箱，「也就代表著電箱裡的電線鬆了，才會讓整個箱子都通電。電力維修人員有發現什麼嗎？」

「不知道。」

「搞清楚，」班恩斬釘截鐵地說，「老兄，我不是你的敵人。我不是保險公司的員工，我是獨立作業，只是負責找出事情經過再回報而已。」

領班別開視線，一副明顯不感興趣的樣子。徹頭徹尾的公司狗，就像一根英國薄荷糖棍，把他掰成兩半，就會看到糖果核心有著大英地鐵標誌。班恩了解這種典型，放棄任何贏得他合作的希望。小玩笑和堅定的態度都失敗了，這告訴班恩沒有一皮箱銀行無從追蹤的現鈔是不會成功的。他誇張地嘆口氣，拿出手機打開照相功能。

「我要拍些照片。」班恩慢慢地說，敲著螢幕，整個房間充滿煩人的快門聲。「只是想確定在我帶著保人回來前，沒有什麼被破壞掉。」他多照幾張，就為了製造多一些噪音，換了幾個角度、閃光燈開了又關、關了又開就為了做足樣子。工地領班依舊面無表情，但就算是他，臉頰也免不了漲紅，滿是掩蓋不住的怒氣。

「好了沒？」

「好了，謝謝。」班恩一面說、一面收起手機。他們又經歷了相同的戲碼：沉默地走下月臺，穿過廢棄隧道、再走回通道迷宮。他們走到一扇門前。工地領班停下來，向班恩拿走安全帽、背心、照明燈和訪客證，接著開門站到一旁客氣地說：「你先請。」有那麼一秒班恩真以為他需要時間思考或軟化態度，但他說出：「很高興認識你。」接著就當著班恩的面甩上門，獨留他站在霍本站臺。他本來想上前敲門，但馬上就放棄了。還有什麼好期待的呢？

他在擁擠的人潮中往出口移動，注意到身穿「我愛倫敦」防水外套的紅髮男子站在月臺遠方，背靠著牆。班恩認為他想必是跟同伴分散了，但馬上就看到同樣身穿「我愛倫敦」的黝黑深髮男子半跪在地上翻袋子。接著他看到同一群人裡的其他人站在月臺邊。這景象引起了班恩的注意，他慢慢環顧四周，認出早先經過地鐵出入口時看過的外套和面孔。身穿粉紅「我愛倫敦」外套的金髮女子也在，她也在翻地上的袋子。奇怪的是他們全分散了。班恩的視線回到紅髮男子身上，他正用顫抖的手擦著額頭，緊盯著月臺邊緣的棕髮女子，她的雙眼緊閉，口中喃喃自語彷彿在禱告。

就在她右手移到腰間、伸進防水外套口袋的那一刻，班恩才明白過來。

「為了地球啊……」她左手握拳倏地朝天一舉，發出一道尖銳的聲音，伴隨一聲悶響，她被炸成粉紅屍雨，波及站在附近的人群。濕熱的液體噴到班恩臉上。月臺和軌道上的人都在尖叫。傷者哀嚎，運轉中的鐵道電得人四肢抽搐不止。

時間慢了下來，班恩有過一次相同經驗。他眼前的事物變得異常清晰，最小的細節也清楚可見，他看得出來事情會如何發展。

紅髮男子舉起手準備伸入外套口袋。班恩環顧四周，但一切就像慢動作播放。他看見黑髮男子從袋子裡拿出一把短管散彈槍，粉紅衣女子站了起來，兩手各抓著一把黑色手槍。月臺上出現了更多「我愛倫敦」集團的人。群眾尖叫。群眾哀嚎。到處都是鮮血和屍體。如果他什麼都不做，所有的人都會死。事實就是這樣。這裡所有的人都會死。

班恩跑了起來，直覺驅使他採取行動。紅髮男子身上有炸彈。阻止炸彈爆炸，這是班恩唯一能想到的事情。班恩朝紅髮男子衝過去，但對方已把右手伸進口袋。什麼事也沒發生。男子的手在口袋裡亂摸，臉上湧現不解的表情。地鐵入口傳來兩聲巨響，黑髮男子朝逃跑的通勤族開了兩槍。子彈漫飛，射糊了血肉，下場淒慘。

班恩壓低身形，閃過試圖逃跑或找地方躲藏的群眾，但唯一的出口被手持散彈槍的男人堵住了。槍聲在封閉的空間轟轟作響，持手槍的女人接連開槍，筆直地瞄準無辜的乘客。短管散彈槍啪一聲彈開了槍管，黑髮男子點點頭，轉向班恩，並從口袋拿出兩顆子彈。

紅髮男子按下口袋裡的東西，想必是炸彈的開關。持短管散彈槍的男子正在重新裝填子彈，但只能讓他射擊兩發。一切就像之前一樣清晰無比。班恩體內毫無驚慌。只有徹骨的冷靜告訴他該做什麼。這一刻，他知道那女子是最危險的人物，便從後方狠狠撞上她。女子手槍的子彈飛過班恩頭頂，他們雙雙跌在一堆人身上。

「殺了他。」女子大叫，黑髮男子喀一聲打開槍管。班恩感覺得到她在反抗，掙扎著甩掉他的重量。危險就在一瞬間。威脅就在眼前。男子在裝填子彈。紅髮男子想要引爆炸彈。有人得阻止他們，不然所有人都會死。女子扭轉身體，把手槍對準班恩。他雙手抓緊女子後腦勺的頭髮，朝水泥地一砸，表情幾乎沒有動搖。他奪下女子右手的手槍，此時鋪磚的入口又傳來一聲爆炸巨響，愈來愈多人被波及，不斷尖叫、大吼、哀嚎。

班恩從女子手中搶走手槍，起身朝她的頭開了一槍。後座力讓他踉蹌後退，被滿地屍體的殘骸絆得重心不穩。班恩往黑髮男子的方向一看，他已經啪一聲將槍管上膛，便用雙手握緊手槍、瞄準、扣下扳機。子彈打中男子的腹部，班恩繼續開了幾槍。男子往後倒向牆壁，落地前卻扣了扳機，兩發子彈都打進天花板，晶亮的磁磚上留下一大道鮮血。

班恩的左邊傳來尖叫聲，他轉身看見一名穿著「我愛倫敦」上衣的女子衝向他，手中拿著一把沾滿血跡的大刀。他轉身開槍，冷酷而平靜。子彈打中女子胸口，穿透她的心臟。

在各種聲音的混亂中，班恩察覺到裡頭夾雜著不同的聲音，他四處張望，發現紅髮男子正要把一名女子踢下月臺。他又隨手抓住另一名女子的頭髮，他精瘦的身形掩飾了他的狠勁。那個女人也摔了下去，落在鐵軌的不遠處。班恩衝向他，知道要是男人引爆炸彈，所有人必死無疑。

又有一名「我愛倫敦」撲向班恩。他停下腳步、瞄準、發射兩槍。一槍沒中。一槍打中了男子的臉。班恩轉身，靴子因地板覆蓋著鮮血而打滑。他到處張望，看見紅髮男子手中握著一根黑棍，發了瘋似地拚命敲打棍子頂部。紅髮男子的動作忽然停了下來，接著緩緩舉起棍子，看著頂端冒出來的電線，當他發現有條線鬆掉了時，臉上浮現堪稱滑稽的表情。

班恩一面跑、一面瞄準並開了兩次槍，兩發都沒中。手槍發出空匣的聲音。紅髮男子露出勝利的笑容，把電線塞回棍子裡，班恩咬緊牙根，放聲大吼，側身把男子撞下月臺，兩人落在軌道上發出喀啦一聲令人發疼的巨響。班恩的腦袋天旋地轉，眼前冒著金星炫光，他朝紅髮男子的頭一拳又一拳打下去。

地面震動起來。一股乾燥熱風噴向班恩。軌道那端出現了地鐵車頭，車長對這場屠殺全然不知。班恩看著迅速淨空的月臺。屍體遍布。軌道上的人放聲尖叫，想要爬上月臺。

班恩身下壓著的紅髮男子呼呼怒吼，雙手不停撥弄黑棍。班恩扯破男子的防水外套，看到一件黑色厚背心，類似軍隊裝備，但上頭布滿電線和塑膠盒。

班恩想都沒想，便起身用力一踏男子的頭，男子瞬間停止掙扎。他的屍體不能留在鐵道上，要是被列車撞到了可能會引爆，這裡還有很多人。班恩不懂炸彈，但他知道鐵道上到處都有電，只要碰到一絲星火，炸彈都可能會引爆。

班恩用最快的速度拉起男子，目光從手中的屍體移到遠方的隧道口。一步接著一步，但前進速度還是太慢。牆上反射出列車頭燈，班恩感覺到又一股強風吹來，還有煞車引起的震動。

不行。死掉的男子太重了，雙腳還不停被絆住，讓班恩錯失最佳時機。他咬緊牙根，又死命試了幾次。列車出現了。刺眼的車燈像蛇眼，司機這才注意到軌道上的屍體。他急踩煞車，列車嘰嘰作響，地面傳來震動。月臺上一名年輕女警奔跑著，環顧四周，看到班恩。他們的視線極微短暫地交會，女警轉身對列車司機大喊，但列車撞上一具屍體，屍體像熟爛的西瓜炸開，血液屍塊四濺。列車車輪和軌道摩擦噴出火光。班恩抬頭直盯著迎面而來的火光，列車距離愈來愈近。

「抓住他。」

那句話在這令人全然困惑的瞬間出現。他轉過頭，漆黑的隧道口出現一道藍光，刺眼得令他瞬間閉上眼睛。有股力量從側面而來。好幾個人用力抓住他，拉著他脫離軌道。紅髮男子從他手中鬆開。列車迅速進站。太多感官刺激。太多事情發生了。一秒後炸彈引爆，隧道傳來劇烈晃動。天花板掉落磚頭塵土，所有的東西都在搖晃，噠噠作響。那聲音難以言喻。是一道堅實的巨大音牆。火焰、火舌、扭曲的金屬、尖叫的聲音、化學物品的氣味、炙熱的感覺全吞噬了他。他胡亂出拳，朝攻擊他的人猛打咆哮。失控。困惑。眼睛裡火光閃爍。聲音從四處傳來。他被壓在地上，拖進一個他想不透的無聲世界。

「給他一針，」一人說，「媽的，給他一針！」班恩用力反抗，拳頭砸在好幾個人身上，應聲傳出哀嚎。

「抓到他了嗎？」不遠處傳來一個聲音。

「拜託……不要再打了！」

「麥肯，我要你現在就給他一針。」

「我想啊！但他掙扎個不停，像個……」

「班恩，冷靜一點，我們是來幫忙的。」班恩的意識深處認得那個聲音，但此刻他滿腦子都是「我愛倫敦」那幫人，以及一條偏僻的鄉間小徑。濃煙竄進這空間。磚石瓦礫飛進來，打到牆上。

「快關掉！」

「可惡，在做了啦，大哥……快關掉……」

「班恩，冷靜。」

眾人不停叫他的名字。他抓到了一個東西，猛咬一口。有人大叫，他更死命地咬，還踢到某個東西，又有人大聲喊痛。兩名男子合力壓住他。班恩認得的那個聲音從遠處下指令。

「夠了，快壓住他。麥肯，抓他手臂。康拉德，抓他手腕。小子，動作快點。」

「我在做了！」有人大叫，在班恩捧了他之後哀嚎一聲。

「班恩，冷靜下來，我們是來幫忙的。」

「他打到我的臉了！我覺得他打斷我的鼻子了……」

「麥肯，快打暈他啦！」

「斷了嗎？」

「麥肯！現在不是時候！給他一針，我快抓不住了。」

一名男子橫躺在班恩身上，壓制住他的上半身。「快動手，麥肯，給他一針、給他一針！」

「康拉德，我在做了。」麥肯的聲音緊繃，班恩忽然抬頭，牙齒嵌進某個溫熱軟綿如肉的東西裡。

「啊啊啊啊啊！」康拉德大叫，「他媽的又咬我！」

「康拉德，快安靜下來。」

「但他咬我……」

「對，我看到了，但沒必要叫那麼大聲，像個男人點。」

「好了。」麥肯大喊，某個尖銳的東西戳進班恩的頸部，一股暖流散進全身。他的頭變得沉重，沒辦法繼續抬著，他倒了下去，牙齒鬆開咬著的肉。

「謝天謝地。」康拉德低吼。

「我的鼻樑斷了嗎？」

「麥肯，現在不是時候，他還在反抗。」

「再等一下。老天啊，程式還真沒搞錯人嘛！」

「大哥，怎麼還沒見效？他應該要昏倒了才對啊。」

「小子，因為他是班恩．萊德啊，這是我們需要他的原因。」

班恩．萊德？我現在可不是班恩．萊德了。我叫班恩．凱爾夏。伯明罕。那群人。他們找到他了。他會死的。他氣急攻心，用湧出來的力量反擊，瘋了似地又扭又咬又打又踹，但那股暖流滲透到更深處去，像是慢慢降落般把他往下拉。空氣太悶熱，感覺很沉重。耳朵嗡嗡作響。身體的每一寸都在痛，他想要保持清醒，但拉力實在太強，他倒了下去，最後聽見的些許聲音似乎鬆了一口氣。

「他昏過去了。」

「你確定？」

「麥肯，他的四肢都放鬆了，如果說他一秒前還反抗得跟瘋子一樣，那就表示他現在昏倒了。」

「康拉德，別挖苦人了。檢查他的脈搏。」

「如果他會踹來踹去，我就沒辦法，壓住他。」

「我在壓了，快檢查他的脈搏。」

「我在做了啦，麥肯！他的脈搏漸漸慢下來了。」

「康拉德，檢查他的瞳孔。」那有教養的聲音說。

「大哥，我又不是該死的醫生。等一下，好啦，瞳孔放大了。他昏倒了。」

「噢，天哪，這也太難了吧。我的鼻樑斷了嗎？」

「等等，我看一下……」

「不要遮住我的眼睛！」

「你叫我看鼻子的。」

「笨蛋，我的鼻子，不是眼睛。」

「你的鼻子在眼睛中間啊。對，鼻子是歪的，還在流血。」

「歪的？我的鼻子歪了？」

「對啊，歪的……像是斷了。」

「真的很痛。」

「小子，做得好！好了，別拖拖拉拉了，把他帶走，也別忘了其他的藥。」

2

一九四三年

哨兵在黑暗中吐出一縷熱氣，白煙上升盤旋了片刻才消失。他彎彎膝蓋讓血液循環，戴著手套的左手放在機關槍管上，右手則拿著香菸。

哈利從不到二十英里外的陰暗處觀察他，知道哨兵身後的木造哨亭擋住了刺骨寒風。他也知道接下來兩小時哨兵都無事可做，只是抽煙、動動腳、抬頭看看漆黑空中的無數星辰閃爍。兩小時後，哨兵就會用哨亭裡的無線電回報，每兩個小時做一次，直到下哨。下哨後，哨兵會去大會堂吃點熱食，向長官回報，然後就去睡覺，起床後，年輕的哨兵又會去大會堂吃點熱食，向長官回報，然後回到最爛的站哨位置。

戰爭進行著。甲國對抗著乙國，某個地方被第三帝國的勢力攻陷。勇敢的男人因表現傑出而贏得動章，那名哨兵卻每晚吃著熱食、回報長官、再走回去盯著同樣的星星。哈利感覺得到那名哨兵的挫折。他吐氣的方式、手握機關槍的方式、無聊嘆氣的方式。他是個夢想著槍林彈雨、殺光英國和美國士兵的男人。

年輕德軍噘起嘴、假裝發射機關槍的樣子，那股悲哀感變得更強烈，就那麼一個動作，透露出他有多年輕，以及他在這裡當哨兵、而非前線士兵的原因。哈利等待哨兵再度點燃香菸，明白哨兵會因為不經大腦地盯著燃燒的火柴，夜間視力將暫時不明。哈利走向前。一開始很緩慢，接著加速猛力一衝。

抵著哨兵喉嚨的鋼鐵出其不意，刀鋒深掘。哨兵本該大叫的，但蓋住他嘴巴的手抓得太牢。哨兵本該轉身開槍的，但抓住他的那對手臂力氣太大。哨兵本該出腳的，但頂著背後的膝蓋踢得太猛，他失去重心，倒在地上，尖刀刺穿喉嚨，他看了最後一眼夜空，接著一隻大腳踩下，讓他永遠安靜下來。

哈利忽然停下動作，他注意到一絲火光。燃燒中的香菸從哨兵手中掉落。哈利撚熄香菸，在沒鋪柏油的道路上摩擦靴子，蹲下來用死去德軍的衣服擦掉刀上的鮮血。

這個任務是自願的，英國陸軍不會下令派人執行自殺任務。軍方會客氣詢問，自願者則自行上門。雖然整個小組都自願參與，但大家都知道軍方會選誰。

「你得明白我們不準備協助撤離，」上校告訴哈利，語氣凝重，「我們只會把你弄進去，不會弄出來，你得明白這點。」

「是的，長官。」哈利回答，稍息站立在小小的辦公室，筆直地看著上校頭頂後方的白牆。上校是個好人，哈利知道若不是成果值得，他是不會派人去送死的。

「如果你能回到船上，就有可能逃出來，注意我說的是有可能，但軍艦受命不要停留、不做無謂的行動。」

「是的，長官，我明白。」

「哈利，」聽上校的語氣，哈利便知道自己該看著他，而不是牆壁。「這是上級的指示。他們想要徹底的破壞，徹底破壞一切，你得到全面屠殺的許可。」

「是。」哈利點頭，充滿信心。

哈利在木造哨站裡發現一臺無線電。牆上掛著的手寫板夾著一張紙，但上面沒什麼有價值的訊息，只是用來記錄哪些人進出挪威港口而已。

這裡距離港口兩英里。需要在凌晨兩點三十分以前找好掩護，準備發出訊號的兩英里；在挪威寒冬惡地裡的兩英里，但還是比駝著滿袋的磚頭，行軍十英里到實戰場的軍事訓練來得輕鬆多了。

他邁步前進，直覺往草地走去，好放輕鞋印。濃密的黑鬍子替臉擋下了酷寒。身上穿著深藍色漁夫外套加上針織厚連身褲，他看起來就像個貨真價實的挪威漁夫。哈利不擔心自己半句挪威話都不會說，因為喬裝只是為了讓自己在巡邏兵眼中看起來不可疑而已。

十五分鐘後，他走到山頂，開始向下往漆黑的港口走去。沒有半點燈火，顯示出對英國皇家空軍的畏懼。黑上加黑，但港口就在眼前，停放著U型潛艇，而目標就是那些潛艇。據報有五艘潛艇入港維修，那裡會有警衛、巡邏、警犬、探照燈和緊急應變小組隨時待命，但能幫助他度過那些關卡的，就是攻其不備和十足膽量吧。

他單膝跪地，一面調節呼吸、一面找出建築物的輪廓，看到門窗間透出溫暖的黃光，忍不住微笑起來。這裡和英國或其他國的軍事基地沒有什麼不同。士兵都認為自己無堅不摧，就算再三警告，還是不免怠惰。門沒有妥善關閉，窗簾沒有緊緊拉上，士兵想喝酒到處走走。反正誰想攻擊這裡呢？寒冬中的挪威？和德意志第三帝國為敵？門都沒有。反正英國皇家空軍飛過上空幾千英尺，是不可能看到地上這點小小的黃光的。

下一個哨站的人手充裕，幾名保持戒備的警力，加上一名長官監視。哈利壓低身體，匍匐爬過結凍螫人的草地，往鐵網圍繞的小鎮前進。他在陰影處停下來，從口袋拿出鉗子準備動手。鐵絲斷開的聲音低沉，卻像是朝四方迴盪，他得多次停下來，環顧四周，仔細聆聽。

他持續不懈，剪斷一條條鐵絲，拉開鐵絲網，弄出一個足以通過的洞口，但他退了出來，沿著鐵絲網匍匐回到哨站，把頭縮在領子下方，以免眼睛、臉頰和鼻子周圍的肌膚反射月光。

距離五英里，近到足以聽見守衛的談話聲，也能看見他們呼吸的氣息。他拿出炸彈引信，上頭有計時器和幾條電線。他設定十五分鐘後放在地上，接著匍匐回到剛才剪開的洞口，穿過鐵絲網進城。

他站直身體，拍拍衣服，一派輕鬆地走著。現在是宵禁時間，但馬上要漲潮了，德軍需要吃新鮮的魚。再過一小時就可以看到當地漁夫準備出航。幸運的話，哈利就會被當成是早起的居民。

他在某建築邊停下來點菸，閉上眼睛避開火柴的火焰。沒什麼比小城裡的大鬍子漁夫抽煙更平常不過的了。他確認時間點，停留幾秒鐘，接著設定了相隔十分鐘的炸彈，放在建築物的陰暗處。

他走在通往港口的小路上，輕鬆地抽著煙，舌尖還能碰到菸草絲，夜巡警衛沉重的步伐經過也不動聲色。士兵都知道被敵軍抓到的下場是什麼。日內瓦公約早已失去效力，老家的軍隊不斷收到回報，說被俘的士兵已死在槍口下。哈利事先喬裝，所以不太有可能享有移送到其他地方再處決的待遇。不是當場被殺，就是折磨至死。他本來能拿到自殺用的氰化物膠囊，但本次任務倉促成行，沒人有時間去拿藥。

哈利走到隔壁建築，窗簾間透出一絲黃光和士兵的談話聲。他設置間隔五分鐘的炸彈，調整好計時器後繼續前進。倒數三分鐘，他堅定地往港口走去。倒數兩分鐘，隱約看得見水面下的U型潛艇。倒數一分鐘，抵達岸邊老舊的木屋，應該是從前用來存放漁網和漁船器具的地方。

倒數三十秒，他看著小城鬆懈的戒備，不禁搖頭。倒數二十秒，哈利站在陰暗處，雙腳不安地晃著，右手握著手榴彈。倒數十秒，夜巡警衛發現鐵絲網的洞口，發出警報。一道尖銳的哨聲響起，其他警衛應和著，警報聲響徹全城，士兵都起身了。

雖然炸彈並未完美地同步引爆，但時間點也差不多了。首先引爆的是第二枚炸彈，再來是大門，最後才是距離最近的炸彈。但爆炸間隔只有數秒，目的是增加城鎮的錯愕和恐慌。欺敵奏效了。德軍會以為是城裡發動的攻擊，但那是調虎離山，好讓其他突擊隊員有機會在潛艇上放置炸彈。

一命換數命。擊沉五艘U型潛艇，會大幅減緩對協約國艦隊造成的傷害，若只能提升對抗德軍的士氣也算值得。不管在哪裡，英國突擊隊都會找到你，並殺掉你。

深吸一口氣，拔掉手榴彈拉環，哈利左手握緊手榴彈，右手抽出腰間手槍。低頭看著手上準備引爆的手榴彈，想到小小卻致命的氰化物膠囊，不禁嘲弄一笑。有了手榴彈，誰需要藥丸呢？

秩序在兵慌馬亂之中已然形成。德軍雖然是敵人，但展現出來的紀律還是相當可敬，長官已經開始發號施令了。

兩名睡眼惺忪的士兵朝哈利跑來。喬裝奏效了，士兵本來根本沒去注意路邊的蓄鬍漁夫，直到哈利開了槍。兩人都倒了下去，驚嚇的表情刻在他們稚嫩的臉上。腹部中彈，雖然不立即致命，但兩人因腹部的重傷而痛苦哀嚎。哈利往前走，近距離開了兩槍了結他們。他丟下手槍、換成右手拿手榴彈，熟練地轉身把手榴彈朝小城丟去。他撿起陣亡士兵的機關槍，一手一把，邁開步伐，此時手榴彈引爆，尖叫聲四起。

哈利走到士兵聚集的大馬路上，一名軍官站在屋前階梯上發號施令。哈利橫過街道，張開雙臂，對著密集的士兵開火。子彈從槍管吐出，擊碎士兵。目標一換，軍官從階梯上倒了下來，胸前開了個大洞。士兵反擊，但哈利早已逃跑，鑽進建築物中間的小巷。他拋下一把機關槍，拿出手榴彈，咬掉拉環，往回拋向來處。

哈利看著天空，冀盼著聽見引擎聲。他對著迎面跑來的四人巡邏隊開槍。他擊中兩人，雖然聽不到，卻感覺到子彈援絕，便用槍枝握把狠砸第三人的頭。第四人則立刻轉身，就在他拿起武器瞄準時，哈利上前用軍刀劃過對方的喉嚨。他抽出刀子，不斷猛刺敵人胸口，士兵扣下機關槍扳機，盲目地朝空中開火。他迅速轉身解決掉地上昏迷的士兵。四人陣亡，哈利躲回建築間的陰暗處。

探照燈地毯式搜尋著小城。前方港口傳來軍刀和槍枝的聲音，告訴哈利德軍發現有船高速往U型潛艇靠近。爆炸四起，熊熊火焰升天，德軍開始朝房舍發射彈砲，認為城內有多名入侵者。

哈利從巷子跑到城鎮的主要幹道上，對著各方向跑動的士兵開槍。他躲到某間房屋後頭，數到三後站出來對著追兵開槍。又有幾人陣亡，哈利退了開來，壓著身體奔跑，從口袋拿出最後一枚手榴彈，咬掉拉環，停下來轉身把手榴彈滾回房舍角落，接著趴在地上。敵軍抵達房舍角落，伸出武器準備開火，卻跑進了手榴彈的攻擊範圍，整個小隊全數陣亡。

哈利站起身狂奔，全憑直覺行事，此時空中傳來引擎巨響，小城的戰火替英國轟炸機駕駛照亮了一條明路。

港口的第一艘U型潛艇爆炸，哈利不得不趴下來。燃燒的殘骸四射，隨之而來的爆炸製造了難以想像的恐怖景況。大火蔓延、引擎狂吼、炸彈雨下、槍火未歇，以及垂死的哀嚎。**你得到全面屠殺的許可。**屠殺展開。破壞造成。

第二艘潛艇爆炸。轟炸機丟下的第一枚炸彈著地，挪威小漁村裡的慌亂，瞬間轉變成上百人死傷的人間煉獄。

一名著火的士兵從哈利身旁跑過，一路哭爹喊娘。兩人跟在後頭，試圖搶救同袍。哈利從暗處開槍，殺掉兩人，卻留下那名著火的士兵，好吸引更多士兵出現。第二枚炸彈落下。哈利因駕駛有勇氣飛進滿布高射炮的敵營而大笑，他們的駕駛座八成被打得搖搖晃晃的，但他的笑容被錯愕凍結，領頭的轟炸機中彈，在高空中炸成火球，轟炸機四分五裂地墜落，尖叫四起。

第三艘潛艇爆炸，這次哈利能感覺海水如雨從天而降。三艘潛艇已毀。小城已經投降。不管現在發生了什麼事，這就是勝利。這就是訓練的成果，堅忍剛毅，敢死的勇氣。這拯救了上千盟軍同袍的性命，載滿食物補給品的船隻會抵達英國港口，把急需的資源送到飢餓的人民手上。

唯一的問題是哈利還活著。他沒料到自己會活這麼久。雖然這一趟明顯是自殺任務，實際上卻沒人這麼說。第四艘潛艇爆炸。他一面露出燦笑，一面想著此刻該做什麼。有了。**如果你能回到船上，就有可能逃出來，注意我說的是有可能就這麼辦**。哈利不禁為這麼冒險的行為笑了。他不假思索地奔跑，躍過屍體，瞥見那個還在燃燒的士兵。高射炮不斷發射、戰火照亮天空、小型槍械仍在奮戰，那是司登衝鋒槍的聲音錯不了。英國的司登衝鋒槍射程短，可連續射擊。軍艦上的士兵怎麼還沒死，哈利完全無法理解。U型潛艇爆炸應該幹掉他們了才對，德軍反擊也該幹掉他們了，但那混亂聲很不一樣。

哈利拋下德國機關槍，把身上的厚重外套脫掉，隨手一丟。四周的房子被空中落下的炸彈炸得四分五裂，到處可見戰火，生還者吆喝求援。他穿梭其中，雖然只是可能，但想到有機會全身而退，拿回湯姆欠他的一包菸，便不禁露出一抹玩味的笑容。

水面上，只見英軍七大母艦之一派出的兩艘木造快艇，那兩艘船來回游走，分散德軍注意，以便蛙人在冰冷的水下放置炸彈，準備攻擊最後一艘潛艇。

哈利跑下階梯，衝向矮牆，穿過半跪在地上準備反擊的德軍。

快艇急速穿過靜止的海水，朝U型潛艇船尾前進。哈利跟著跑，向前一躍，重重跳到潛艇船尾鐵板上。他衝過突起的船艙，不敢相信沒人射中他，但馬上就破口大罵，因為子彈馬上飛過他腳下。

熊熊渴望驅使他前進。那是必須登上快艇的渴望，因為快艇不再去接置彈的蛙人了。

他想大叫慢著，但此刻他的肺需要每一口空氣來拍打心臟。冷冽寒風劃過臉龐，吹溼了哈利的雙眼，哈利看著兩名蛙人被拉出水面，同時有兩名突擊隊員在更換司登槍彈匣。只剩下幾英里了，哈利加緊腳步。其中一名突擊隊員裝好彈匣、上膛、瞄準船頭，他的驚訝表情讓哈利想大笑。那突擊隊員戳戳同伴的手臂，指著哈利的方向。那人眨眨眼，咧嘴大笑，緩緩搖頭。

「哈利，大胖豬！」他大喊，手中揮舞著一包菸，「臭娘砲！」他一面喊一面笑，也將槍械上膛，「跑啊，你這瘋子！」他補充道，彷彿哈利沒在移動似的。

突擊隊員攻擊哈利身後的港口土牆，盡可能掩護他。眾人替他加油，又是歡呼又是揮手，要他加緊腳步，使盡吃奶的力量。舵手踩下引擎，讓哈利有機會跳上來，只是角度不對。開槍中的突擊隊員還不明所以，紛紛發放下手邊的武器，哈利看著快艇漸漸遠去，距離漸漸加大，滿是恐懼。哈利全身血管竄出少有的一絲恐懼，他從潛艇奮力一躍，但距離還是多了那麼幾寸，就算兄弟們伸出的手臂也沒能碰到他，哈利嘩啦一聲掉進冰冷的港口，海水奪走了肺裡的空氣。

一片漆黑，徹底地措手不及。是錯過快艇的措手不及，是看見它近在咫尺的措手不及，是感覺到冰冷海水灌進靴子的措手不及。靴子成了錨，把他往下拖。他的肺需要空氣，瞬間的冷熱交替淹沒了他的感官神經。訓練的反應回來了。別慌張，蹦起身體，努力往上游。

哈利的雙腳奮力打水，頭才探出水面，便急著將冰冷的空氣吸進肺裡，嗆得猛咳。有東西打到他背後。他急忙轉身，看見四周都是德軍焦屍。

還有一枚炸彈待引爆，他一面在屍體海中游著，一面想把肺中的鹹水咳出來。最後的爆炸聲悶悶地傳到他耳裡，他知道一切都太遲了。一秒鐘後，爆炸震波席捲而來，把他推上死亡浪花的高峰。

接著哈利感覺到劇烈的海水流動，被炸出水面的U型潛艇，形成海水的強力漩渦。地心引力還是大過爆炸的力道，潛艇衝向最高點後開始往下沉，接連的爆炸炸開船身。潛艇沉入海底，本來被吸下去的海水，反被推出水面形成滔天海嘯。巨浪翻過港口土牆，擊倒了就戰鬥位置的士兵，同時間還有著火的殘骸從天而降。

所有理智和意義都消失了。哈利無法順流、也無法逆流而游，便放鬆身體讓海水帶著他走。

一切都結束了。作戰結束了。他本來有機會脫逃的，沒意外的話，他的兄弟回去會說，瘋子哈利・麥登差點就能拿回湯姆欠的那包菸了。

擊沉五艘U型潛艇，殺掉上百名敵軍，世人會永遠記得今晚。此刻死在冰冷海水中，總好過被軍裝筆挺的德國黨衛軍虐待之後槍決。

高射炮仍不斷發射，哈利張嘴刻意吸進令人作嘔的海水。身體想除掉肺裡的液體，但嘔吐只換來吸氣的衝動，哈利把頭埋進水裡，逼迫自己克服恐慌，繼續吸水。這一生的畫面閃過腦海，從林間嬉戲到他出生時有彗星劃過天空的傳說，接著上學、工作、交友、服役，還有蘇格蘭高地的訓練、跑步、游泳、笑鬧和戰鬥。

沒有遺憾了，老兄，別回頭，你盡力了，這樣就足夠了。睡吧，等著艾蒂絲。

艾蒂絲。哈利腦中浮現她的臉龐，他緊抓著那畫面，此時死神溫暖的雙手慢慢帶他脫離人間的痛苦。

「他在哪裡？那是他嗎？」

「天哪，這裡有滿堆的……要怎麼找到他？」

艾蒂絲好小好可愛，各種她笑起來的畫面。哈利的大手讓她的手指顯得格外嬌小。

「哈利？不是他……麥肯，看一下那個……快點！」

「哪個？」

「不對，看看那個……他有鬍子……對！哈利？哈利？」

好幾隻手抓住他肩膀，呼喚聲變得很清楚，難以忽略，但他不管，那幾隻手用力把他拖出溫暖的水中。

「是他！」

「帶他進去……NEIN, ER IST TOT……」

「康拉德，你說什麼？」

「我說他死了……在他們發現之前帶他進去……哈利？保持安靜……」

「康拉德，你是德國人還真有點用。」

「謝啦，麥肯。」

「沒造成你的煩惱？」

「什麼？」

「你懂吧，來這裡……」

「挪威？」

「是啊，你懂吧……算了。」

這下哈利糊塗了。艾蒂絲還在他的腦海裡，但因為那講德語的英國人而漸漸消失，還是那是說英語的德國人？他被拖上某艘船，重重著地，有人輕輕拍打他臉頰。

「來，康拉德，別打他……」

「麥肯，我是想叫醒他。」

「他可能會像班恩一樣，我才不要在同一個晚上被揍兩次。慢著，他還活著嗎？他看起來不太樂觀。」

「他快休克了，他肺裡都是水……」

「給他腎上腺素，我去替電擊器接電。」

「我來做電擊。」

「快給他腎上腺素，我去接電線。」

「說好我來弄電擊的……老闆說讓我來做的。」

「好啦！我去接電而已。」

「麥肯，別把他電焦了。」

「老天爺啊，我都說好了，不過就是個電擊。快給他腎上腺素。」

「哪個？這個嗎？」

「那是鎮定劑。另外那個……另外那個，噢天哪，康拉德，天殺的另外那個，你智障啊。」

「找到了。好了，哈利，你馬上就會感覺到身體有股力量。麥肯，要是他開始抵抗怎麼辦？」

「快給他天殺的腎上腺素，別讓他死了。」

那腎上腺素一注射，死亡召喚下的殘喘瞬間煙消雲散，氣血精力流進哈利筋疲力竭的身體。從溺死邊緣到瞬間恢復意識，他的腦袋還沒辦法處理這樣的變換，而且他還想抓住艾蒂絲逐漸消失的模樣。他被電擊一下，肺和胃裡的海水從嘴巴鼻子噴了出來。他大口呼吸、嘔吐、扭曲身體，冰冷的海水貼著皮膚，從頭到尾都覺得非常寒冷。

「哇塞！康拉德，那東西可真強啊！」

「你試過嗎？」

「腎上腺素？沒有。你呢？」

「當然，」康拉德笑著，「那可是天殺的極品。給他一點氧氣。」

哈利感覺到某種罩子放到臉上，甜美的氧氣流進刺痛的喉嚨，有人著手剪開他的衣服。他無力虛弱，但仍想把他們揮開。

「哈利，沒事了，冷靜下來，我們是來幫忙的。」

他的身體充滿能量，卻冷到不行，出現發抖與失溫跡象，暴露在外的皮膚彷彿被刀片劃著。

「朱溫性休克，電熱毯在哪？」康拉德說。

「在你腳邊啦，豬腦。而且是念『失』不是『朱』，『豬瘟』是別的東西。」麥肯說。

「別的東西？解釋得真好呢。」

「至少我知道是什麼。」麥肯沒好氣地說。

有人將他向右邊翻身，拿一塊薄薄的東西貼著他的背，接著又將他向左翻身，用毯子將他裹住。

「插電了嗎？」康拉德問。

「不知道，我在開船。」麥肯回答。

「熱了。噢，感覺好棒好溫暖，我的手快凍僵了。」

熱氣瞬間包覆哈利，雖然電毯慢慢提高他的核心體溫，但顫抖還是沒有停止。雖然不再嘔吐，但每次呼吸都刺痛著肺部，喉嚨也像火在燒。氧氣的美好和電毯的溫熱撫慰著他，讓他從驚嚇過度的清醒，漸漸進入夢鄉。

「嘿，我覺得他沒事了。」康拉德說。

「做得好，只是我們必須逃得開這裡才行。」麥肯咕噥著。

「哈利，你聽得到我說話嗎？聽得到就點頭。他在點頭了。」

「是嗎？好棒棒啊。」

「愛挖苦人的混帳。」康拉德說。

「你不過就是證明了一個英國小子會點頭而已。做得好。」

「哈利，休息吧。我們要帶你去安全的地方，別害怕，沒事的，好好休息。我要給他打鎮定劑了。他昏睡過去了。天哪，那小城全毀了。你看到了嗎？」

「你認真的嗎？」

「怎樣？」康拉德問。

「你問我看到了沒？那個小城剛剛被炸個稀爛……那個大火蔓延的地方……那個我們要離開的地方，就是那個小城嗎？」

「閉嘴。」

「說真的，你指的是那個小城，還是另有他處？」

「真的是個愛挖苦人的王八蛋。要走了沒？」康拉德悻悻然地問。

「快了，其他人還看得到我們。再等一分鐘。」

「瘋子哈利啊，」康拉德說，「天哪，我們有瘋子哈利了……貨真價實的瘋子哈利，至少我希望他是。你覺得他是瘋子哈利嗎？要是我們救錯人了怎麼辦？」

「他不會是錯誤人選，程式選中了他。」麥肯說。

「不是啦，我的意思是，要是『我們』救錯了……像是搞錯人了怎麼辦。」

「噢，我聽懂了，要是那樣就帶他回來，再做一次。」

「我想也是。要是再來，我要帶手套。」

「我要戴耳塞，這樣就不用聽你講話。」

「什麼？」

「好笑好笑！」

「我盡量。」

「你真的很努力。到了，準備好了？」

3

二〇二〇年

「聽好了，」中士長等待談話聲漸歇，「工作分配。史密斯負責前門，卡特和蘭恩負責大門。皮金頓，你待在後方。帕特，妳在樓上。」他迅速講完執勤區域，抬頭確認各警員都明白自己的崗位。「現在是週五晚上，希望他會回房間休息，各位應該會有個平靜而美好的執勤時光。帕特，除了樓上之外，妳還要負責走廊。」

「好的。」

「有問題嗎？沒有？很好，五分鐘後交接。」談話聲又響了起來，同時確認手槍位置、鞋子、帽子齊整、頭髮不紊、彈匣填滿、腰帶就位。

「莎法，」中士長大喊，「辦公室借一步說話。」他不顧其他警員的竊竊私語逕自走了，莎法朝其他人比了個中指，跟在中士長後頭穿過長廊，走進辦公室。「把門關上。」他一面說，一面坐下來。

莎法依言照辦，關上門後，稍息站好，看著中士長啟動平板螢幕，點了幾下後，半句話也沒說便遞給莎法。她愣了一下，隨即伸手去接。

「看吧。」中士長說。

「標題寫機密文件。」莎法說，猜想這是不是在測試她的忠誠度。

「是妳的事情，看吧。」他說。

莎法滑動螢幕，看到電子信箱和日期時間，接著才是內文。帶著沉重的心情，莎法讀完文章，眨眨眼，又讀了一次。她抬頭看見中士長一臉燦笑。

「核准了？」她問，「真的嗎？」

「信上說的，」中士長回答，「我當然不想核准。」他滿口惋惜地說，「我跟對方說，妳是我共事過最懶惰、最叫不動的警員了，連最簡單的目標都打不中，而且還很無禮、很煩，總之什麼鳥事都不會。」

「那他們不理你囉？」

「所有人都不理我啊，」他咕噥著，「乾脆也別待在這裡好了，反正沒人在聽。」

「抱歉，你說什麼？」

「很幽默，」他一面起身、一面伸出手，「莎法，做得好。」

「終於。」她握了他的手。

中士的表情變得和藹，「還有一個月，」他輕聲說，「我說不定有辦法提早幾天或一週……」

「沒關係。」

「有關係，天殺的有關係啊，莎法。」

「長官……」

「去警察聯合會，」他催促著，「去跟哪個人說都好。」

「不要。」

「莎法……」

「不。」她的語氣堅決。

「莎法，妳知道我不需要經過妳的同意。」

「你不會的，」她直接了當地說，「你沒辦法。」

他頹坐下來搖頭，莎法輕輕把平板放回桌上。「真是個噁心骯髒的混帳。改去負責大門……」

「長官，我們講過了。」

「告病呢？裝病幾週。」

「不可能。」

「妳看起來不太舒服。」中士長懷著一絲期待說道。

「長官，」她輕聲說，「我很感激，但我不會告病，我也不會負責大門或前門。三週。我可以撐三週。」

他嘆了口氣，直盯著莎法的眼睛。「好，但要是變本加厲就要讓我知道。」

「恕我冒犯，」莎法說，「但我不會說的。我最好上樓了。」

「好吧，我會盡可能常上去。去吧。」

關上門，走在長廊上，她在安檢門旁的全身鏡前停下腳步。黑西裝褲熨平整潔，靴子晶亮，頭髮往後緊緊梳成髮髻，一身白上衣黑領帶。檢查腰間的手槍。她打開無線電，塞好耳機，看著牆上的防彈背心，心裡有一絲羨慕。大門和前門的警員會穿背心，但是室內的警員不穿，對來訪的政要和國家元首來說太具攻擊性了。

背心就能掩蓋她的身體曲線，也能除去女性化的外貌。背心可能有用，但卻無法掩蓋她的眼睛和面孔。

三週，我可以撐三週。二十一天，扣掉休假就是十四天。其中七天是八小時的班，剩下的是九小時，那就是一百一十九個小時。天哪，這樣想就更糟了。還是記得十四天好了。撐過去然後就可以釋懷了。

莎法做好準備，走出警員辦公室，昂起頭走進長廊。她從員工樓梯上頂樓，在走廊上和日班警員交接。

「抱歉，」她輕聲說，「長官找我。」

「沒關係，妳沒事吧？」

「沒事，收到通知了。」她悄聲說。

「是嗎？」日班警員一面問、一面遞出值班平板，「會去嗎？」

她迅速點頭，點擊螢幕登入。「三週後，或者一個月。」

「哇，」馬克小聲說，「從外交部到皇室啊？」

「是啊，」她說，「很忙嗎？」

「沒有，他預計一小時後回來。」

「一小時？他今晚不在？」

「沒聽說，」馬克問，「他週五不都待著嗎？」

「通常是。」她回答，小心保持著自然的語氣。

「好了，我該走了，說好要帶小孩去游泳的。」

「好，明天見。」

勤務開始。走廊安靜下來。她上前確認門都上了鎖，窗戶都安全無虞，拿起安檢掃描器，檢查茶几花瓶，逐一完成值班警員的例行工作。他回來後，莎法要在他房裡重複相同的地毯式安檢，直到他認可為止。

調動並非罕見。技能要求是一樣的。外交警衛保護政要領事，就跟皇室警衛保護皇家成員差不多。到職後六個月內就調動並不常見，所以她申調一開始並未通過。問題在於無充分理由就申請調動，可是她又不能用真正的原因，她不能。只有中士長知道真正的問題，但就算是他，也不知道情況有多嚴重。最後，只好暗示有人未能善盡職責，申調才順利通過。

莎法愛死這工作了。現在全英國的警察都備槍了，所以擔任備槍警衛並沒有什麼特別，但能成為隨扈仍是精英中的精英。霍本站事件發生時，她才工作兩年。她是第一個到達現場的人，也是最後一個見到班恩．萊德活著的人，他被火車撞死了。她在那之前就知道班恩．萊德了。大家都知道，正是因為他，當初莎法才會想當警察。然後是霍本站事件，說是命運之手也好、宿命也好、或單純的巧合也好，那點燃了她更上層樓的渴望。再說，她討厭偵查為主的警察業務。她太有主見、太依身體行事；收集證據以提交法庭資料、回報誰對誰做了什麼和原因等，她恨透那個慢慢吞吞、拖拖拉拉的世界。

這個世界是目前來說最棒的。軍警綜合技能超讚，各種武器、戰術、策略、有無武器的戰鬥知識，體格技能的要求、不停的訓練、出入安檢、專人高規格隨行、無線電守衛、高速駕車技術。這跟一般員警天差地遠，對於仍然只自稱警察，她感到不可思議。

過了一小時，無線電耳機才傳來消息。他在回來的路上了。莎法看了手錶，剛過四點，表示他會在樓下待到傍晚。還有幾個小時那件事才會開始。她已經開始緊繃了。她在腦海裡對他上演瘋子哈利，赤手空拳就能打爆他，但那麼想只是更加難受，她大可阻止他，然而卻不能阻止他。

現在她不化妝，也從未抹香水，就連止汗劑都是無香型，運動內衣把胸部盡可能束平，不舒服的代價跟降低注意力比起來根本不算什麼。寬褲很好，可以隱藏曲線，但緊緊的裝備腰帶只是凸顯了她細緻的腰身。多數女警看起來凶神惡煞，也常把頭髮往後梳，但莎法那麼做，卻只是讓人看清她的輪廓和雙眼，變得更加動人。那輪廓和膚色就像埃及女神。那眼睛就是平面設計師況時費力想替模特兒照片調出來的模樣。那些特徵加上黝黑膚色和立體五官，就是她僅只駐守前門一次，卻令全國新聞臺為之瘋狂的原因。

媒體當然見過女警，只是沒人像莎法一樣。她幾小時後就被調走，因為網路上氾濫著她的照片。外界的關注很惱人，並威脅到她在外交安全小組的事業。隨扈人員應該是貌不張揚、不帶表情、不露情緒、從事正經工作的無名小卒。龍困淺灘，但府方也不能把她調走，因為這樣有種族歧視之嫌。但在國家與員警安全、社會觀感等考量下，高層還是下令禁止莎法執行門面相關的勤務。

她接受了那樣的命令，大家都很清楚那職務的條件。之前就有兩名警員被調走，一個是因為臉上有疤，一個則是虹膜異色症，後者也是被外頭虎視眈眈的媒體揪出來的。也不能真的怪媒體，他們很無聊，在空蕩蕩的街上慢慢等待有事發生，出現一名持槍員警，一藍一綠的眼睛，便讓他們有些東西可看、可照、可拍，可在網路上討論、可在新聞臺全天放送。

莎法調至內部後，便把那些評論當笑話看。工作人員、遊客、政要，就算是他本人都認出她就是媒體封面上的人，她以為投注在自己身上的注意力會退去，但沒有，情況變得更糟。

「座車呼叫大門，我們在前往大門的路上。」

「大門收到，等待指令開門。」

「控制室呼叫座車，收到了解。各小隊注意座車靠近。」

莎法走到樓梯間，下樓抵達主電梯外的崗位。

「座車呼叫大門，麻煩開門，代碼 alpha alpha 九七。」

「收到代碼 alpha alpha 九七，開門中。」

她專心聆聽，腦中想著那些動作。這個代碼代表沒有特別的事，以正常程序回府。

「座車呼叫大門，順利通過，前進中。」

「大門呼叫前門，前進中，確認一切正常。」

「前門呼叫大門，視線良好，前進中。座車減速，座車停止，車門開啟，移動中，暫停中，他在回答媒體提問。暫停，暫停，暫停，移動中，安全通過前面。」

莎法等著，左手放在無線電通話開關上，前門開啟，那人走進來，轉身對媒體揮手。

「府內報告，」莎法悄聲發出訊息，**「進來了，前門關閉，安全。」**

前門一關，門外的景象消失，助理便蜂擁而上。她看著所有人、所有事，視線掃過每個助理，不是拿著平板就是抱著紙張，但她更在意的是那男人，看著他臉上的媒體專用笑容是不是門一關便消失。沒有。她的心一沉，因為對她來說，好心情比壞心情更糟糕。他對助理笑臉盈盈，用爽朗卻又貌似迷糊的方式開著玩笑，這一招在上次選舉中擄獲了上萬選民的心。

「爛日子，」他走進長廊，「還沒到下班時間嗎？」他問資深助理，助理搖頭表示遺憾。

「還沒，還有一件事要做。」

「還有？」他大聲嚷嚷，「我的老天，你要把我操死啦。」

「抱歉。」資深助理說。

「早知道你是工作狂，我就不會接下這份差事了。喂，卡邁克，你是工作狂吧？」

「我是。」

「他也對你呼來喚去的嗎？」他問一名新手助理，「我賭他一定是。」他補充道，露出那個全國人民為之瘋狂的揶揄笑容。「我敢說他是個右派刻薄混蛋，私底下卻投給工黨，喂，卡邁克，工黨凍蒜是吧？」

「綠黨。」卡邁克面無表情地回答。

「綠黨！」他大聲驚呼，看著四周微笑的人，「他說天殺的綠黨耶，你們聽到了嗎？他說綠黨！卡邁克是天殺的綠黨人。那卡邁克太太呢？她也是綠黨人嗎？」

「可惜不是。乖乖牌卡邁克太太把票投給了目前執政的政府。」

「托利黨員！」他一付勝利的姿態大喊，「卡邁克，代我向夫人致上誠摯的感謝，告訴她，我說她先生是個邪惡的工作狂。」

「我會的。」

「那還有什麼事要做？」他問，加上一聲誇張的長嘆。

「私事。」卡邁克回答，知道不可以在擠滿助理的走廊洩漏對方的身份。

「哪個？」

「請。」卡邁克遞出平板，面向上司。

「啊，」他看著螢幕，「要多久？」

「十分鐘。」

「好，請帶他直接下來，有人能幫我泡一壺茶嗎？」

他快步走過，裝作沒看見莎法，莎法也刻意忽略卡邁克投過來的厭惡眼神。

莎法直視前方直到他通過，才繼續檢查。現在是檢查背部，莎法的視線掃過衣服皺摺處，仔細看有沒有異物。

「莎法呼叫控制室，長廊正常。」

「收到。」

她等待著，輕鬆地站在電梯旁邊，助理和工作人員來來去去。還有一場會議。幸運的話，那場會議會持續很久，就能拖延他晚上完成工作的時間。

「大門呼叫前門，私人訪客前進中。安檢完成。」

「前門收到，檢查私人訪客中。白人男性，深色頭髮，藍西裝，暗紅領帶，請確認。」

「大門呼叫前門，確認無誤。」

「前門迎接訪客，行進中，訪客到。」

一名助理從莎法面前急忙跑到門邊，停下來只為了拉整那人的西裝，得到相應的稱許。

「先生晚安，請進。」助理開門，大小剛好讓男人可進入，「請跟我來。」助理走進長廊，莎法迅速地打量私人訪客。

莎法看著前方，直到他完全通過，接著視線掃過他的背部、衣服皺褶，看看是否有不該出現的東西。

「莎法呼叫控制室，私人訪客進入。」

「了解。」

她等待著。這份工作真正的本質：等待。長久的等待和不停的觀看。厭惡感逐漸增長。肩膀十分緊繃，她輕輕轉動一下。流逝的每一秒鐘，便離他搭電梯下樓的時間愈近一秒。**十四天，不過就**

十四天。

她什麼都不能做，無法阻止那件事，也沒辦法預防。沒有人會聽她的。那男人受到百萬人民喜愛，自從戰時的邱吉爾以來，從來不曾見過如此的受歡迎程度。所有小事都會被放大檢視。她生為英國人，卻有埃及裔母親與印度裔父親。一名年輕女性，外表好看，又是永遠無法拿高薪的警員。相反的，他是首相，這就夠了。沒有證據，也不會有證據。唯一的選擇就是逃走，而那個選擇正在成形。十四天，她就會改成保護皇室成員，衰老、脆弱、無禮且極度富裕，但只要不是這裡就足夠了。

「**皮金頓呼叫莎法，私人訪客靠近，準備離府。**」

「**莎法收到。**」

助理先出現，男人走在後方。男人對莎法微笑，經過時有禮貌地點頭示好。她面無表情地回望。

「晚安。」助理一面說，男人走過敞開的前門。

「**莎法呼叫前門，私人訪客靠近中。**」

「**前門收到，訪客前往大門中。**」

「**大門收到，訪客攔檢中。**」

她的心跳微微加速，胃一沉，眼睛看著前方，堅定不移，做好準備。

首相幾分鐘後出現，在走廊上大喇喇地說話，卡邁克跟在一旁小聲應答。安靜的談話結束，卡邁克點頭後離開。

首相用鼻子大口噴氣，輕快地走向電梯，等待莎法輸入密碼。莎法迅速掃視電梯內部，退開來讓首相先行一步後才跟上去。電梯門悄悄地關上，把兩人鎖進無聲的區域。電子設備在電梯裡都不管用，沒有監視攝影機，沒有監聽設備，就連無線電都沒有訊號。除了避難室，這棟建築裡最安全的空間之一就是電梯了。輕微的震動後，電梯開始上升，她直視前方，暗自祈禱會直達頂樓，但肩膀上方伸來一隻手，按下按鈕，電梯在樓層間慢慢停下。

「莎法，妳好嗎？」他輕聲問。

「很好。」她不帶感情地回答。

「週五夜。」他說，手背按著莎法的褲子，力道剛好讓她感覺得到。他忘情地呼吸，貼近她，對著她的頸背呼氣。她直視前方，嘴唇緊抿，左眼皮狂跳，厭惡感流竄全身。「妳要調走啦，」他說，莎法的胃又一沉，「想離開我，」他對著她的耳朵呼氣，「我可以不讓妳調職。妳很清楚。我是首相，做什麼都可以。」他毫不諱言地說，接著靠得更近，「頭巾妹，」他的嘴盤旋在她耳邊，「淫蕩頭巾妹，」他的呼吸隨著興奮之情加速，「我的頭巾妹想走啊，是嗎？」

她大可求饒，但那就是他想要的。她大可把他大卸八塊，打成肉醬，但她會被當場斃命。她大可開槍殺了他再自殺，但這樣會讓全家族蒙羞，因為沒人知道為什麼。她不能跟任何人說，也不能做任何事，只是看著前方，感覺到他的勃起抵住她的後側，莎法的左眼皮跳得更加厲害。

「感覺到了嗎，頭巾妹？」他噴出那些字句，一隻手爬上她的肋骨，「我可以不讓妳調職……」那隻手向上移動一寸，「我可以把妳和妳的頭巾家族遣返出境……」那隻手磨擦她的上衣，又向上移動一寸，「警察說不定會在妳父親的辦公室裡找到什麼，」他右手食指之間碰到她運動內衣下緣，「我的淫蕩頭巾妹……」

這一切吞噬著她的人生。她不外出，不化妝，不約會，只穿寬鬆的衣服，對自己和家人感到可恥。對於她在短時間內到達現在的成就，家人的無比驕傲反而成了最可怕的惡夢。她不哭不流淚，只是把一切鎖在心底，照常來上班，來保護對她做這種事情的男人。

「解開扣子，」他顫抖的呼吸滲透到她耳裡，「快。」她吞了口水，明白除了聽從之外，其他事情全是徒勞。

「現在就做。」字句從他的牙縫中透出，她抬起手開始解開白上衣的扣子。他從不親自動手。他從不碰她，害怕留下任何DNA痕跡。要是動作慢了，他還會生氣，但他的權力大到不能冒險測試他的耐性。他知道她的一切，她雙親任教的大學、她手足的事業。

「開大一點……」他從上往下看，盯著敞開上衣下的白色運動內衣。他的呼吸變得更加急促，抵在她身後的東西變得更加硬挺。

這六個月來，她想過各種可能。說不定他的褲子這樣壓著她的褲子會留下纖維痕跡。確實有可能，但也只會被當成正常的擦身而過而已。

「婊子，」正常的音量令她不覺瞇起眼睛，「穿好衣服。」他斜睨著她，伸手去按電梯按鈕，她急忙扣好上衣。他往後退，輕輕哼著歌，直到電梯停住，電梯門開啟。

「記住我說的話。」他在莎法替他開門時輕聲說。她沒回應，開啟官邸大門，先進門檢視浴室、廚房、客廳和臥室。

「長官，檢查完畢」她以公事公辦的口吻說。

「謝謝妳，」他點頭稱許，「一如往常地簡練，妳可以走了。」

她往門口走去，在兩人擦身而過的那一刻，他輕聲開口：「想一想。」

他不需要壓低音量，也不需要假裝沒事。他的住所就跟電梯一樣安全。

莎法走出門用無線電通報他已經回到住處。訊息層層傳遞給全官邸的工作人員，人人都鬆了口氣。

黑夜來臨。助理帶食物過來，銀托盤上是首相最愛的炸魚薯條。中士長帶了一杯咖啡給她，並允許她暫時休息，但是站崗的位置離他的住所相隔太近，他們只能保持專業用唇語交談。

準時的交接暗示著莫大的恐怖。餐點上了，休息時間給了，沒有其他安排，她知道男人會在裡面喝酒盤算。她盯著那扇門，裡面傳來的每個聲響都讓她緊張。夜晚的影子更暗更長，夜燈準時亮起。**十四天**。**十四天**。她不斷想著，想像自己在皇室工作，離這裡遠遠的。官邸的門開啟，她沒有露出異樣。

「能麻煩妳來檢查是否有竊聽監視器嗎？」那個親切的聲音說。

「好的。」她走到置物櫃拿偵測器，逼自己深呼吸，鼓起勇氣，一臉鎮定。他不會打她。他贏不了。**十四天**。「首相，是哪個房間呢？」她詢問，聞到威士忌的味道。

他轉身，臉上帶著笑容。「麻煩檢查整個官邸。」

她點頭後從廚房開始。偵測器一一掃過牆面和物品，若有東西正在接收或傳送訊息，便會立即偵測到。廚房檢查完畢，走進浴室，瞥見他待在書房，坐在辦公桌上盯著數個電腦螢幕。浴室浮誇地奢華，角落有個水療按摩浴缸，淋浴間比她那間小公寓的客廳還大。檢查完畢，走出來後立刻決定先檢查臥室，趁他還待在書房裡。所有的東西都乾淨整齊。會客室檢查完畢，休息區也檢查完畢，還剩一個地方，但一看到他盯著螢幕，半舉的老二探出敞開的褲襠，彷彿沒意識到身體的那一塊在外展示，莎法便完全僵住。

十四天。什麼都不能做。他是首相。妳只是個員警。

「首相？」她大聲說，逼自己保持冷靜。

「檢查完了？」他一面問，一面看著螢幕。

「是的。」

「是嗎？」他輕描淡寫地問，「這裡也檢查過了？」

她猶豫了一瞬，讓他享受到了勝利的滋味。「還沒。」她迅速回答。

「那最好也檢查一下吧。」他謹慎地說道，拿起酒杯喝下一大口琥珀色的液體。

踩著堅定的步伐，雙手沒有顫抖，她開始維安檢查。牆壁、牆上的畫框、桌上的燈、各種平面，慢慢往辦公桌檢查過去。只是瞥了一眼，左眼皮便飛快跳動，四個電腦螢幕上盡是阿拉伯裔女子的裸照。她的腦袋快速運轉，想著終於能夠留下證據的可能性，隨即了解到他的電腦可能是全世界最安全的電腦之一。首相可以不留痕跡地瀏覽任何東西，再說，就算首相想要瞄一眼A片，他當然可以，大家都這麼做。

她還是得檢查辦公桌。她吞了口水，握緊偵測器。

「辦公桌呢？」

「要喔。」他的聲音沙啞粗暴，還帶著期待。他在想什麼？覺得她看到那些照片會很興奮，然後投向他的懷抱嗎？看到他的屌就會讓她跪下來、張開腿嗎？他未婚，以單身聞名，可說是世界上最有價值的單身漢，也算還年輕，不到五十歲。

噢，天哪，現在他舉起來了。兩腿間有個全硬了的玩意。他微笑著，一面轉身、一面綻開笑臉，「我擋到妳了嗎？」他打了嗝，隨即清了一下喉嚨，「喝太多威士忌了，」他解釋道，「要我往後面移動嗎？」

「不介意的話。」幾乎不可能維持正常的語氣，但她還是辦到了。他爽快地站起來，把辦公桌椅往後滑了一點後坐下來，兩手放在後腦勺，雙腿微開，像是驕傲地展示他腫脹的兄弟。

她跪下來，用偵測器掃過桌腳、電腦下緣和外殼，他一換動作莎法便一僵，他沒有進一步動作莎法也就繼續工作。

一路從下往上檢查，盡力不管那些褐皮膚女子的煽情照片。

「那些人跟妳有點像，」他愉快地說，彷彿在等待回應，「那個特別像，」他補充道，用保養得宜的手指觸碰左方螢幕，「妳不覺得嗎？」

她沒回答。此刻話語只會洩露她的恐懼。

「我說妳不覺得嗎？」他又問，「那個，」他指了指螢幕，「看起來跟妳很像，妳認識她嗎？」

她仍舊沒有回答，繼續檢查螢幕背面。

「還以為妳們彼此都認識，」他有點口齒不清，「我可不是種族歧視啊，」他隨即補充道，「愛死包頭巾的了。」他爆出笑聲，站了起來。莎法一動也不動，手上的偵測器距離最後一個螢幕不遠，用眼角餘光看他。

「我可以讓警方從妳父親的辦公室搜出極端份子文件，」他簡潔地說，「根據恐攻法，他會被逮捕質詢。接著爆料給媒體，說妳家人跟伊斯蘭極端主義者有關，妳懂了吧？」

她的心臟捶打著胸口，口乾舌燥，嚥下一口氣，青筋隨之浮現，握著偵測器的手指也失去血色。

日後調查結案時，報告書上會寫著該噴射機是依循官方核准飛行路線，進入英國領空，也會詳載該噴射機引擎並未顯示軍事記號，便被當成是民航機，也是塔臺未察覺有異的原因。

「妳身上有手套，戴上。」他一面下令，一面從口袋裡拿出彈性十足的橡膠手套。

報告書上亦會詳載該噴射機上的飛彈系統有多麼粗糙，機師駕駛的雷射導航有多簡陋。

她別無選擇。他的威脅不是虛張聲勢，大家都知道，首相真誠爽朗的性格下有著一顆冰冷的心。

調查會指出噴射機從一萬五千英里上空降落至五千、再至兩千，轟轟烈烈地飛進首都。還會詳載希斯洛、蓋威克、史坦斯特三大機場警鈴大作，三處皆收到警報，並急於跟天外飛來的噴射機取得聯繫。

他的手套很緊。精挑細選過，能防止留下DNA，但夠緊夠薄，足以讓他感覺她身體的曲線和彈性。她自己的手套就沒那麼精挑細選，不過是急救室架上拿來的。**不管付出什麼代價都要保護家人；不管付出什麼代價都要苟且偷生**。他不會傷害她，因為有傷就會被看到。她替他戴上手套，至此終於露出厭惡至極的表情，但這只滿足了他的權力欲。他對她的衣服點點頭，不需言語就下達指令。她乖乖照做，一面怒目而視、一面解開上衣鈕扣，她的動作沒有絲毫猶豫，反而帶著堅強和決心。那是面對逆境而生的勇氣。

航管員未能取得聯繫，便依規定向倫敦區警方、消防隊和救護車發出緊急訊號，同時間找出噴射機可能的墜機地點，航管員仍舊以為該飛機只是即將失事而已。然而當最終目標顯示為唐寧街時，只能立刻通報英國皇家空軍，空軍立即調派緊急應變戰鬥機。

她的上衣已經解開，運動內衣全露出來。他帶著半醉的神情自慰，整張臉漲紅，性慾淹沒全身。他從口袋裡掏出一包方形東西，咬開包裝，拉出保險套，用顫抖的雙手替自己戴上，視線緊盯著她。

他又點了一下頭，下達另一個指令，她幾乎是以立正的姿勢站直，抓住內衣下緣，往上掀露出胸部。他喘著氣，靠得更近，戴著手套的手伸過來又抓又捏。她盯著他看，動也不動、眨也不眨、躲也不躲。

就算緊急應變戰鬥機再怎麼快、再怎麼先進、敏捷和萬能，終究還是沒辦法壓縮時間空間，還是不得不仰賴人類，爬進駕駛艙，操作按鍵，準備起飛。雖然只需要一點時間，但每一秒的拖延都能看見漸漸接近的噴射機調整飛行路線，機師掃描前方地面，鎖定目標。

時間算得非常完美，數輛無牌白色廂型車停在陰暗處，車上的人把突擊槍提在胸前。這計畫已經籌備了兩年，可說是攻擊英國警方核心計畫中最完整的一個。

報告書中未提及的是，事件發生時，首相正在宅邸書房內喝威士忌喝得爛醉，性侵受令保護他性命的持槍女警。他的右手抽拉著、左手捏揉著，視線移到她腰間的皮帶。

機師看到了。雷射系統啟動。指令是脫下褲子。廂型車裡的男人全神戒備。機師鎖定目標。莎法的手移到皮帶，明白情況更糟了。雷射鍵目標確認，按下發射鍵，彈艙閘門開啟，點燃飛彈，飛彈離開機身，劃過天際。攻擊已成事實，唐寧街的警鈴大作。被性慾醉昏頭的首相，視線黏住她放在皮帶釦環上的雙手。

刺耳的聲音送達她耳裡。受訓的狀態啟動，她往前一躍，把他壓在地上，用自己的身體保護他，飛彈擊中前門上方。外頭守衛的人開腸破肚，夜班媒體人員也被炸開，只剩下殘骸。

她要他在斷垣殘壁中趴下。爆炸撕裂了空氣。一切都在搖晃顫抖，首相驚聲尖叫，莎法環顧四周，只見牆上的照片紛紛掉落，桌子搖搖落地。無線電耳機滿滿的聲音，卻因為尖叫和火藥擊中地面的聲響而聽不清楚。她站起身，抓住首相的手臂，拖起他的身體，逼他穿過住宅前門。她掏出手槍，先探出頭檢查長廊，才催促那懦弱的政客走出去往樓梯間前進。

正門的牆壁上有個大洞，門早就不見了。窗戶殘破，濃煙升起，火舌高竄。噴射機早已消失在夜色中，兩架皇家噴射機呼嘯而過，追趕在後，鎖定該噴射機，機師心中暗自祈禱。

廂型車引擎轟轟起動，帶頭的廂型車一馬當先，持續加速。車隊裝備著強化底盤和車頭的超大尺寸防撞桿，駕駛緊抓方向盤，防彈擋風玻璃被唯一倖存的鐵門警員射得坑坑疤疤。莎法的同事早已平躺身亡，頭顱被飛彈炸飛的磚石打破。

廂型車率先撞上鐵門，第二輛撞上前面的車尾，兩者同時加速前進，鐵門後方的人緊拉著天花板垂下的鐵門把手。鐵門終究抵擋不住，扭曲的金屬被強行撞開，發出痛苦的聲響。廂型車的引擎尖聲作響，鐵門開啟的空間，足以讓領頭廂型車的司機下達指令。兩輛車往後退，車門開啟，身著黑衣與防毒面罩的人接連下車、衝過鐵門，武器早已上膛就位。

莎法站在樓梯口，保持警戒，專注地接聽無線電傳來的指令。維安系統正在瓦解，警員都死了，後援還在路上。她聽見皮金頓在一樓主通道的碎石中匍匐前進，告訴眾人正面失守，並冷靜地提供最新情況，同時隻手對來人開槍，但突擊步槍噠噠幾下，對方當場射殺了他。

首相嗚嗚噎噎起來，蜷縮在莎法後方的地板上，性慾蕩然無存，垂軟的老二還掛在敞開的長褲外，莎法利用等待指令的空檔扣上衣服。

「莎法！地下室！」

「知道了。」她按下無線電對講機按鈕回答，「站起來，」她抓住首相的手臂，強迫他站起來，「去地下室。」

他仍舊像個孩子般嗚嗚噎噎，莎法催促他下樓，趕在他之前通過二樓的門。空中濃煙密布，還有化學物品的味道。大火蔓延，槍聲四起，大口徑突擊步槍當前，她手中的九毫米口徑手槍忽然變得格外渺小。莎法帶著他安全地通過二樓，繼續下樓前往安全穩固、擋得住巡航飛彈直擊的避難室。

一樓的黑衣人像職業軍人般移動。兩人守在門口，另外兩人進入各辦公室，一面開槍、一面前進，只有在取出戰術背心中夾帶的爆裂物放置時才短暫停火。對戰開始，警方發射手槍和從彈藥庫取得的機關槍。一名攻擊者頭部中彈，但該名員警隨即被數把突擊步槍射個稀爛。緊急照明燈閃爍不止，整個空間不只籠罩在忽明忽滅的紅光中，還混雜著大樓正面熊熊火焰的橘光。

位於樓梯間的莎法聽著其他員警傳來的消息。**攻擊者受過職業訓練。持續發動攻擊，彼此掩護。死傷不計其數。一名攻擊者身亡。數名警員身亡。數名警員身亡。**

她迅速通過往一樓的樓梯，明白控制室早就啟動樓梯間的上鎖機制，卻不知道有人正在出入口的另一邊放置炸彈。還有一層樓就到避難室了，莎法在爆炸前聽見引信燃燒聲，立刻趴下，後方的門瞬間炸開。首相再度失聲尖叫，雙手護頭，躲在樓梯角落，一灘尿流下褲腳。

莎法就戰鬥位置，雙手持槍，等待率先衝過破洞的人。她開了兩槍，子彈把來人往後推上牆壁。她朝敵人的頭又開了一槍，轉身射擊接著衝進來的人。她的臉換上專注的面具。解決兩個，當場斃命。長廊傳來下令的聲音，是她不懂的語言。大吼一聲後，有個東西滾了進來。莎法立刻撿起來丟回去，接著撲在地上，手榴彈在擠滿人的空間引爆。她見有機可乘，便繼續進擊，靠在毀損的門邊朝長廊遠處尖叫的人群清空彈匣。

她暗自計算開槍次數，知道射出的是最後一發子彈，立刻躲回樓梯間更換彈匣。她看見屍體旁的突擊步槍，二話不說立刻撿起來。高規格、軍事等級、昂貴的硬體設備，專門給職業軍人使用。受訓時，她學的是不得撿拾地上的武器，因為你永遠不知道該武器是否有妥善保養，但此刻她需要比九毫米口徑手槍更厲害的東西。她檢查步槍彈匣後裝回去，朝一名哀嚎的黑衣人試射。了解其後座力和重量後，她背著步槍跑下樓，拖著哀嚎首相的頭髮。**大難臨頭，只要把他弄進地下室，什麼方法都無所謂了。**

抵達地下室，莎法讓首相貼著避難室的鐵門，接著步槍瞄準樓梯就戰鬥位置。一臺攝影機檢視畫面，鐵門開啟，裡面有手持武器的軍事情報人員值班。莎法把大哭的首相推進去，樓梯間傳來機關槍的噠噠聲。莎法迅速轉身，開槍，往前移動逼退攻擊者。首相安全了，沒有什麼能穿過那扇門進入避難室。她回頭一看，臉上幾乎沒有任何表情，但心知那些軍人早就看到首相哭得像個嬰兒，滿身是尿，老二在外面晃。太值得了，實在太值得了。

她往上走，訓練教她防守，但她卻是天生的攻擊手。一步接著一步，上樓迎敵。建築燃燒的火焰傳來熱氣，濃煙刺痛雙眼。她躲開連發的子彈，靠著樓梯等待敵人出現。她朝來人的腹部和胸部開槍，敵人踉蹌往後退。莎法起身，往頭部開一槍解決他，從那人腰間拔出彈匣，替手中的武器換上。莎法繼續往上走，目標是一樓樓梯間的出入口，決定守在那裡直到支援抵達。無線電訊號在她耳裡咆哮。持續有軍警人員陣亡，幾名攻擊者證實身亡，但多數仍在流竄。

她抵達毀損的一樓出入口，就在背貼上牆壁的瞬間，兩名黑衣人手持突擊步槍衝進來。莎法丟下手上的槍枝，衝向兩人之間，明白對方的身型和沉重的槍械會拖延他們的行動。她重擊一人喉嚨，肘擊另一人臉部。正中要害的凶狠攻擊令兩人失去重心。莎法抓住一人的防毒面具，用力往下拽，那人一彎腰，莎法便用膝蓋撞擊他的臉。那人蜷縮起來，連著同黨被推去撞牆。

她算準那蜷縮敵人起身移動的時機，用右手臂扣住他喉嚨。大吼一聲，莎法使力狠狠向右扭斷對方的脖子。她退後一步，掏出手槍，轉身朝扶牆起身的另一人開槍。對方被胸口連中的子彈往後推，她改變目標，朝頭部開了一槍，瞬間擊斃對方。眼角餘光出現動靜。莎法轉身瞄準，朝隨後衝進來的黑衣人開槍。

「**後花園！**」中士長的聲音在她耳裡咆哮，背後還有槍擊聲。莎法穿過出入口，走進濃煙密布的長廊，踩過、越過無數屍體。「**敵人眾多，我中彈了，我中彈了……**」

莎法從一具屍體身上拿到新彈匣，換匣後跑向密閉後花園中的戰火。手槍、機關槍加上突擊步槍。手榴彈爆炸，火舌竄燒，濃煙上升，每個出入口關卡都有陣亡的工作人員。卡邁克頹倒在地，頭頂早已不見。

莎法在通往後花園的關卡外停了下來。前方有兩名男子跪在入口，朝花園裡開火。兩人都身穿黑衣，她猶豫著，不知道他們是敵人還是第一批的應變隊伍。其中一人轉身，露出臉上的防毒面具。她開槍擊斃兩人，愣了一秒，接著跑去占領兩人在門口的守備位置，同時無數子彈擊中牆壁。滿目瘡痍，哀鴻遍野，牆上地上血跡斑斑。刺耳的雜音掩蓋無線電傳來的焦急話語。她瞄準花園裡頭，左看右看，從閃爍的紅光轉換到外頭花園的漆黑，視線漸漸恢復清晰。

「莎法？」她迅速轉身，看見兩名身穿制服的員警跑來，卻一個也不認識。兩人臉上都有瘀青，其中一人最近斷過的鼻梁上有條白色膠布。

「趴下！」她大吼，示意兩人尋找掩護。

「莎法．帕特？」一人邊問邊在門邊跪了下來。

「哪個單位的？」她對兩人大喊，注意到他們都沒有武器，接著將注意力轉回花園。目標鎖定在幾英尺外跑動的黑衣人，開槍擊中目標，兩名警員被步槍聲嚇得縮起來。

「妳是莎法．帕特嗎？」

「對，」她簡潔地說，「你們是哪個單位的？可惡……」擊中牆壁和門框的連發子彈讓她瞇起眼睛。她予以反擊，但敵人來勢洶洶。敵人人數太多，還迅速逼近，同時投擲手榴彈和掃射步槍。

「撤退！」她對兩名未配槍的員警大喊，「出去！」

對方快贏了。天哪，敵人快贏了。看到敵人，她的心都沉了。敵人還有好多，仍舊在開火，殺掉所有與其為敵的人事物。她身後是官邸正門的槍戰，敵人朝鐵門和試圖進入的增援警員開槍。他們全被困住了。無法脫身。首相在下面的避難室裡安全無虞，但留在上面的人全死了。

「走樓梯上去，待在電梯裡，」她對兩人說，沒時間想他們是從哪裡冒出來，又是如何進來的。她從一具屍體上取得彈匣。「停在樓層之間，這樣他們就抓不到你們了，快走！」見他們不動，莎法啐了一聲。

「好，」鼻梁上有白膠布的男子說，看了同伴一眼，「呃，妳在這裡不會有事嗎？」他靠近一點，彷彿想看大門的另一邊。

「抱歉了，」男人忽然伸出手，一根針刺進她的脖子，接著拉著她倒地，「康拉德，趁現在！」他大吼。

「媽的快走！」她大吼，「趁現在，快走，他們要來了！」

另一人點頭，從口袋裡拿出一個東西。他拔出拉環，丟過門口，接著一聲巨響，閃光彈爆炸，發出磷火般的光芒，花園裡所有人都睜不開眼。莎法極力反抗想掙脫，又踢又推，但那人很重。

「莎法，冷靜下來，」麥肯急忙說，「求求妳，我們是來幫忙的。」

「滾開！」她極力反抗，想抽出手槍，卻發現有隻手抓住她的手腕，便抬起頭，撞擊他本就斷裂的鼻梁，鼻梁噴出血來，再度斷裂。

「媽的，我的鼻子！」麥肯大叫，頭部側面和背面受到如雨的拳頭連擊，「天殺的，她打得很用力耶。」

一股暖流流過全身，從頸部、肩膀往下流入雙臂、胸口和雙腿。莎法感覺自己的動作慢了下來，但還是繼續反抗，打啊、踢啊、揍啊、咬啊、吼啊，從頭到尾都努力想抽出手槍。

「比班恩那次還糟。」又挨了一頓揍，麥肯嗚咽著。

「敵人回來了，」康拉德大喊，又朝花園丟了一顆閃光彈，「麥肯，別看外面。」

「啊？噢，天哪，也太亮了！」

「我說不要看了。」

「我什麼鬼都看不見了。」麥肯可憐兮兮地說。

「你這天殺的笨蛋。」康拉德咕噥道。

「再給她一針，」麥肯大吼，頭部又挨了一拳，「這比班恩花的時間還久。」

「想得美啊，麥肯，你以為我還會靠近她呀。」

「快點啦！」

莎法掙扎、怒吼，但藥效太強，瞬間激發的腎上腺素消退，她漸漸放鬆癱軟下來，出擊的拳頭也失去力道。

「謝天謝地，」麥肯說，身下壓著的女人終於快失去意識了，「快拖著她。」

「我是想那麼做，」康拉德氣喘吁吁，「但你的胖屁股壓著她。」

「媽的我現在看不到。」麥肯提醒道。

「誰的錯？我說了別看外面，我說了，我說了別看外面。」

「快趁官邸被炸之前抬她起來，」麥肯一面說，一面從莎法身上滾開，「還有多少時間？」

「不到一分鐘。」康拉德剛說完子彈便掃射進來，他大叫躲避，「住手！混帳！」康拉德大吼，再丟閃光彈，空中炸出刺眼磷光。「被打到臭頭、在挪威冷得要命，現在還要被槍掃射！」

「康拉德，那樣做有什麼幫助嗎？」麥肯努力用被閃光彈刺激得發疼的眼睛看路。

「我會好過一點就好，」康拉德喃喃自語，「好了，來吧。」

「要是我看得到就好了……我的鼻子又斷了。」

「天哪，你很愛哀哀叫耶！」

莎法最後的感覺就是被兩名鬥嘴的男子拖行。她想張開眼睛，卻只依稀見到一道藍光，接著藥效發作，她徹底失去意識。

黑衣人繼續進擊，卻發現沒人在裡面。有人下了指令，全體黑衣人一致朝正門前進，翻過磚石上街，衝上鐵門，展開槍戰。黑衣人以壓倒性的人數和強大火力，逼得前來鐵門支援的警力往後退，拉開安全距離後，有人按下機關按鈕，首相躲藏的避難室上方整排官邸全數炸開，官邸內各處施放的爆裂物將之粉碎。裡頭的屍體蕩然無存。牆壁炸毀，樓層倒塌，火球四射街道，此時滿身是尿的首相在避難室裡啜泣，軍事人員守衛在旁，煩惱著該不該告訴他老二還露在外面。

4

康拉德和麥肯僵硬地走在水泥走廊上，在門外停了下來。兩人都滿身瘀青，嘴唇有傷，雙眼瘀血，臉頰腫脹。

「啊，」羅蘭說，聽見兩人腳步聲後趕到門邊，「事情順利嗎？」

「事情順利嗎……」康拉德咕噥著，避開眼神交會。

「小子，進來吧。」羅蘭往大木桌盤據的空間移動，「莎法．帕特呢？」他問，視線在兩人之間移動。

「在她房裡。」麥肯說，嘴巴因說話發疼，不自覺皺起臉來。

「真的假的？」羅蘭露出真誠的喜悅，「一晚三個人都解決啦？真是太棒了！天哪，我們可真是忙了一回，是吧？」

「只有我們兩個在忙而已。」康拉德又咕噥起來。

「對啦，」羅蘭慢慢地說，搖著頭彷彿不敢相信，「所以說，事情順利嗎？」

「順利？」麥肯一面說，一面看著康拉德，「呃，我們把她帶回來了。」

「不是的，她跟你們打了一架嗎？」羅蘭焦急地問。

「你認真的？」康拉德問，「你沒看到我們的臉嗎？」

「我看到了，真是太棒了。」羅蘭大聲說道，眼前的苦臉讓他閉上嘴，「我是說，呃，小子，我當然看到了。我欠你們太多了，是真的。我也想陪你們去找哈利和莎法，但就這樣了。」他來回搖晃身子，雙手放在背後，看起來正認真地思索。「但三個人！」他又展開大大的笑容，「所以說，莎法反抗了吧？」

「對。」麥肯無力地回答。

「多努力？」羅蘭問。

「非常。」康拉德跟麥肯一樣無力地回答。

「很好，」羅蘭對兩人咧嘴笑著，「小子，做得非常好。」

「老闆，」麥肯擔心地看了康拉德一眼，「呃，要是他們醒來了怎麼辦？」「不好意思？」羅蘭問。

「他們可不會太高興的，對吧？」麥肯問。

「但我們已經被扁成豬頭了。」康拉德補充道。

「你的鼻子又沒斷。」麥肯咕噥著。

「**你的鼻子又沒斷**。」康拉德學他的語氣。

「夠了。」麥肯腦怒地說，接著看著羅蘭，「他們都跟釘子一樣死硬……我們強行把他們擄來，給他們打了一堆藥物，要是他們三人同時抓狂，我們可沒辦法阻止他們。」

「抓狂？」羅蘭一面問，一面撫平深色頭髮。

麥肯看著康拉德，康拉德也朝麥肯看了一眼。「你考慮過這種情況嗎？」康拉德問。

「我當然考慮過。」羅蘭急忙回答，「但我也得承認，呃，我們是有一些走一步算一步的成分……」

「我們？」康拉德問。

「嗯，」羅蘭說，「我本來是想等他們醒來後，我就可以解釋發生了什麼事，然後……呃……我的意思是，他們可是哈利．麥登、班恩．萊德和莎法．帕特欽，程式因忠誠、榮耀、勇氣和果敢而選中他們。」

「不行。」麥肯立刻說。

「什麼不行？」羅蘭問。

「不行，」康拉德堅決地說，「你要多找一點人。」

「多找一點人？」羅蘭帶著警戒說。

「以免他們抓狂。」康拉德說。

「不是**以免**，是**絕對**。」麥肯補充道。

「好吧，多一點人手是吧？」羅蘭說，對前景感到憂慮，「呃，那你們找得到人嗎？」

兩人互看一眼，「好吧。」康拉德抱怨道。

「太好了！」羅蘭歡呼，「找些壯漢。」

「壯漢。」康拉德說，累癱地點頭。

「但別說什麼……」

「是的，老闆，」麥肯嘆了口氣，「什麼也別說。我們知道。」

「他們也不能看到那個門。」羅蘭說。

「那個門。」康拉德咕噥著。

「傳送的。」麥肯說。

「對，傳送門那東西。不能看到那個，還有外面！老天爺，別讓他們看到外面。」

「不會的。」

「用錢吸引他們好了。」羅蘭一面說，一面豎起指頭。

「呃，那些人不會免費工作的。」康拉德說。

「但金額別說得太高。」羅蘭面顯焦急地說。他看著兩個滿臉瘀青的男人，「好了，你們可以出發了。」

「什麼？現在？」康拉德問。

「我們才剛帶莎法回來啊。」麥肯說。

「但他們可能醒來就會抓狂，」羅蘭說，「我們得有些壯漢在這裡才行。」

「好的，老闆。」麥肯又嘆了口氣。

「好樣的，」羅蘭說，「小子，做得好！」

5

三間單調枯燥的房間，水泥牆壁、水泥地板和天花板。每間房間都配有一張金屬框架的單人床。其中兩間有著金屬百葉窗，顯示出窗戶的位置。

班恩翻身嘆息，呼吸沉重。「可以把燈關掉嗎？」他低聲說，努力把眼皮闔上，避開天花板懸垂燈泡的刺眼光線。

哈利睜開眼睛又立刻閉上，等待視網膜的灼燒過去，然後再微微睜開，以減輕從黑暗過渡到光亮的疼痛。

莎法醒來後立刻翻身，把頭埋進枕頭，躲避耀眼的光線，她同時尖銳地感受到來自後腦的劇烈頭痛。

班恩再次嘗試睜開眼睛，緩緩打量著房間，他一定是在醫院。一間員工忙到無法認真看顧病人的血汗醫院。說不定若是他們買些瓦數比較低的燈泡，可能就有足夠的錢來付護士薪水了。這些玩意兒足以照亮整座足球場。

哈利也盯著房間四周，最先留意到百葉窗和門。他檢查自己的身體是否受傷，並且伸展四肢與肌肉，看看是不是有哪裡骨折。他也在聆聽，他一定是在德國軍營裡。一定是那些德國佬把他拖出水裡，帶到這個地方來。他們肯定知道他是峽灣事件的突擊隊員。他用手背擦了擦鼻子，抹到了一點血跡。他的腦袋砰砰直跳，感覺就像在潛水訓練時上浮得太快一樣。他肯定在峽灣中潛得比自己意識到的更深。

莎法盯著她的牢房，這裡肯定是牢房，她對此毫無疑問。裸露的水泥牆壁、地板和天花板。金屬框架單人床，和唯一一扇實心金屬鉚釘門。沒有桌子。沒有明顯的攝影鏡頭。沒有呼叫鈴和平板電腦螢幕。他們認為她參與其中。首相一定下令以反恐法將她拘留。他的威脅成真了。她的恐慌直線上升，但另一種可能性出現，讓她努力壓下那些恐懼。如果是那些攻擊者抓到她呢？如果她是被恐怖份子所抓，並且準備殺了她並傳上網路呢？

班恩感覺糟透了，腦袋裡有東西來回撞擊，他必須強迫自己從乾燥的嘴巴中吐出舌頭。他的喉嚨痛得要命。他檢查自己是否受傷並且活動手腳，但感覺一切良好。然後他想起那些失去肢體的人依舊感覺得到自己的四肢，說不定他已經失去了四肢，感覺到的只是幻肢。他推開毯子，那是一種奇怪的合成纖維，看著他看似完好的身體穿著灰色的運動服。水泥牆？灰色運動服？他在監獄嗎？他再次看向百葉窗，還有堅固的金屬門，腦中浮現了新的憂慮。

哈利戳了戳運動服的材質，對衣服的質料感到滿意。它感覺像棉質，但不是棉。既薄又軟又堅韌。他也同樣感覺了一下毯子，在兩指間來回摩擦。他再次點頭表示敬意。德國佬的東西做得真不錯。

莎法起身太快，一陣暈眩迫使她抓住床鋪，然後暈眩退去。她深呼吸。空氣通過她的鼻子時感到一陣濕潤，她用拇指腹一擦，上頭沾著血，她困惑地瞇起眼睛。她一定是在之前的打鬥中被打得很慘。這個想法讓她再次開始尋找攝影鏡頭。她沒有找到任何東西，但這並不表示他們沒在監視。無論**他們**是誰。對方感覺很專業，對於恐怖份子而言，這些設備太完善了。如果她醒來發現自己被鐵鍊鎖在一個髒兮兮的床鋪和房間中，她可能會接受恐怖份子這種推論。但這些東西太好了，一定是警察或其他的什麼機關，而他們認為她涉入其中。這是件好事。保持冷靜，讓調查進行。她是清白的。她知道她是。

班恩站了起來，立刻又因為腦中襲來的暈眩而坐回床上。他的視線一暗，讓他感覺自己會再次暈過去。他採取短促的淺呼吸，直到那種感覺消失，但後腦留下一種碾壓般的疼痛。有個熱騰騰的東西滴在置於膝蓋上的手。他低頭看見指關節上的一滴血。另一滴也落下，他意識到鮮血來自他的鼻子。他張望著想找衛生紙，但光是這樣的動作都令他覺得不適，感覺自己的大腦努力想跟上眼球的轉動。他捏住鼻梁，頭微微向後仰，輕輕地抬起腳，讓他的血壓有機會恢復。他失去意識多久了？他們會把一個無意識的囚犯放在自己的房間嗎？如果他嗆到或被自己的鼻血淹死怎麼辦？他知道不同國家對恐怖主義有不同法律，但這裡是英國，不是美國。他環顧四周尋找攝影鏡頭或球體，但只看到裸露的水泥牆和裸露的水泥天花板。沒有鏡子，也沒有隱藏式攝影機。

他拖著腳步走向門口，每一步都感到頭疼。房門很溫暖、悶熱而且關著。他敲門並等著監獄警官來開門，當什麼反應都沒有時，他敲得更大力了。但依舊毫無回應，於是他用拳側猛敲，聽到另一邊沉悶的回音。

「有人嗎？」他用嘶啞的聲音喊道，喉嚨的疼痛令他縮了一下。「請問可以給我點水嗎？」這樣不妙，你不能讓一個失去意識的犯人沒有醫療照顧或飲水。

「嘿！」他越敲越大聲。「我跟他們不是一伙的……檢查監視器……」

哈利在門外傳來第一聲敲響時抬起頭。一定有更多牢房。他從床上滑下站起身，感覺到一陣噁心。他搖晃了一下，然後抓住床，但保持站立。呼吸沉重，等待那種感覺退去。一個英國口音喊著「有人嗎？」。他搖搖晃晃地走到自己的門邊。他的手自動握住門把，然後試著推開門。一道堅固的金屬鉚釘門，有人在另一邊敲門要水喝。

莎法也聽見了敲門和喊話。現在虛弱地站在房間裡，感覺自己隨時會再暈過去。聽到其他人的聲音令她擔憂。特別是男性的聲音。她不應該被關在混合性別的監獄或拘留中心。她靜靜站著，盯著門，聽到那個聲音在要水喝。

班恩跳到門的另一側，看著手把往下轉並往內開，露出一個鼻子上帶著血跡的大鬍子，用滿是血絲的雙眼瞪著他。

「沒有鎖。」哈利用跟班恩一樣嘶啞的聲音說。

「你是守衛嗎？」班恩問，沒有留意到哈利穿著的柔軟灰色棉質運動服。

「不是，」哈利咆哮道。「哪個軍團？」

「嗯？」

「軍團？」哈利問。「階級？」

「做什麼，老兄？」班恩搖搖頭，再次感到一陣頭暈。他的視線再次變暗，而兩隻強壯的手穩住他保持站立。

「我很好……真的。」班恩走過門，瞇著眼睛看到三張奇怪的藍色扶手椅，感覺一體成形，扶手和椅面沒有任何接縫。椅子很低，但比坐在堅硬的水泥地板上好。他拖著腳步地走過去，深深坐進椅子，讓他搖晃的腦袋舒緩許多。哈利看了他一秒，然後決定坐下確實比現在這樣站著好。他深坐進第三張椅子，留下兩人中間的空椅。

「我叫哈利。」哈利用粗獷的聲音靜靜地說。

「我是班恩。」

「階級是？」

「階級？」班恩瞥了他一眼。「喔……你在軍隊裡之類的？」

「陸軍。」哈利說，一手在他濃密的黑色大鬍子中搓揉，表情有些困惑。

班恩搖搖頭，「調查員跟……」他突然發覺一切都不對勁而停下。這不對勁。「我們在哪裡？」

「戰俘營。」哈利聳聳肩說。

「戰俘？什麼，你是說戰爭俘虜？」

哈利點頭，困惑的表情變成一種懷疑的目光盯著班恩，班恩拍著褲腿要找口袋。

「他們拿走了你的手機？」班恩問他，但哈利只是瞇起眼睛。「行動電話？」班恩說，哈利保持沉默與警惕。

這個房間跟他們醒來的房間一樣，有著水泥牆壁、地板和天花板，還有太亮的燈光。三張椅子和五扇門。

「那些後面是什麼？」班恩問，指著那些門。

哈利沒有回答。班恩瞥了他一眼，看他聳聳肩，但用力盯著他。

「調查員跟誰？」哈利問。

「你說什麼？」

「你是一名調查員，哪種？」

「理賠……」班恩的話停下，當他看見自己原本房間的房門上用黑字印著「班恩．萊德」時，他覺得胃好像猛抽了一下。為什麼他們沒用班恩．凱爾夏？誰告訴他們他是班恩．萊德？他們怎麼知道？當他被抓住壓在地上時，他記得有人講了他的名字，他們說萊德，不是凱爾夏。

莎法再次檢查了房間，但除了床跟門之外什麼都沒有。她迅速評估了自己的選擇。在這裡等著或試試看房門。她很聰明，而且不是那種會退縮的人，特別是當她的家人受到首相威脅的時候。

她悄悄地走到門邊，聆聽外頭的對話。兩個聲音，都是男性。一個聲音非常深沉，構成一種高大男子的形象。她聽不清楚對話，但可以捕捉到語氣和短句，他們似乎不認識對方。這裡一定是監獄。她再次擦擦鼻子，忽略了仍在滲出的鮮血。

班恩看著另一扇打開的門，上面用同樣的黑色字體印著一個名字：「哈利．麥登」。他腦中靈光一現，哈利．麥登，在哪裡看過這個名字？班恩知道這個名字，哈利．麥登。老天啊，第二次世界大戰的士兵。那個摧毀了U型潛艇停靠站的著名士兵，「瘋子哈利．麥登」。班恩又看了哈利一眼，覺得他跟教科書上的照片一模一樣。

「你是不是說你在軍隊服役？」班恩問。

哈利依舊沒有回答，但依舊面無表情地盯著他。他是個高大的男子，胸膛寬厚，毛茸茸的手臂從運動服袖口伸出來。腿就像樹幹一樣粗厚，腳背跟臉龐與手臂一樣毛茸茸。

「有任何親戚關係嗎？」班恩強迫自己笑著問。

哈利抬起頭，沒有講話，但露出一絲興趣。

「哈利．麥登，」班恩說，「瘋子哈利？」

哈利的目光閃過門上自己的名字，然後移到班恩，再移到另一扇門上班恩．萊德的名字。班恩看著哈利，期待他看到自己舊名時的反應，但哈利沒有反應。

他反而靠近另一扇關著的門。班恩跟著他的動作，看到金屬門上的第三個名字：「莎法．帕特」。班恩看著哈利，聳聳肩。

「某個人。」班恩看向哈利，並試著起身。

「你要去哪裡？」哈利嚴厲地瞪著班恩問。

班恩指著一個沒有標記的門，哈利點點頭，彷彿給出他的許可，並且也跟著站起來。班恩慢慢地走到門口，轉轉手把。結果那是一間盥洗室之類的，最底端有一個淋浴間，一個不銹鋼馬桶，還有一個洗手臺嵌在牆上。三條整齊疊好的灰色毛巾，每條毛巾上還有一個大的透明塑膠杯，裡面還有一支全新的牙刷。「浴室。」班恩對哈利說，哈利的目光移往他的身後。

班恩走進去，拿起第一個杯子，扭開水龍頭。他洗了杯子然後灌滿水，貪婪地喝下。他從來沒有喝過這樣的水，比他過去喝過所有的水都要更冰涼、清新、清爽、純淨。

哈利在打開的門口看著，他走進去拿起第二個杯子，接了自來水。一臉狐疑，直到他喝了第一口，接著他的眼睛活了過來，他喝了一大口，直到打了一個好大的嗝，臉上又露出新的狐疑表情，但這次的對象是杯子。他再次把杯子裝滿水，喝光，然後把杯子放在面前，用指甲抵著杯壁。

「這是什麼？」哈利問。

「塑膠。」班恩理所當然地回答。

哈利看了他一眼。「我們有塑膠，但不是像這個樣子。」他把目光從班恩身上移向杯子。

班恩看出門外，看到那扇門上的「哈利．麥登」。「你是要尿尿嗎？」班恩問他，然後意識到自己在監獄的浴室裡，對高大壯漢問了一個非常沒禮貌的問題。「我的意思是⋯呃⋯⋯你知道⋯⋯如果你是，我真的沒意見。」

莎法聽到他們穿過房間，來到她門對面的房間。低聲談話。另一扇門打開了，有一些水聲，這就是讓她決定出去的聲音。她實在太渴了，嘴巴和喉嚨乾得快要裂開。她需要水。

她深吸一口氣，推開手把，沒有指望門會打開。當門打開時，她飛快地退後，又導致了一陣暈眩。她抓住門框，閉上眼睛試著對抗那種感覺。聲音停止說話。她留意到聲音的變化再次張開眼睛，剛好看到班恩朝她走過來想扶她。

「給我滾遠點⋯⋯」她咆哮著退開，視線模糊不清，威脅著隨時要閉上眼。

「沒事。」班恩輕聲地說。「妳會沒事的，昏眩會過去……」

「別管我。」她狠狠地低聲說，等視覺恢復清醒，才發現兩個男人正盯著她看。其中一個十分高大還滿臉鬍子，身高至少有一米九，站在浴室門口，手中拿著一個塑膠杯。他看起來有點眼熟，但她的目光很快移到朝她靠近的人身上，她一邊眨眼一邊張大嘴。

「妳還好嗎？」班恩柔聲問。

她盯著他看，看著他的深色頭髮和五官。

立刻認出他，瞬間知道他是誰。

「我是班恩。」班恩說。莎法眼睛瞪得更大。她死盯著他的臉龐，沿著他的疤痕一路往下看到灰色的運動衣。

「妳是莎法？」

她重新瞪著他的臉，直到他慢慢舉起一支手指指向她身後。

她轉過身，看到厚重的黑色字母印著她的名字：「莎法．帕特」。她回頭看著班恩，然後看向哈利，他看起來也非常熟悉。感覺像是她知道他是誰，只是說不出來。她向前走到門口，房間對面是另一扇打開的門，「班恩．萊德」以同樣的黑色字母印在上頭。她的心臟和胸膛恍若雷擊。

「我認識妳嗎？」班恩專心地看著她。「妳看起來很眼熟。」

她嚥了嚥口水，強迫自己看向那個高大男子。「你是？」她問，班恩指向她旁邊的門。她必須要走出門才能看到，這表示要放棄留在房間內的安全感。班恩和哈利都發覺了那種恐懼，而同時往後退，表明他們不是威脅。她走出去，看了看旁邊的門，這個名字也用厚重的黑色字體印著「哈利・麥登」。她淩厲地看向哈利，滿心翻騰，他看起來就像是哈利・麥登，另一個人就像是班恩・萊德。哈利・麥登和班恩・萊德？他們都死了。她看著那兩個名字，還有兩張臉龐，試著處理她所看到得和閱讀過的東西。

「瘋子哈利・麥登。」她喃喃自語，搖搖頭。

這是一個夢。藥物帶來的惡夢或幻覺。也許是某種為了讓她崩潰的精神錯亂，讓她洩漏恐怖攻擊事件的資訊。「班恩・萊德。」她嘀咕著，然後看著班恩，像五年前那樣緊鎖著視線。這是同一個人，她看過他。那是班恩，現在這個也是班恩。過去五年她幾乎每天都在想著的一張臉。就是這個人讓她想成為一名警官。

「你死了。」她低聲說。

「感覺蠻像的。」班恩說，把頭往後仰些許。

「喝水嗎，小姐？」哈利從浴室門口轟隆隆地說，看到她臉上流著血，想知道他們為什麼把一個女人放在戰俘營中。

「慢慢來。」她開始搖晃並且彎下腰時，班恩迅速衝向前，「坐下吧，在這邊。」

她讓班恩領著自己，像喝醉般傻笑，想著班恩・萊德在扶她坐下。「班恩・萊德，」她愣了一下，再次看向他。「你是班恩・萊德。」

「是凱爾夏。」班恩說。

「哈！」莎法突然大笑起來，一邊顫抖地指著他。「不是凱爾夏，是萊德。」她用雙手緊捧著班恩的臉。他表現出的警戒在她腦海的溫暖中消失無蹤。「班恩・萊德，」她又說了一次，摸著他的臉頰，凝視著他柔和的藍色眼睛。她自己的雙眼滿是淚水，滑落在臉頰上。「班恩・萊德……」

「凱爾夏。」班恩說，看到她眼中迷茫、放鬆的模樣。

「小姐，好好休息。我會想辦法找人幫忙。」

她看過他，她是最後一個看見他的人。班恩・萊德，有史以來最正派的一個人。她的腦中充滿了首相的模樣，色瞇瞇地抓住她。他滿是威士忌酒氣的呼吸噴在她臉上，她好幾個月以來承受羞辱，但還知道這世上依舊有正派的人會做出勇敢與良善之舉。但這實在太多了，過多的衝擊與身體中殘存的藥物，讓她再次陷入睡夢。

6

「該死的。」班恩說，她終於放開他的臉，倒在椅子上。她看起來很眼熟。他在某個地方見過她。他再次看著門上的名字。莎法．帕特。這是個特別的名字。他會記得這個名字，尤其是這樣的女性。她很漂亮。

「她還好嗎？」哈利問。

班恩聳聳肩，退開一步。「她還有呼吸。」他說。「這裡有什麼警報器或呼救鈴之類的嗎？或許我們該叫臺救護車……」

「救護車？」哈利再次擺出那個狐疑的表情。「她認識你。」

「呃。」班恩停下來，思考該怎麼說，既使他不知道該說些什麼，但莎法在她的椅子上翻動，輕輕呻吟並且再次睜開眼睛。

「水在這裡，小姐。」哈利說。他的舉止有些不同，他抓著一個小塑膠杯的方式，顯然是不想嚇到她，縮著手把杯子遞給她。班恩從來沒見過一個男子如此努力降低自己的威脅性。

莎法的雙眼再次聚焦，她慢慢拿起杯子。她和其他兩個人一樣，一開始先啜飲，然後飢渴地大口大口喝水。

「再一杯？」哈利禮貌地問，伸出手去拿杯子。她把杯子交出來，驚訝地看著這樣一個高大毛茸茸巨漢的關切，並且再次讀出他門上的名字。哈利端給她另一杯飲水，然後當她透過杯子邊緣看著他和班恩時，退開到一旁走動。

「要水嗎？」哈利問班恩。

「呃，好，好的，謝謝。」

「班恩．萊德。」莎法低聲說，聲音現在更堅定，更正常。「你看起來像他，你也有疤。」她補上一句，她從椅子上俯身向前，看著他下巴右側的褪色疤痕。「但你不是他。」

「我們可以坐下嗎？」班恩問，同時哈利帶著水和一把衛生紙回來。兩個白色紙團從他的鼻子裡凸出來，讓莎法和班恩在完全超現實的混亂中眨了眨眼睛。

「用來止血。」哈利說，莎法隨即意識到他們都在流鼻血，哈利把衛生紙遞給其他兩個人。他們的運動服上衣已經滴到了深紅色的血漬。她低下頭，也在自己胸口看到同樣的東西，於是接過衛生紙。把衛生紙撕成兩半，小心翼翼地塞進鼻孔裡。班恩看著她，然後看向哈利。

他的腦袋還在拚命想搞清楚到底是怎麼回事。

「用來止血。」哈利再說了一次，依舊舉著一大張衛生紙給班恩。

「我知道你不是班恩．萊德。」莎法說，這時班恩把衛生紙塞進鼻子裡。「我看到班恩．萊德死了，我就在現場。」她補充說。「在月臺上……」

這句話重重地擊中了班恩。突然回想起那個制服警察跑過月臺，對著司機尖叫大喊。她雙眼的形狀，她頭部的角度，她的舉止模樣。班恩嚥了嚥口水，更用力地抓緊杯子。

「我得坐下來。」

「那你呢？」她說，把注意力轉向哈利。「你肯定自己是哈利．麥登嗎？」

「沒錯，哈利。」哈利回答。似乎想了一下才走向最後一張椅子。

「不是**那個**哈利．麥登。」她清楚地說。「也不是**那個**班恩．萊德。」

他們陷入深深的沉默，三個用白色衛生紙塞住鼻孔的人懷疑地看著對方。

「我知道這個。」哈利說，聲音深沉而轟隆。

「知道什麼？」班恩問。

「心理遊戲。」哈利親切地看著班恩。

「你是指什麼？」

「這是個心理遊戲。」他說。

「什麼？！什麼心理遊戲？我們在哪裡？你們兩個是誰？還有我他媽的為什麼在這裡？」

「你不該在女士面前說粗話。」哈利低聲說，語帶警告。

「媽的少扯了。」莎法說。哈利臉色一白，看起來有點尷尬。「我同意，你們兩個他媽的是誰，還有我為什麼在這裡？你不是班恩．萊德，而你……」她指著哈利。「我不知道你是誰。」

「我是班恩．萊德，」班恩說。「妳是霍本站月臺上的那個警察。」她的頭突然轉過來面對他。「我看到妳……妳在跑，向司機揮手叫他停下……我正在把紅髮男子拉下軌道。」

「那他的名字是？」

「誰？」

「紅髮男子。」

「我不知道！我怎麼會知道？」

「的確，你不可能知道，因為班恩・萊德跟火車一起被炸死了。」

「不，我沒有。兩個男的把我推進旁邊的小房間，然後……」

「然後什麼？」她質問。

「然後……我不知道……我不記得了……我昏過去了，然後在這裡醒來。」

「是啊，那好吧，你已經昏睡了差不多……五年？」

「五年？那不過是幾小時前的事。妳在說什麼？」

她嫌惡地搖頭。「別說了。」

「去找工地領班……或是我在休息室遇到的人……或是我的辦公室！他們會告訴妳，我是為了調查那個在奧德維奇站觸電的工人……我不認識那些人……」

「心理遊戲，」哈利嘖了一聲。「骯髒。」

「我告訴你心理遊戲是什麼，」莎法說。「心理遊戲是只因為你的膚色更深，於是就被懷疑是恐怖份子，而那是種族歧視。我克盡職守，你該死的最好找到官邸裡的每個警察，因為如果你根據我的種族而挑上我，我他媽的就會像瘋子哈利……」她停下來，意識到自己說了什麼，然後瞇起眼睛瞪著哈利，而哈利歪著頭有些困惑。

「我把他帶去地下避難室。」她繼續說。「是我帶他下去的……如果我參與其中，為什麼我不殺了他，或是把他交出去？我甚至沒有跟他一起進去……」

「跟誰？去哪裡？」班恩問。「妳在說什麼？霍本站？」

「他說他會這樣做。」她陰鬱地嘀咕著。「他說，」她大聲地對著空氣說，彷彿有別人在聽。「他說他會把極端主義的文件放在我父親的辦公室，如果我不……」她再次停了下來，困難地喘息。「我不是恐怖份子！」她大喊。

「我也不是！」班恩對著監聽的人喊道。

「我是，」哈利幾乎很愉快地說。「哈利．麥登，英國陸軍。我在離港口幾英里外被放下來。我把整個鎮給炸了，好讓轟炸機可以開出一條路，讓其他人可以在U型潛艇上安裝炸彈。」他實話實說，沒有任何開玩笑或說謊的痕跡。「所以……」他停頓，目光從莎法移到班恩。「你們可以結束這些表演了。不需要再玩這些心理遊戲了，因為我承認我是誰。」他把杯子喝乾，輕輕放在腳邊。「噢，我還穿著平民服裝，所以這讓我成了間諜。如果你們現在處決我，我不會掙扎或反抗，但如果你們只是把我關在這裡，我認為我有責任要嘗試逃跑。」

沉默隨之而來。莎法和班恩動也不動，看著哈利坐回椅子上，並且伸長了腿。「不管怎樣，你們的杯子做得不錯。」

「杯子？」莎法問。

「是，你們的塑膠，」他說。「好東西。或許你們是敵人，但該讚揚的就要讚揚。」

「噢，我的老天啊，」班恩結結巴巴地說。「這到底是怎麼回事？」

「你英語很好，在英國唸書？」哈利問。

「在英國？」莎法問。

「在戰爭前。」哈利說。

「今年是幾年？」她用一種古怪的表情問他。

「一九四三。」他回答道。

「當然了，」她有些萎靡地說。「你是真正的哈利．麥登，他是真正的班恩．萊德。」

「我是，」班恩對她說。「但他不是真正的哈利．麥登。妳認為他們覺得妳跟霍本站的攻擊有關？」

「我可以告訴他們，我看到妳嘗試阻止火車。」班恩指著莎法，對著房間外說。「我看見這位警察在月臺上奔跑，她穿著制服，跑向火車去阻止司機……我認為這很重要。」莎法瞪著班恩，讓他停頓了一下。「不，我真的認為這很重要，想想看，如果妳知道會爆炸，為什麼要跑向火車？」

「我不知道會爆炸，」她氣憤地說。「那是五年前的事了。」

「你們把霍本車站給炸了？」哈利痛苦地問。

「那裡不是軍事設施。平民會在底下。絕對不可以！」

三個對話彼此交叉進行。班恩和莎法覺得他們喝醉了，所有事情都無法同步。一種混亂和恐懼感開始上升。它太熱、太近，還在鼻子裡塞著衛生紙。

「你們不能這樣對待別人。」班恩說。「還有人權法案吧？」

「哦，這招妙。」莎法幽默地微笑。

「什麼意思？」

「人權法案？在二〇一八年廢除的那個？就像我說，這招妙啊。」

莎法的雙手顫抖。哈利看起來真的很困惑。班恩不停嚥口水。他們輪流盯著彼此，因為每個人都認為其他人被下了藥，因為副作用而覺得一切都是真的。

這是一個造成壓力與混亂的測試，他們會因此而洩漏出挪威、霍本車站和唐寧街的情報。莎法和班恩同樣擔心如何說服其他人。哈利靜靜地坐著。

「我的名字是班恩．萊德，我跟霍本車站的事情毫無關係……」

「五年前。」莎法說。

「昨天。」

「五年前……」

「昨天。」

「五年前。」

「昨天……我的名字是班恩．萊德。我在十七歲時改名叫做班恩．凱爾夏。我和史黛芙訂了婚，我們就要結婚了。我替哈羅氏保險調查公司工作。」

莎法冷冷地笑著，轉身面對他。「你十七歲時發生了什麼事，班恩．萊德？」

班恩遲疑著，不想對他埋葬多年的事情發表意見。

「繼續啊。」莎法說。「你十七歲的時候發生了什麼事，班恩．萊德？」她嘲弄地追問。

「我殺了五個人……」班恩說。

「誰？」哈利帶著新的興趣看向班恩，莎法逕自越過他。「你殺了誰，班恩．萊德？」

「拜託別問了。」班恩看向遠方，而記憶開始回流。

「噢，你看起來很受傷。」她裝出一種溫柔的語調。「來嘛，你是班恩．萊德。你殺了誰？」

「卡爾．波科克、戴爾．埃凡斯、昂巴薩．尤貝利、西恩．哈里斯、馬特茂德．海珊。在伯明罕三十英里外的一個村莊的拉弗巷……」

「是、是、是，你可以從維基百科找到這些。」

「是可以。」班恩說，他之前google過自己的名字。「但維基上不會說我們把姓改成凱爾夏，或是我們搬到了薩里，或是我父親獲得了一份國民西敏寺銀行的工作，或是我母親是當地特易購的店員。或是我們有一隻叫做波波的狗……上面有說這些嗎？有說我念的是萊特丘綜合學校？有說我在昨天被派去倫敦之前的最後一次調查——」

「有。」

「有說……什麼？」

「確實有說。」

「什麼？」

「維基百科說了這全部的事情。你去世時，你跟史黛芙．邁爾斯訂了婚。噢，別裝出一副震驚的樣子，大家都知道，一個人不可能被閃電擊中兩次？班恩．萊德殺死五名嗑藥的幫派成員，解救了一名婦人和她的孩子……然後多年之後，在倫敦地下鐵拯救了幾百條人命。全都都在維基百科上，每個字都有。」

班恩的心臟狂跳，胸膛起伏不止，口乾舌燥。呼吸加速，他看了莎法，然後看著哈利。「這太扯了。誰……我是說……那妳又是誰？」他問莎法。

「莎法．帕特，」她再次像是在對房間說話。「我是外交安全小隊的警官。」

「然後？」班恩虛弱地問，哈利則是帶著興趣地看著。

「哦，你想聽剩下的？」她厲聲問。「現在輪到我了嗎？好啊。我很高興能遵從您的命令，照您的意願行事，班恩．萊德。」

「我不是——」

「PC 01899 帕特，」她打斷他。「我昨天正在值勤。你想知道其他值勤警官的名字嗎？」她輕聲問。「不用？已經知道這些名字了嗎？那讓我繼續吧。我開始值勤，首先就是上樓去接替日班的警官。然後我一直待在頂樓，直到首相回來，然後我移動到樓下的固定點，在電梯旁邊。我一直待在固定點，直到首相結束他的公務，除了一般的唐寧街工作人員外，我沒有看到其他人……不，等等……有一位私人訪客……」當她變得認真嚴肅時，那些過於譏諷的聲音就消失了。

「他只待了半個小時，但他有點奇怪。你們調查過他了嗎？我們沒有他的詳細資料，他只是一個私人訪客……去調查他。」她對班恩和哈利點點頭，彷彿他們可以安排這些。「然後他……我是指首相，我帶他上樓到他的房間，呃……」她遲疑了。「我待在樓上的走廊，直到他叫我進去進行竊聽器檢查……我，呃……第一次爆炸時，我們正在他的書房。我帶他走下樓梯，在一樓遭遇攻擊者，我知道我殺了三個，可能是四個。我讓首相進入地下避難室，然後回到一樓。我肯定有六個以上的確認擊殺。」哈利更向前傾。「然後我聽到後花園有交火聲，我走到那邊直到……該死，」她吐了口水。「兩名警察……有兩名警察靠近，但他們沒有武裝！老天，我怎麼沒注意到？他們從官邸正面過來，問我的名字。他們問了我兩、三次，像是要確認，其中一個人襲擊了我。」

「對，」她脫口而出一個顯然剛剛才回想起的鮮明記憶。「他跳到我身上，把某種東西插進我的脖子，另一個人朝花園裡丟閃光彈……」

「妳的脖子？」班恩打斷她，因為她的話勾起了他的回憶。

「一定是鎮定劑。」她低頭看著腳下的地板，努力想回憶著。「其中一個人……他的鼻子斷了，眼眶瘀血……他說了什麼……」她抬頭看向班恩。「說班恩打斷了他的鼻子……」

「我？」班恩問，後退了一點。「我記得有人戳了我的脖子，但是……」

「脖子？」她問。

「對，在這邊。」班恩把手放在脖子右側，「摸起來還會痛。」

「讓我看看。」她要求道，身體向前傾。

班恩扭過身體，手按在痛處。「這邊。」他說。

「把手拿開。」她伸出手。「這邊？」

「噢！」他痛得縮了一下，她的手指戳在他的脖子上，他瞪向她。

「有穿刺痕跡。」她說。

「我有沒有？那我們看看妳的。」

「這邊。」她摸著脖子的左側。「有看到什麼嗎？」

「什麼，哪邊？」班恩問，用手指戳了她的脖子。她也痛得一縮，同樣瞪了他一眼。

「好。」她咬牙切齒地說。「脖子被穿刺了嗎？」

「對，哈利你呢？」班恩問。

「跟我無關。」他盯著他們，好像他們兩個都瘋了。

「讓我們看看你的脖子。」莎法在椅子上向前俯身要求。「有哪裡痛嗎？」

「全身都痛，小姐。」他嘀咕著說。

「這邊？」她壓哈利的脖子時，動作比對班恩輕柔許多，他微微縮了縮，點點頭。

「真的？」班恩起身靠上去看。有一個小痕跡，就像莎法脖子上的那樣。

「我確實打斷了某人的鼻子。」班恩承認，坐了下來。「當他們抓住我的時候……我以為他們是恐怖份子之類的……我的意思是，那時候一片漆黑，他們頭上有探照燈之類的，閃得我眼花繚亂，但我打中時，聽到其中一個人說他的鼻子斷了。」

班恩覺得頗受打擊，哈利是他們之中唯一一個承認做了某事，卻看起來最若無其事的人，而他跟莎法都在不停力陳自己的無辜，希望能說服別人。

「哈利你呢？你發生了什麼事？」莎法問他。

「我說過了。」他講。「我潛入基地，設定炸彈替轟炸機點亮一條通道，好分散注意，讓其他人能攻擊U型潛艇。我是英國陸軍的突擊隊員。」他停下來，表情毫不遲疑地看出去。「我知道自己做了什麼。」

「那是一九四三年的事？」她問。

「是。」他堅定地說。「現在就是一九四三年。」

「而妳——」班恩看向莎法，「妳在唐寧街遭到恐怖攻擊是二〇二〇年。」

「沒錯。」

「而我在霍本車站那時是二〇一五年。」

「好啊，我知道了。這樣一切都說得通了。」

他們揚起眉毛看向班恩。「是嗎？」莎法問。

「不是。」

另一段沉默。他們輪流擦拭臉上的汗水，而雨滴打在他們身後的百葉窗上，形成穩定的節奏。

「如果你們來自未來，」哈利慢慢地開口，打破了沉默，「誰贏——」

「我們。」班恩平靜地回答。

「德國人？」

「不是！英國……或者該說是同盟國。」

「發生了什麼事？」他以一種更直接的情緒問，讓其他兩個人認為他是真的相信自己是哈利・麥登。

「我們贏了。」班恩聳聳肩說。

「怎麼贏的？」

班恩低下頭，莎法清了清嗓子。多年來，每間學校都會教哈利・麥登的傳奇故事。電影、書籍、電視影集，甚至出現了「瘋子哈利」的俗語。這個人不是哈利・麥登，但他所散發的信念令人無法抗拒。

哈利沒說什麼，只是轉身向前看，慢慢點頭。「那後面有什麼？」他看著門問。

「不知道，」班恩說。「也許可以出去？」

哈利悶聲嘆息，看著莎法。「我現在要逃跑了。」

「好。」她慢慢回答。

「如果妳想阻止我，我會盡力不要傷到妳。」

「我不會阻止。」

他看向班恩。

「噢，我也不會阻止你。」班恩立刻說。

哈利緩緩地走到門口，停下來伸出手，彷彿期待某種反應。

「沒事？」他站在門口問，沒有轉身。莎法和班恩互看一眼。他幾乎失望地嘖了一聲，把手放上門把，顯然沒想到門就這樣開了，哈利驚訝地退開。

「該死，門開了？」班恩問。

「維基百科說班恩．萊德是一位優秀的調查員。」莎法說，證明了一點。

「是嗎？維基還說哈利．麥登是第二次世界大戰中的一名突擊隊員……」

哈利從走廊左右張望說，「空蕩蕩。」

「真的嗎？」班恩問，和莎法一起走到門口，跟哈利站在一起。

哈利走出去，讓他們可以移到一個寬敞的走廊，設計跟他們的房間相同，水泥牆壁、地板和天花板。頂上有著刺眼的光源，還有同樣堅固的鉚釘金屬門在走廊兩側。

「瞧瞧這個？」莎法說，指著大門外，門上用黑字印著他們的名字：「哈利．麥登」，「班恩．萊德」，「莎法．帕特」。

「這裡感覺更溫暖，」班恩低聲說，扯了扯灰色運動上衣的領子。「走那邊？」

「這些門上沒有名字。」哈利說，沿著走廊走到對面的第一扇門。

「門沒鎖嗎？」莎法問。

哈利轉動門把，退後一步把門打開。「一樣。」他說。莎法和班恩走過去，看著跟他們房間一模一樣的複製品。主房有三張淺藍色的模造扶手椅。浴室有三條毛巾、三個杯子和三個牙刷。主房的門通往三間一樣的簡單寢室，每間寢室都配有一張金屬架的單人床。他們回到走廊，輪流打開每一扇門。每組房間都一模一樣，隨著汗水刺痛他們的臉龐與脖頸，壓力也一點一點升高，哈利的腋下出現深色的汗漬。赤腳輕輕地拍打在水泥地板上，無法趕上的感覺隨著時間推移而逐步增加。他們在走廊盡頭停下，盯著嵌在牆上的雙開門。

「聽，」哈利低聲說，把頭靠在門上，聆聽另一邊的聲音。「有人。」

「我們一定是在監獄裡。」班恩小聲地說。

「沒有鎖。」哈利搖搖頭說。

「也許這是一間奇怪的監獄，某種特別恐怖份子監獄？」班恩說，感覺不知道自己在胡扯什麼。「或許……呃……我們應該待在一起？」其他兩個人面無表情，他咬著嘴唇，試著想組織自己的話。「莎法，妳是警察對吧？」班恩問。

「是，怎樣？」

「我想他們不喜歡警察在監獄裡……還有，呃，特別是女警？」班恩有些畏懼地補充。

她臉色一白，瞪著班恩和哈利，嘴巴皺了起來。

「小姐？」

「我可以應付。」她堅定地說。

「好吧，抱歉，我只是——」班恩開口。

「待在一起，然後呢？」她打斷他。「如果你想，那就這樣。」

「我知道，」班恩說。「我的意思是，看看他的體型。」他用眼神示意哈利。「我不想在淋浴間被那個。」

「哪個？」哈利無辜地問。

「我們有自己的淋浴間。」莎法說。

「到底是哪個？」哈利再次問。

「就是那個，」班恩對哈利說。「在監獄的淋浴間裡……」

「被揍？」哈利問。

「對，差不多。」班恩溫和地說，哈利翻了白眼。

「我開玩笑的，」哈利說。「我知道他們在監獄裡幹什麼。」

「噢媽的。」班恩呻吟著。

「他們會互相偷東西，對吧？」哈利說，表情沒有絲毫變化。

「我們進去吧。」莎法一臉嚴肅地命令道，越過哈利推開門。

7

四方形的房間很大，四面都是裸露的水泥牆。金屬百葉窗沿著牆面延伸，下方有著一張長木桌。哈利輕推班恩和莎法，看向桌上的水果碗。

香蕉的尺寸……嗯……非常大的香蕉和圓形橘色的東西，那不可能是橘子，因為它跟西瓜一樣大。大木碗裡面還有其他看起來像是蘋果、梨子和莓果之類的東西，但更大，顏色的深淺也不太一樣。這些東西顯然是水果，卻跟他們過去見過的東西不同，在這呆板的灰色房間中，這些鮮豔的色彩看起來更加鮮活。

十幾名男性站在房間的另一端靜靜地討論著什麼，就在一組門旁邊。幾張粗製的桌椅散落在四周。

觀察者會依照自己的生活經驗與知識，對眼中所見的情況產生不同的看法。

對莎法而言，這個景象異常刺眼，進一步提高她已經加劇的焦慮。監獄不會陳設水果，他們不會使用木製桌椅，因為可以被砸碎當成武器。監獄不會有混合性別的公共空間，不會要求女性拘留者和男性拘留者共用同一間浴室，也不會放任門沒有上鎖。這裡不是監獄，但依舊像一座監獄。這令她驚恐。這打亂了她腦中的黑白，她的大腦原本就沒有空間可以容納那些灰色的模糊事物。

對班恩而言，這個景象意味著無數的事情。他的思考比莎法更開放，更少侷限在法律與秩序的世界。他看見營養食品的排放，這告訴他，有人做出一些努力想照顧留在此地的人。粗製的桌椅告訴他，這裡可能更像是一座建設中的工地，但還是有人希望能提供一個至少可以坐下來吃飯的地方。他看見開敞的大門和一種安全感，但無法推測他們是被關在裡面，還是把什麼關在外面。到目前為止，他看到的東西都表示這裡尚未完工。

哈利看到了一間戰俘營，這樣就夠了。

他們看向那十幾個人。莎法看見保全人員穿著准軍事風格的工作服和戰鬥靴。她留意到寬厚的肩膀，筆挺的背脊，剃乾淨的下巴和軍事等級的髮型。

班恩模糊地瞥見一個穿著卡其服的高大黑髮男子對另一名男性說話，但每一句話後面都暫停了一下，好像有人在替他翻譯。在他們留意對話時，班恩看見那個穿卡其服的男子盯著某個人。

哈利看到一些守衛。

莎法再次環顧四周，依舊震驚而且不確定，從不被動等待的大腦告訴她要做點什麼並且控制局面。

班恩看見那些會知道發生了什麼事的人。他聽見他們講話的片段，說著英語和德語。他瞥見的黑髮男子講英語，但某人正在幫忙翻譯成德語。為什麼是德語？他的思考得出結論，他一定是在歐洲的拘留中心。這樣可以解釋這些奇怪的設施。

哈利看見德國守衛在德國戰俘營中講德語。

正當莎法想要叫其他兩人來控制局面，而班恩想對其他兩人低聲說出自己的想法時，哈利點點頭，微笑地向德國戰俘營中講德語的德國守衛大步走過去。

「呃……他要去哪？」班恩問，指著哈利。

「哈利．麥登，中士，第二突擊隊……」哈利的聲音在房間迴盪，讓每個德國守衛都猛然轉頭，看見一個穿著灰色運動服的高大壯漢，鼻子裡塞著衛生紙。

「他媽的，」莎法低聲說。「他真的認為他是……」

「傘兵師，英國陸軍……」哈利大喊，他的聲音深沉而自豪。他走動時彎下肩膀，彎起手腕並握拳，流露出他的戰鬥意圖。「我是一名突擊隊員。我打扮成平民……」

班恩吸著鼻子發出乾笑，把左鼻孔的衛生紙噴了出來。莎法難以置信地搖頭，但穿著工作服的男性們迅速地從緊密隊伍分散成夾擊的陣形。她往前站了一步。她的雙眼在判讀那些人的微小視線游移，他們在檢查各自的站位，滑行移動，以保持一個在前，一個在後的基本戰鬥位置。

「哈利！」一名男子以英語喊道，從人群後方大步走過來，是那個高大的黑髮男子。班恩再次產生一種似曾相識的震撼。就像他看見莎法和哈利一樣，同樣的詭異感，這種令人不安的感覺迅速地變得越來越常發生。他的大腦在努力地回憶他是怎麼見過這個人，但他無法在腦海中找到背景或地點。

「長官。」哈利突然停下，行了一個瀟灑的軍禮。「您是營地的司令官嗎？」

「現在是怎樣？」羅蘭困惑地眨眨眼。

哈利放下手，立刻察覺這個男的不是軍官。他再次翻了白眼。他揮舞著拳頭，看向守衛。「來吧，」他溫和地說。「了結這件事……」

「了結什麼？」羅蘭問道，班恩搜尋他的腦海，想要擺脫腦中的混亂。莎法盯著這一切，看著聽著，看著那些工作服男子依舊在移動，形成一個包圍圈，雙手遠離身體，準備好衝刺與戰鬥。她留意到他們彼此掃視的方式，確認配置與定位。她又往前踏了一步。

「骯髒的德國佬，」哈利說，他的聲音降到了危險低沉語調。「Kampf mich（德語：來戰啊）……」他語帶享受地補上一句。

「噢，他媽的。」康拉德嗚噎地說。

「Kampf mich，」哈利越講越大聲，「KAMPF MICH……」

「喔不，不、不、不——」康拉德痛苦地擠出聲音，揮舞著雙手，穿著工作服的男子們現在憤怒地瞪著哈利。

「他說什麼？」麥肯問。

「哈利，讓我解釋。」羅蘭說。

「這到底是什麼鬼？」班恩說。

「不知道。」莎法嘀咕著。

「喔不，」康拉德再度哀痛地悶哼，「他叫他們跟他打……」

「我早就說過他會這樣，」麥肯說。「我們說過了，老早就講了。羅蘭，我們早就說他……」

「聽著聽著，哈利——」羅蘭試圖表現出堅定和冷靜，但他的聲音卻流露一絲的擔憂。

「**KAMPF MICH!**」哈利大吼，向最近的男人踏出一步，那人後跳一步。哈利只看到德國士兵，只看到金色的頭髮，藍色的眼睛和傲慢的冷笑。他看見伯特、傑克、比利、狄克和瓦澤，還有其他伙伴都被這些納粹混蛋殺死。他看到他的國家陷入火海，婦女和孩童死於轟炸。他看見戰爭的恐怖和眼前的敵人。他們會殺了他。他是一名突擊隊員。他們會開槍處決他或用更糟的方式。他要奮戰到底，以上帝之名，他還會拖幾個人跟他一起上路。他感覺到那種緊張感幾乎準備爆發了。他把其中一張椅子踹向他們，然後對另一個人做出假動作。他們包圍住他，壓低身體準備好戰鬥。他露出微笑，充滿了惡意。「Kampf mich，」他再說了一次，招手讓他們前進。「**KAMPF MICH……**」

「哈利，請讓我……」羅蘭結結巴巴地說，局勢迅速失控。「康拉德！做點什麼……」

哈利聽見康拉德的名字。康拉德聽起來像是個德國名字，那個英國人是他們那邊的。他冷笑，站得筆直，知道自己的最後一句話會立刻點燃戰火。「Fick...deine⋯mutter⋯（操……你……媽……）」他帶著惡意的喜悅喊道。這很有效。對世界上任何一個士兵喊幹他的母親，看看會發生什麼事。

「**NEIN NEIN NEIN!**（不不不！）」康拉德尖叫。

「噢，蠢貨。」麥肯叫喊。

哈利對第一個衝過來的人狠狠砸了一拳。腰部用力，扭身揮出一記重擊，打斷那人的鼻子，讓他整個人向後飛。鮮血和牙齒一起噴出，但這些全是雇來擔任打手的強悍前職業軍人，非常習慣這樣的打架。他們從前三個被打倒的人身上學習，集體衝刺。哈利靈巧地來回跳動，以他這樣巨漢而言是十分驚人的敏捷性，猛力揮拳與踢擊。他抓住一個試圖對他揮拳的男人，啪地用他的膝蓋折斷對方的手肘。那男人慘叫，哈利狠踹他一腳，把他踢到另一個人腳邊。

「**GEHEN!**（上！）」某人咆哮，剩下的人一齊衝了上去。所有人像是犁田般猛揍哈利，他在猛攻中搖搖晃晃。但他重振旗鼓，把拳頭砸在人家臉上，頭錘、揮拳、腳踢，但對方人數實在太多。兩個人扯著他的腿，想把他絆倒，但他屹立不搖。大吼著繼續戰鬥，要在被他們殺死之前，多造成一分傷害。

班恩看著看著，彷彿鐵鎚落在心臟上，忍不住閉上眼睛。手腳被折斷的聲音令人作嘔。血花四濺，牙齒散落在地上。桌椅翻倒，房間裡充滿拳頭揮舞的噪音。當戰鬥在房間肆虐時，他畏縮了。

莎法也在看著，一小步一小步地向哈利移動，她心中的灰色逐漸消退。這是黑色與白色，這是戰鬥。她不知道哈利是誰，但既然他不可能是瘋子哈利．麥登，所以她也不需要對他講什麼義氣。但如今他一個人在對抗十幾個人，這樣不對，這樣完全不對。

她又踏前一步，再一步。她的雙眼緊盯著每一個移動與動作。心裡有種衝動要幫助哈利，但又有個聲音告訴她這一切都不對。她像班恩那樣瑟縮與畏懼。其中一個人被哈利猛揍一拳，臉上滿是鮮血，被狂怒所扭曲，他抓起一把椅子，舉過頭頂打算揮向哈利。

「太超過了。」莎法衝了出去，奔跑並瞄準那個人。「**哈利！小心……**」

哈利轉身，椅子剛好砸在他的胸口上。他在一陣噴濺的木頭碎屑中摔倒，那些人拳打腳踢地朝他招呼。莎法的動作飛快，目光鎖定那個用椅子攻擊哈利的人。他轉身面對她，當莎法側步越過他時，他臉上的狂怒變成一種困惑的表情，然後她的手臂鉤住他的脖子，碰地把他整個人摔倒在地。接著她用拳頭猛擊對方的鼻子，立刻把它打斷。她起來時轉身，踏入以哈利為中心的暴力漩渦，她對其中一個人掃腿，猛揍另一個人的喉嚨，那人抓著自己的喉嚨掙扎著呼吸。在其他人意識到發生什麼事而轉向她之前，她又打倒了兩個人。她的動作很快，也很強悍。她的拳頭又快又猛，而且靠著來回搖擺來閃躲，用膝蓋和手肘攻擊任何向她揮來的東西。她十分粗暴，並且在做她擅長的事情上非常有效率。每一個動作都經過計算，每一拳都有目標。一隻手從後面伸出來繞過她的頸部，她立刻倒下用背著地，用腳跟猛踢在那個人臉上。她飛快地站起來，而哈利也重新奮起，咆哮著抵抗，把那些人都甩開。

班恩只是看著。他什麼都沒想，雙眼注視著，但他的大腦脫離了現實。在混亂中，他平靜地接受莎法有多麼強悍，她非常凶狠，徹徹底底的凶狠。

戰局變得更糟，更暴力。這些人受傷而憤怒，他們從壞掉的椅子上抓起木條，拿武器衝向哈利和莎法。結果他們手臂骨折、肩膀脫臼、手指折斷、手腕折裂、鼻子斷裂。暴力蔓延滋長，狀況也越來越糟。莎法被一拳打在臉上，瞬間頭昏眼花，同時一個金髮男子拿一把裂開的椅子砸在她的後腿上。她重重倒地，但試圖滾開。這時兩個人抬起哈利的腿，想將他放倒，第三個人抓住他的脖子。莎法滾開並試圖站起來，但金髮男子向她跑去，一邊瘋狂地叫喊，一邊用長木條將她打倒。

對班恩來說，時間就像前兩次一樣，變得緩慢起來。一次是他十七歲時，另一次則是幾個小前在霍本站的月臺上。一切都清晰無比，每一步都可以預測與安排。

莎法的雙腳猛踢，拿起一塊木頭絆倒金髮男子。他倒在莎法身上，於是更努力地踢她打她。男子抓住她的手臂，其他人的拳頭落在她的臉上。

哈利試圖站起來，但更多人跳到他身上。金髮男子雙腳跪地，帶著一絲純粹的恨意，狠很地一拳揍上莎法的臉，力道之猛，讓莎法的頭整個向後撞在水泥地板上。

班恩用力地衝過去，雙臂伸開，一次低撲把他們從莎法身上撞開。他們七零八落地摔在地上，但班恩的動作更快，攻擊像暴雨般落在金髮男子身上，拳頭揍進鼻子、眼睛和嘴巴。金髮男子反擊了幾秒，但鼻子斷裂、下顎脫臼、眼窩骨折，突然全身一癱，失去了意識。此時另一名男子撞倒班恩，班恩在地上打滾著滑開。

莎法從後方絆倒那名男子，並在他跌倒時用拳頭猛擊他的後腦杓。

班恩的側臉中了一拳，於是他反擊。他被打中，又再反擊。地板上的莎法滾開，然後跳了起來，盯著那個追上來的男子。她一個閃身，手刀插在對方的喉嚨上，然後旋轉到他身後，惡狠狠地連擊那人的腎臟。

哈利重新爬了起來，兩個人昏倒在地上。另一個人從右邊向他撲來，卻被反手一揮擊倒。

一隻手臂從後方扣住班恩的脖子。莎法被狠揍了一拳，但她立刻用膝蓋重重頂進攻擊者的肚子，那個人噴出一大口氣然後倒下。莎法快速轉身，看見班恩被鎖喉，於是衝了過去。

「蹲下去。」她嘶聲說。班恩照做，他的重心往下，迫使身後的人跟他一起往下。莎法趁機用掌根從兩側重擊那人的太陽穴，男子鬆開了班恩。他滑到地上，扭身一腳踹在男子的跨下，而莎法也結束對那人的連打。莎法宛如惡魔一般，但從一旁出現的男子蜂擁而來。班恩迅速起身，但有兩個人抓住他的雙臂。他試圖踢開一個人讓他的右手可以活動，但有人打中他的後腦。他搖搖晃晃地往前倒，感到一陣暈眩，接著有人將他絆倒。

哈利再次倒下。一大堆人把他壓在地板上。莎法也是，瘋狂地尖叫但還是被壓制住。她持續反抗，踢、踹、咬，但他們猛力揮拳，讓她起不了身。

頸部傳來一陣刺痛，注射筒的活塞按了下去。藥物的熱流迅速地擴散，增加了他們體內殘存的藥物。他們的反抗越來越慢，越來越弱，也越來越無力。戰鬥的刺激從身體裡退去，他們再次陷入化學藥劑導致的睡眠之中。

他開著廂型車倒車，把引擎熄火並抓起黑色手提箱，下車穿過大門走到接待處。

「請問需要什麼服務？」接待小姐以德語詢問。

「我有一些傷患。」康拉德以流利的德語回答，緊張地咬著下唇。

「好的。」接待小姐說，探出身體看向康拉德後方。「他們在哪裡？」

「外面。」

「我知道了，請問有幾位？」

「十二。」

「瞭解。」

「我聽說你們什麼都不會問。」

「付款方式？」接待小姐問，絲毫沒有反應。

「這樣可以嗎？」康拉德把手提箱放到桌上，轉過來讓開口方向面對接待小姐。他打開手提箱並拉開箱蓋，讓接待小姐方便檢查裡面的鈔票。

「沒問題。」她流暢地起身關上蓋子，把手提箱擺到桌子底下。「把他們帶進來。」

「不行，」康拉德走向大門。「你們這邊有攝影機嗎？」

「沒有攝影機。」她說。

康拉德點點頭後衝出門，留下沒有標記的廂型車停在那邊，鑰匙沒有拔。這輛車沒有登記而且是用現金付款。

他也是用同一輛車接送這些人，把他們帶到地下碉堡。無法追蹤，當然它算在私人診所的醫療費用內，這間診所專門替在衝突中受傷的私人保全人員提供治療。

三個人死了，還有三個人可能會死。其餘的人受到骨折、腦震盪、眼窩骨折、韌帶和肌腱斷裂、手腳骨裂等等重傷，而造成傷害的那三個人依舊受到強烈鎮定劑的影響。

這些人替漢斯．馬克爾工作，這引起了漢斯．馬克爾的注意。

康拉德跟他的保全公司聯絡，聘雇了十幾個人。現在其中六個人死了，另外六個人身受重傷。診所只要提前支付費用，就不會洩漏訪客資訊。事實上，這跟錢無關。康拉德雇用這些人的時候，老闆得到一個裝滿錢的手提箱，老闆只知道，工作是評估地下試驗型拘留中心的安全性，但他不知道地點在哪裡。

十二名被雇來的保全人員被矇上眼睛，然後繞著柏林行駛了幾個小時，才被帶到樓下的一個地窖，傳送門開在一面由厚窗簾覆蓋的牆壁上，給人的感覺就像通過普通的門口，從一個房間走到另一個房間。

這些倖存者頂多說出攻擊他們的人是兩男一女。其中一個人叫哈利，是個英國人。他們不知道自己被帶到什麼地方，也不知道是誰在經營這個試驗型拘留中心。

馬克爾先生放出了消息。他的手下相當強悍，全部都是前職業軍人，非常專業，但現在六個人死了。是誰幹的？

柏林的保全公司以一種緊密聯繫的群體方式做出反應，一次不知名的工作導致六名武裝人員喪生令他們感到震驚。這也引起當地情報部門的注意，於是，現在進入了極端高度監控的模式。

這樣的關注立刻影響了柏林。他們有一個地點，有一個起點。柏林立刻成為一個特別區域。來自數十個組織的幾百名情報分析人員開始苦力搜尋每一個社交網路帳號，每一封電子郵件、短訊以及進出柏林的語音郵件。

他們派出探員進駐，機場因為放出假線索的反制手段而變得更混亂。

隱密、無聲的狩獵開始了。

9

三間單調枯燥的房間，只有水泥牆、水泥地板和天花板。每間房間都配有一張金屬框架的單人床，其中兩間裝著金屬百葉窗，標示出窗戶的位置。

「該死。」班恩一邊感受著視網膜的疼痛，一邊咒罵著。臉上的疼痛、指節的疼痛，還有來自全身上下的疼痛。他很快回想起來，地下鐵的攻擊事件、在這裡醒來、遇見哈利和莎法、進入那個大房間，還有打鬥。

再一次站起來，再一次感受暈眩的衝擊，他在兩眼一黑前走到門口，他倚著金屬門滑到在地上，癱軟倒地。

哈利像之前一樣醒來。慢慢睜開眼睛，以適應眩目的燈光。他繃緊四肢，感到疼痛，但知道沒有地方骨折。他輕輕起身坐在床邊，透過緩慢移動來克服暈眩。戰鬥的畫面在腦海中翻湧。他攻擊那些德國衛兵，為什麼他們不射殺他？他沒想到自己能再次醒來。他悶哼一聲，想起莎法打架的樣子，用手順了一下濃密的鬍鬚。他從來沒見過一個女人能像那樣打鬥。

莎法也像之前一樣醒來。咕噥著翻身，避開刺痛眼睛的光線。她立刻回想起自己在哪裡，以及發生了什麼事。她起身太快，感到一陣暈眩，但她蹣跚地走到門口抓住門把，她頓了頓。

班恩在地板上呻吟。

哈利搔著鬍子。

莎法搖搖晃晃。

班恩站起來，猛力打開門時，哈利剛好也打開他的房門。他們的目光停留在彼此身上，搖晃地站在原處，沉默了幾秒。班恩看向仍然關著的第三扇門。

「莎法？」班恩匆匆走到隔壁，兩人同時匆匆開門，她狼狽地倒進班恩懷裡，但他也一樣虛弱，撐不住她，兩人一起跌到地上，慘兮兮地呻吟著。毛茸茸的大手抓住兩個人的手臂，哈利奮力把他們拉起來時，鮮血再次從他臉上的傷口滲出。他們蹣跚地分開，看準了藍色的椅子，碰地倒進去，發出更多呻吟與悶哼。

他們沉默地坐著，感覺腦袋忽重忽輕。

兩眼無法正常聚焦，或是無法向大腦發出正常的訊號。

「抱歉。」聲音很低，清晰而深沉，但班恩和莎法還是得看一眼才能確定是哈利在講話而不是別人。大漢把手從膝蓋上抬起一寸，然後又讓它落下。

「抱歉。」他又說了一次。

「嗯。」班恩無話可說，於是瞇起眼睛看向莎法。

「妳還好嗎？」

她聳聳肩，隨即痛得縮了一下。「我看起來如何？」她問，班恩沒有馬上回答，想找出這句話是不是有什麼諷刺意味，但沒有。

「唔……」班恩看著她臉上的瘀傷，慢慢地說。

「這麼糟？」

「對。」

他們看到哈利臉頰和額頭的瘀傷，腫脹的嘴唇和烏青的眼眶時，忍不住縮了縮。但哈利只是聳聳肩。

「更慘的都遇過。」他像頭老熊般說。

「更慘的？」莎法問，刺眼的燈光讓她瞇起眼睛。

「四十二個人。樸茨茅斯……加拿大人……」

「哦。」她說，感覺這解釋了一切。

「他們打起來像一群混蛋。」他若有所思地低聲說。

他們再次坐在靜默之中，一臉瘀青，低頭看著自己的指節。

「好吧，」莎法以一種反射性的語氣說。「至少很不賴。」

班恩從疼痛的鼻子發出哼聲，乾笑著說：「妳這麼覺得？」

莎法微笑，忍著不要笑出聲。「或許吧。」

「吶，沒關係。」班恩說。「我也喜歡被人痛揍一頓……」

莎法自己哼笑著，而哈利笑到呻吟起來。

「別。」他說。

「什麼？」班恩轉身看向他，因為頸部的疼痛而抖了抖，這讓哈利再次輕笑，班恩又哼了一聲。

「別這樣。」莎法輕聲說，試圖壓抑咯咯笑的衝動。

沒什麼值得咯咯笑，但想到「咯咯笑」這個詞讓她再次傻笑，這又把哈利逗笑了，也讓班恩再次哼笑。

「那……」班恩依序看著他們。「我們贏了嗎？」

這引爆了他們的笑點，三個人一起咯咯傻笑，又努力試著不要笑得那麼疼。

笑到最後，莎法發出豬一般的咕嚕喘息，哈利和班恩盯著她，然後開始大笑，她被自己的聲音嚇到傻住。

「那是什麼？」班恩問。

「我不知道，」她說。「快停……痛死了……」

「都是你的錯。」班恩喘息著，看向哈利。

那些緊張、恐懼、困惑、痛苦，那些不知道自己在哪裡，又為什麼在這裡的不解。被迷昏兩次，被毆打一次，這些緊張感需要釋放，而當眼淚從瘀青的臉上滑落時，他們都試著不去看彼此。

他們沒有說話，也無法說話。說出來的任何一個字都不對，引得大家狂笑。於是他們坐下來輕笑，直到水氣從眼睛中消失。

「我去倒水。」哈利慢慢站起來，扶著牆壁等待暈眩感襲來。

「好喔。」莎法在他後面說。

「不要再讓我笑了。」班恩說。哈利倒了水，兩隻大手合成三角形，捧著三個杯子。他們拿起杯子開始喝水，哈利坐回椅子上。他喝完水，看著莎法。

「謝謝妳，我沒想到妳會幫忙。」

「說過我們會待在一起。」莎法說，回望向他。

「誰教妳打架？」

「首都警察。」她說

「打得好。」他抬起頭表示敬意。

「我？」她搖搖頭。「你才厲害，哈利。就像……你對付了那麼多人。」

「是啊。」他講得好像這沒什麼。

「你覺得我們有殺了任何一個人嗎？」她問。

哈利點點頭，表情無動於衷。「至少兩個。」他歪著頭，「或許再加上一兩個。」

她的眼神陰鬱而畏縮，瞥了班恩一眼。「你還好嗎？」

「嗯？」班恩眨了眨眼。「你殺了人？」

「對。」哈利依舊一副這沒什麼的模樣。

「呃，他們死了？」班恩問，依舊覺得自己醉了。

「對。」

「媽的。」班恩嘀咕著，盯著手中的杯子。

「誰教你打架？」哈利問。

「我？我從來沒學過任何打架的事情。」班恩說，莎法仔細地看著他。

「感覺像是，」他說，「天生的。」

「天生的。」莎法嘟囔，班恩看了她一眼，她也沒有移開目光，依舊仔細地盯著他。「班恩．萊德一次殺了五個人。」她輕聲說，彷彿她只在跟哈利講話。「那年他十七歲，」她說，「走在鄉間小巷……」

「十七歲？」哈利問。

「五個來自伯明罕的男人攔住並攻擊了一名婦人和她女兒……吉塔．喬德利……小女孩叫做米菈，當時六歲。」她繼續說，班恩在那種審視之下變得不安。「他們戳破了汽車的左後輪。吉塔努力想轉方向盤，但那些男人逼她停下……他們打算強暴那個女人，但**班恩．萊德**介入了……一個十七歲的男孩，從其中一人身上搶到一把小刀，殺死了五個凶悍的幫派混混。」她停頓，哈利用同樣的目光檢視著班恩。「多年後，他在倫敦地鐵站遇到襲擊，他再次動手殺人……」她盯著班恩。

她記得霍本站的監視器畫面，她看了幾百次。

「妳現在相信我了？」班恩溫和地問。

她猶豫著，在眨眼前瞇起眼睛。「沒有，班恩．萊德死了。」

「我是班恩．萊德，」班恩長嘆。「我曾經是……我現在是班恩．凱爾夏。」

「你戰鬥的樣子像班恩．萊德。」她說，回到先前那種表情。

「妳以前看過他打架？」哈利問。

「監視錄影。」莎法說，看著班恩又看向哈利。「霍本站的攝影鏡頭拍下了一切。我們的班恩，動作看起來跟班恩．萊德一模一樣……五年前的他。」

「他們在霍本站有攝影機？」

莎法一邊翻白眼一邊噴了一聲。「全彩高清即時錄影。」

「莎法，」班恩說。「我就是班恩．萊德。」

「我是哈利．麥登。」哈利說。

她哼了一聲，轉過身。「瘋子哈利．麥登……隨你怎麼說。」

他透過毛茸茸的鼻子呼氣。「他們在基地徵召我，」他說。「我進行某些任務時並沒有想過能生還……」

「所以妳一定是莎法．帕特。」當哈利表示他說完時，班恩開口。「但如果你真的是哈利．麥登，那表示莎法比我們更前面……我的意思是很多年之後。」

「你是白痴嗎？」她冷冷地說。

「有時候。」班恩可憐地承認。她笑了，又皺眉試圖掩飾。「我猜妳那時候就出名了，」班恩繼續說，她有些疑惑。「哈利因為他的任務而出名，我知道我因為十七歲的事情而出名——」

「還有之後，」她插嘴。「因為霍本站事件。」

「所以妳一定也一樣，因為唐寧街的事件。」

她點點頭，思考著。「媒體知道我是誰，我在正門站崗過一次……就一次……」她怨恨地補充。

「啊。」班恩說，意識到她想表達什麼。

「什麼意思？」哈利問。

「首相官邸外有很多記者和攝影師，」班恩解釋。「莎法，呃……請原諒我的直接，但她非常美麗……我的意思不是說這很奇怪……」

「沒關係。」她說。「我不想自誇，但我總是被人盯著看。我的眼睛。」

「美麗的眼睛。」哈利說，沒有一絲奇怪的意味。

「媒體看到我的時候都瘋了，他們在報紙和網路上炒了好久……埃及豔后女警。」她無言地哼了一聲。

「網什麼？」哈利問。

「饒了我吧。」莎法呻吟道。

「網路……」班恩對哈利說。「呃……你知道電腦是什麼嗎？」

「你真的打算解釋什麼是網路？」她問。

「計算裝置？」哈利說。

「它們變得更小，而功能變得更強大。」班恩解釋的時候，莎法再次腦怒地翻白眼。「它們幾乎遍及全世界……有人想出辦法把它們全部連結起來……我想想，就像電話一樣，但每臺電腦都可以保存資訊，非常大量的資訊，而其他的電腦也可以連結到這些電腦，察看這些資訊。我們也把衛星發射到太空上……」

「啊？」哈利不可置信地說。

「是真的，」班恩說。「太空梭把通訊設備放到地球周圍的軌道上，這讓我們的電話和電腦不需要接線。」

「像收音機那樣？」

「對，類似。」班恩說，「行動電話則是使用蜂巢技術……」

「你之前問我行動動電話，」哈利看著班恩問。「我那時沒聽懂……」

「現在人手一支行動電話。」莎法補充道，眨了眨眼。「我為什麼要告訴你這些？」她皺眉，但班恩知道她的意思。因為哈利所散發的氣勢，就像他徹底相信自己就是他自稱的那個人。他毫不驚慌失措，也沒有試圖說服其他人，顯得冷靜而堅定。就像是哈利．麥登處在這種情況下會有的樣子。

「那現在呢？」莎法問。「我們要嘗試第二輪嗎？」

「門一定上鎖了。」哈利小心翼翼地站起來，走到出口的門邊，他試了幾次門把。「對，鎖上了。」

「這很合理。」莎法說，「是我也會上鎖。我想知道的是，」她低頭看著自己，「誰幫我們換了衣服？」

「喔，對耶。」班恩也低頭看了看自己乾淨的衣服。「沒有血跡……也有人替我們沖洗過了。」

「最好是個女人幫我的。」她皺著眉說。

「我相信應該是。」班恩馬上說。「他們不會那樣，對吧？」

「這要看你說的他們是誰了。」莎法說。「不管怎樣，他們到底是誰？」

「守衛。」哈利說，儘管答案很明顯。

「好吧，沒錯，但是……」莎法說，然後停下來。「但不是德國守衛……我的意思是……」

「他們是德國人，」哈利說。「德國守衛。」

「對，但不是二次大戰的德國守衛。只是……噢，老天，我不知道該怎麼講了。」

「啊，該死。」班恩突然從椅子上俯身向前。「那個人……」

「呃，哪個人？」莎法問。

「房間裡的人。」班恩立刻說。

「到底是哪個？」莎法問。

「深色頭髮的那個……英國人。他，我見過他！」

「是，」莎法慢慢地說。「我們都見過他了，班恩。」

「不是！我在倫敦見過他。工作的時候，之前……我之前見過他……早上……在霍本站事件的那天早上……」

「什麼？」莎法厲聲問，而哈利看起來充滿興趣。

「在我工作的時候，」班恩說。「我去上班的時候，在電梯裡遇到他，他穿著西裝。呃……他問我是不是在哈羅氏工作……那是我公司的名字。」他補充道。

「我知道，」莎法冷冷地說。「世界上一半人的也都知道。」

「就是他，就是。我們有說過話……沒錯，是他。他媽的！他在這裡做什麼？」

「說不定這裡是他家，」莎法說，然後看到其他兩個人看她的模樣又瞪了回去。「我只是開個玩笑。」

「這不是某人的家。」班恩說。

「我說那只是個玩笑。」莎法說。

「你們兩個人有見過他嗎？」班恩問。

哈利搖頭，莎法只是盯著班恩。「霍本站已經是五年前……」

「昨天。」

「五年前。」

「昨天」

「五年前。」

「昨——」

「停！」哈利說。

「那他對你說了什麼？」莎法問。「五年前。」

「喔，妳是說昨天？好，我們彼此打了招呼。然後我問他是不是要去哈羅氏，他說是，但沒說其他的……不，他問我是不是在那邊工作，對，沒錯，我們握了手，我告訴他我的名字，但他沒有說他的……他打量了我的穿著。」

「為什麼？」她問。

「我穿著牛仔褲和襯衫，而不是西裝，因為我之後要去地下鐵。」

「你有告訴他，你要去地下鐵嗎？」哈利問。

「呃，老天，我不記得，但大概沒有……我不認識他，我不會對案件或調查情況發表任何意見。」

「五年前。」莎法嘟囔著。

「是我不對囉？」班恩問。「哈利還是從一九四三年來的耶。」他對哈利點點頭。

另一陣沉默，但其中充斥著三人腦袋運轉的聲音，思考著他們分別來自三個不同時代的這個概念。

班恩看了莎法一眼，她揚眉看著哈利，聳聳肩。

「我可不會講。」班恩對另外兩個人說。

「我們其中一個人總得說。」莎法說。

「那妳說。」班恩說。

「我？才不要。哈利，你說呢？」

他嘆了口氣，看起來一點興趣都沒有。

「我們在一座德國佬的戰俘營。」

「什麼？」班恩問。

「我聽到他們說德語。」哈利說。

「對，」班恩慢慢說，「但我不覺得我們在戰俘營。」

「那你覺得是什麼？」哈利問。

「班恩？」莎法催促他。

「妳是警察。」班恩試圖逃避說出這件事。

「有差嗎？」她嘀咕說，「好，我講。」

「那繼續吧。」班恩說。

她看向別處，翻了白眼。「感覺好蠢。」

「老天爺，」班恩呻吟道。「時間旅行……就這樣，我說了。」

「什麼？」她說，表情扭曲成一團。「時間旅行？」

「嗯？妳不是這麼想的嗎？」

「才不是！我打算說我們已經死了。」

「死了？什麼……死了？就像，真的死掉的死了？」

「對。」

「我們這樣算哪種死人？」

「我怎麼知道，我以前又沒有死過。」

「如果我們真的死了，這個來世也真是爛透了。」

「哈利死在挪威，你死在霍本站，我一定是死在唐寧街了……」

「是，但我們又沒有真的死掉。」

「你怎麼知道？」

「嗯，譬如我們因為一件小事大打出手。我也沒看見天使飛來飛去，或是珍珠色的大門，或是拿著草叉的魔鬼，或是雲朵，或是小耶穌跟摩西一起唱聖歌，同時解釋他媽是個處女。還有我的臉因為被人爆打而痛得要命。雖然我沒有真的讀過聖經或任何其他宗教書籍，但我覺得應該沒有任何一種有提到會被爆打這件事……」

「維京人？」哈利好心地補充。

「但是……」班恩結結巴巴地說不出話。「不……拜託不是……老天不要……」

「你不覺得我們已經死了？」莎法問。

「我的老天！妳到底是怎樣的警察？我們醒來覺得自己被人迷昏，然後妳立刻覺得我們死了？」

「好吧，」她防衛地說。「然後呢？」

「我剛剛說……」

「時間旅行？」

「好吧。」班恩聳聳肩，但感覺真的很愚蠢。「或是被綁架和下藥，或是被洗腦，所以我們真的相信並認為自己是某人。」

「這個比較好。」她馬上說。

「是嗎？比死掉還好？」

「這比較有可能，」莎法說。「我是指洗腦的事。」

「不，一點也不。」班恩幾乎不敢相信他們的反應。「這天殺的不可能……我寧可選死掉還有爛來世這種夢話。」

「為什麼？」她問。「時間旅行是編出來的，是虛構的……就像僵屍……或吸血鬼或……」

「妳不可能對別人下藥，就讓對方完全相信自己是另一個人……還有那個人的記憶和感情……還有知識……跟其他東西……一次都不可能，更別說兩次。」

「精神分裂？」莎法問。

「妳認真的？」班恩說，慢慢搖頭。「不，這不是這樣……真的不是。我是我，妳相信妳是妳嗎？」

「是。」她立刻點頭。

「哈利，你說呢？」

「我已經領教過這些了。」

「所以誰被下藥和洗腦？我知道我沒有……所以只能表示你們兩個……」

「好吧——」她說。

「而且，」班恩打斷她，「我們不是在講兩個普通人，而是兩個有著非凡記憶力和知識的人……一定得本身已經很脆弱、很容易受影響，才可能被間接暗示，甚至是植入記憶……」

「人的記憶並不可靠。」莎法說，默默反思自己一生的回憶與經歷時，再次沉默。「好吧。」

「我沒有被洗腦。」

「我也沒有。」班恩說。

「但這不是時間旅行。」她說。

班恩嘆氣，並躺進椅子裡。「我不知道發生了什麼事，」他承認。「至於其他——」哈利揮手打斷他，並且迅速移動到門邊。

「有人來了。」哈利說，外頭的腳步聲越來越近，聲音穩定而單調，是靴子踏在水泥地上。

「呃，哈囉？你們醒了嗎？」一個男聲喊道，然後輕輕敲門。哈利轉身，看向班恩和莎法，彷彿在等待命令。

「我們醒了。」莎法回應，站起來時抽痛了一下。

「你們全都醒了？」男人問。

「我們全都醒了。」莎法說。

「我們不想惹麻煩，」班恩喊道。「我們只想搞清楚發生了什麼事。」

「我們也不想惹麻煩。」聲音溫柔地說。「如果我們打開門，你們會攻擊我們嗎？」

「不會。」班恩喊。

「萊德先生，是你嗎？」聲音問。

「是，是我。」

「那帕特小姐和麥登先生呢？」他問。

「他們就在這裡。」班恩說。

「康，他媽的，」男人嘀咕著。「我不要，你來。」

「我？」另一個聲音說。「去死，我的鼻子被打斷了三次，就在短短——」

「反正它已經斷了。繼續吧，阿麥。你來。」

「不！」阿麥倒抽一口氣。「你來啦。」

「我不要，我很怕。」另一個聲音說。

「我們不會攻擊你。」班恩喊道，看著其他兩個人。

「真的嗎？」

「呃，我不會。」莎法說。

「我會。」哈利說。

「哈利……」班恩呻吟說。

「去他的，我不要開門。」其中一個聲音嘀咕著。

「如果麥登先生打算攻擊我們，我們就不會開門。」另一個聲音喊道。

「哈利，」班恩說。「我只想離開這裡。」

「我們在德國佬的營地裡。」哈利活動著肩膀準備好戰鬥。「他們會得到他們想要的。」他轉身看向班恩和莎法。「你們兩個退到牆邊……或是去其他房間。對，你們這些骯髒的德國佬，班恩和莎法不想打架，所以放過他們……只有我……」

「我們不在德國，」麥肯喊道。「麥登先生，不是你想的那樣。」

「心理遊戲。」哈利嘖了一聲。

「用窗戶。」另一個聲音低聲說。

「我們可以證明這一點。」麥肯脫口而出，「但請保持冷靜。」

「我很冷靜。」哈利說，聲音比昨天還低。

當哈利準備好跟任何進門的人打上一架時，班恩忍不住說，「該死的。」

「哈利，」莎法迅速地說，「我們沒有在跟德國打仗。」

「來啊！」哈利喊道

「我會向你證明。」麥肯說。

「來吧！」哈利在門口咆哮。

「哈利，」莎法認真地說。「從門口回來……」

當身後的金屬百葉窗發出聲響時，他們迅速轉身。

「他們要從窗戶進來……」

「我們不會從窗戶進去，麥登先生，」麥肯喊道。「請保持冷靜。所有事情都會獲得解釋。」

「這是怎麼回事？」莎法問，看了班恩一眼，滿臉嚴肅。

「我不知道，」班恩回答。「但我們會一起克服，對吧？」

「好。」她說。「哈利，你覺得呢？」

「這可能是毒氣攻擊……他們要把毒氣灌進房間……」

「我們不是在德國，」莎法連忙地說。「我們沒有在打仗……」

馬達嗡嗡作響，金屬百葉窗緩緩升起，如同行駛緩慢的火車一樣吵鬧。日光從狹窄的縫隙中流入，慢慢擴大。他們站在椅子旁，哈利就在門邊。隨著金屬百葉條全部升起，露出厚厚的玻璃窗，三個人看著光線變得越來越寬。哈利站在班恩和莎法身邊，停了下來。青草的綠色映入眼簾，厚實而茂密。山丘的左側滿是草皮斜坡，百葉條咔噠咔噠地升起，當視野全無阻礙時，他們動也不動，看著窗景往遠方延伸，草地在右側急速下降。

「藍天。」莎法低頭看到百葉窗之外。視野變得更高，化成一整片美麗的深藍色天空，完美蓬鬆的白雲飄過。它看起來很正常，美好而正常。

「走到窗邊，」麥肯喊道。「看山丘底下。」

「陷阱。」哈利嘀咕著。

「我去。」莎法走向窗戶。

「小姐，讓我來……」

「我說我去。」莎法揮揮手。她走到窗邊，首先往左看，然後往前看，最後往右看，往下看。她僵在那邊。沒有抽搐，沒有眨眼，只看盯著看，然後心臟噗通噗通狂跳，她發誓其他兩個人一定也能聽見。

「媽的……」她低聲說。

「怎麼了？」班恩問。

「喔，媽的老天啊……媽的……他媽的……」

「到底怎麼了？」班恩又問。

「看。」她幾乎沒有呼吸，但舉起顫抖的手指向右邊。班恩看了哈利一眼，他們兩個人繞過椅子走到莎法身邊，俯瞰一座巨大而壯麗的山谷。他們的反應就跟莎法一樣，他們僵在那邊，動彈不得。

「這他媽的是什麼？」莎法終於問道。

「那些是……」班恩吞了口口水。

「是嗎？」

「呃……看起來就像是。」班恩說。

「我知道了。」她冷靜地回答。

「是。」哈利低喃著。

「沒錯。」莎法說。

「真的。」班恩說。

「他媽的。」施法說。

「的確。」班恩說。

「是啊。」哈利說。

「外頭，」她說，「那些是……」

「真的。」班恩終於把目光從窗外移開，看著她。在這超現實的一刻，他理解那瞪得像銅鈴般的眼睛。

「外頭，」她低聲說，「那些是恐龍。」

10

被擄走、被下藥，從碉堡中醒來。打鬥、被揍。再次被下藥，再次醒來。每個人對於其他人宣稱自己身份的看法有了些微轉變。混亂、恐懼、焦慮、迷惘，而現在是恐龍。

「真的恐龍。」班恩喃喃道。

「外頭，」莎法在房間的沉默中低語。「外頭是真正的恐龍。」

在厚重的玻璃窗之外，是整片遼闊的原野。生長茂密的草地，生意盎然的綠意。從色彩的亮度到深淺，一切都鮮活無比。這可能來自他們體內的藥物和混亂的感覺，但在那一秒，天空是他們所從未所見的藍，如此純淨、深沉與飽滿。

他們從一處巨大的山丘側望去，外頭是平坦的原野，慢慢向下延伸變成一片寬廣的山谷，滿是莎法過去完全無法想像的巨大樹叢。而森林間的寬廣平原上那些長腿長頸的恐龍，數以百計。有大有小，還有一些幼獸靠在其他恐龍身邊。

他們一語不發，啞然失聲地盯著窗外，看著下方山谷的灰色巨獸。班恩想到了大象，類似的灰色身影，牠們看起來也像大象一樣平和，滿足於咀嚼地上的綠草，或抬起頭去吃樹上的葉子。「該死！」班恩的眼睛終於開始向他的大腦發送正確的訊息，連結接收到的資訊。「那些樹，快看那些樹。」

「嗯？」莎法嘟囔著，抬起頭，直到她也做出同樣的聯想。「大樹，」她慢慢地說。「真的……真的非常大的樹。」

這些生物毋庸置疑地非常巨大。他們離得很遠，但即便如此，他們還是可以看出這些生物有多巨大，而牠們仍需要抬起長長的脖子才能搆到樹枝，可見那些樹也同樣巨大。

「超大。」哈利插話。

他們身後的門鎖被打開，但除了盯著山谷底的那群恐龍外，三人都沒有移動或做任何其他動作。

「每個人都還好嗎？」一個聲音試探地說。

「哈！」班恩對莎法和哈利說，他們全都被班恩的突然舉動嚇了一跳。

「我他媽的沒錯！……記得我說什麼嗎？」

「什麼？」莎法問。「喔……喔，那個……」

「我們死了嗎？」他洋洋得意地笑著問。

「好啦。」她呻吟著說。

「我們在德國營地？」她問哈利。

「可能是啊。」他隆隆地說。

「不，」班恩哼笑著說，「那些是恐龍，表示這是時間旅行。」

「未必，」莎法露出輕蔑的表情。「我們可能在什麼公園之類的地方。像侏羅紀公園……」

「那是電影。」班恩說。

「公園？」哈利問。

「侏羅紀公園。」莎法說。

「那個地方在德國嗎？」哈利問。

「那是虛構的。」班恩說。

「就跟時間旅行一樣。」莎法指出。她挺身站直，揉揉眼睛。「沒錯。」她看著班恩然後看向哈利。「對，還在那邊。」她把目光從窗外收回，轉向門口。「你們知道外面有恐龍嗎？」

「呃，我們知道。」麥肯臉上貼著一條新的白色藥布，鼻音很重，他不是鼻塞非常嚴重，就是鼻子被反覆打斷。

「他們看起來很冷靜。」康拉德低聲說。

當他們三個人都轉過來時，麥肯緊張地笑了笑。「呃，那……嗯……老闆準備好要解釋了，呃……」

「那個深色頭髮的人？」班恩問。「那個英國人？」

「呃」，對。麥肯說。「那是老闆……羅蘭。」

「羅蘭？」班恩問。「那是他的名字嗎？」

「好問題。」莎法諷刺地說。「幹得好，調查員班恩。」

「哦，我們不是已經死了嗎？」他問道，得到莎法的皺眉回應。「有該死的恐龍的死後世界，不是嗎？」

「我認為我們應該見見這個羅蘭。」莎法無視班恩的嘲諷。

「或許他也死了。」班恩補充。

「真是個討厭鬼，」她嘀咕著。「哈利，你說呢？」

「是，女士？」

「你不用叫我女士，叫我莎法就可以了。我們去見見這位羅蘭？」

「是。」

班恩看著莎法身後的哈利，看到放鬆和親和的態度，隨遇而安的表情重新回到大漢臉上。

「羅蘭會解釋所有事情，」麥肯小心翼翼地說，「但拜託……我們真的需要你們的幫助。」

他放低了聲音，踏入門內。「你們所有人的幫助。」他補上一句，依序看著每個人。「如果沒有你們，我們就無法進行下去，光是找到你們三個人就已經夠困難了，我們沒辦法回去造成更高的成本，譬如，我的鼻子已經斷了，我告訴羅蘭我不會再回去了……這真的很急迫……這不是你們想的那樣，真的不是……」

「我也不會回去」。康拉德也說，強調地搖著頭。

「拜託……」他懇求地補上一句。

「幫什麼？」班恩問。

「拜託，」麥肯說。「讓羅蘭解釋……」

「好啦，」班恩嘆了口氣，走向門口。「我跟他們一起去，我真的很困惑。」

「每個人都是，」麥肯認真地說，「但一切都會沒事的。」

「現在你們三個都在這了，」康拉德補充說。「羅蘭說這是最困難的部分……找到你們三個。」

莎法和哈利走在班恩身後，跟著麥肯和康拉德來到走廊，走向底部的雙開門。

「哈囉？」哈利打量著空蕩蕩的走廊，笑著問，「其他人在哪裡？」

「呃，他們在醫院，麥登先生。」麥肯說，對康拉德露出一種憂鬱而擔憂的表情。「總之有些人進了醫院。」他以一種更平靜的語氣補充說。

他們穿過雙開門走進大房間，現在空蕩蕩的沒有其他人，壞掉的桌椅被堆成一堆。空氣中懸浮著一種化學物質的氣味，地上潮濕的痕跡顯示血跡已經被擦掉了。班恩和莎法對視一眼，尋求某種寬慰。哈利似乎一點也沒感到焦慮或困擾，他繼續前進，饑腸轆轆地看著放滿水果的桌子。

通過下一扇門，來到另一條走廊，看起來跟之前的差不多，兩邊各有一排金屬門，那種感覺讓哈利立刻聯想到員工宿舍。他們經過的三個房間裡散落著各種私人物品。

他們通過另一扇門走進另一條走廊，但這條走廊比較短，左側是一扇敞開的門，右邊的門則鎖著，門頂還有一個紅色燈泡。走廊底端是另一扇門，上面裝著實心的金屬拴鎖，詭異的不鏽鋼板以螺絲固定在牆壁兩側和上方，構成一個簡陋的出入口。

「喔，麥肯。」他們立刻轉過頭，看著冷不防出現在右側敞開門口的黑髮男子。

「羅蘭。」麥肯鬆了一口氣地說。

「我們在什麼地方？」莎法直截了當地問。

「我會解釋。」羅蘭嚴肅地說，每一句話都顯得很真誠。「請進來坐下，拜託。」他領頭走進房間，來到一張粗製大木桌的另一邊。三張同樣風格粗獷的木椅放在桌子前，他揮手示意。「請坐。麥肯，康拉德，麻煩你們幫我們的客人倒一杯咖啡。」

「好的。」麥肯說，他們明顯放鬆了許多。

哈利最先動作，坐到了右邊的椅子上，班恩走向左邊，把中間的位置留給莎法。

「對，」羅蘭開口，看著哈利，然後是班恩，最後是莎法。「我欠你們一個道歉。」

「廢話。」莎法厲聲說。「你他媽的……」

面對莎法的激烈的尖銳態度，羅蘭的臉色有些蒼白。他的目光看向哈利與班恩。

他撫平頭髮，慢慢坐下。哈利盯著他，羅蘭穿著卡其色的短褲和短袖襯衫，看上去很像軍官的叢林迷彩服。班恩打量著房間，風格粗獷的木桌和木椅，還有男子身上清楚流洩出的恐懼。毫無疑問，他就是班恩在電梯裡見過的那個人，但電梯裡的那個人充滿了自信，跟眼前的人天差地遠。莎法只是怒視著羅蘭，她一樣看出了對方的恐懼，但她急躁的本性想要答案，立刻就要。

當莎法開口時，羅蘭舉起一隻手。「我沒有預測到你們的反應，是我太蠢了，愚蠢透頂。我沒有考慮到你們的背景，更是超過愚蠢的極限。嗯，」他一邊說，一邊伸出顫抖的手，「對不起……我很抱歉，為了……這該死的一團混亂。我們都太匆促，事情進行得太快，以致我們也搞不清楚自己在做什麼。」他停下來，鼓起臉吐氣。

「我不知道該如何解釋，所以希望你們能聽到最後並保持冷靜……拜託。」他懇求地看著其他人。當他把手放在桌子上時，雙手微微顫抖著。「除了對你們下藥之外，我們沒有能力跟你們打交道，我想我們也不能繼續使用這些藥物了。我們這裡沒有真正的醫療設備或專業醫療人員，唯一的治療方法是就是回去，但那幾乎算不上是個選擇。」

班恩專心地聽著，記下「回去」這個字眼。他看了看哈利和莎法，大腦在處理著他們所屬的時代，然後是窗外看見的恐龍。他摸了摸自己的鼻子，彷彿感覺到血液，並意識到他的頭痛依舊存在，暈眩雖然減輕了，但也依舊存在。「氧氣。」他輕聲嘀咕，然後抬頭看向羅蘭。「氧氣中毒。」

「啊。」哈利點頭表示他也有同樣的想法。

「那是什麼？」莎法問。

「非常厲害，萊德先生。」羅蘭仔細看著班恩。「我們正在白堊紀，這裡的氧氣濃度遠高於人類所習慣的程度。」

「那可能會害死我們。」班恩回答到。

「什麼？」莎法再次問。

「就像潛水，小姐，」哈利說。「妳聽過減壓症嗎？」

「噢，對。」莎法警戒地說。

「我們需要離開這裡，」班恩站起來說。「真的……這樣的氧氣濃度會殺死我們……」

「為了預防中毒，你們都已經接受過藥物治療了。」羅蘭舉起雙手保證道。「那些影響會漸漸消退。事實上，我跟麥肯和康拉德已經在這裡待了三週，現在已經完全不受任何影響了。」

「藥物治療？」班恩問，依舊站著。「沒有藥物可以治療——」

「有，」羅蘭打斷他。「讓我解釋。請讓我解釋一下，我會把所有事情講清楚。」

班恩坐下，部分是因為他知道他得聽這些，但主要是因為他因為站得太急而再次頭暈目眩。

「麥肯和康拉德很怕你們。」羅蘭繼續說，不確定該從哪裡開始或講些什麼。「這件事情真的非常非常愚蠢，讓你們這樣的人在毫無準備的情況下回來……」

「像我們這樣的人？」班恩問。「一個士兵、一個警察和一個理賠調查員？」

「聽起來像是個笑話。」莎法哼了一聲，羅蘭突然露出感興趣的表情，甚至充滿希望。「這他媽的到底是哪裡？這兩個傢伙他媽的是誰？」她用拇指指了班恩和哈利。「他媽的為什麼會有恐龍在你的花園裡？」

「時間旅行。」班恩側身看了莎法一眼。

「滾啦。」她嘀咕著，班恩回頭看了看，羅蘭依舊一臉期待。

「謝啦。」班恩笑了。「好了，」他回頭看向羅蘭。「這他媽的到底是怎麼回事？我的意思是……這他媽的是怎麼一個鳥事？」

「我同意，」莎法指著班恩。「這他媽的到底是什麼鳥事？」

「的確。」羅蘭的嘴角牽起一絲最微弱的微笑，「面對逆境時的幽默……是的……的確。」

「我需要再問一次嗎？」莎法憤怒地抬起頭，怒瞪羅蘭。

「老天啊，」笑容從羅蘭臉上消失。「但我需要你們的保證，你們不會立刻反彈，你們會聽完我全部的解釋。你們每個人都同意嗎？」

「長官。」當羅蘭看向哈利時，他巧妙地回答。

「謝謝你，麥登先生。帕特小姐？」

「快說。」

「萊德先生，你呢？」

「這很公平。」

羅蘭深吸一口氣，伸出了手指。他清喉嚨時又顯得緊張起來。「在我們強行徵召你們每一個人的時候，你們都已經死了。麥登先生，你死在挪威。萊德先生，你死在霍本站的鐵軌，而帕特小姐，妳死在唐寧街的炸彈被引爆的時候……」

「炸彈？」莎法突然問。

「我稍後會回答妳的問題。拜託，請讓我繼續。我需要你們先瞭解我所講的時間線。譬如，我的時間線是從我受孕的那一秒到我的死亡，然後是我死亡之後。」

「之後？」班恩問，感覺那種悶熱感開始降溫。

「人類的時間線是由每一個生物和每一個生物所做的每一件事所組成。」

「呃？」莎法搖頭說。

「當你們每個人死去時，你們的時間線就結束了。然而，在你死去後，你的生命對人類時間線的影響仍在持續。哈利以瘋子哈利・麥登而聞名。班恩在拯救吉塔和米菈・喬德利之後，又在倫敦地鐵拯救了數百人而聞名。莎法，那天妳也在倫敦地鐵，引導數百人去避難，再加上如果不是因為妳的舉動，首相毫無疑問會被殺害。在妳殉職後，妳變得非常有名，並激勵許多女性加入警隊和軍隊。你們理解時間線的概念了嗎？好，你們得知道並且永遠記住這一點，這很重要，因為你們永遠沒辦法回去了。」

班恩因為這直言不諱的話而縮了縮，莎法眨了眨眼，而哈利只是盯著羅蘭，顯得無動於衷。

「你在那個世界死了，你永遠也無法回到過去的生活。我們不能也不會讓你回去。一旦你知道你為什麼在這裡並完全理解時間線的概念，你就會同意永遠不回去。你的存在會影響成千上百，甚至數以百萬計的微小事件，最終可能會導致毀滅性的影響。」

班恩吞了口水，不懂也沒有把羅蘭的話聽進去，因為他說的一切都令人無法接受。

「你們三個可以接管這個地方，」羅蘭在房間的一片沉默中說。「你們有能力能辦到這件事，但你們都是經過非常謹慎的挑選……」

「為了什麼？」莎法問，聲音嘶啞發緊。

「二〇六一年，一個獨立工作的年輕科學家取得了突破，讓時間旅行不再是幻想。我不知道這個新科技是如何運作，這裡沒有人知道它如何運作。它和數學方程式有關，這是我對運作原理的全部理解。但我唯一能說的就是，這確實可行，透過一臺機器可以進行時間旅行。」

「誰製造的？」莎法問。

「這有關係嗎？」羅蘭小心翼翼地問。「這件事發生在妳死去的四十一年後，帕特小姐。發明者沒有安全概念，因為他或她從未想過事情的危險性，他或她也從未想過其他人也會受此影響。因而這臺機器的存在曝光了，」他繼續道，「原型機已經獲得了保護，但我們知道有另一個複製品存在，而且正在被使用。」

「你怎麼知道？」班恩問。

「因為人類的時間線產生了變化，萊德先生。發明者前往五十年後的未來，對社會進行觀察。非侵入性而且也不涉及影響。僅為一系列的測試而進行觀察，來確保機器的準確性。之後，當發明者回到同一時間點時，現實卻產生了變化。」

「第一次前往五十年後的未來，顯示人類社會如預期般的持續進步。第二次旅行，回到同一時間和地點時，卻變成了一個末日後的荒野。城市化為廢墟——」

「或許他搞錯了日期。」

「不，萊德先生，日期並沒有錯，是之前測試的同一點地點的同一個時間點。」

「你怎麼能這麼肯定？」

「這個人發明了時間旅行！我相信他們可以精確地記錄時間和地點。」

「錯誤就是會出現，」班恩說。「人類一天到晚都在犯錯……寫下錯誤的日期……攻擊滿房間的德國守衛……」

「我說過我很抱歉。」哈利嘟囔著。

「我的臉還是很痛。」班恩強調。

「安靜點，」哈利的聲音轟隆隆的。「長官正在說話，而且我想吃飯。」

「我不是長官。」羅蘭在一片沉默中說。「你相信我們剛剛說的那些嗎，麥登先生？」

「相信啊。先生，您調查過德國佬嗎？這感覺就像他們會做的事。」

「呃。」這樣的跳躍思考顯然超出了羅蘭的想像。

「調查那些德國人。」哈利胸有成竹地說。「那就是之前一團亂的原因，對吧？」

「一團亂？」羅蘭溫順地問。

「你也餓了嗎？」莎法問哈利。

「是啊。」

「我們可以先吃點東西再回來嗎？」莎法問。

「回來？」羅蘭問，然後彷彿突然回神。「可以，當然可以。你們一定很餓了。呃……你們都冷靜得驚人。」

「恐慌無濟於事，先生。」哈利說。

「很好。」羅蘭說，那種充滿希望的表情再次回到他臉上。「我說，我們繼續多講一點，然後再休息，可以嗎？」

「是，先生。」哈利的語氣帶著失望。

「二〇六一年之後的五十年。所以那是……呃……二一……一…一？」莎法說。

「沒錯。」羅蘭說。

「二千一百一十一？」班恩給出答案。

「是的。」羅蘭點頭。

「我已經講了。」莎法說。

「你說的是二一、一、一。」

「這跟二千一百一十一一樣。」莎法說。

「我講的比較帥。」

「二千一百一十一，」她說，「不——她想了一下——二一一一……」

「我的還是比較帥。」

「二加三個一！」她說。「這絕對比二千一百一十一更帥。」

「才不，二千一百一十一。」

「你會怎麼講？」莎法問，盯著一臉震驚的羅蘭。

「呃，二千一百一十一，」他柔順地回答。「二加三個一也很好。」

「敷衍！」莎法憤怒地說。

「不，看在老天的份上，不是……這不是敷衍，而是，呃……我都很喜歡。」羅蘭說。

「哈利，你說呢？」班恩問，俯身視線越過莎法。「二千一百一十一還是二加三個一？」

「先生，水果還在之前的地方嗎？」哈利問。

「是……我們可以繼續下去了嗎？」羅蘭搖著頭試圖想繼續。「我們——」

「所以這是什麼時候發生的事？」莎法問。

「你說什麼？」

「世界末日是什麼時候？」

「他剛剛說過了，」班恩對莎法說。「二千一百一十一年。」

「不，他說他們發現世界在二千一百一十一年已經完蛋了，但世界末日不是發生在二一一一。」

「有道理。」班恩承認，他的思緒轉得太快，以致於忽略了一些明顯的關連。

「所以那是什麼時候發生的？」莎法再次問。

「我們，呃……」對莎法而言，羅蘭講話的速度實在太慢了。

「你是怎麼做的？」莎法說，在座位上俯身向前。「回到二一一〇，檢查世界。如果一切都毀了，那就再回到前一年，直到你發現世界還沒有被毀的時候，你可以把範圍縮小到某一年……然後你做了什麼——」

「莎法，」班恩在她終於換氣時打斷她。「也許我們該聽他怎麼說。」

「我們在聽啊，」她說。「他說世界在二一一一年毀了——」

「二千一百一十一……」

「管他的，」她說。「我說的是，他們應該一年一年回去檢查，直到他們發現壞人做壞事的時候，然後再打電話。」

「德國人。」哈利對羅蘭點點頭。

「打電話？」班恩問。

「是啊，」她聳聳肩，拉長了臉。「打電話給警察或聯邦調查局或該死的KGB……我不知道是誰……但重點是要弄清楚並不難。」

「的確。」羅蘭說。

「的確。」莎法坐回椅子上，盤起腿來，房間裡一片沉默，隨著期待的氣氛變得更加沉重。她調整姿勢，把右腿從左側移開，然後跟左腿交叉。「所以你希望我們做這個？」她終於問道。

「是的。」羅蘭堅定地說，顯得鬆了一大口氣。在壓力加劇時，搞笑或運用幽默感是一個好現象。士兵和專業保全人員都會這麼做。他們稱之為黑色幽默。一種抒解壓力並且讓氣氛不要那麼緊繃的方法。他期待哈利會這麼做，並且在某種程度上他也期待莎法會這麼做，但實際上班恩也這麼做了，這是個好現象。況且他們沒有抓狂，把他痛打一頓。

「咖啡。」麥肯從門口進來時說。

「現在可以吃飯了嗎？」哈利問。

「我帶了一些麵包蛋糕。」康拉德說，手裡拿著一個籃子，走在麥肯身後。

「等我一下，」羅蘭站起來走向門口。「我得去拿點東西。」

||

「好了。」羅蘭端著一杯咖啡回到房間，他看了一眼桌子，籃子如今空無一物，哈利剛好吞下最後一塊蛋糕。

「您想要一塊嗎，先生？」哈利含著滿嘴麵包蛋糕問。班恩和莎法從素陶杯中啜飲咖啡。兩個人都很安靜，一邊沉思一邊看著哈利消滅整籃的麵包蛋糕。

「不用，謝謝。」羅蘭坐回椅子上，以他文雅的聲音回答，並將大螢幕平板電腦放在桌上。「現在我會開始解釋其他部分。二一一一年，世界已經被毀滅了。」

「我們知道。」莎法說。

「好，這件事與過去不同……當發明者第一次往前穿越五十年，我們知道有一些事情產生了變化，但我們不知道是什麼或是由誰開始，但我們知道出現了一臺複製品。」

「誰製造的？」班恩問。

「我們不知道。」羅蘭回答。「當然，發明者意識到危險時，採取了一些措施來保護那臺機器，這也是我們在這裡的原因。在白堊紀。」

「我有點搞混了，」莎法說。「這跟恐龍有什麼關係？」

「沒有關係。」羅蘭對這個問題感到困惑。

「所以這是，呃，」班恩靜靜地說，看著他普通的馬克杯，「一個藏身處？」他看了羅蘭一眼，對方點點頭。「白堊紀橫跨了數千萬年。」

「懂了，」莎法說。「所以我們躲在這裡？」

「是的。」羅蘭說。

「你們怎麼把機器帶到這裡？」班恩問，試圖深入瞭解要怎麼讓造成時間旅行的機器本身穿越時空，但毫無頭緒。

「好問題，」羅蘭真心欽佩地說，臉上的希望持續增加。「我們沒有。發明者建造了第二臺，通過第一臺來到這裡，而第一臺機器已經被摧毀了。」

「好，讓我確認一下。」班恩緩緩地說。「你們造了一臺時光機，然後把事情搞砸了，其他人製造了另一臺時光機。所以你把時光機帶到遙遠的過去，好把它藏起來？」

「呃，對……完全正確。」羅蘭思考了一秒後說。

「而你們已經意識到，不管是誰製造了第二臺時光機，他們都已經做了一些事情，導致世界在二一一一年已經毀滅了。」

「是這樣嗎？」

「對。」羅蘭對班恩說。

「我懂了。」班恩說，然後看著莎法。「妳呢？」

「懂了。」莎法說。

「哈利？」班恩問。

「是，我現在懂了。」他對班恩說，「但長官的話我一個字也聽不懂。」

「我不是長官。」

「那我們為什麼在這裡？」班恩問。

「啊。」羅蘭拉長了臉，雙手放在桌上的平板電腦上。「我們意識到，對時間線的任何影響都能對人類的未來產生巨大的破壞。我們需要你們去找出到底是什麼造成了改變，並且阻止那件事。如果我們能辦到，你們就能找到並且摧毀另一臺機器。」

「這很好，但為什麼是我們在這裡？」班恩再次問。「為什麼非得是我們？」

「我們有一個程式。在你們去世後開發出來的高級軟體程式，協助我們挑選出我們所需要的具備特定技能和知識的人。不是我，或麥肯或康拉德。」羅蘭強調，「我們沒有這樣的技能來完成這些。我們也討論過，是否要找歷史學家、科學家或其他專家，然後我們決定先找你們三個，因為考慮到你們的暴力傾向，這想必比較困難……」

「我們才不暴力。」班恩對這種說法感到驚恐不已。

「我很暴力。」哈利誠實地說。

「喔，我可以很暴力。」莎法說。

「我一點也不暴力。」班恩被這樣的暗示給嚇呆了。

「最後我們決定冒險先把你們三位從你們的時間線中強行帶出來。」

「為什麼不用你們的士兵？」莎法問。「你知道，昨天那些不會打架的廢物。那些士兵……」羅蘭的臉色一暗。他在椅子上轉身，垂下雙眼一秒。「你們當場就殺死了三個人，」他平靜地說。「而看來會不只三人……他們在離開這裡時傷勢嚴重——」

「那是誰的錯？」莎法尖刻地問。

「我知道，我知道。」羅蘭抬起手來立刻說。

「你他媽的以為會發生什麼事？我們其中兩個人所受的訓練就是為了殺人，你天殺的白痴……你把我們迷昏，讓我們自己醒來！」

「我說我知道。」羅蘭回答，臉上再次出現擔憂的表情。

「我們已經影響了時間線。三個人死了……更多人受傷……這座碉堡……光是待在這裡就可能會對時間線產生影響，但如果我們不做點什麼，這整個世界就會完蛋。我已經盡力了，幾乎這裡的所有東西都是用有機材料構成，還有……」

「電線，」莎法說。「百葉窗，浴室是不銹鋼打造的……」

「是，我說**幾乎**所有東西。牆壁是水泥製的，我相信它們會在接下來的一百萬年中消失無蹤。牆壁內部沒有用鋼筋加固，是整塊純水泥。電線確實是風險，窗戶也是，但在極端時刻只能採取極端措施。麥肯和康拉德也已經竭盡所能，但正如我一直在說的……這沒有先例可循，我們不能讓任何其他人參與其中。跟你們打架的人是被雇來幫忙的，他們不知道自己在白堊紀。他們以為自己是在某個柏林的試驗型拘留中心。老天！我們總共只有三個人在計畫和執行，就只有三個人，而且我們幾週前才開始，這些水泥都還沒完全乾呢。我們不知道氧氣中毒的影響，不得不研究和採購藥物。我們不知道我們身上是否有任何細菌可能會殺死外頭的生物或造成其他影響。相信我。拜託請聽下去。相信我，我們這一切都是在倉促之中完成的。」

一片沉默。羅蘭十分激動，又帶著與孤注一擲的絕望，他縮回到椅子上，努力維持的面具如今徹底滑落，只剩下純然的擔憂。純粹、急迫的焦慮刻在他臉上的每一根線條上。

「程式選擇了你們。」他輪流看著每一個人。「在成千上萬的候選名單中，你們三個人被選上了。請原諒我的直接，但你們都進行過多次殺戮，特別是麥登先生。你在逆境中表現出的勇氣，而且在極大壓力下依舊能維持冷靜與沉著。你很聰明，或至少具備所需要的技能。你們其中兩位是訓練有素的調查員……」

「是啦，」莎法說得很慢。「我是真的很不擅長調查……這就是我為什麼選擇當貼身保鏢的原因之一。」

「保險，」班恩指出。「我調查的是保險理賠。」

「我們確認過，萊德先生。你的技能可以完全適用於我們的任務，當然還以你十七歲時與在霍本站的作為。」

「絕對有成千上萬的人比我更好。」班恩搖搖頭。「真的，你們找錯人了。」

「我也是。」莎法說。「你需要士兵，而不是警察。去找特種部隊……一定有幾改百人想要這樣的機會……」

「我們要找的是能夠被抽出時間線，又不會對現實造成任何傷害的人。一、」他舉起一根手指，「特種部隊士兵即便在死亡時也會被精準記錄。二、特種部隊士兵會比你們更難強行徵召。三、我們的軟體程式通常無法獲取正在服役或近期剛結束服役的特種部隊士兵的資料。四、我們所能找到最符合接受過特種部隊士兵訓練的人，就是麥登先生，而他現在就在這裡。」

「什麼是特種部隊？」哈利問。

「就是你這樣的人。」莎法說，「或者說在你成名之後，這種軍種演變出來的名字。那特警隊，或聯邦調查局探員……中央情報局？」

「跟特種部隊一樣，」羅蘭說，「你覺得可能會有幾千人，對嗎？錯，沒有。具備這樣能力的人可能有幾千，甚至幾萬，但當你希望對方可敬、誠實又可靠，值得信賴又能夠殺人，冷靜又反應靈活，訓練有素又紀律嚴明，而且必須死在我們可以強行徵召的地方，數字直線下降，直到我們剩下……你們三個。」

「重點是，」班恩舉起手。「我可不算訓練有素。我說過了，我沒有受過訓練，我只是個理賠調查員……」

「程式挑中了你，萊德先生。」羅蘭幾乎抱歉地回答。「我記得你的成功率是百分之百。」

「每個人都知道。」莎法靜靜地說，瞥一眼正在對她眨眼的班恩，目光轉回羅蘭身上。

「那是保險，我調查的是保險理賠，我不是他媽的偵探！」

羅蘭對他點頭，臉上帶著悲傷的微笑。

「那我們的屍體呢？」班恩突然問。

「我們都知道，麥登先生的屍體從未被發現。」羅蘭輕聲說。

「我可不知道。」哈利嘀咕了一句。

「他們在瓦礫下發現帕特小姐的DNA，但爆炸威力如此強大，記錄上顯示她的屍體已經被毀了。而你，萊德先生，火車衝擊炸彈背心的爆炸灌滿了整座隧道，隧道因此坍塌，高熱摧毀了那個區域的所有活體組織。他們甚至沒有找到你的DNA，但一樣沒找到你拖著的那個人或火車司機的DNA。這也是我們選擇的要素之一。確實有其他選人選，請原諒我，有些人選可能更好，但他們的屍體或身體的一步份後來有被找到。強行徵召他們可能會對人類的時間線產生影響。」

「但在恐龍時代蓋這他媽的一棟大房子不會？」班恩瞪著他問。「裝了他媽的電線和百葉窗？你說不定還在屋頂上裝了太陽能板。它們也會腐蝕嗎？如果將來有人發現化石太陽能電板怎麼辦？那時候怎麼辦？」

「但他們沒有。」羅蘭以柔和的語氣說。「我們現在在過去，萊德先生，但我們仍然有進入我們正常的時間線……或是此後的未來……所以我們知道這個地方什麼也沒發現。」

「但是……」

「而我們也知道這個地方，在第一個人類開始直立行走的許久許久之前，就會被大海所吞沒。我認為……」他停頓了一秒。房間中的情緒在這一秒開始變得越來越強烈。他抬起平板電腦，滑動了一下螢幕。「我認為現在是向你們展示這些的最佳時刻……」他輸入了一串密碼。「發明者錄下了一些畫面……我認為展示給你們看應該很適合。畫面具有一些衝擊性，但相信我，我並非刻意進一步造成你們的困擾，但我認為這有助於你們瞭解情況的嚴重性。」

「那是什麼？」哈利問，盯著羅蘭手中那薄薄的扁平物體。

「跟電視差不多，」莎法說，「班恩之前不是講過電腦嗎？」

「這臺平板其實可以做3D投影，但我想考慮到哈利的情況，標準的2D鏡頭應該就已經足夠了……實際的影片是由一臺無人機所拍攝……」

「無人機？」哈利問，對於會有機器人士兵的未來感到震驚。

「小型飛行器，」莎法解釋道。「就像是直昇機？你見過直昇機嗎？」

「我知道它們是什麼，旋翼機？」哈利說。「見過一次，沒什麼用處的東西。」

「它們進步了不少，」莎法說。「比以前好多了……無人機非常小臺，而且可以遠端遙控。它們把攝影機放在無人機上來拍攝，軍隊用它們投擲炸彈或用來監視。」

羅蘭等待解釋完畢，察覺到他面前的三個人已經開始產生某種信任。他把螢幕轉向他們，微微傾斜並按下三角形開始播放。音效瞬間充滿了房間，輕微的嘶嘶聲，還有無人機旋翼的轉動聲。影片開始播放，顯示出一片未對焦的灰色模糊影像，以及鏡頭試圖對焦的特殊移動。哈利眨著眼往前傾，他對平板的好奇程度幾乎跟對影片內容的一樣多。

無人機旋翼的噪音變大，引擎提升了運轉速度，讓攝影鏡頭也突然產生了某種上升的感覺。幾英尺之下是一片灰色瓦礫，高度還不到頭部。當三個人密切注視著影片時，羅蘭也在觀察他們。無人機獲得動力，穩定地上升。螢幕上出現了更多破碎的石塊。這可能是任何地方，沒有任何意義。班恩皺著眉頭，感覺這像是某種廉價的把戲。莎法更是如此，她抬頭看著羅蘭，而羅蘭只是在等待。

無人機繼續升高。鏡頭平移。燒得半焦的洋娃娃替畫面增添了一些戲劇性的色彩。班恩嘖了一聲，莎法翻了個白眼，哈利盯著高解析度的銳利畫面。

「就這樣？」莎法問。

「等等。」羅蘭說。

他們等待，看到更多廢墟。無人機升高，拍出一棟被毀的建築，髒兮兮的棕色與灰色磚塊、石板屋頂、窗框以及在散落在殘骸中的家用品。無人機持續升高，畫面中出現更多廢墟，平凡的街道可能出現在任何西方國家。房屋崩毀，支離破碎，路面扭曲，充滿了破洞與凹陷。樹木燒得只剩下殘株。沒有一絲生命，舉目所及沒有任何活著的東西。這可能是德國在第二次世界大戰被轟炸後的模樣，可能來自任何一場戰爭衝突，也可能只是電影布景。

隨著無人機升高，鏡頭也持續拉遠擴大。畫面中出現更多街道，到處都是瓦礫與碎片。廢墟的規模逐漸變得令人印象深刻。一整座街區全毀，開始出現汽車和車輛，但無人機的高度難以辨識車輛的年代。而無人機持續升高。

街道的住宅景觀開始產生變化。出現了更大的建築物，一樣毀壞、傾圮，但外觀顯得更商業化。隨著無人機的飛行，螢幕上方開始出現了鐵路線。大量的軌道並排，但全部扭曲斷裂，一塊巨大的屋頂砸裂在軌道旁。班恩和莎法看得更仔細，在認出來的第一瞬間渾身汗毛豎立。

在軌道外圍，一座塔樓倒在旁邊。建築的碎塊阻斷了道路。破壞的規模顯得越來越大。

「媽的。」莎法嘀咕著。畫面上出現了第一個圓艙，從輪輻上斷開，落在曾是倫敦眼的巨輪遠處。圓艙散落各地，有些依舊連接在輪輻上。磚塊、生鏽的鋼樑，到處都是水泥牆板。但沒有一點草，沒有雜草從縫隙中發芽，沒有一絲綠意。畫面上出現了河流的邊緣。無人機飛過，骯髒的棕色水流淹過沉沒的物體。西敏橋從中間斷開，插進河道。建築物的殘塊凸出河面。當畫面中出現國會大廈的廢墟時，無人機進一步升高。大笨鐘著名的鐘面躺在石塊與尖塔之間。眼前所見全都殘破不堪，全都被毀了，骯髒、汙穢，毫無生命。

班恩的心臟狂跳，莎法的嘴也乾了，哈利只是盯著螢幕，藏起所有情緒，但雙眼銳利清晰。羅蘭看著他們，就像他把這段影片展示給麥肯和康拉德看時一樣，毫無疑問，他自己第一次看時，臉上的表情也沒有不同。

倫敦毀了，首都消失了，著名的地標傾倒毀壞，完全沒有生命的跡象。整個景象看起來極為貧瘠，地上沒有一葉青草，天空也沒有一隻鳥兒。

「我們不知道這是怎麼發生的，」羅蘭輕聲說。「但我們知道會發生。這就是我們需要你們的原因。我們需要你們找出發生的原因，並加以阻止。我沒有辦法逼迫你們協助我們……我只希望你們在看到情況的嚴重性之後能伸出援手。除了發明者之外，只有我、麥肯、康拉德，現在還有你們三個知道這件事。只有我們……」

莎法的目光從螢幕上移開，看向羅蘭。哈利也做了一樣的事。平靜、沉著，他們的臉上沒有一絲恐慌或擔憂。

「如果我們幫忙，」莎法慢慢地說。「我們可以回去嗎？」

「帕特小姐，」羅蘭帶著深沉的悲傷說。「我們永遠無法回去。我們必須……」他停下來，視線左右搜尋，試圖找到適合的詞語。「拋下過去的生活……那些生活不再屬於我們了。」

「我們？」班恩問。

「是，我們。萊德先生，我也被是被強行帶出時間線的。事實上，我是第一個被強行徵召的人。」

12

「德國，柏林。」她看著桌子說，多年的訓練讓她的面部平靜無波。「私人診所，接受了十幾名傷員。六人死亡，六人重傷。這就是開端。」

「瞭解。」他說。「組隊嗎？」

「你再加四個人。」她說。

即使男子接受過嚴格的訓練，依然在這絕對安全的簡報室內面色微變。五人小隊在他的世界中是一支龐大的隊伍。他們要不是單獨行動，就是兩人一組，鮮少三人一起行動，而通常只有在極少的情況下，才會組成四人隊伍。五人根本是前所未聞。

「五個身份包、五本護照、五張駕照、五個身份背景要記。」她在桌上放了五個沒有標記的棕色信封，推向他。「你是阿爾法，在接下來的聯絡中你的代號是『阿爾菲』，指揮布拉沃、查理、戴塔和艾可。我擔任管理者，在聯絡中的代號是『母親』。」

「這是真的囉？」阿爾法問。在這麼短的時間打造五個符合五名探員的身份背景需要一點功夫，而由**她**來擔任管理者也同樣不尋常。他當然聽到了謠言，也耐心地等待調派，但實際上他並不相信。不可能有時間旅行，那是虛構的，那不存在。

「天知道，」她仍然面無表情。「但是這太過重大，不可能避免爭奪……而我們總是在爭奪的第一線。」

他點頭，就一次，頭部微沉。這是最頂級的遊戲，每個身體動作的微小差異都會被記錄下來並且分析，分析的深度遠超過事後評估，反過來創造一種完全不會流露反應的人。這裡很安全，跟**她**在一起很安全，但既使如此，他的表情也只有微微一動，他也非常篤定自己短時間內不會再出現其他反應。

「預算上限？」阿爾法問。

「沒有。」

他再次壓抑面部抽動的衝動。她觀察著他，尋找反應，並看到那些壓抑。他很棒。他是他們之中最棒的，當然除了她之外。

「任何方式都需要事前批准，」她開口，表現出一種審查的態度。「你可以自由規劃行動，但**我們**會在第一線觀察。身份包裡面有信用卡，現金在樓下等著你，我們不需要收據。」

老天，不用收據？這太罕見了。這遠超過特別情況，簡直是石破天驚。

「然而，我們需要確認結果，不論是肯定或否定。有問題嗎？」

他雙眼平視，面無表情。精準地轉身。「沒有。」

「旅途平安，阿爾菲。」母親露出微笑，充滿溫暖與人性，她的整個外表和態度也隨之改變，瞬間進入了角色。

「太好了。」他笑著回答，就像她對旅行的態度一樣開心。

「記得通知我你的進展。」他起身時，母親說。

「好的。」他咧嘴一笑，完美地融入角色。

「記得拍照，」她在他走向門口時輕聲叮嚀。「要好好吃飯，不要吃太多垃圾食物……也別亂搭訕女生……」

「是，老媽。」他翻了白眼，就像是被念了一頓。

13

「香蕉，」他又說了一次。「絕對是香蕉。」他以一隻飢餓大猩猩毫不留情的精準度，抓住香蕉的頂端，並且把最上面的一根折了下來。「聞起來像香蕉。」他嗅聞著剝下皮的水果，咬了一口，嚼了一秒，然後噁心地拉長了臉。「不是香蕉。」他滿口糊狀物地告訴他們，他吸一口氣然後又咬了一口，並且吞嚥下去。

「你為什麼要吃下去？」莎法一臉驚恐。

「不要浪費食物。」他一邊說一邊剝著另一片皮。

他們看著他吃東西，那種輕鬆的態度和班恩感受到的大量情緒形成鮮明的對比。他早先還感覺不錯，那時候他還搞不清楚狀況，而且還有腎上腺素在作用。現在他只覺得自己糟透了。

「我覺得我不適合這些。」他說。

「有什麼選擇嗎？」莎法問。「回到地下鐵，然後被炸成碎片？」

「那妳呢？」班恩問。「妳的家人？朋友？妳的生活……我訂了婚……」他在把話說出口時，想起了史黛芙。她外遇了。當他在地下鐵被炸成碎片時，她外遇了。

「誰有小刀？」哈利問。

「你訂過婚。」莎法直截了當地說。「你聽到他說的了，你已經死了，我們都死了。」

「我他媽的沒死。我在這裡，妳和哈利也在這裡。」

「所以沒刀囉？」哈利看了看四周說。

「班恩，你聽到他說的了。我們不能回去……**哈利！**」她大叫，哈利一拳搥爛了綠色的巨大水果，黏糊糊的果肉四散飛濺。

「抱歉。」他慚愧地說，盯著這個小型爆炸的現場。

「噴進我的頭髮了！」她噴了一聲，從黑色髮辮中扯出一塊黏答答的果肉。

班恩把果肉塊從臉上抹下來，盯著看了好幾秒。

「這是什麼？蜜瓜？不，這是……這是萊姆嗎？」

「不知道，」哈利大口開吃，「味道不錯。」

班恩舔了一下果肉，等待味蕾告訴他能不能接受。蜜瓜，但又有著萊姆、或是蘋果，或其他水果的味道。

味道不錯，但比起他吃過的其他水果，這個土味更重。他伸手從桌上拿起另一塊濕答答的果肉。

「也許他搞錯了。」他把水果塞進嘴裡，莎法也開始挖起水果。

「搞錯什麼？」她一邊饑腸轆轆地吃著水果，一邊問道。「喔，時間線。他說的那些都很合理。等等，哈利，你可以把這個砸開嗎？」她把另一顆水果滾到哈利面前，比剛剛他搥爛的更大顆，外殼呈現深粉紅色，綠色和橘色的條紋從粗厚的果蒂向外輻射。

「找掩護。」哈利舉起拳頭說。莎法和班恩在拳頭落下時躲開，更多汁水濺灑在房間裡。他們坐起來，看著哈利從鬍鬚上弄下大塊的水果，同時上下甩手，試圖甩掉殘餘的水果塊。

「我先嚐嚐。」莎法俯身，從破開的外殼中掏出一把柔軟的果肉。她聞了聞，然後試探性地舔了一下，然後挖起一大把。「哦，」她熱情地說。「快嚐嚐。」

「喔？」班恩伸出手，「這是什麼水果？」

「像是李子。」她一邊說一邊噴出水果。「抱歉。」她捂著嘴，品嚐這種李子般的水果，不過味道更深沉，更豐富，帶有其他水果的味道。前一個水果嚐起來比較清淡。「別跟我說話，我的嘴巴快高潮了。」

「小姐！」哈利滿臉通紅地喊。

「什麼？」莎法笑著問，看到哈利坐立難安的模樣。「我說的是真的。」她說。

「我……好吧，我從來沒有——」哈利拘謹地說。

「從來沒有什麼？高潮？」她問，哈利的臉色變得更紅。「我只是說『高潮』。」

「別說了。」他氣沖沖地看向別處，但伸手去拿了另一塊李子肉。

「我都忘了你們那時的每個人都是性壓抑。」莎法刻意地開口，哈利大咳，差點被果肉嗆到。

「不是壓抑……只是謹慎。」他在咳嗽間回答。

「沒差。你原本在講什麼？」她問班恩。「喔，你說他對時間線的理論可能搞錯了。」

「對。」班恩說，盯著另一個長得像櫛瓜的東西。「也許他錯了。」

「他沒有，你很清楚。」

「我什麼都不清楚……哈利，那個是什麼？」班恩難以壓抑的飢餓感壓倒了那些不幸與痛苦的感覺。

「這個？」他問，舉起榴瓜。

「對。」班恩回答，然後看向莎法。「所以妳就這麼接受了？」

「我們還有什麼選擇？」她問。

「要吃嗎？」哈利問他們兩個，舉起像榴瓜的東西。

「可以讓我來開嗎？」莎法問。

「妳可以講話不要那麼粗魯嗎？」

「可能不行，」她回答。「好啦，我保證會試著講話不要那麼粗魯……」哈利笑著把榴瓜移開，她只好趕快補上一句。

「很重。」他碰一聲把水果放在桌上。

「要來囉，」她站起來。「找掩護。」

「好了。」哈利說，他和班恩都躲了起來。

「該死！」莎法痛得收回她對榴瓜的空手道揮劈。「再試一次……噢喲……媽的這什麼鬼東西……噢！幹蠢死了……混蛋！」

「小姐，讓我……」

「不用……噢喲……噢，你這爛東西……好……」

「別再打它了。」班恩從桌子底下說。

「吃我這招！」莎法咆哮著，然後把櫛瓜舉過頭頂，用力砸在桌上。

「搞定了嗎？」班恩從桌邊探出頭問。

「連凹痕都沒有。」她憤怒地說。「好啊，我們在地板上吃。」

她再次把水果舉起來，然後丟到水泥地上，衝擊讓水果的外皮碎裂，果肉四溢，濕答答的汁水噴濺開來。「去你的。」莎法勝利地說。

作為最靠近的人，班恩撈了一大塊新水果，卻因為噁心的惡臭而皺起臉。「這個不行。」

「真的嗎？」莎法問，自己拿了一點。「呃，味道真噁心……這什麼啊？味道跟腳丫一樣……就像臭腳丫……」

「我還是吃那個李子就好了。」班恩說，丟下那個臭腳櫛瓜塊，回去吃味道鮮美的李子。哈利彎下腰，認真地聞了聞破碎的臭腳櫛瓜。伸手撿了一點，莎法一臉作嘔時他舔了一下。他點點頭，把手指伸進嘴裡，再次點頭，然後拿了更大一塊。

「哈利，」她忍不住呻吟。「那很噁心耶。」

「就像我們在法國吃的發霉乳酪一樣。」他說。

「我或許很粗魯，但你真的很噁心耶。」她皺著臉，把果肉放回桌上。「現在整個房間都是那個臭味。」她補上一句。

班恩吃著水果，試圖忽視內心的恐慌，譬如他目前人在數百萬年之前，而被某些來自未來的人救了一命。這些都不是真的，都是編出來的。這不可能是真的，現實生活中不會發生這種事。十七歲的小孩不會在鄉間小路殺死幫派成員，十七歲的小孩也不會有名到必須接受證人保護計畫，換一個新身份。那些十七歲的小孩也不會長大以後在地鐵月臺阻止恐怖攻擊。

這些都發生了。這是真的。他的五臟六腑翻攪起來，飢餓感退去，他的大腦瘋狂地想尋找某個哽或某種方式來解釋這一切都沒有發生。

「後來史黛芙怎麼了？」他突然問道，莎法停下咀嚼，盯著他就像一隻被車頭燈照到的兔子。她把嘴裡的東西吞下去，停頓了很長的時間，長到班恩以為她不會回答。「班恩，有些事情你一旦知道了，就沒辦法假裝不知道了。」她溫柔地說。「或許最好的方式就是不要知道。」

「不。」

她繼續咀嚼，但看向別處，彷彿陷入沉思。然後吞嚥前又瞥了班恩一眼，看到他滿臉的掙扎。

「這又有什麼不同？」她輕輕地說，哈利留意到他們的對話，興致勃勃地看著。

「史黛芙怎麼樣了？」

她的溫柔像是開關扳動般消失。「我不會說謊，不會為了你或任何人。」她直截了當地說。

「別問我，這不公平。」

「不公平？妳在鬼扯什麼？」

「說真的，我們不該討論這些。」

「我們就要討論這個。」他瞪著她說。「告訴我。」

「羅蘭說我們應該遺忘過去……」她的聲音變得越來越冷硬。

「過去？他媽的過去？那是昨天的事……我想知道……」他的聲音忍不住提高，感覺自己被刻意隱瞞。

「我也有家人。」她大聲地壓過他。「我不知道他們的情況。哈利也一樣。別再想了。」

「我們他媽的才到這裡，我不是你們！」他厲聲說。「我不是士兵或警察。我他媽的坐在辦公室，負責調查保險理賠。」憤怒淹沒了他，那種不公平的感覺徹底又苦澀。

「放手吧。」哈利說，手裡拿著臭氣燻天的櫛瓜。

或許別人這麼說會讓班恩徹底爆發，但那是瘋子哈利．麥登，拿著幾百萬年前的一塊惡臭櫛瓜，那種超現實的感覺深陷在他的胸口。

「吃點李子，班恩。」莎法遞給他一塊被壓扁的水果。

「我不想要該死的李子，妳怎麼能這麼冷靜？」

她聳聳肩，以同樣的姿態既不承認而又迴避。「你得學著把那些東西鎖起來。」

「妳是怎麼學會這些？妳又有什麼要鎖起來的？」他大聲問，但被莎法狠毒的表情嚇得有些退縮。

「吃吧。」哈利輕鬆地說，打破了緊張的氣氛。「你們兩個都快吃。」

於是他們張口嚼食，吃了那些不是李子的李子，還有那個不是檸檬／萊姆／蜜瓜的水果。

她盯著手上的水果，撕成一片一片放入口中，不帶一絲情緒或感覺。他是班恩．萊德，真正的班恩．萊德。他是她加入警隊的原因，也是她選擇成為貼身護衛的原因。現在他坐在她對面吃水果，在一個恐龍時代的碉堡裡，還有人告訴他們，他們得拯救這個世界。噢對，瘋子哈利．麥登也在旁邊。她接受這一切。所有的一切，**所有的**事情，而她的腦中只有一個想法，她再也不需要被那個惡毒的男人上下其手了。不會在這裡，也不再為了任何人。更重要的是，雖然她不認識哈利，但感覺自己已經和他產生了某種情誼，他會支援她，就像她在打鬥中為他做的那樣。在唐寧街時，那是她第一次殺人。她一直有點好奇要怎麼應對這樣的事情，知道自己奪走了別人的生命。但真的發生時，她什麼感覺也沒有。他們攻擊，她盡她的本分。跟之前的那些守衛一樣，他們本來可以遵從命令抓住哈利，但他們卻用武器攻擊他，而在她挺身幫忙時，也對她使用那些武器。事情就是這樣，她環顧四周，哈利若有所思地吃著水果。她的目光移向班恩，停留在他右頰上淡去的疤痕。班恩．萊德，真的是他。她努力壓抑著不要露出微笑，回想起他先前衝入打鬥的樣子，他完全沒有受過訓練，也沒有什麼技巧可言，但他很勇敢，也很聰明。非常聰明。他是班恩．萊德，**那個**班恩．萊德。

哈利吃著水果。他餓了，參戰四年教會他在能吃的時候就該盡量吃。他對眼前的這一切都沒什麼驚訝感，思緒彷彿因為永無止盡的任務而麻木，兩軍交火、敵後破壞、游擊戰、正面作戰、徒手打鬥、黑街的陰招，跳傘突擊好掩護坦克揮毀城鎮。如果快艇真的把他從挪威救出來，他可能會受到一些表揚，然後還是一樣繼續打仗。事情就是這樣。他喜歡莎法，她是個女人這件事並不影響他的判斷。很多跟他合作過的反抗軍戰士都是女性。她很能打，老天爺，她真能打。他在心裡想著，想到班恩在打鬥時揮舞雙臂的方式，讓他不得不壓抑嘴角的微笑。這個人缺乏訓練與控制，但他很勇敢，也很有天分。很靈敏，而且反應快速。

班恩吃著，只因為其他兩個人也在吃。他的思緒亂轉，胃也糾結著，神經緊繃。他想到史黛芙，痛恨別人有事不告訴他。莎法有事情瞞著他，而他的生活一去不復返。他死了，卻又還活著。他不是士兵，不是警察，不是偵探。他不是他們需要的人，但他卻在這裡。為什麼那個程式選中他？因為他的案子成功率百分之百？但那是保險理賠，不是謀殺案調查，更不是找出那個在未來把世界毀掉的人。他看了哈利一眼，希望能像他那樣鎮定。他看向莎法，訝異於這個世界如此之小，她是那個在霍本月臺上奔跑的警察。既使沒有化妝，她也非常漂亮，但同時非常強悍。超級強悍。為什麼他沒辦法像他們那樣冷靜？為什麼他沒辦法表現出那種……

「窗戶外頭可能是全像投影。」班恩說，他的大腦再次運轉起來，心中充滿了可能性。他停下進食，看向莎法還有哈利。

「全像投影？」哈利問。

「像是一種幻覺。」莎法靜靜地說。

「不是。」哈利立刻回答。

「科技比一九四三年進步多了，哈利。」莎法說。

「我們應該到外頭去看看。」哈利冷靜地回答。

「那座山谷距離很遠，」班恩立刻開始思考，「它依舊可能是假的。」

「有一個確定的辦法。」莎法挺身坐直，看了看四周。

「我們要看它運作，我們需要證據。」

14

「我們需要證據。」莎法帶著他們來到走廊，羅蘭就站在辦公室的門口。

「是，我曾想過你們會提出這樣的要求……」

班恩站在後頭，注意到和哈利相比之下她有多嬌小，他很驚訝哈利會讓她以自己的方式帶頭。或許哈利滿足於先站在一旁觀察，譬如評估和權衡現況，然後再下決定。班恩祈禱窗戶外的只是全像投影，而羅蘭只是個瘋子綁架犯，即將被莎法和哈利痛毆一頓。他忽略掉一樣事實，他已經相信莎法和哈利就是他們宣稱的那個人，而這一點和他陷入絕境的渺茫希望無關。

麥肯把鑰匙插進上方裝著紅燈的門，領頭走進去。這是一個很大的正方形房間，依舊全是裸露的水泥牆壁、地板和天花板的樸素風格。唯一的區別是兩根獨立的長金屬桿，底部有著看來十分厚重的配重板來維持穩定。每根桿子各有兩個像是音箱的光滑黑盒子連在上面。三個人盯著那兩根桿子，周圍沒有任何電線，沒有奇怪的裝置或閃爍的光芒，只是兩根帶著音箱的桿子。班恩四下尋找神祕的通道或大門，但沒有看到任何東西，感覺希望漸增，這一切真的只是鬼扯。

「機器在哪裡？」莎法問。

「看起來一點也不引人注目，對吧？」羅蘭說，穿過他們走到金屬桿旁。

「那個？」莎法指著金屬桿問，然後看向康拉德和麥肯，感覺馬上就要上前揍人了。班恩希望她這麼做，他甚至會幫忙。不過記得，這並不表示她需要班恩的幫忙。

「讓他們先設定好，帕特小姐。」羅蘭說，麥肯從口袋裡拿出一臺平板，開始滑閱螢幕，康拉德把兩根金屬桿分開，金屬桿底下裝著滑輪，滑開到大約有一扇門的寬度。然後他鬆開其中一個音箱的固定螺栓，順著桿子往上滑，停頓了一下，看向哈利，然後把它推得更高，然後停下並拴緊螺栓。他把另一邊的音箱也移到同樣的位置，直到兩組音箱在頂端與底部彼此相對，形成一個方形。

「啟動。」麥肯說，一股虹光從音箱位置的四個角落散發出來，形成一個藍色的方形。它美麗而閃爍，表面上漾著淡淡的色彩。

「哇操。」班恩在令人著迷的景象中喃喃自語。藍光構成一面光牆，但光譜中的每種顏色都從其中閃過，完美地融合在一起，光只是看著都覺得美不勝收。但房間沐浴在這種光芒下的景象，立刻讓他回想起在霍本隧道中看見的光。

康拉德看了片刻，然後轉向他們。「你們經歷過這些，你們就在現場。」他簡單地說。

「你們沒開玩笑？」莎法問他們兩個。「這是一臺時光機？」她不可置信地指著，而哈利交叉手臂，輕輕皺眉。

「是的，帕特小姐。」麥肯說，目光回到平板電腦上。

「就是這樣。」羅蘭說。「簡單有力，不是嗎？但你們要的是證據。」

「所以我們只要穿過它，就能穿越時空？」班恩問，等著莎法動手揍人。

「是的，萊德先生。」

「好吧。」班恩聳聳肩，向前踏出一步，準備證明他錯了，但也有一種可怕的虛脫感，彷彿事情會變得更糟糕。「繼續吧。」

羅蘭沒有回答，但依序看著他們每個人。「在我們繼續之前，我需要你們每個人發誓，你們全程都將遵從我的指示。我們即將前往人類時間線上的某一點。任何我們做出的互動都可能改變時間線。我們不會跟任何人交談。不管我們聽見什麼或看見誰，都不會開口。我們不會做任何引起注意的事。如果我說旅行中止，那我們就要立刻直接回到門口——」

「傳送門。」康拉德嘀咕著。

「謝謝你的提醒，康拉德。」羅蘭生硬地說。「我們在那邊不會待超過一分鐘，但我相信它可以滿足你們對證據的渴望。我們無法停留更長的時間，因為我們沒有適合的衣服讓你們配合我們即將前去的那段時間。這只是觀察，只是用來證明機器的能力。你們明白嗎？」

「很合理。」班恩說，渴望完成這件事好證明這傢伙是個怪胎，也證明他可以找到離開的方法。他越是思考這件事，就越相信窗戶外只是全像投影。但那個在腦中提出警告的聲音也還在。他忽略那個聲音，因為他不喜歡那個聲音告訴他的事。

「麥登先生，你願意保證會遵照我的指示行動嗎？」

「小姐？」哈利問，班恩驚訝地看著他再次把決定權讓給莎法。

「好。」莎法看著羅蘭。「但如果班恩或哈利發生任何事，我不會放過你們三個。我講得夠清楚嗎？」

「我接受這樣的條件。」羅蘭緊張地看一眼他的兩位手下。「這是對我們的榮譽和誠信的考驗，也是證明機器的辦法。」

「誰的榮譽和誠信？」哈利問。

「我希望是我們雙方的。」羅蘭笑著說。「我想我們已經準備好了，麥肯。我們要去康拉德租的那個房間。」

「好的，」麥肯用熟練的動作翻動螢幕。「不用一分鐘。」

「房間？」莎法問康拉德。「一個房間能證明什麼？」

「它會的。」羅蘭簡單地說。

哈利走到裝置前面，抬頭看著音箱，然後目光移到地面，再繞著走到光幕之後。

「你們看得到我嗎？」他問。

「沒辦法。」班恩喊著。

「我也是。」他邊說邊從另一側走回來。「我可以摸它嗎？」他說著，把手伸向光幕。

「好了。」麥肯說。

「請讓我先檢查一下。」羅蘭對哈利說。他轉向光幕，麥肯快速地豎起大拇指，他向前彎腰，頭伸進光牆中，彷彿軀幹的上半部完全消失。他在那邊卻又不在，彷彿從中間被截斷似的。哈利迅速地走到光牆的背面，搖了搖頭。

「不可能。」班恩跑過去，兩面都一樣，但羅蘭的上半身就是不見了。他的大腦正努力處理眼睛所看到的東西。羅蘭就在那邊，俯身前傾，但上半身卻不在那邊。

「安全無虞。」羅蘭退後說道。「請直接穿過來。」他走進光幕，徹底從房間裡消失。羅蘭不見了，他消失了。他們三個人瞪大了眼睛，試圖更努力地研究光幕，卻看不到另一邊的任何東西。

「這很安全。」麥肯對明亮的藍色傳送門點點頭。

「老實說，那不會痛也不會有什麼感覺。我和康做過很多次了。」

「非常多次。」康拉德對他們點點頭。

哈利最先動作，伸出手輕輕觸摸著光幕，彷彿試圖用指尖輕觸，但他的手指直接穿了過去。

「感覺得到嗎？」莎法問。

「不能。」哈利回答，他咕噥著往前一探，像是要頭槌光幕，但毫無阻礙地穿過去了。下一秒，他把頭縮回來，臉上的血色盡褪，表情無比震驚。

「你們先別動。」哈利低聲說，然後抬腳跨進光幕。

「搞什麼鬼？」班恩嘀咕著，下意識地靠近莎法。「老天爺！」當哈利的頭從光幕另一邊冒出來時，班恩忍不住大叫。

「來吧。」哈利開懷地笑著，咧著嘴又縮了回去。

「他媽的。」班恩再次張大了嘴，看著莎法。莎法正看著他，一臉怪異的興奮。她露出微笑，抓著他的手，對著光幕點點頭。

他吞了口口水，點點頭。

「數到三，」她說。「一……二……三……」

穿越的過程只有一瞬間而且毫無疼痛，感覺就像從一個房間走到另一個房間，沒有任何明顯的感覺或身體反應。他們有點期待會覺得冷，但只是因為光幕是藍色的。

他們快速地打量著另一端的房間。這是一間老式的臥房，一張古董級的黃銅架床靠在牆邊，牆壁的灰泥抹得非常粗劣。到處都是凹凸不平的疙瘩，還有潮濕的棕色汙痕。房裡帶著霉味，床上的毯子是粗糙的羊毛，滿是汙漬。一套老舊的抽屜櫃，破損歪斜地靠在另一面牆邊。腳下是光禿禿的木條地板，牆上開了一扇有著單層玻璃的舊式木框外推窗，自然光透了進來，捕捉到空氣中的塵埃微粒，微微地閃爍。

接下來各種氣味朝他們襲來。人的體味，煮飯的香氣、火、馬糞、煙味、煤煙和其他十幾種不同的氣味一齊出現。附近居民講話的聲音，還有外頭充滿生氣的街道。馬蹄落下的獨特聲響，一個男人用著他們不懂的語言大喊，但聽起來像是法語。班恩試著辨認看到的每樣東西。譬如床是床，抽屜櫃是抽屜櫃。所有東西都非常古老，但在這裡感覺並不陳舊。

「班恩。」莎法喊著他的名字，她和哈利默默地站在窗邊。

「請不要在窗邊待太久。」羅蘭低聲說。「也請降低音量。」

「是，當然。」莎法低聲說，立刻遵從他的要求。

「看。」他走過去時，她點點頭。窗戶從建築物的三樓或四樓往下看，繁忙的街道擠滿了人。

它如此熟悉卻又如此刺眼。班恩和莎法多次在電影中看過這樣的畫面，但沒有像這樣。這是真正的過去，你可以立刻從成千上萬的照片與完美搭景的好萊塢電影中辨認出其中的區別。到處都是馬，拉著貨車或是老式的封閉車廂，這些馬車有的像隨時會解體，也有的潔淨晶亮，上頭還有穿著炫麗制服的車伕，明亮的藍色、紅色、黃色和不同深淺的金色。有些走路的人則穿著髒兮兮的棕色和灰色衣服，其他人衣服的顏色與款式則各有不同。市場攤販賣著食物、魚、肉、麵包和其他他們不認得的東西。氣味飄盪，這次他們意識到方向，看到灼亮煤炭上的燉鍋，還有一個老婦人從鍋裡舀出液體到碗中，並且把它交給一個男人，那個人則立刻吃了起來。感覺像是春天或初夏，頭頂的天空呈現清澈的蔚藍。迫不亟待地告訴世人冬天終於結束，白天將變得更溫暖、時間更長。

「看那邊。」莎法輕推他。班恩跟著她的手指把目光轉過去，結果震驚地退後了兩步。

「媽的……」

「這是真的，」她轉頭對他咧嘴一笑，再次抓住他的手。「這他媽的是真的，班恩……」她的內心滿是激動。時間旅行是真的，哈利．麥登是真的，而她握著班恩．萊德的手。時間旅行是真的，沒有人會再**那樣**碰她了。她遠離了那裡，遠離了那個時代，而身邊有兩個人明白什麼是榮譽和正派。

她指的建築不可能被認錯，即便尚未完成，眼前只是個半成品。艾菲爾鐵塔是這個星球上最知名的建築物之一，而它就在那裡。四條巨大的鐵腿向內傾協，來到已經完成的第一平臺，儘管從這個距離看來，它被屋頂遮住了部分，但他們還是可以認出那些金屬格框。

「法國，巴黎，一八八八年四月。」羅蘭從他們身後說道。

「我可以打開窗戶嗎？」莎法熱切地問。

「可以，但請不要讓別人注意到你們。帕特小姐，妳的外表有些與眾不同。我建議盡量低調。」

「當然。」莎法拉起窗閂推開窗戶。空氣流了進來，真正的空氣。充滿煙霧和煤煙的真正空氣，在經歷碉堡的純淨空氣後，它髒得差點讓人嗆到，但也同樣美妙而精彩。哈利緊盯著窗外，確定沒人抬頭時迅速探出頭，深深地吸了一口氣，然後縮回來。

「康拉德在當地時間的今天早上，在我們的時間是一週前，為了參考證明之用而租下這間房間，但即便如此……很抱歉，我想我們該離開了。」羅蘭說。「我們無法承擔在這裡被看見的風險，我總是擔心藍光會反射或被什麼人看見。」

他們像溫馴的綿羊般被牧羊人領回去，穿過藍色的光幕回到如今顯得黯淡的水泥碉堡房間，而此處的空氣是多麼厚重、乾淨而豐富。羅蘭在他們身後對麥肯點點頭，麥肯用拇指滑過平板電腦上的一個紅色大方塊，眨眼間關閉了藍光大門。

他們驚訝得說不出一句話，三個人都因為剛剛所見顯得搖搖晃晃。麥肯和康拉德相視微笑，當他們第一次看到時也是一樣。羅蘭停頓了一下，給他們一點時間吸收消化。

終於，他清了清喉嚨。「這個，嗯……這樣的證據夠了嗎？」

「才不。」莎法努力控制臉上的巨大笑容，想表現出嘲諷的樣子。

「我覺得不夠，」她更認真地說。「我完全不相信……一點也不。」

「什麼？」羅蘭一臉震驚。

「你還有什麼？」她問。

「有什麼？」羅蘭反問。

「對……還有什麼？還有什麼地方可以去？我不相信……我要更多證據。哈利你呢？你相信了嗎？」

「不信。」他的聲音低沉而嚴肅，但雙眼閃閃發光。

羅蘭哼一聲，翻著白眼惱怒地說。「這可不是玩具！」

「當然不是，這可是天殺的時光機！」莎法笑得更開。「來嘛，我們還有什麼地方可以去？」

「這可不是隨便哪裡……」

「你對我們下藥，」她直接說道。「兩次！」

「我知道這件事，帕特小姐。我們採取了非常複雜的安全措施，好讓我們可以使用那間房間。我們沒有任何其他的安全點讓我們能──」

「嗯。」班恩抬頭看著羅蘭，手放在頸後。莎法歪著頭看向班恩，羅蘭、麥肯和康拉德也一樣。班恩眨了眨眼，他的腦中突然冒出一個古怪的想法。「事情是這樣的，」他帶著歉意地微笑說，「你讓我們看的畫面可能是偽造的……由電腦演算出來。」他隨性地聳聳肩。莎法更努力地盯著他，看到班恩眼中掠食者的神采。「恐龍在幾英里之外，而且我們只能透過窗戶看……牠們可能是假的。我們剛剛進去的房間，也只是一個可以俯瞰街道的房間，也可能是假的。我們在那裡待了不到兩分鐘。你目前向我們展示的證據不足以讓我們相信——」

「原諒我，」羅蘭打斷他。「我們不能也不會冒險進入隨機時空來滿足你們的好奇心。風險太大了，任何一點違反常態或……或——」他的手在空中揮舞著，「——互動都可能對時間線造成破壞。」

班恩點點頭，仍保持那種隨性的態度。「我因為霍本站發生的事情而變得有名？」

「我不知道這有什麼關連。」羅蘭僵硬地回答。

「但你知道我會在霍本的哪個地方，對嗎？」

「嗯，是的，但是……」

「那為什麼要在早上跑來我公司？這有何**必要**？我的意思是，破壞時間線的風險太高了，不是嗎？你知道我會在哪裡，為什麼要冒這個險？」

「啊、是、的確……」羅蘭結結巴巴，他一臉不悅地抹著頭髮，眉頭皺起，腳跟前後踱步。

「這是你一個人的玩具？」班恩尖銳地問。「不想跟別人分享？」

「老天，不是，當然不是……我的意思只是……」

「里約熱內盧，」班恩說。「一九九九年，嘉年華從二月十三日到十六日。街上超過兩百萬人。到處都是燈光。挑傍晚的時候，這樣藍光也不會引起注意……」

「老天爺，我們不能做這種事。」羅蘭再次結巴了起來。

「在我走進車站的時候，你就在對街。」班恩說，依舊顯得很隨意，但更具有侵略性。「這有什麼**必要**？倫敦到處都是監視錄影器，到處都是智慧型手機……你挑了一天展示給我們看，現在我們也選一天。我沒有挑古羅馬、耶穌的誕生或黑斯廷斯戰役，羅蘭，想想你要求我們做的事情……」

「他說得沒錯。」麥肯嘀咕著，看了羅蘭一眼。「你讓我們看了鐵達尼號出航……」

「什麼？」班恩大喊，而羅蘭發出一聲呻吟。「你讓他們看鐵達尼號？你傻了嗎？」

「噢，我們那時候在人群後頭，萊德先生。」康拉德說。

「我們穿著當時的衣服。」麥肯補充說。

「我們也沒有讓人拍到任何相片。」康拉德說。

「我們差不多待了……五分鐘？」麥肯看向康拉德說。

「喔，沒那麼久……大概四分鐘，或也許三分鐘……」

「而且羅蘭很喜歡，」麥肯說，羅蘭再次呻吟，整個人彎下腰。「實際上是他提議的，對吧，康？」

「你這不要臉的騙子。」莎法瞪著羅蘭說。

「好啦，好啦。」羅蘭伸出雙手安撫他們。

「好，里約，一九九九年。我們需要幾分鐘才能準備好。」

「為什麼？」班恩立刻問，依舊帶著強烈的懷疑。

「呃，我們需要 GPS 座標，萊德先生。」麥肯說。

「叫我班恩就好。」班恩說，在這麼多年後，他不習慣被叫做萊德。「你要怎麼找到座標？」

「他們也會需要衣服，」康拉德對羅蘭說。「有個我們在用的地方，」他看著班恩解釋說。

「給我們半個小時。對服裝有什麼偏好嗎？」

「適合街頭的服裝，牛仔褲，T恤……休閒，」班恩在羅蘭回答前說。「單一色調、樸素，不要亮色或花紋圖案。」

「你怎麼知道隱蔽用服裝的要點？」莎法問。

「常識。」班恩直截了當地說，現在不想向任何人解釋任何事情。「我們會在那個大房間等。」

他們走出房間，羅蘭、麥肯和康拉德什麼話也沒說。三人走進走廊，穿過幾扇門回到有水果的房間。

「真是太屌了，班恩。」莎法說，再次展現領頭人的態度，但也轉過頭對班恩微笑。

「是啊，幹得好。」

班恩沒有回答，他清晰的思緒隨著那些絕望和混亂的情緒回湧而消失無蹤。

15

莎法看著他。自從他們回到大房間等待之後，他幾乎一句話也沒說。「你看起來不賴。」她看著他的牛仔褲和純黑T恤露出微笑。

「謝謝。」班恩尷尬地朝著她微笑。

「美國佬才穿牛仔褲。」哈利再次說，嫌惡地扯著腿上的牛仔褲。

「只是穿一下。」她說。

「穿便褲不好嗎？」

「沒什麼不好，只不過現在沒有人穿便褲了。」莎法說。

「美國佬才穿牛仔褲。」

「真的嗎？」莎法問。「美國佬穿牛仔褲？」

哈利哼了一聲，對她微笑，以良好的風度接受這個嘲弄。他們身上的衣服都很普通，並且根據班恩的要求，都是樸素的單色，普通的牛仔褲——以戰後西方社會而言的普通。班恩穿著黑色T恤，莎法是深藍色，而哈利是深灰色。再加上三雙純棕色的靴子，完成了整個裝扮。班恩看了其他兩個人，然後低頭看看自己。他們看起來就像便衣警察，靴子、牛仔褲和幾乎一模一樣的T恤，但就目前來說夠用了。他很意外莎法沒有挑剔他們跟制服沒兩樣的服裝，但想想她原本擔任貼身護衛，或許她沒有潛入工作的經驗。哈利也沒提，他一定有進行過敵後任務，他說他在挪威打扮成平民。或許有人替他挑選服裝，那這樣就說得通了。

「準備好了嗎？」莎法問，然後輕哼一聲。「哈利，把你的T恤拉出來。」

「為什麼？」

「沒有人把T恤塞在牛仔褲裡。」

「為什麼？」但他還是把下擺拉了出來。班恩猜得沒錯，哈利進行過敵後任務，但他也猜到有人替他們挑選適合的服裝，肯定是來自敵後地區的專家和當地人。

莎法再次領頭，穿過碉堡去找麥肯。

「你跟我們一起去？」莎法直接說，看他穿著同樣風格的牛仔褲和T恤。

「等一下傳送門才會好。」他說，不敢對上她的視線。

「老天，」她走進房間，發現羅蘭和康拉德也穿著牛仔褲和T恤。「我們全部都要去？」

羅蘭因為她的聲音有些僵硬，看起來就像哈利穿著牛仔褲和休閒上衣一樣不自在。「麥肯會在機器旁邊待命。康拉德會待在這邊，但隨時準備支援我們。而我，當然會跟你們一起去，確保我們盡量減低對時間線的影響。等我們過去之後，我們不會跟任何人交談或參與——」

「你之前就講過了。」莎法依舊直接。「繼續吧。」

「對，但是——」

「班恩，哈利，不要跟任何人說話，什麼事都別做，知道嗎？」

「知道。」班恩說。

「收到。」哈利說。

「列隊，」莎法說，對羅蘭點點頭。「要進去了嗎？」

隨著康拉德操作平板電腦，藍色的光幕再次出現。房間轉眼間充滿燦爛的炫藍光線、閃爍著虹光，莎法、哈利和班恩再次沐浴在其中。羅蘭走在最前面，他靠近光幕，向前探身，幾秒後才縮回來。

「位置無誤。」他對康拉德說。「我們在一排房子後面的小巷……遊行的主要街道就在前面，非常喧鬧而明亮。」他補充道。「對，嗯，沒錯。我應該先過去。」他沒再說什麼就走了過去。

「小姐？」麥肯禮貌地問，看著莎法。她沒理會他，走過光幕，匆匆進入一條後巷。巷子裡充滿了從一百公尺外的主要街道上反射過來的聲音與光線，滿地垃圾。炎熱、潮濕的空氣十分濃稠，氣味複雜，再次與碉堡的純淨空氣形成鮮明的對比。鼓聲隆隆，森巴樂隊的節拍迴盪，音樂無處不在，快節奏而獨特的曲調正是巴西嘉年華的代名詞。聲音、閃光，經過巷口的人潮穿著誇張古怪的衣服。十英尺高的巨大假羽毛，蓬蓬裙。衣著暴露的男女在經過時，一邊跳舞一邊旋轉。班恩來到她身後。她往前幾步讓出空間，哈利也出現了，然後是麥肯。

他們沒有人說話，只是盯著噪音和燈光，感受到熱力與潮濕的空氣，從枯燥乏味的環境突然來到一個充滿感官刺激的地方。

「我們要過去。」班恩為了壓過喧鬧的噪音而大喊。他需要被說服。他需要知道這是真的。這些事情真的發生了，而這是一九九九年。

莎法回頭領首，開始沿著小巷前進。儘管羅蘭和哈利都在場，但她再次領頭，也沒有人質疑她。

她散發的天生權威十分自然卻很強大。哈利的能力也很卓越並且顯而易見，但和莎法的氣場並不相同。

她走到巷子口，驚奇地看著遊行的花車與人偶緩緩經過。音樂棒得令人難以想像，數以百計的鼓和樂器川流不息，彷彿陷入狂喜一般，散發出一種強烈的能量脈動。一大群穿著白衣的男女邊走邊跳，帶著巨大的頭飾、飄舞的披風，還在腿上綁著羽毛。所有人應和著節拍一起歡唱。街道兩側則聚集著大量的旁觀者，成千上萬的人集中在一條街上。莎法覺得心臟怦怦跳得飛快，不是出於恐懼或慌張，而是從碉堡突然來到這裡的過渡反應。真是一場奇景，這些喧鬧與氣味。其他人來到她身邊，站在一旁看到目瞪口呆。特別是哈利，他從沒見過這樣的景象，甚至從沒想過這樣的事情。那些五彩繽紛的顏色，那種滿溢的活力。穿著衣服和沒穿衣服的人，音樂和舞蹈。他的嘴巴起初因為緊繃的笑容而抽搐，但笑意逐漸從他臉上蔓延開來，表現出純然的喜悅。

一個哈利見過最美麗的女人跳舞經過，渾身上下只穿著內衣，還有一綹厚實的黑色羽毛黏在背上。豐滿的胸部、寬腴的屁股和搖曳的音樂。接著另一個哈利見過最美麗的女人走過，只穿著內衣，一綹厚實的白色羽毛黏在背上，她就這樣子走過。哈利搖搖頭，忍不住笑了起來。戰爭骯髒而險惡，而這才是生命該有的模樣。就像這樣。

班恩環顧四周，看見哈利看到的景色，但班恩的生活充滿了這類的東西，雖然他一樣感受到那些活力與脈動，但衝擊感比較小。這是一九九九年嗎？他要怎麼知道？他看了一眼身後的小巷，看見藍光的反射，但跟街上的燈光相比，藍光看起來弱得微不足道。他對莎法說了什麼，她看著他，笑得很開心但搖搖頭。**她聽不見你在說什麼**。她張著嘴指著耳朵。

「**報紙！**」班恩對著她的耳朵大喊。

她點點頭，看向四周。她只是站在那邊看著，彷彿這件事情由她來決定，但她已經知道班恩的才智，而他之前說的一切都很合理。之前的所有東西都可能是假的，但這個？這不是假的，完全不可能。然而，他希望報紙可以提供完整的證明。她拉了拉他的手臂，然後對羅蘭和哈利做了個手勢，讓他們跟著她。他們擠過人群，走到街邊。羅蘭因為遠離傳送門而害怕地退縮，但也知道他沒辦法阻止他們。噪音太強，燈光太亮。彷彿一條魚離開了水，但跟哈利不同的是，他低著頭，躊躇不前。

莎法回過頭，確認其他人沒有掉隊。班恩就在她身後，汗珠在他臉上閃閃發光，深色的金髮開始在濕度和溫度下軟塌。他對她露出微笑，點點頭讓她繼續前進。這真是太神奇了。有一半的她進入工作模式，觀察周圍的威脅，評估每個人的視線，自動掃視人群尋找武器，這是一種根深蒂固的習慣。但另一半的她想要隨著音樂搖擺，大聲歡笑，因為她現在所做的事情如此令人興奮。

左邊的建築往後縮退，一個紅白條紋的巨大遮陽篷從酒吧前延伸出來。人群喝著啤酒、跳著舞，欣賞嘉年華的遊行。她對班恩點點頭，示意酒吧的方向。他也點頭回應。她向哈利和羅蘭示意，表示他們會在酒吧附近停下來。她帶領其他人找到一個足夠大的空間，讓他們距離酒吧門口只有幾公尺遠。啤酒、烹煮食物和人體的味道全部混雜在一起，但卻不會令人不快。絲毫不會。

班恩在他們四周檢視地面。他只需要找到報紙上的一頁，頂部會有日期。哈利和羅蘭在莎法身邊停下。哈利的雙眼盯著他見過最美的女人，直到那人轉身對他微笑，哈利這才發現，那是個穿著女裝的男人。哈利滿臉通紅，退後一步迅速轉過身，表情顯得無比震驚，讓莎法大笑起來。班恩離開他們走向酒吧，每走一步都會被人撞上或是有人從他身邊擠過去。每個人的臉上都洋溢著笑容，有人拍拍他的背，他轉身看到一個醉漢對他豎起大拇指。酒吧裡比街上更糟，擠滿了人，喊叫著拿著錢對可憐的酒保揮舞，酒吧匆匆遞出啤酒瓶，飛快地收下鈔票卻沒空看上面到底是什麼金額。

他在入口處看到一小群人站在一起，男男女女喝著啤酒，一邊輕輕搖晃一邊笑著看遊行隊伍經過。一名男子的後口袋插了一疊折起的報紙。班恩向他們走過去，他對那個男的微笑揮手，引起他的注意。男子轉過身來，顯得很開心，班恩微笑地指著他口袋裡的紙張，用動作詢問他是否可以看看。男子在把東西抽出來前笑了笑，然後把報紙拿出來遞給他。

「謝謝！」班恩喊著，想著巴西語的『謝謝』該怎麼講。他們是講西班牙語嗎？還是葡萄牙語？『Gracias』還是『Obrigado』？「Obrigado！」班恩再喊了一次，想起電影《無法無天》。男子在搬恩打開報紙時笑得更開心了。報紙頂端中間以粗體印著「O Globo」，他掃視其他訊息，看到了羅馬數字和旁邊的日期。「14 Fevereiro 1999」。一九九九年二月十四日。

一瓶啤酒被塞進他手裡。他抬起頭，對於確認了日期和時間旅行是真的感到無比震驚，而且他死了，他看見了恐龍，還有這個世界會在二一一一年毀滅。給了他報紙的男子再次笑了，並且示意班恩喝啤酒。班恩動也不動，音樂隆隆作響，燈光閃爍，到處都是噪音與刺激。他死了，這是真的。男子靠過去抬起班恩的手，像是要幫他喝酒。班恩喝了，男子和他的朋友高興地鼓掌。他死了，他再也見不到史黛芙了。他再也見不到他的家人，再也回不了家了。鄉愁襲來，絕望幾乎將他拖入地底。他突然感覺喉嚨乾渴，喝了更大一口。他一口氣把啤酒喝乾，男子拿走空瓶，又塞給他另一瓶。

「Obrigado！」班恩喊道。那男子立刻說了什麼，大聲地笑著。班恩也對他笑了。這真好笑，一切都很好笑。「我死了。」班恩對他說，男子和他的朋友都笑了。「**我死了。**」班恩再次對他們說。他們又笑了。班恩笑著喝了啤酒，一滴眼淚從他的臉頰滑落。有一隻手放上他的肩膀。莎法就在他身邊，她靠到他身上，盯著報紙的頭版，並且看見了日期。她不知道「Fevereiro」是二月，但其他的內容顯而易見。她對他微笑，發現了眼淚但以為那只是一滴汗水。

一瓶啤酒塞進了她手裡。她看見這個動作，並且笑著接過啤酒，點頭示意，留意到那一群人腳邊有一整箱啤酒。她啜飲著溫熱的液體，盯著四周。哈利和羅蘭走了過來。當那群人注意到要看報紙的好男人也有同伴加入時，把啤酒塞進他們每個人手裡。羅蘭一臉煩惱，這是互動，可能會影響時間線。哈利喝著啤酒，懷疑地盯著他見過的最美麗的女人。

班恩也喝著。在里約熱內盧炎熱潮濕的空氣中喝著啤酒，這是一九九九年二月十四日，並且發現自己已經死了。他死了，他不存在了。

16

三間單調枯燥的房間，水泥牆、水泥地板和天花板，每間房間都配有一張金屬框架的單人床。

他們醒來，瞇著眼睛看著頭頂的刺眼光芒。口乾舌燥，腦袋怦怦作響。莎法咕噥著翻過身，把臉埋進枕頭裡。哈利閉上眼睛，瞇起眼皮調整視力，開始習慣性地檢查自己有沒有骨折受傷。班恩呻吟著，抬起頭，瞇著眼睛盯著這糟糕透頂的房間，然後讓頭落回床鋪。

莎法滾動，扭著身體坐了起來，等待頭暈消失。她的嘴巴和喉嚨都很乾，出了一身汗，覺得滿身髒汗，頭髮也很油膩。她看著昨晚丟在地板上的衣服。那算昨晚嗎？這裡還有時間可言嗎？她對自己愚蠢的問題眨了眨眼，並且思考自己是否還在宿醉。她想起羅蘭驚慌的模樣，試圖讓他們離開里約熱內盧，但其他人完全無視他，快樂地跟新朋友暢飲啤酒，一起歡呼著喝得爛醉。

她咯咯地輕笑，經歷過那樣的夜晚，人們總是會在醒來後那樣笑。哈利跟那些嘉年華上的女孩跳舞。她對那樣的畫面嗤之以鼻。高大的鬍子巨漢踏著舞步，手上高舉著酒瓶，摟著那些衣著暴露的女性扭動跳舞。羅蘭努力想讓大家回去，但他們的新朋友把更多啤酒塞進他的手裡。

她呻吟地站起來，意識到實際上她感覺比上一次在這個房間醒來時好多了。四肢的疼痛緩解許多，昏沉的感覺只是普通的宿醉，而不是令人噁心的藥物影響。她走進中間的起居間，然後跳了起來，意識到自己只穿著胸罩和內褲。她想了想，聳聳肩，迅速走進浴室。裡面有一個簡單的滑動門門。她上了廁所、刷了牙，並且走進淋浴間，轉開水龍頭。冷水唰地灑下，她等待水變暖，但等了很久都沒有，依舊維持冰冷。好吧。她走到水下，立刻抖了一下，冷水噴灑著她赤裸的身體。在一開始的冰冷刺激之後，她放鬆了許多。這個地方的空氣溫暖而悶熱，淋浴感覺很舒服，而且可以消除宿醉。旁邊有一瓶全新的沐浴乳，她用這個洗頭，同時在心裡列出他們需要的東西。他們是否要留下顯然不是一個需要回答的問題，情況已經獲得證明，時間旅行確實存在，他們在一億年前的一座碉堡中。世界毀滅了，他們必須阻止這件事發生。這個念頭，這個純粹的想法掩蓋了她的思鄉之情。她愛她的家人。她想念他們，但她向來以任務優先，一直都是如此。對莎法而言事情黑白分明。她**必須**待在這裡完成這件事，所以她**不能**去想她的家人或想家。更何況，她跟瘋子哈利．麥登以及班恩．萊德一起合作，光是這樣就讓她想笑了。她非常喜歡哈利，這個人簡直不可思議，出乎她的預期。他是個徹頭徹尾的士兵。他昨晚喝得很醉，唱歌、跳舞，講話比誰都大聲，但他也非常自重，充滿尊嚴與自豪。顯然他很喜歡巴西女性，她再次邊想邊笑，不知道羅蘭是不是還在鬧脾氣。提醒你，儘管他醉醺醺的，但最後他一直說他很高興大家都在那邊。**我真的很高興，很高興，真的非常高興。真的，我真的高興得不得了。**他甚至承認他並不清楚自己在幹什麼，他講的聲音很小，而莎法假裝沒聽見。有時候藏著一點底牌也不錯。

但是，班恩。當冷水沖掉頭髮上的泡沫時，她皺起眉頭。她看不懂班恩的狀況。前一分鐘，他似乎還很好，但下一分鐘他又顯得鬱悶而孤僻。前一刻他還在嘲笑哈利和那個嘉年華女孩的舞姿，羅蘭在一旁焦躁不安，下一刻他又開始盯著空曠處，喝著一瓶又一瓶的啤酒。他也喝醉了，爛醉如泥。她和哈利一起把他扛回傳送門，麥肯和康拉德在他們離開太久之後就慌張到不行。

「滾開！」班恩對他們不屑一顧。「弄一臺時光機……」

他講的方式很有趣，但他的語氣卻沒有一絲幽默感。他肯定很震驚。她對自己底點頭。那真的太震撼了。她和哈利的優勢在於他們的身份讓他們長期離鄉背井，而班恩從來沒有這樣過，他需要時間調適。

她淋浴完，在身上裹了一條毛巾，然後走進起居室，對班恩和哈利坐在藍色椅子上的狼狽模樣嗤之以鼻。

「淋浴間現在可以用了。」她大聲而爽朗地說，走進她的房間準備換衣服。她推開房間，但留下一道縫。「我們需要一個隊長。」她對外頭喊。「哈利？你是一名中士，你打算接手嗎？」

「不。」他嘶啞地說。

「你還在宿醉？」她從房間裡問，皺著眉頭重新穿上昨天的街頭服裝。

「沒有。」他又說道。「妳做吧。」

「你確定？你可以接受一個女人指揮你？」

「可以，只要妳別再大喊了。」

「收到。那我就是隊長了，不管如何我都會完成……」

「我知道。」哈利嘀咕著。

「班恩，你需要接受訓練。」

「訓練？」他的聲音聽起來跟哈利一樣嘶啞。

「你用過槍。」莎法喊著。「這至少是個開始……」

「嗯？什麼？為什麼我需要受訓？要做什麼？」

「那兩個傻蛋來找我的時候，根本不知道自己在幹嘛。他們需要專業人士，而我們就是專業人士。」她穿好衣服走出門，對另外兩個人的難堪模樣搖頭。「我們今天就會開始訓練，但我們需要裝備。你們兩個把自己打理好，我會去找羅蘭，告訴他這個好消息。」

「好消息？」班恩一臉茫然，感覺他的大腦還在努力追趕。

「告訴他，我們會留下。」她說。「去沖個澡，你會感覺好一點。多喝水。我幾分鐘之後回來……」

班恩和哈利看著她離開，兩人對看一眼，然後聳聳肩。

「我同意了。」莎法在羅蘭的辦公桌前停下，雙腳微分，雙手俐落地在背後交握。

「哦，那太好了。」羅蘭攤在椅子上，宿醉又渾身不舒服，但臉上的表情放鬆了許多。「真的，我不知道該如何表達……我很榮幸，謝謝妳，謝謝你們……嗯，那你們什麼時候可以開始？」

「我們需要時間訓練。」莎法直截了當地說，用稍息的姿勢俯瞰他。

「訓練？」羅蘭問，立刻又變得滿臉擔憂，他站了起來。「那要花多少時間？」

「該花多少時間就花多少時間。」莎法說。「你希望這個任務完成，我們就得好好完成它。」

「帕特小姐，我明白妳的意思，但我們需要進展——」

「從二〇六一年之後的五十年？」她問。「那我算算……從現在開始大概一百億年，所以我們有時間，我想我們有充分的時間。」

「好吧，」羅蘭說。「妳需要多長的時間？」

「我剛剛說了。該多少——」

「是，該花多少時間就花多少時間，我聽見了。」

「看，我們達成共識了。」她冷冷地說。「我們各自具備其他人需要的技能。哈利有八十年的空窗期要趕，班恩得從基礎開始。總之，你有一臺時光機，對吧？」

「是的，但只能用於必須之事。」

「譬如說？」她質問。

他的眼神閃爍，搖搖頭。「妳可以調查並搞清楚末日是怎麼發生的……於是妳可以阻止這件事。還可以強行徵召任何妳覺得能夠提供協助的人。在這件事情上，我有一份候選名單——」

「所以，你會為了這個任務使用時光機，這也會隨著我們的進展而改變。」

「是的。」他一臉狐疑地看著她。「但我們不能為了個人目的來操控時間。」

「你已經這麼做了。」她轉過頭。「我們已經死了，記得嗎？」

「好吧好吧，」他兩手一攤。「好，是的，我知道你們需要時間訓練，但請盡快。我們必須取得進展。」他停下來，期待獲得某些感激之情。「嗯？」他發覺莎法沒有任何表示。

「裝備。」她說，覺得這件事理所當然。「服裝、靴子、武器、對講機、配件包……」

「武器？」

「哈利在他的時代還在使用天殺的長矛——」

「帕特小姐，我沒有預想到你們會需要使用武器的情況。」

「沒有嗎？」她故做驚訝地問。「那為什麼要找我們，長官？是誰破壞了世界，長官？不是一些壞人嗎，長官？」

「噢，老天啊。妳需要什麼武器？」

「所有的武器，長官。」

「什麼？！」

「所有的武器，長官。」

「『所有的武器』是什麼意思？」

「我的隊伍需要能夠使用任何他們找到的武器，長官。」

「別叫我長官！」

「你想要一個訓練有素的隊伍嗎？」

「是的，」他嘆了口氣。「好吧……莎法？這真的有必要嗎？」

「有必要。」她認真地說。

「好吧，列一個清單，然後交給麥肯和康拉德。不管如何，我會盡快回去。我需要確保我們沒有因為昨晚的挫敗而引發任何災難。」

「那是一個很棒的夜晚。」

「那真是蠢透了。在任何情況下，我們都不能再這麼做了。」

「收到……長官。」她微笑地說。「我以為你很高興我們在這裡？」

「妳說什麼？」他臉紅了一下。

「我真的很高興，真的非常高興，我真的高興得不得了。」她盯著頭頂的燈光。

「真好笑，還有什麼事情嗎？」

「沒有，長官。謝謝，長官。我可以離開了嗎，長官？」

他揮揮手。一個怪物剛剛被創造出來，就在他辦公桌前面。

「我們可以去外頭嗎？」她問，恢復成正常的語調。

「可以。」他嘆氣，頭仍然因為宿醉而抽痛，現在只希望她可以快點走開。

「我以為你說過細菌什麼的。」

「我們做過研究了，麥肯或康拉德可以說明，然後在後門有消毒用的噴霧裝置。」

「高科技耶。」她嘀咕著。

「我不是技術人員，麥肯和康拉德才是。」

「那你做什麼？」

「我負責弄錢來支付這一切。現在，還有什麼別的事嗎？」

「呃……」她沉吟了半晌，拉著臉。「現在沒有。」她點點頭，俐落地轉身走出辦公室。剛好看到麥肯和康拉德在走廊上經過。

「嘿，你們兩個。」她吼著，羅蘭在辦公室聽到她粗暴的語氣而縮了一下。「我們需要裝備，有紙筆嗎？」

「紙？」麥肯非常禮貌地問。

「列清單用。」她說，彷彿這種些微的拖延正引起她無法言語的挫敗感，而這種情緒可能會在任何時候爆發成暴力事件。

兩個男人差點嚇到跌倒，他們支支吾吾，緊張地看著彼此。

「用平板。」麥肯從他的工作褲的眾多口袋中拿出一個裝置。他從側面抽出手寫筆，並且用集中注意力的凝視啟動了螢幕。「那麼……我能幫什麼忙？噢……」莎法靈巧地從他手中抽起手寫筆和平板，開始在螢幕上寫了起來。

「你有我們的尺寸，對吧？」她對這兩個人咆哮。

「尺寸？莎法小姐？」康拉德問。

她慢慢抬頭。「腳。」她清楚地發音。

「喔，鞋子尺寸，是的，我們有資料，衣服尺寸和……」

「誰替我清洗和換衣服？」她隨意問道。

「你說什麼？」麥肯的臉色變得慘白。

「誰替我清洗和換衣服？」她再次問。「如果我發現有個男的，在我被下藥的時候替我洗澡和換衣服，我會殺死他。」麥肯沒有回答，但嚇得一句話都不敢說，而康拉德向後退了幾步。「一個男人替我換衣服嗎，麥肯？」

「不是，帕特小姐。」麥肯快要哭出來了。

「我在這裡沒有見過其他女性，麥肯。」

「羅蘭有帶來一位……」他結結巴巴地說。「我是說，一位女性……羅蘭帶了一位女性來這個……」

「羅蘭？」莎法喊道。「真的嗎？」

「真的。」他從辦公室裡回喊，非常非常快。

「他說沒有人其他人知道，除了我們之外……」

「我向你保證。」羅蘭出現在辦公室門口。「有這麼一位女性。」

「如果你們對我撒謊，我會殺了你們所有人。清楚嗎？好，我希望你們可以在一個小時內準備好。」

「一個小時？」康拉德說，拿回平板往下看。「但是……他們……」

「一個小時。」莎法打斷他。「世界就靠我們了，所以動作快。一個小時。」

「是，小姐。」康拉德喊著，他們跑向門口。

她走下去，穿過走廊來到主房間，在大桌子邊找到哈利，正在把咖啡倒進三個陶杯中。班恩把頭枕在雙手間，靠在另一張完整的桌子上。

「他們在處理了。」她爽朗地說，語調立刻改變。

「我給了他們一張超長的清單，告訴他們有一小時可以準備……而且我還說，如果我發現他們替我洗澡和換衣服，我會殺了他們。顯然有個女人來過這裡，做了這些事。」

「誰？」班恩問，抬起頭。

「我沒問。」她聳聳肩說。「你才是調查員，我不是。」

「妳是警察。」他說。

「告訴過你了，我的調查技能爛透了。」

「隨便啦。」班恩呻吟道，哈利把咖啡放到他面前。

「清單上面列了些什麼？」哈利問，重重地坐下。

「靴子和衣服，沒什麼太難的。你確定要跟我們一起進行嗎，班恩？」

「至少現在是。」他老實地回答。「羅蘭怎麼知道我們不會在第一次工作就閃人？」

「閃人？」哈利問。

「離開，撒手不管。」班恩說。

「『閃人』表示離開？」

「是，有點像俚語。你會對一個你希望他離開的人說『老兄，閃開』，或是當你想離開某個地方，會說『我要閃了』。不管如何，羅蘭怎麼知道我們不會在第一次工作時就跑掉？」

「我們會執行任務。」哈利嚴肅地看著他說。

「現在不是戰爭中，哈利。」

「他說世界毀滅了，」哈利說。「我們必須阻止。」

「我們必須阻止世界毀滅。」班恩在轉頭時靜靜地說。

「我們之前成功過。」

「什麼時候？」

「德國人，我們阻止了他們。」

「哈利，這不是那樣。」班恩說。

「不要想太多。」

「老兄，這不是想太多，這不是飛機和潛水艇的戰爭……」

「你這麼想嗎？」他的笑容帶著一絲悲傷。「你的過去有回顧的價值，我們沒有。我們只知道眼前的事情是什麼，我們相信那些知道怎樣會更好的人。我們在這裡，我們不會在第一次任務『閃人』，任由其他人陷在屎堆裡，你不會對你的伙伴做這種事。」

「屎堆？」莎法問。

「我不懂。我沒辦法……媽的……」班恩大口喘息，瘋狂地環顧房間。「為什麼你要讓莎法當隊長？」他問哈利。

「你剛剛說什麼？」莎法厲聲問。

「不是，」班恩呻吟道。「我不是那個意思。我的意思是……像是……哈利是二戰的突擊隊員，對吧，所以……噢，老天啊，莎法，我沒有批評的意思。妳很棒，我願意跟隨妳到任何地方，但是……」

「你剛剛回答了你的問題。」哈利輕鬆地說。

「這糟透了，我們在一個該死的碉堡裡等著該死的靴子，而且還在過去……」

「班恩，」莎法柔聲說，把手放在他的手臂上。「放輕鬆，沒事的。」

「好，對不起。」他對她點點頭說。「對不起，哈利。」

「沒事，並沒有怎麼樣。」

「我們在這裡，」莎法對他說。「事情正在發生。這是真的，羅蘭選擇了我們，因為他知道我們不是那種會逃跑的人……或是在第一道難關就放棄。」

「但是……」班恩結結巴巴地試圖組織言語，但徒勞無功。他感到絕望，徹底的失敗。

「我看過你在霍本站的所作所為，我知道你在十七歲時做的事。這就是為什麼羅蘭選擇你，還有他選擇我和哈利的原因。唯一的差別只是，哈利和我已經接受過訓練，並且做好準備，所以對事情的接受度更高一點，就只是這樣。聽著，班恩。」她講得如此溫柔，讓班恩緊緊抓著她說出口的每一句話。「我們會幫你度過這些，你現在的感受會過去，我向你保證。我第一次加入警隊時就有這種經歷，還有後來加入公共案全部門的時候，我相信哈利在剛入伍時也一樣。」

「這很正常，」哈利說。「像個男子漢，你會沒事的。」

班恩眨了眨眼，挺直了背，感受到哈利話中溫和的刺激。「好。」

「很好。」她對他微笑。「你會沒事的，我向你保證。等我們掌控了現況，你會感覺更好的。現在，想吃點水果嗎？或不管那些東西是什麼……」

17

「還真快。」莎法從椅子上轉身，麥肯提著兩個巨大的黑色手提包衝進了主房間。「所有東西都準備好了？」

「是的。」麥肯放下袋子，氣喘個不停。「我和康去了……是……我們……都準備好了。」他又說。

「康拉德呢？」她問。

「喔，在那邊。」麥肯在門口揮舞著手臂說。「他不過來。」

「為什麼不？是他替我換衣服嗎？」

「天啊，不！不是，帕特小姐……不不不……他，呃……好吧，他……我記得妳說的話。」

「那是你替我換衣服的嗎？」她瞇起眼睛盯著他。

「沒有！我發誓。真的是女人……說實話……我替萊德先生和……」

「什麼？」班恩啪地站起來。

「噢，該死……」麥肯一邊說一邊試圖退出房間。

「你有沒有碰我的小弟？」

「沒有……不，我沒有……天啊……」他結結巴巴地退出門口，匆匆沿著走廊跑掉。「萊德先生，我們沒有碰到你的老二……我們沒有人……我保證我們沒有……」班恩轉身，看到莎法咯咯笑著，哈利則是大笑。突然間，世界的軸心又擺盪回來，在這裡似乎也沒有那麼糟糕。

「你有沒有碰我的小弟？」莎法說。「真經典……哈利，你知道小弟是什麼意思嗎？」

「當然。」

「好了。」她一邊笑一邊抓起手提包，他們回到自己的房間。這個事實立刻打擊了班恩，他已經這裡當成**他們**的房間了。**他的房間**，他有一個房間。他跟著他們走進來，立刻坐到一張藍色椅子上。

「看看我們有些什麼，」莎法打開手提袋，拿出內容物輪流檢查。「一雙靴子給我……哈利，我猜這雙是你的。」她抱起一雙巨大的鞋子。

「那是什麼？」他問。

「靴子。」她抬起頭看著他。

「這不是靴子。」他說。

「哦，這是。」她站起來，雙手捧著鞋子。

「合成材質，還有透氣網眼……特勤警察、士兵和特種部隊都穿這種鞋……輕巧、透氣，抓地力極強。」

「我想要我的靴子。」

「哈利，這些都是很棒的靴子。」

「好，妳留著。我要我的靴子。」

「我沒有你的靴子，我們有這些靴子。」

「我之前穿的靴子，它們在哪裡？」

「我不知道，我和你一樣被下藥了。」

「我要把我的靴子拿回來。」他說著走向門口。

「哈利，試試看嘛，你會喜歡的——」

「麥肯！我的靴子在哪裡？」

「好吧，」她看著班恩，然後看了看靴子。「這真的很不錯。」她對他說。「你的。」她從袋子裡拿出另一雙鞋。「我們有褲子……排汗內衣……上衣……包包……皮帶……他把所有東西都準備好了。」她佩服地看著排在地板上的物資。「而且所有東西都是新的。」

「妳要的是黑色？」班恩問，盯著堆成三堆的衣服。

「是的，怎麼了？你想要別的顏色嗎？」

「如果你想要，可以換成黃色或是你喜歡的顏色。」

「沒有，只是問問。」

「我只是問問。」他回答得太快了。

「只是開玩笑，班恩。」她站了起來。「我沒別的意思。」

他慢慢吐氣，閉上眼睛一秒，世界又回到那個爛透了的軸心上。「抱歉。」

「沒關係。」她輕柔地說，與她和麥肯、康拉德和羅蘭講話時的語氣形成強烈的對比。「我們會克服這些，我保證。」

「妳怎麼能確定？」

「因為，」她笑著說。「你是班恩．萊德……」

「噢，別，」他呻吟道。「別這麼說。」

「相信我，你不知道你自己有什麼能耐。」

「我知道，但變成穿黑衣的士兵可不算在裡面。」

「世界各地的警察戰術學校都會播放那段影片……」

「什麼影片？」

「霍本站的錄影，那天你在月臺上的行動。」

「為什麼？」

「展示訓練要達成的程度。」

「程度？什麼程度？我他媽的嚇壞了。我肯定絆倒了十次，而且每次開槍都失誤……太可怕了……」

「不是那樣，」她說。「那是訓練。開槍和與人對戰要靠訓練，但你所做的是本能。我猜你那時感覺時間變慢了，對吧？」當他點頭時，她笑了。「其實不慢，像這樣就結束了。」她一彈手指。「幾分鐘就結束了，代表你的速度有多快，你按優先順序決定了每個目標。是的，你是有些狼狽，是，你的確跌倒了，但你沒有輕便、透氣的戰術靴和幾個月的艱苦訓練，而你依舊做到了。你阻止了他們。就像你阻止那些流氓一樣……」她停下來，閃過一口潔白的牙齒。「我跟哈利．麥登還有班恩．萊德一起打過架……而這些事情你昨天就對羅蘭說過了……」

「不是這樣。」班恩開口，剛好哈利匆匆回到房間裡。

「找回來了。」哈利開心地說。「你們看。」他自豪地拿起一雙看起來十分沉重的舊皮靴，「這才是真正的靴子，感覺一下重量。」他把靴子遞給班恩。「怎麼樣？感覺到了嗎？」

「真的很重。」班恩老實地說。

「穿那種東西怎麼有辦法踩住一個人的腦袋？」他用手輕蔑地拍著現代戰術靴。「你的腳會受傷。」他補充道，認真地點頭。「腳傷可不是開玩笑的。」

「換裝吧，我們要去外頭。」莎法說，抄起她的那堆裝備。

「外頭？」班恩問，從椅子上站起來。「那細菌問題怎麼辦？」

「哦，據說後門有一個消毒用的東西。」

「高科技耶。」班恩說。

「我也這麼講。」莎法說。「麥肯和康拉德知道那東西要怎麼操作。」

「那些野生動物呢？那裡有恐龍……超他媽大隻的恐龍。」

「你沒問題的。」她邊說邊笑著走進房間。「如果我們被困住，我們就拿哈利餵牠們。」

「收到。」哈利說，走進他的房間並且關上門。

班恩抱起他那堆裝備，走進那個寫著他名字的房間，但那不是他的房間，因為他不屬於這裡。這是個錯誤。他們以為他很特別，可以做到一些令人難以置信的事情。「班恩・萊德」。他不是班恩・萊德，他是班恩・凱爾夏，他本來要跟史黛芙結婚，但史黛芙外遇了。這些思緒讓他的情緒直線下降，陷入一種絕望。而這種情緒從心底緊緊抓住他，無力感穿透全身，他迫切渴望能被熟悉的事物包圍。他不在乎十七歲時發生的事，他經歷過多年的心理治療，但事實上，他殺過人這件事從未真的令他困擾。他的大腦告訴他這麼做正當無誤，那些流氓會殺死他，還有那個女人和她的小孩，所以他採取的行動是正確的。真正讓他困擾的是他絲毫不受困擾的事實。每個人都告訴他，他應該感到不安和受傷，但事實並非如此。他起初確實感到不安，他對於那個女人和小孩經歷了這些而感到痛苦。最後他假裝出那些不安的情緒，因為這是他能結束治療的唯一辦法。他告訴心理醫生他感覺很糟糕，讓他們說服他不要覺得內疚。霍本站的事情也一樣，儘管那只是幾天前發生的事情。發生的事情很恐怖，群眾的死亡也很可怕，他感受到每個人在經歷這種事情時，應該有的每種情緒反應。但對於他殺死的人呢？沒有，一點感覺也沒有。而他的大腦再次告訴他這麼做是正當的。他們會殺死他還有其他許多人。事實是，他所做的這些事情都無法讓他成為自己心目中的英雄。哈利和莎法是英雄，因為他們將自己的生命奉獻給保護與捍衛別人。而他不是，他只是針對自己面前的威脅做出反應罷了。

他回到中間的起居間，胸口瀰漫著恐慌的感覺，哈利綁好了舊靴子的鞋帶，然後筆直站好，他指著褲子的黑色材質還有上衣悶聲說：「好東西。」

「我做不到。」班恩平靜地說。

「你們兩個準備好了嗎？」莎法大步走出來，穿著新衣服的感覺十分舒服。「班恩？你沒換衣服。」

「我做不到。」

「你可以幫我把這個撕開嗎？」她把她的灰色運動服上衣交給哈利。「我需要一個差不多這麼寬的髮帶。」她用拇指和食指比了一個距離。「換衣服。」她溫和地對班恩說。

「莎法，我做不到。我做不到你們做的事——」

「我會訓練你，」她打斷他。「你會沒事的，我保證。」

「我真的沒辦法。」他兩手一揮，在這兩個如此優秀的專業人士身邊，他彷彿在這個房間裡迷了路。「我想回家。」

「班恩，我們得留下。」她保持著同樣溫和的語調。「換好衣服。」

「但是……」

「拜託。」她盯著他看。

「我不知道該怎麼做，」他尖銳地說。「你們兩個穿著這些衣服都看起來很正常，但我不是，我看起來很蠢，因為我不屬於它們。」

「班恩，去換衣服。」

「莎法，我沒辦法……」

「你可以而且你會做到。」她向前邁了一步。「你沒問題的。天吶，你是班恩・萊德，」她又說了一次，黑色的雙眼緊緊鎖住他。「想想你做過的那些不可思議的事情。」

「那些事情不會令我不安。」他絕望地說

「那什麼令你不安？」她疑惑地問。

「我不知道，就像……遠離家鄉……沒辦法回家……」

「這是想家，這很正常，每個人都會。」

「但這是永遠的……我們回不去了。」

「好，」她說。「坐下來一會兒。」

「莎法，我會坐下，但是——」

「很好，那就坐下。」哈利開始把莎法的灰色上衣撕成髮帶，她引導班恩坐到椅子上。「把這些用一次一小時來分解。」

「我不懂。」

「我們必須要把現在的自己和過去的自己分隔開來。我們在這裡是為了完成這件事，我們已經死了，我們不再屬於我們所來的地方。於是，」她頓了頓，坐在椅子邊緣靠近班恩。「擔心下一個小時，只擔心那個小時的事情。克服了這個小時之後，再去操心下一個小時。這樣做，到最後這些小時就會變成好幾天，而你的焦慮也會緩解許多。」

「妳怎麼知道？」

她聳聳肩，想起她在唐寧街所忍受的一切，十四天感覺像是一輩子那麼長，但她知道她會度過難關。「因為真的會緩解。」她說。

她說話還有看著他的方式，聲音的語調，她眼中的關心還有態度中的真正關切，都有助於班恩將恐慌推開，直到他重新開始感到穩定與平靜。

「好吧，」他說，更像是對自己講。「一次一小時。」

「一次一小時。」她說。

「好，真抱歉。」

「不需要抱歉。」她迅速地伸出手，有一瞬間班恩以為她會以一種安慰的姿態握住他的手，但她在最後一秒停下又縮回手。「我會幫你克服這些，班恩。現在去換衣服。」

他回到房間裡，試圖壓抑情緒。**照她所說的做。**他脫下運動服，開始換衣服。**照她說的做。**穿好褲子，穿好上衣，腰帶穿過褲環，他沒有把上衣紮進褲頭，然後開始套上新的黑襪。**照莎法說的做。**靴子很奇怪，有著側面拉鍊和奇怪材質製成的鞋帶，他猜測它可能不易燃燒或斷裂。

「褲子太短了。」他一邊說一邊走進主房間，褲腳比靴子高出一英寸。

「不是，」她說，同時哈利咧嘴笑著。「褲腳有抽繩。」她補充道。

「那是什麼？」

「我會示範給你看。」她蹲到他的腳踝邊，扯了扯褲腳。「看到這個嗎？」她從褲腳抽出一條繩子。「兩邊各有一根，你要拉住這個收緊褲腳，然後塞在靴子裡面。」

「好喔。」他盯著她的頭頂，注意到她的頭髮現在綁成了馬尾，用舊運動服的一部份當成髮帶。「我一直以為你們只是把褲子塞進靴子裡。」

「避免這些東西勾到其他東西。」她努力扯緊繩子。「就是這樣，讓我們看看。」她站起來退後一步，打量著班恩的裝扮。「很好，感覺還可以嗎？」

「大概吧。」他把雙手插進口袋裡。

「你要全心投入。」她說。「準備好了嗎？」

「大概吧。」他又說。

18

它看起來很巨大，也確實很巨大。紋路清晰的木質從槍托的底部延伸到長金屬管的下緣。

「給我的嗎？」哈利從桌上把槍拿起來。毫無疑問那把步槍是給哈利的。班恩看他滑開插銷並檢查槍管，同時感受武器的重量與平衡。哈利滿意地哼一聲，然後拉了幾次插銷來感覺機械的運動。

「點四五八口徑的溫徹斯特麥格農拴動式獵槍，」莎法說。「尺寸現在變得越來越大，威力也越來越強，但我認為你應該比較習慣這種。顯然這應該足夠一槍放倒一頭大象。」

「牠們可不是大象。」哈利嘀咕著，一邊拿著步槍，一邊打開裝滿巨大黃銅子彈的紙盒。

「好吧，我們現在能選擇的標靶可能比較少。」莎法拿起裝著胖短黑色克拉克手槍的皮套。

「那是什麼？」哈利問，檢查步槍時對手槍點頭示意。

「克拉克，九毫米。」

「這也可以放倒一頭大象嗎？」

「沒辦法，但如果我拿那個開槍，我一定會很糗。」她輕鬆地說，看了一眼哈利的步槍。「在我使用這類東西之前，我需要練習。」

班恩看著他們，看到那些武器時突然意識到其中的嚴重性。真槍與真正的子彈。莎法把槍套扣在皮帶上，把彈匣裝進手槍並且上膛。哈利把一大堆子彈裝進口袋，然後把步槍甩到背後。

「你不裝填嗎？」莎法問。

「在這裡？」哈利問。「我到外頭再裝。」

「班恩，」莎法拿出雙筒望遠鏡。「這是你的。」

他沒說什麼，接下黑色的雙筒望遠鏡，但感覺非常不足。麥肯和康拉德在不遠處觀看，兩人都很安靜，而且顯得十分畏懼莎法。麥肯移動位置，並且清了清喉嚨，準備告訴他們不應該真的去射擊恐龍，因為可能會在日後找到子彈。但他沒有真的開口，反而張大了嘴卻什麼也沒說。

「準備好了。」莎法看向他們兩個。

唯二的技術人員領著他們從主房間穿過走廊，到了後門，那是個由不銹鋼板構成的出入口。

「那是？」莎法問，一如往常的直接。「看起來像金屬探測器。」

麥肯點點頭，康拉德按下右邊面板上的開關。

燈亮了，三面牆壁上都亮起小小的藍色LED燈。

「我們會在實驗室中使用這個，」康拉德解釋道。「譬如電腦實驗室和其他需要消毒的地方。」

「這不像消毒器。」班恩立刻說。

「一樣有效。」康拉德按下另一個開關。面板發出低沉的嗡嗡聲，伴隨著噴氣的嘶嘶聲，就像公共廁所的烘手機，不過更小聲一些。班恩走上前，交握著手來到後門邊，感覺空氣從三面牆壁吹來。

「就這樣？」他皺著眉頭問。

「就這樣。」康拉德說。「出門的時候經過一次，回來的時候也一樣。」

「你知道哥倫布在登陸美洲時發生了什麼事，對吧？」班恩問。「幾百萬人死於傳染病。要是我們在這邊也發生一樣的事怎麼辦？要是我們最後用該死的頭痛感冒病毒滅絕了恐龍怎麼辦？」

「我們一直在外頭，」麥肯說。「出去過很多次了。建造碉堡的時候我們非得暴露在外……我們注射的藥物和這些消毒裝置可以防止我們傷害外頭的東西。」

「媽的，」班恩搖搖頭說。「這是我聽過最不科學的事。我們注射過那些藥了嗎？」麥肯點點頭。

康拉德低頭盯著腳看，完全不看莎法。「我們需要注射更多藥物，還是只需要注射一次？」莎法開口。

「嗯……一次就好。」麥肯嘀咕著。

「好吧。」班恩無話可說。這一切感覺都非常糟糕。槍支，身穿黑色戰鬥服，被兩個白痴注射了天知道是什麼的東西，還有一個他媽的烘手機，而這樣就可以阻止他們在無意中造成大滅絕。絕望的感覺瞬間回歸，而「隨便啦」的感覺讓他聳聳肩，態度消極起來。

「我們出發吧。」莎法說，留意到他的變化。「我們要站在下面，還是只要走過去就好？」

「呃，嗯，製造商說只需要走過去，但我和康都站了幾秒……妳知道的……只是為了確保安全。」

「製造商知道你他媽的在白堊紀使用嗎？」班恩的情緒切回來一秒。

「呃，沒有，我們只是讀了說明書。」康拉德小聲地說。

「太蠢了。我們出發吧。」莎法開口，再次站上領頭位置。她等著麥肯把門閂從鉤子上拉開，然後把大門頂端和底部的拴鎖也打開，最後才推開大門。

那些沉重的抑鬱在班恩踏出大門的瞬間消失無蹤。眼前的壯麗景象，驚嘆的感覺以令人難以負荷的速度湧來，讓人無從感到鬱悶。他瞪大雙眼，彷彿有一條直通大腦的高速通道，用一種流暢而生機盎然的高速傳導這些視覺奇景。

三人立刻感受到那種生機與繁茂。他們看到的草是綠色，但莖部比他們熟悉的野草更粗更寬，踩下去的反彈力也更強。

班恩走在厚厚的野草中，草葉糾纏著他，不肯輕易被踏彎。馬尾草無所不在，模樣十分特殊，綠色草莖在分岔處有著黑白的條紋，濃密的草葉末端探出小小的綠芽。它們長得不高，但往每個方向延伸，自由地生長在碉堡周圍。碉堡位在山丘一側的岩石突出處，融合成半面山谷。

一九九三年出了一首班恩非常喜歡的歌，他常常一遍又一遍地聽。「墓園三人組」的＜腦中的瘋狂＞。那些歌詞一直盤旋在他腦中，就像那個團體獨特的名字一樣。多年後，他調查一件保險理賠，項目是花園木棚失火造成的柏樹損傷。他不知道那是一棵柏樹，直到在索賠清單上看到。他把那棵樹和他喜愛的歌詞連結在一起，如今站在這裡，他可以看出山坡上長出來的大樹是柏樹。樹幹從側面突出於山丘之外，形成一個直角，並且向上形成一個濃密宛如直昇機停機坪的葉叢，樹幹上的枝椏看起來短而脆弱，幾乎顯得貧瘠。他環顧四周，看到更多柏樹從山坡的岩塊中生長出來，它們指向山谷底部，看起來遙遠而危險。

山坡上不同的岩架與不同坡度的岩石露頭彼此交錯，樹木、蕨類和野花隨意生長。班恩慢慢地轉過身，驚嘆地盯著看。眼前的景色看起來如此正常，卻又戴著一些異常。彷彿在半醉時閱讀古典文學一般，你可以看到那些詞彙，卻他媽的完全讀不懂。倒不是說他真的讀過什麼古典文學，但他可以想像那是什麼樣。

山谷底部遠超過巨大可以形容，十分遼闊，甚至容納了一片森林，可見谷底的廣闊。濃密繁茂的林地被寬廣而貌似貧瘠的平原及湖泊分隔，巨大晶亮的藍色湖泊彷彿漾起閃爍的漣漪。樹木從湖中長出來，班恩再次認出沼澤柏樹，底部有著巨大的板根，延伸出窄長的木幹。沼澤柏樹生長於水中，在高濕與溫暖的沼澤環境下茁壯。至少那個失火花園的所有人在班恩詢問索賠表上的柏樹時，是這麼介紹的。

他們從窗戶看到的那群恐龍也在，一群在右方，更多群在湖邊，或在林地，或正涉水穿過沼澤，有更多正走向左方。不同的大小與外型，也許是品種不同，或是亞種不同，或不管那個正式名稱是什麼。有些更加龐碩，但數量也比較少。

比較大的群體看起來跟比較小的很像，雖然都很大隻，但尺寸不太一樣。牠們都有著長長的頸部，小小的頭和長長的尾巴，但身體的厚度、尾巴的長度和高度都有所不同。有些恐龍在地上吃東西，有些伸長了脖子，咬著樹木的低枝處。大部分看起來是灰色，但班恩留意到牠們的身體有些部分顏色比較深，有些比較淺，有些介於棕色和綠色之間，但都是很自然的逐步變化。

「這真令人難以置信。」莎法嘖嘖稱奇。「我的意思是，沒有任何警告，沒有任何危險或可能有害的注意事項清單，也不知道一天有多長，或我們能走多遠。沒有說明，這真是太可怕了。哈利，難道你不覺得這真可怕嗎？」

「是啊。」他簡單地說，把步槍從肩膀上滑下來。他拿出一顆巨大的子彈，塞進槍管，拉插銷上膛。他舉起步槍，向下眺望平原，用瞭望鏡觀察。

「生態系統」、「微氣候」、「生物學」和「遺傳特徵」這些詞彙在班恩的大腦中流動，他的歷史、地理和生物老師現在可能會嚇到尿褲子。他觀察著碉堡的側面，碉堡完全嵌在山坡裡，塗上綠色和棕色，融合得非常巧妙。沒有尖銳的邊緣，一切都是圓弧狀，而且在設計上顯得非常自然，他猜測從遠處看起來應該難以分辨。他留意到羅蘭辦公室的位置，還有主房間，而旁邊肯定是通往他們房間的走廊。

在碉堡後面，地面依舊維持平坦，直到天然岩壁在數百公尺外漸漸縮小。班恩腦海中浮現的第一件事，就是一個帶有安全欄杆的屋頂花園和穿著白襯衫的服務生，替躺在竹椅上的人提供冷飲，欣賞下方的景色。然後他發現了更多柏樹，植物、野草、蕨類和岩石，這個世界已經形成了數億年，而也將永遠形成下去。時間在這裡毫無意義，無足輕重。時間並不存在，只是行星繞著太陽，月亮隨之旋轉，還有萬物在太空中轉動的順序軌跡罷了。

他記得學校裡教過，大陸漂移就是發生在白堊紀。美洲的陸地加入歐洲、非洲和亞洲，一起形成了一塊超大陸，但名字想不起來了。龐？潘高？盤古？那一類的名字。他們此刻可能站在世界的任何一個角落，可能是日後變成大西洋或北京的地方，或是他知道的巴特西貓狗之家。此時此刻正在進行，大陸正在彼此分離。他們可能步行或駕車數千英里，卻什麼地方也不認得。海岸線完全不同，地形也不一樣，但卻又和你預期的景象完全相同。找個藝術家來，讓他看一些恐龍的書，叫他把腦袋中的畫面畫出來，就是眼前的景象：沼澤、濕熱又充滿綠意。

莎法因為缺乏執行守則而產生的煩躁很快就退去了。陽光灑落的感覺很舒服，視野美極了，空氣飽滿而乾淨。她深吸一口氣，幾乎感到頭暈目眩。班恩說過這裡的氧氣濃度比較高，但羅蘭說他們已經注射過藥物。她看著哈利用瞭望鏡觀察野生動物，然後看了班恩一眼，對方被美景擄獲的表情讓她露出笑容。他似乎讚次換了一個人，彷彿活了過來，彷彿迫不及待將一切納入眼底。

她抬手招呼還站在碉堡邊的哈利，走上前站到班恩身邊，她也同樣被前方的美景迷住了，沒有人會厭倦這種絕景。莎法的感覺沒有錯，此時班恩的心防完全敞開，思緒在腦中起伏回繞，分析歸納眼前的一切。

「上去？」班恩眨了眨眼，回到當下，看到哈利抬手示意碉堡後方的山坡。

「我們應該上去。」莎法轉身背對山谷，看向山坡。她是怎麼做到的？怎麼有人能轉離那樣的景致？「班恩？」她喊道。

「來了。」他悶聲說。

這次，哈利領頭在陡峭的山坡上蜿蜒前行。不到幾分鐘，班恩氣喘如牛，滿臉都是汗水。

「苔蘚。」哈利從前面說。

「什麼？」莎法問。大漢停下來指著一堆岩石與蕨類。

「苔蘚。」哈利又講了一次。

「好喔。」莎法慢慢地說。

他看著班恩，然後看向她。「苔蘚會生長在面北側，這個方向是北方。」他指著碉堡。

「噢，對。」莎法隨意地說，但嘴角有些抽搐。

「怎麼？」哈利問。

「沒什麼，」她輕描淡寫地回答。「好本事。」

「嗯……」哈利沉吟，關切地看了她一眼，然後走了幾步再次停下來。「到底怎麼了？」他問她。

「北半球。」她笑著說，「苔蘚生長在北半球的面北側，而且並非總是準確。」

「我覺得這種說法也不對，」班恩從後方揚聲說。「我在哪裡讀過，那似乎跟濕度還有太陽有關？」

「那邊是北邊。」哈利再次指著說。

「好喔，山林大師。」莎法說。「帶路。」

他們一路向上爬到山坡頂端，因為視野突然展開而停下腳步。一條數百公尺寬的空地，形成一條波形的林木線，有些地方突出，有些地方凹進去。就像山谷底部一樣，散落著沼地般的水澤，還有巨大的岩塊，岩石與石頭散落在馬尾草和蕨類苔地之間。

「看看那些。」莎法指著一叢植物，看起來就像是在地中海風酒店大廳會看見的熱帶室內植物。枝條看起來長而尖，實際上觸感柔軟、濃密，葉子和莖的長度與大小幾乎完全相同。中間夾雜著一些果子之類的奇怪東西，看起來像覆蓋著一層層羅馬盔甲的松果，只不過看起來更柔軟，甚至可以食用。

「有花。」哈利脫口講出他看到的東西。那些花看起來很圓，在綠色與棕色的植物海洋中閃耀著鮮亮的色彩。白色、紅色，以及介於兩者之間的不同深淺。黃色和紫色的那些看起來像玫瑰、向日葵和木蘭花，但顯然又太一樣。那些花有著杯子般的形狀，花瓣扇形展開，吸引昆蟲前來授粉與享用。有些則像是管狀的喇叭形，有些更直，或是像玫瑰般花瓣那樣緊密地排成同心圓。

他們再次感受到那種不協調。莎法看到一株碩大的盛開植物，她的大腦試圖把影像當成向日葵，但那不是向日葵，她也不知道那是什麼。班恩也認不出任何一種花朵，但他可以看出進化的軌跡。這個東西將會成為一朵向日葵，而那會是一朵玫瑰，只是時機未到，在幾百萬年之內都不會。

靜態的畫面是一回事，但這個地方的氣味、聲音和感覺則截然不同。熱氣撲面而來，宛如叢林一般，空氣中瀰漫著成千上萬蟲蚋的嗡嗡聲與嘰嘰喳喳的細碎雜音，還有其他生物在咆哮或吼叫。

他們跟著哈利走向樹林，看見甲蟲爬上植物的草莖，更多昆蟲把頭部埋進黏稠的花粉中。小飛蟲隨處可見。類似黃蜂的生物有著黃色與黑色的身體，但看起來更大更凶猛。有一秒，他以為這些應該是蜜蜂的祖先，直到他真的看見蜜蜂，被那些嗡嗡聲嚇了一跳。那些蜜蜂大得嚇死人，比他看過的任一隻蜜蜂都還要大，像馬鞍袋一樣大的腳垂掛著，寬闊的翅膀在盤旋靠近花朵時不停震動。看到生物出現，莎法拔出手槍，垂在身側。她緊盯著巨大的蜜蜂在空中嗡嗡作響，拇指放在保險開關上。哈利只是看著，他服役時到過世界各地的叢林，雖然看見新生物很令人驚嘆，但沒有像其他兩個人那麼震驚。提醒你，在非洲可沒有恐龍。有大蟲，但沒有恐龍。

在岩石和植物間徘徊的東西在他們來得及轉身鎖定視線前就消失了。他們看到一列螞蟻排著隊伍前進，但這幅景象讓班恩脊椎發涼。每一隻螞蟻都至少超過兩英寸，有些看起來更大更厚重，背後高高鼓起。外型看起來也很恐怖，要是被咬到肯定會受傷，一眼望去看起來至少有幾百隻螞蟻。

突然間，一陣水花濺起，讓他們警戒易看向四周。一個小東西飛向樹林，那時他們才察覺到林木線的樹木有多麼巨大。

班恩認出那些柏樹，但聚成樹林的這些比他見過的柏樹大上許多，肯定輕輕鬆鬆就超過五十公尺。有些看起來像是槭樹或英桐樹，他和莎法常常會在公園或露天廣場看到這種植物。厚而密的樹枝從巨大的樹幹延伸而出，樹枝從底部到頂端逐漸縮小，林葉茂密，針葉樹之類的植物也是如此。他們再次感受到那種不協調，期待看到一種東西，實際上看著的卻是不同的東西。

他們靠得越近，樹就顯得越巨大。樹木之間有著寬廣的間隙，形成了小巷與大道。噪音也顯得越來越大聲，外頭的空曠地感覺十分安靜，而森林則是主要的鬧區，彷彿所有會發出聲音的事物都生活在此。

尖嘯與叫聲從四面八方傳來，樹枝隨著追逐喧鬧的動靜而沙沙作響。一陣活動和樹枝劈啪斷裂的聲音讓他們停下腳步，接著他們聽見某些生物被殺死的垂死慘叫。

有東西飛進他們的視野，那是一隻蜜蜂，身上的寬條紋是紅黑相間，而非黃黑。蜜蜂的大小跟一顆橄欖球差不多，翅膀幾乎跟哈利的手臂一樣長，但移動的方式像蜜蜂，嗡嗡地飛向最近的花朵，在上頭徘徊，彷彿聞到了什麼。

蜜蜂滑開，噪音增大到幾乎跟電鑽差不多，上升時還變得更響，當它下滑到花朵附近時則聲音稍減。他們著迷地看著它在盛開的花朵中輕輕落下，宛如沒有重量般輕緩下移。大大的頭部面對花中央，雖著嗡嗡聲消失，他們聽見一種像狗舔著身體的吸吮聲，吸吮吞嚥，吸吮吞嚥。然後嗡嗡聲提高，就像引擎加速般讓蜜蜂上升，宛如在花蜜中喝醉了，在空中蜿蜒地飛行。

尖嘯撕裂了空氣，他們反正性地低身躲避，莎法和哈利舉起武器。樹梢爆裂，綠葉四濺，樹枝灑落一地，但橄欖球蜜蜂卻絲毫不在意。

三個人準備逃回碉堡時，快速而激烈的聲響從樹頂爆開，樹幹與樹枝的碎片嘩啦地掉下來，一個黑色的東西掙脫而出，展開了牠的翅膀，瘋狂地拍動升高。既使從這樣的距離，他們也可以看出那個東西的巨大體型。牠似乎急迫地想飛離樹林，而另一頭野獸也同樣從一陣枝葉爆碎中衝出來，急速竄升，追上前一個生物。

獲得足夠的高度後，前一個生物在空中翻轉俯衝，以一種投放魚雷的角度急速下降，逃離追捕。牠的翅膀徹底展開，宛如遊艇的風帆，捕捉上升的氣流。第二個生物立刻模仿牠的動作急追而上，直到雙方並排，嬉戲翻滾，牠們張開的翅膀如此巨大，看起來既強韌又透亮。他們所能想像到最接近的東西，就是巨龍的雙翼。

毫無疑問，這些生物看到了人類，因為牠們調整了目標開始從天空向下滑行，朝他們的方向直線前進，但他們卻看得著迷，以致於沒有轉身奔逃，而只是睜大了眼睛張著嘴。這些生物有著長而彎曲的嘴，強壯的腿部有著看起來十分凶狠的利爪，長長的身體上覆蓋著羽毛與鱗片，宛如一張毫無縫隙的美麗掛毯。

這些生物飛撲而下，溫暖的空氣隨著牠們的逼近撲面而來，直到最後一秒，三人才意識到危險降臨，朝不同方向散開奔逃，飛行生物從他們頭頂有力地滑行而過，衝向陡峭的山谷底部。

班恩衝到旁邊，看著牠們翱翔。笑聲般的鳴叫從半空中傳來，牠們在空中翻滾，交錯數秒後才又朝反方向滑行飛去，然後又回到一起，似乎更像是某種交配儀式的空中舞蹈。

「班恩！」哈利警告著。班恩立刻轉過身，兩隻眼睛對上蜜蜂的複眼，不知何時那隻橄欖球蜜蜂已經靠了過來。他發現哈利和莎法舉著武器散開，從兩旁瞄準巨蜂。

「別開槍。」他輕聲喊道，留意毛茸茸腿上的每個細節，鼓起的身軀還拍動著肉眼跟不上的翅膀。這樣的體型到底是如何獲得飛行能力，實在超乎他的想像。但他很快意識到自己的想法受限於他所生活的世界，而眼前的世界並不是他的世界。

蜜蜂的速度變慢了，嗡嗡聲變得越來越低沉，彷彿正在調整齒輪好維持滯空，評估、嗅、聞、看，然後顯然對班恩可能有的花粉不感興趣，於是開始繞著飛行，懶洋洋地轉向哈利和莎法，挑選著誰要來接受它的明星待遇。接著就結束了，蜜蜂對不是食物的三人不感興趣，任他們離開。

一團振動著翅膀的黑雲突然從地面衝出來，翅膀的嗡鳴聲從憤怒低語轉為放聲大吼，震耳欲聾、恍若雷鳴。起初看不出規模，接著那些昆蟲的尺寸映入眼簾，他們的胃部彷彿遭到重擊。那是一些四片翅膀張開超過一英尺的蜻蜓，身體則更長，幾百隻像魚群那樣聚集在一起，宛如單一有機體般移動。蜻蜓靠得更近了，又有更多蜻蜓加入了大部隊，一起緩緩升高，彷彿要躲開三個人類。

蟲群圍繞著他們，頭部低垂，上下移動的速度快得驚人，卻又不會彼此相撞。身上的甲殼看起來十分堅硬卻又很輕，明顯是一種昆蟲，外殼上的藍色和紅色閃閃發光，翅膀帶著淡淡的虹色反光，有點像是褪色的蝴蝶。

蟲群並不危險，他們三個人也沒有人感到威脅，只是深深敬畏著此地的生命。他們凝視著黑雲，彷彿在祈禱，然後被突來的變化給嚇呆了。樹上的飛行生物唰地俯衝下來，張開大嘴穿過蟲群。一隻蜻蜓在空中被咬住，生物的頭部輕甩，瞬間吞下了昆蟲。第二隻生物衝得更遠，補抓那些飛散的昆蟲，牠們俯衝，從兩旁掠過，捕抓蜻蜓當成午餐。

三個人就這樣看著。那兩隻生物重新攀升，懶洋洋地張開翅膀盤旋，然後開始下一次的俯衝，撕裂瘋狂地發出嗡嗡聲的蟲雲。

飛行生物發出尖嘯，聲音顯得興奮，伴隨著純然刺激的呼吼。牠們這次一起俯衝，飛快地下降，撞進蟲群的外緣，然後才張開翅膀讓自己抬升，每次穿過蟲群，這些蜻蜓就會一次又一次地被咬住吞下。班恩意識到人類的存在已經產生了影響，否則眼前這一幕可能不會發生。如果不是他們，這兩隻飛行生物吃不到這一餐，因為這些昆蟲可能依舊在這炎熱天氣下躲藏於長莖的草叢中。

蟲群飛進樹林，躲入唯一的掩蔽點，掠食者緊追在後，猛撲然後再往上飛，準備另一次俯衝。

好奇心的力量壓倒了常識，他們這次走得更慢，一步一步靠近林木線。他們應該待在靠近碉堡的開闊地帶，這樣才能在必要時轉身就跑，只不過他們都不是那一類人。班恩目睹了生命的消逝，意識到飛行恐龍主宰著這個地方，吃掉那些巨大的昆蟲。生命死去讓其他生命得以延續，永恆不斷。人類有意識的思考能力是人類得以與其他生物產生區別的關鍵之一，但這樣有意識的思考能力所造成的破壞，卻比他們眼前的所有生物總和起來還更多。這樣的體悟讓班恩一瞬間感覺自己要被壓垮了。汗水從他的臉龐涔涔而下。不管在二一一一年發生了什麼，或許都是人類應得的。**他媽的，我根本沒想到人類能發展到那個時候。**

「那是毛毛蟲嗎？」莎法純好奇地問。班恩和哈利看了一眼，期待看到一些巨大而怪誕的東西，他們並沒有失望，那生物巨大、古怪、長滿纖毛、身體鼓起還帶著條紋，就黏在一棵樹上。長度超過一公尺，身軀跟哈利的腿一樣粗。「我對毛毛蟲過敏。」她滿不在乎地說。「我會起疹子。」

「我覺得被那東西碰到，恐怕不會只有起疹子而已。」班恩用一種太過正常的語氣回答，與他感受到的怪異感徹底脫節。

「真大啊。」她盯著它說，輕描淡寫的程度堪稱史上之最。

「好多聲音。」哈利說。「四一年的馬來亞……也是這麼吵。」

「再走遠一點？」莎法問其他兩人。哈利點點頭，班恩聳肩，帶著一種認命的感覺。

有某種披甲的東西在矮樹叢中緩緩移動，他們立刻停止交談。那生物感覺像是犰狳與食蟻獸雜交再跟坦克配種的結果，但似乎對人類毫無興趣。三人因為周圍的聲音而不停轉身，班恩緊張地來回張望，哈利和莎法顯得冷靜而充滿自信。他們繼續向前，每隔幾步就停下來仔細打量周圍，然後盯著其他東西，譬如樹上攀爬的藤蔓有多粗，還有大得離奇的蕨類與其他植物，占據了任何陽光所能照射到的地方。

蝴蝶也比他們習慣的尺寸更大，但沒有剛剛看到的毛毛蟲那麼大，這讓班恩覺得那可能根本不是蝴蝶的幼蟲。

「回去吧。」哈利打斷了班恩飄散的思緒。他挺直了背，抬頭看向樹冠。「通常我可以告訴你們現在是幾點，但在這裡我不知道……」他靜靜地走開。

「那是什麼？」班恩指著右邊一些在空中徘徊的黑色物體，它們近乎恐慌地瘋狂顫動著，他認得那種模樣，卻一時想不起來。

「不知道，」莎法走向那些東西。「那是什麼？」

其中的十幾隻似乎在兩棵樹之間的空中振動。三個人站在一起看著，直到一個輕微而獨特的聲音讓他們停下來。

「那是腳步聲。」莎法說，緩緩轉過身看著哈利，哈利點點頭，舉起一隻手，表示他們要保持安靜。

「那可能是任何東西。」班恩張口，肺部的空氣震動他的聲帶，產生聲音並形成語句傳遞出來，並且被那個在他們身後的東西用來掩飾另一次腳步。他們再次沉默，他們維持姿勢不動，哈利一寸一寸地轉身盯著後方。

「有東西嗎？」莎法低聲說。她講話時又出現了一次腳步聲。

班恩的眼睛捕捉到某種動作，陽光在某種東西上閃出眩亮的光芒。他轉身看到穿過樹冠的光線，在網狀的金色絲線上閃閃發光，困住那些他以為在空中徘徊的東西，當他看到網子時，他確認了那些昆蟲的模樣，那是十幾隻蜻蜓被困在那邊。矮樹叢中的東西又踏出一步。緊張感持續增加，昆蟲尖銳刺耳的聲音與快速移動的聲響，還有爪子刮過樹皮的粗糙雜音，蜻蜓慌張掙扎的嗡嗡聲。所有的聲音都感覺如此接近。

再次出現動靜，但這次是一隻蜘蛛沿著蛛絲垂了下來，八條節肢的尖銳蛛腳完美對稱地合起，宛如一顆握緊的拳頭。

哈利發出咕噥聲，看到蜘蛛在蛛網旁晃來晃去，不由自主地退了一步。握在步槍上的指節緊到發白，純然厭惡的表情令平時和藹可親的臉龐顯得扭曲。莎法也看見了蜘蛛，而矮樹叢中又傳出一次步伐聲。他們轉過身，掃視周圍的陰影，掠過附近的灌木，緊盯著那些矮樹叢，某種新的噪音加入腳步聲，蜻蜓持續嗡嗡作響，瘋狂地想從黏膩的蛛網中掙脫。

「該死！」哈利爆出一聲驚叫，滿臉恐懼地退後。莎法和班恩立刻看過去，剛好看見另一隻蜘蛛從灌木叢中爬出來，帶著吱嘎的拖行噪音。隨著對方的移動，他們可以看到蜘蛛身後還拖著一縷蛛網在地上蜿蜒前行，連進一個像是獾穴的洞口。那東西大得嚇人，宛如來自噩夢之中，黑色的身體覆蓋著粗硬的短毛，醜陋的嘴鉗上下張合。身體末端是棕色，條紋宛如皮膚上凸起的靜脈。班恩通常不怕蜘蛛，但這東西不一樣，他的大腦強烈地發出一個訊號，尖叫著要不立刻殺死對方，不然就是馬上逃跑，能跑多快跑多快。然而他卻像個傻子般定在原地，留在莎法身邊。他們看著怪物穿過地面來到樹下，用可怕的尖爪插進樹皮，快速地向上爬，越靠近被蛛網困住的蜻蜓，動作就越快。懸垂的蜘蛛落到被困住的昆蟲之上，在自己的蛛網上輕巧地著陸，用嘴鉗咬進蜻蜓的身體，注入毒液讓獵物的內部開始液化。

又出現了一次腳步聲，現在距離更近了，有一股柔和的空氣讓附近整個地方都安靜下來，彷彿一切都凍結了。攀爬的蜘蛛也完全靜止，在蛛網上咬著死蜻蜓的蜘蛛也一樣。周圍一片靜默，連被困住的蜻蜓也安靜下來，動也不動。恐懼持續增長。有什麼不好的東西即將出現，某種這些生物瞭解而且害怕的東西。時間暫停，大陸不再漂移，地球停止旋轉。什麼動靜也沒有。另一股深沉而飢餓的空氣突然爆發，全力衝刺奔馳，不再保持隱匿。

他們也開始奔跑。不需要警告或通知，只有突然打破靜止變成全力衝刺，他們瘋狂地衝過矮樹叢。

哈利轉過頭向後看，突然停了下來，咧嘴笑著盯著後面。「慢點。」他溫柔地對其他兩個浮躁的人喊道。莎法回頭，看到哈利依舊盯著那個地方，她伸手輕觸班恩的手，讓他慢慢停下來。他們回頭看著哈利，莎法輕輕地呼吸，班恩把手撐在膝蓋上喘息，望遠鏡從他頸間垂下來。

「那是什麼？」莎法輕聲問。

「過來看看。」哈利低聲說，示意他們回頭。

他們小心翼翼地挑了一條安靜的路，回到哈利身邊，哈利笑得很開心。

眼前的生物符合他們看過的每一張雙足恐龍的圖片，兩條強壯的後腿保持直立，一條長長的尾巴用來保持平衡，頭像蜥蜴，上頭是兩顆靈活的眼睛。很像蜥蜴，但比起爬蟲類那更像哺乳類，前臂感覺發育不良，但指頭抽搐著。

「噢，我的天。」莎法高興地說。「牠太可愛了。」

恐龍很小隻，甚至還不到莎法的腰部，牠就站在被蛛網困住的蜻蜓之下。

「瞧。」哈利低聲說。恐龍盯著蜻蜓的同時，向後走了一小段距離。眼中閃爍著智慧，牠跑步、跳躍，張嘴一叼，然後落地，咀嚼的模樣帶著明顯的愉悅，眼睛愉快地轉動著。這個小東西發現樹旁的大蜘蛛之後，飛快地跑開。眼睛眨了眨，然後專注地看著，牠吞下嘴裡的昆蟲時，尾巴也從地面抬起。速度快得驚人，眨眼間從站立變成全速衝刺，在最後一秒躍起，俐落地咬住蜘蛛後落地。牠立刻鬆嘴放開，像狗害怕時的動作那樣跳開。蜘蛛重新站起，巨大的尖牙向前伸出，雙足生物就只是躍起並落地，用腳爪把蜘蛛扯碎，發出一陣令人噁心的甲殼破碎聲，混合著腳爪猛抓的聲音。最後一擊牠用腳爪攪了一陣，然後退開，轉身低頭檢視成果，接著低頭吞掉蜘蛛的殘骸。空氣中很快充滿了咔滋咔滋的咀嚼聲，恐龍抓起一大塊蜘蛛彈到空中，然後讓它掉進張開的嘴裡，津津有味地嚼著。

汁液從恐龍的下巴滴下，牠的眼珠向後滾動，顯得十分享受，就像動物一般。而牠快速吞吃的模樣彷彿這是牠最後一頓飯。

「媽的。」莎法低聲說。

「我們該走了。」哈利以低沉的聲音說。恐龍抬起頭，彷彿在聽哈利講話。狡猾靈活的眼睛以明顯的好奇心打量著，又回頭繼續嚼食蜘蛛。

他們往回穿過森林。班恩汗流浹背，打量著四周，感覺周圍的重量在拉扯著他。他們不屬於這個世界。他們導致那些蜻蜓被打散，讓它們被困在蜘蛛網上，導致蜘蛛爬上樹，然後引來了恐龍。危害了時間線。這種想法讓他感到絕望，他想念他的家。

他們沉默地進入碉堡，通過殺菌烘手機，消化著自己的見聞。班恩走回到他的房間，光是從出入口走到他房間的短短的一段路，就讓他的情緒愈發沉重。他走進自己的房間，關上門，感覺和自己熟知的事物之間的距離遠遠超過一億年。他像個嬰兒般蜷縮起來，抓著枕頭，同時閉上眼睛。他不想待在這裡。他不能待在這裡。

我想回家。

19

「好了嗎？」阿爾法問。

「還沒。」布拉沃嘀咕著強調，輕輕敲打著手中平板電腦的螢幕，然後聞到空氣中的味道，僵在那邊。他轉向左邊的查理，然後是右邊的戴塔，最後透過臉上的蒙面頭套聞了聞。

「是他，」阿爾法開口，對那個跪著的男人點點頭。「尿褲子了。」

「拜託……我求你……」

布拉沃嘖了一聲，退開一步，免得小便沾到靴子。

「完成了嗎？」阿爾法再次問。

「還沒有。」布拉沃再次嘀咕。

漢斯・馬克爾自認是個堅強的人。他曾經從軍，曾在衝突地區服役。精通武器和戰術，具有安全意識。他的家很安全，鎖很牢固，窗戶是三層玻璃，警報系統也是最先進的。

「好了嗎？」查理問。

「沒有。」布拉沃一邊嘀咕，一邊輕敲。

「拜託……我有錢……」漢斯嗚咽著說，跪在自己的臥房裡。他不知道這五個身穿黑衣，頭戴蒙面頭套的男子是怎麼進入他家的，他們就是這麼闖入了。他已經告訴他們所他知道的事情，十二個人被一間試驗型拘留中心雇用，三個人在抵達診所時就死了，另外三個人在不久後死亡。漢斯也告訴了他們，兩個男人和一個女人在地下碉堡中擊敗了他的十二個手下。一個人叫哈利，他們是英國人，那個女人非常漂亮。

現在他不知道他們想做什麼。只知道其中四個人在等待第五個人在平板電腦上寫著什麼。

阿爾法嘆了口氣，調整了指著馬克爾先生頭部的手槍。布拉沃是最擅長的專家，但他真的花了很多時間。阿爾法再次嘆氣，看了看布拉沃，布拉沃頓了頓，把頭轉開繼續敲擊螢幕。查理大聲吐氣，戴塔輕拍自己的腳，艾可環顧四周。布拉沃對其他人的催促哼了一聲，又再敲擊了幾分鐘，而漢斯繼續啜泣，懇求他們放他一條生路。

「好了。」布拉沃說，抬起頭看向四周，雖然他的臉被蒙面頭套覆蓋，但他們都知道他一定一臉自滿。

「終於。」阿爾法把手槍放低少許。他低頭看著漢斯，切換成流利的德語。「馬克爾先生，你想活命嗎？」

「是的！」漢斯急切地懇求。「是的……什麼都可以……我有錢……」

「這個，」阿爾法說，對布拉沃點點頭，他舉起平板電腦螢幕讓漢斯看，「這份合法授權書是把你那六名手下轉移到最先進的私人設施，接受進一步的治療。我們需要你簽字。」

「沒問題！」漢斯脫口而出，連忙點頭，爬過自己的尿液，朝他們移過去。

「謝謝你。」布拉沃用流利的德語禮貌地說。「在這裡簽名。」他帶著黑色手套的手指著虛線處，同時把手寫筆遞給漢斯。漢斯抓住筆，然後為了自己粗魯的動作道歉，並在標示的地方簽了名。「還有這裡，」布拉沃依舊禮貌地說，現在指著另一處。「還有最後這邊……謝謝……還有我的手寫筆？」

「抱歉……」漢斯把筆遞回來。他的膝蓋因為壓力而疼痛不已，他的手也抖個不停。

「搞定了嗎？」阿爾法問，看著布拉沃，他檢查著剛剛下載、更改、修正並讓它看起來合法的表格。

「嗯……是，是的，都完成了。」布拉沃抬起頭說，向阿爾法點頭。

槍聲很安靜。子彈從槍管穿過消音器進入馬克爾先生的前額。

阿爾法把消音器從槍口拆下，看著屍體，其他人進行鑑識掃描確保他們沒有留下任何東西。

「門口那邊有個攝影鏡頭。」他隨意地說。

「我在進來的時候就清理了系統。」艾可說。「上傳了一個損壞檔。」

「都結束了嗎？」阿爾法問，把消音器塞進口袋裡。其他人點頭。

兩輛私人救護車停在外面。五名穿著救護員的綠色連身衣的男子跳下車，因為漫長的路途而伸展著身體，並且聊得十分起勁。

阿爾法拿著平板走了一圈，拇指按壓螢幕，並檢查兩輛車的後面。其他人跟他開玩笑，他微笑並且聊了兩句之後走向接待處。

「嗨。」阿爾法對克萊拉微笑。

「請問需要什麼服務？」克萊拉問，沒有一絲反應。

「我們來接人。」阿爾法說，然後等待著。彷彿他們應該做好了準備。

「誰？」克萊拉問。

阿爾法皺眉並且微笑，好像有些困惑。他檢查了自己的平板電腦螢幕。「馬克爾先生沒有通知你們嗎？」

「呃……」克萊拉猶豫著，表情顯得有些困惑。

「該死，」阿爾法嘖了一聲。「總是會有這種事。提醒妳，他有很多……妳懂的……死者家屬。總之，對，我們要把剩下六名病人轉移到另一間醫院。」

「很抱歉，先生。沒有人通知我這件事。我們不能讓病人在沒有——」

「在這裡。」阿爾法說，他把平板電腦遞給她，同時對這位漂亮的接待小姐露出微笑。她以指甲修剪完美的雙手接過平板，滑動到授權表單。

「我需要一份副本。」

「當然。」阿爾法以一種慣於這樣的公文作業，經歷過幾百次的熟練態度說。

克萊拉把平板連上她的系統。表單的副本直接共享到數據庫中。一秒後，桌面下的印表機吐出紙本拷貝。她把手往下伸，對阿爾法微笑，後者也露出微笑。他相當有魅力。「你是哪間公司的？」她隨意問道。

阿爾法保持著微笑。他看出她眼中的神情，這種細微的差異讓她對自己的外表產生了反應。

「醫療保險病患運送機構。」他同樣以一種回答過上百次的態度說。而他的確是。

他在過去幾小時裡，重複了好幾百次，直到可以輕鬆地說出這些話，傳達出正確的氣氛。

「妳，嗯……妳是正式員工嗎？」他問，同樣很隨性。

「我是。」克萊拉說，看出他明顯想約她的表情。

「介意我之後再來回來找妳嗎？」阿爾法小聲地說，帶著一點靦腆。

「聽起來不錯。」克萊拉回答，她謹慎地點點頭，但眼底閃過一絲淘氣。同時她透過一連串的系統程序準備轉移病患。「好的，看起來確實已經排入日程了……」

「太好了，卡爾？」阿爾法喊道。「卡爾？」

「是，怎麼樣？」查理走到門口。「他們準備好了嗎？」

「沒錯，過來幫忙。」阿爾法說，以一種接待小姐會看到的方式對查理眨眼。「我，呃……有些表格要填。」

查理點點頭，轉動眼珠，示意其他人跟著他。「填表格……當然了……」他小聲嘀咕著。

「所以，」阿爾法轉回身，對著克萊拉，其他四個人進入醫院，或翻白眼或嘖嘖有聲。「妳喜歡這裡的工作嗎？」

調情的藝術在於，如何不著痕跡地透過詢問平凡、無聊的問題來表達興趣，如果對方同樣也表現出興趣。克萊拉知道他實際上對他提出的問題並不感興趣，不管是她在這裡工作了多久，或是這是否是一份好工作或她是否喜歡，而他問這些只是想看她如何回應。她也提出自己的問題，並傳達出同樣隱晦的興趣。

他們微笑，眉目傳情。他們的聲音壓得更低，她靠得更近，抬起頭來展示頸部的長度和線條。他也靠得更近，雙手放在桌上，展現出他沒有婚戒。

六個人從另一個出口被帶出來，送上了在等候的救護車。這六個人不知道這是怎麼一回事，但漢斯確實告訴過他們，他很關心這件事，所以他們認為漢斯正要把他們轉移到更大更好的醫院。而他們也不太可能爭論或質疑太多，止痛藥的效果太強，現在他們全都非常困倦、遲鈍，被動而震驚，並且深受藥物影響。

「好了。」查理開口，靠在大門口又嘖了一聲，並且對阿爾法翻了白眼。

「得走了。」阿爾法說，遺憾地微笑著。

「當然。」克萊拉伸出手，把她的手機放到阿爾法的手機旁，嗶的一聲。他對她微笑，並且按下「接受」，自動將她的聯絡方式上傳到他的電話簿。「如果你哪天晚上想喝一杯。」她悄聲說。

「我會的。」阿爾法答道，兩人對視的目光沒有移開。「我，呃……該走了。」

這對可能的戀人顯得很不情願。他轉頭最後看了一眼，她的臉上泛著紅暈，微笑著揮手。他溫柔地笑著轉身，其他人嘲弄他，說著一些她能聽見的評論。他上車時再次揮手，並在他們開車經過時給了最後的微笑。而一旦他們離開視線範圍，那個微笑隨之消失。

「她的電話有加密。」布拉沃輕聲說。

到她。

「告訴母親。」阿爾法說。

當救護車消失在視線外時，她臉上的笑容才消失。她打開手機，並且環顧四周確定沒有人能看到她。

五名男子以兩輛救護車接走了他們。醫療保險病患運送機構。表單沒有問題。其中一個男的很會調情。我們交換了電話。

她發送訊息，履行她的職責。醫院負責人告訴所有工作人員，接收的這十二名病患受到非常多關注，但他們的規矩依舊維持不變。不管什麼情況都不會洩漏任何訊息。

兩天前，她在家。快遞送來一個包裹。

裡面是一支手機。她帶著困惑打開了手機。一則訊息叫她登入一間知名銀行的網站。她用訊息中提供的資料登入了用她的名義開設的銀行帳戶，裡面有著一百萬歐元。下一則訊息叫她檢查電話簿。她照做，發現這複製了她手機的所有內容，每個聯絡人，每則訊息，每張她保存在手機中的照片，全部都在新的手機裡。她很訝異這種事情發生在她身上，但手機複製技術行之有年。接下來的訊息告訴她無須害怕，「妳沒有任何危險，我們也無意傷害妳。」訊息告訴她，她可以丟掉手機並且把錢留下，或是她可以提供訊息然後看到帳戶的金額增加。「如果有興趣，請立刻回覆。」她回信了：「我有興趣。」她的帳戶金額立刻增加到二百萬歐元。

現在她在私人醫院的接待櫃台後方履行她的職責。她的手機發出嗶嗶聲。她自然地留意四周，確保沒有人看見。

做得好。酬勞已經匯入妳的帳戶。把表單的副本傳過來。如果男子聯繫妳，立刻通知。留在妳的工作崗位上。

她查看了她的帳戶，現在變成了六百萬歐元。光只是傳送一些她知道的消息就從二百萬變成五百萬。現在又增加了一百萬。

她以為隨著那六名病患離開她的醫院，這個交易也會隨之結束。她已經開始打算辭職，然後在充滿陽光的地方展開一個富裕的新生活。但訊息要她留在工作崗位。她沉思了一會兒，決定這樣比較合理。貿然離職會顯得很可疑。再多留一週之類的不會怎麼樣。此外，那個男的非常有魅力，而且可能可以賺到更多錢。她感覺自己像個間諜，一個祕密探員。這種想法讓她感到興奮。當個間諜非常性感。

20

「班恩，你醒了嗎？」

「對。」他嘶啞地說，醒來時門口傳來持續而輕柔的敲門聲。這一晚很糟，堪稱恐怖。他整晚不停醒來，不知道自己身在何方，而明知史黛芙不在，卻又一直期待感受到她溫暖的身體。儘管隔著百葉窗，窗外刺耳的嚎叫與嘶吼一樣鑽進他的噩夢裡。

他起床的心情如此之糟，幾乎令人感到麻木，而同樣令人沮喪的是，那種想家的感覺比昨天更加強烈。他沒辦法待在這裡，他不想留在這裡。他需要他的家，他的世界還有他所熟知的東西。

「班恩，你起來了嗎？」莎法再次喊道，猛力敲門。

「我說我起來了。」他厲聲回應，狠瞪那扇金屬門。

「很好，去沖澡。我們要去跑步了。」

他停下把第一隻靴子拖過來的動作，然後把靴子丟到房間角落。

「我不想去跑步。」他把門拉開，看到哈利在他的房理擦頭髮，莎法用一樣的灰色布條把頭髮綁成馬尾。

「太慘了。」她溫柔地說。「昨天不過就爬個小山坡就讓你屁股痛到起不來了嗎？」

「那是因為**我不是**士兵或警察……」

「班恩。」哈利警告的聲音從他的房間裡傳出來。

「他媽的。」班恩感到一股憤怒閃過。「我不想他媽的待在這裡，因此我也不需要去他媽的跑步……」

「那你會死。」她用同樣關心的表情講到。「你自己選。」

「訓練或是死？」他冷笑地問。「這算哪種——」

「像個男人一點！」哈利吼了一聲，嚇得班恩立刻挺直了身體。哈利一甩毛巾，拍了拍，然後輕輕掛在敞開的門內。

「我辦不到，」班恩搖頭，帶著懇求。「我沒辦法，我做不到，我不是你們。」

「他們會把你帶回到你死亡的那一刻，」莎法溫柔地說。「對你下藥……或把你打昏……」

「除非我們三個……」班恩住嘴，最後一絲驕傲阻止他把話講出口。

「聽我說，班恩。我們會照顧你，好嗎，我們會負責。哈利跟我，我們來完成那些必須要做的事，但如果你不跟我們一起去。他們就會把你送回去。羅蘭沒有其他選擇。」

「我不是個小孩……」

「不，你是班恩．萊德，拯救了好幾百人的性命，為此，」她舉起一根手指，「我會盡一切努力讓你繼續前進。」

他掙扎地想找正確的字眼，想對她大叫說她錯了，他們都錯了。他當時只是一頭熱，行動時根本沒有思考，只是本能地行動，但那不是他的直覺。他不想待在這裡，但也不希望他們還要照顧他。他走進浴室，把門輕輕闔上，上廁所、刷牙、淋浴，像一臺自動機器，然後默默走回房間穿衣服。

「你好了嗎？」她從門外問道。

「好了。」

門打開了，莎法帶著擔憂的笑容探頭進來。「今天應該會很辛苦，但我認為這對你有好處。如果需要停下來，儘管開口，好嗎？」

「好。」

「我們先去跑步，然後再吃點東西……喝點水。」

「我很好……」

「喝水，你會需要的。」

他聳聳肩，平靜而毫不在乎。他不在這裡，他不屬於這裡，他想回家。

班恩跟著他們沿著走廊走進主房間，等待莎法給麥肯新的清單，列滿了他們需要的東西。他把自己抽離，無所事事地看著哈利輕鬆的站姿，他穿著黑色戰鬥褲，合身的黑色戰術上衣，像是特勤隊的服裝，但他本來就是特種部隊的前身。他是貨真價實的真貨，散發著一種沉靜，但又帶著壓倒性的信心。莎法帶著他們走到通往外面的大門，停下來啟動消毒設備，然後穿過大門，走到美好迷人的陽光之下，三人忍不住瞇起眼睛。

「暖身吧，然後我們會做點伸展。」她走到碉堡的角落。「我們會利用建築物的側面長度。

好，先慢慢來回跑。」她的速度不快，與其說是慢跑，不如說是跋涉，在她給出下一個指示前，他們上下跑了兩趟。

「腳跟碰到屁股。」她先改變動作，沒有停下慢跑的不乏，但雙腳向後抬，直到碰到她按在屁股上的雙手。哈利看了她一眼，聳聳肩，然後出發。班恩跟在後頭，已經開始氣喘吁吁。慢跑下坡時也是用一樣的方式，回到起點時班恩已經滿頭大汗了。

「側跨步。」

他們側跨步。

「抬起膝蓋。」

「腳跟碰到屁股。」

「正常跑步。」

經過幾分鐘，班恩開始的心情開始變好，使用肌肉而且專注在某件事情上的感覺很好。

「伸展。」她說，然後帶著他們從碉堡走向空地。他們從手臂畫圓開始，小小的旋轉，幅度逐步增大，但動作很慢，幾秒內班恩的肩膀就因為用力而感到灼熱。他們停下來，變換轉動方向，一兩秒的喘息後，疼痛感再次出現。他們彎腰，伸展腿筋，抬起腳碰到手，伸展大腿前部的肌肉。手臂再次旋轉，然後舉過頭伸展，班恩紅通通的臉上已經滿是汗水。

「列隊。」她在碉堡盡頭虛畫出起跑線。「再慢跑一次。」

他們比上次跑得更快一些，跑到終點折返。「再快一點。」

他們跑到盡頭再折返。

「更快。」

上下坡來回奔跑。

「更快。」

慢跑變成奔跑，然後變成全速衝刺，但她讓他們繼續跑，直到班恩的大腿開始疼痛，胸口不停起伏，掙扎著需要更多空氣。

「休息。」

她停頓片刻，幾乎沒有任何疲憊的模樣，臉上漾著一層晶亮的汗水。她開始評估。哈利的狀況非常好。他在喘氣，但他的個子和體重也比較高大。班恩以前沒有鍛鍊過，一點也沒也。他願意把自己逼到哪一步呢？

「好了嗎？我們再來。」

他們跑上跑下，從慢跑變成奔跑。班恩漸漸脫隊，他的胸口疼痛，腿部痠軟。

「上坡。」她說，回到起跑線折返。班恩轉身奔跑，努力甩開步伐，喘氣如牛。哈利大口呼吸，臉龐因為熱度而發紅，但他緊跟著莎法的步伐跑到終點。

「下坡。」

他們轉身，再次奔跑。班恩開始覺得頭昏，步履蹣跚頭暈目眩，直到重力抓住他，把他扯到柔軟的草地上，他倒在地上氣喘吁吁，覺得自己就要死了。

「可以了。」她在附近不遠處說。「休息一下，我去拿水。」她走進碉堡，讓他躺在草地上，哈利背靠在牆上，除了喘氣什麼也做不了。他們沒有講話，班恩實在太痛苦了。她拿了三大杯水出來，班恩大口吞下，感受到水流過乾涸喉嚨的涼爽。

「這邊。」他一喝光杯子裡的水，她就說道。他站起來向她走去。

「流程是，十下伏地挺身，十下仰臥起坐，休息，然後重複，十下伏地挺身，十下仰臥起坐，休息，重複……懂了嗎？」

「只要十下？」哈利問，做好準備姿勢。

「現在只要十下，」她說，然後對班恩點點頭。「三、二、一……開始！」

班恩完成了十下伏地挺身，還有十下仰臥起坐，有一秒他開始想他或許沒有自己以為的那麼不適合，但休息時間太短暫，他很快又得用手撐起自己，開始下一輪。

下一輪要困難許多。在她告訴他換成仰臥起坐前，他只做了九下。他做了十下仰臥起坐，胃部感到一陣疼痛。休息，重複。他們休息，他們重複。班恩的肩膀和手臂都像火在燒，腹部的肌肉尖叫著要停止。第五輪或第六輪時，他喘著氣翻倒在草地上，眼睛因汗水感到燒灼。

莎法和哈利繼續，班恩覺得自己被吸進了大地，想像待在家裡，和史黛芙一起在沙發上看電視。而史黛芙外遇了。

「好了。」莎法翻身躺倒，終於也開始喘氣。熟悉的酸痛讓她露出微笑，還有熟悉的嗡嗡聲，腦內啡已經釋放。她很快恢復過來，當她翻身輕輕跳起來時，呼吸已經恢復了控制。「我去拿水。」

「多拿點。」班恩嘶啞地說。

「你很弱耶。」哈利揚著頭，顯得一派隨意。

「我不是士兵，我在辦公室上班。」

哈利沒有回答，只是看向遠方。

「我不想待在這裡，哈利。」哈利還是沒有回答，但站了起來。同時，莎法帶著杯子走出來。

「你可以喝兩杯，」她對他說。「我在裡面喝了。」

班恩拿起杯子，幾口就把水喝光。他立刻想喝更多，並且站了起來。「想要再喝一杯嗎？」他問哈利。

「不用。」

「等一分鐘再喝。」莎法說。

「為什麼？」

「你會抽筋。我們先做放鬆運動。」

「但我想要喝更多水。」班恩固執地說

「班恩，拜託……如果沒有好好放鬆，你會拉傷肌肉。」

他們重複了之前做過的事，但她讓他們維持伸展的時間更長，這讓班恩的肌肉痛苦地尖叫。

「在這邊等。」當班恩再次翻倒在涼爽的草地上時，她回到碉堡裡。

「我不想待在這裡，」班恩再次開口，哈利依舊一言不發。班恩聳聳肩，轉過身。「我不會留下。」

「把東西放在那邊。」莎法踏出碉堡，替麥肯和康拉德撐著門。她沒有說「請」或「謝謝」，而是維持簡短的命令語氣。

她在桌上放了一個黑色包包，並且叫另外兩個人過來。

「哈利，我知道你昨天看到我的手槍了，但我想知道你以前有沒有用過半自動手槍？」她從袋子裡掏出一把短胖的黑色手槍。

「貝瑞塔。」

「你用過貝瑞塔？」

他點點頭。「我們也有白朗寧。」他補充道，墊量著槍的重量。

「班恩，你的。」她拿出一把槍。「裡面都沒有子彈。」

「麥肯和康拉德提供的？」班恩接下手槍。

「是的。」

「從哪弄來的？」

「我不在乎。」

「不，說真的，他們從哪裡能這麼輕鬆弄到這麼多槍？」

「再說一次，我不在乎。」她說。「他們有一臺時光機，如果他們願意，可以直接從工廠裡拿走。對了，這是一把克拉克半自動手槍，發射九毫米子彈。這──」

「你在做什麼？」

「班恩，你只要觀察並且接收資訊就好。這裡是保險開關，開和關……看到了嗎？開和關。」

「我不是士兵。」他把槍放在桌上。

「我說過你得試試。」她說。

「我已經跑步了。」

「那就做這個。」

「我不是士兵……」

「我也不是。」

「妳是一個保護首相的武裝警察。」

「拜託，班恩，你就試一試嘛。這有什麼害處？」

如果她大喊，他可以生氣。如果她命令他，他可以叫她滾一邊去，但她的和善讓他陷得更深，本能地照她說的去做。

「謝謝妳。」他拿起手槍時，她說。

「帕特小姐，妳要的更多水？」康拉德帶著一個大玻璃瓶過來。

「放桌上。」莎法直接說。「對，放入彈匣……按這個就可以退出來……看到了嗎？」

班恩輕輕地打開和關閉安全裝置，然後退出彈匣，彈匣從底下彈出的速度太快，以致於他沒接住，從桌上掉到了地上。他把彈匣撿起來，喝了一杯水，班恩看著她把彈匣放回去並且退出來。他模仿她的動作，填入、退出。安全開關開、關。彈匣進，彈匣出。

「退出彈匣之後，記得把退膛來確保槍管沒有留下任何子彈，看到了嗎？」她把手槍的槍膛往後滑，向他顯示空的槍膛。「你來做……不，像這樣。」她再次向他示範，看著他撥動陌生的武器，手因為先前的鍛鍊而微微顫抖。過了片刻，他覺得把槍拆開，瞭解其中的運作還蠻有趣的。她把槍拆解開來，然後再拼裝回去。告訴他如何扣扳機，告訴他退彈的位置在哪裡，還有內部的彈簧和活動零件。哈利在看過一次之後，就幾乎可以複製莎法的動作，而班恩還被困在第一步，必須一段一段地示範。他喝了更多水，這些東西比看起來更複雜，這個叫做撞針，這個叫做退彈勾還有各式各樣的小東西，小巧、繁瑣、惱人的小東西。他太熱，太餓，而且覺得腿好痛，他的臉開始發燙，感覺再次回到苦痛之中。

「班恩，」她溫柔地說，看到他的表情變得空白，讓他把注意力轉回來。「你在看嗎？」

「是的。」他回答，看著她靈巧的手指把一個彈簧塞進某個東西後面。其中好幾次，當他的動作變慢，或因為迷失在想家的痛苦中而放空，或只是轉過頭凝視下方寬廣的平原時，她也不曾表現出任何挫敗。

「班恩，」她始終把語氣保持的那麼柔和。「為我再試一次。」

而就像那樣，就像她為他的做的一樣。他點點頭，再試一次。擺弄那一小塊金屬，從手指上掉下來，滾過桌面。她把零件撿起來遞回去。哈利只是靜靜地拆裝武器，彷彿他只是為了自己而學，他反覆地拆解和重組。

「好了，今天這樣就夠了。讓我們離開太陽一會兒。」哈利靠過去似乎想說什麼，但被莎法強硬的表情阻止，光是看一眼就能讓瘋子哈利．麥登閉嘴，這證明了她具備的權威感。

水果房的地板上鋪了防撞墊。明亮的藍色，顯然是全新的。頭部護具、厚墊手套和其他看起來很嚇人的設備。看到這些時，她點點頭，滿意地輕哼，然後看著哈利直接走到桌邊，拿起一個臭腳瓜。

「現在它把砸開？」哈利一臉期盼地說。

「是，那邊應該有雞蛋。」

「雞蛋？」他環顧四周，然後目光縮在一個木碗。「雞蛋！」他說。「從哪裡……怎麼……雞蛋！我從來沒想過。煮熟了嗎？」

他拿起一顆在桌邊敲了敲，迅速地剝殼，然後把雞蛋塞進嘴裡，滿足地一邊點頭一邊咀嚼。

「吃點雞蛋。」莎法對班恩說。「你需要蛋白質和脂肪，然後吃些水果來補充維生素。」

班恩因為那種母親般的態度而站起來，想說點什麼，但他最後一絲自尊告訴他不能忘恩負義。

「我也要他們準備了一些餐具。」她說。

「在這邊。」哈利把餐具拿過來，一碗雞蛋，水果，刀子、叉子和湯匙。他們坐在桌邊，像文明人一樣把水果切開，剝開蛋殼吃蛋。他們沒有說話。班恩在肉體的疼痛與心靈的苦悶中徘徊。他的臉和手臂都像是在燃燒，他可以要一些防曬乳或一頂帽子，但他不在乎這些。

「班恩，」她讓他把注意力轉回到她身上。「吃點這個。」她說，遞給他一片檸檬──萊姆──蜜瓜口味的東西。「真好吃。」

他狼吞虎嚥地吃掉那一片水果，突然意識到自己有多餓。

「他們可以把食物帶回來這裡。」她閒聊地說。「所以，如果你們想吃什麼，就講吧。」

「豬排？」哈利問。

「可以吧，」她微笑著說。「看不出有什麼不行的。」

「牛排？」他問，彷彿在測試她一樣。

「呃，好。」她笑著。

「啤酒？」哈利問。

「沒理由不行。」她笑得更開心了。

「忍冬牌？我開玩笑的。」

「什麼？」她問。

「忍冬牌，抽煙，香菸。」

「你抽煙？」她一臉震驚地問。

「我當然抽煙了。每個人都抽煙。」

「現在沒有人抽煙了……或是只剩一些蠢蛋抽煙。抽菸對身體傷害太大了。」

「噢，少來了。」他揮著手指著她。「那沒有證據。」

「當然天殺的有，」她皺眉。「你之前都沒問，為什麼現在要？」

他聳聳肩繼續吃東西。有時候你不能抽煙。有時候你不能做你想做的事。這就是生活，以及戰爭的象徵。「一天結束的時候，來點啤酒和一支菸很不賴。」

「好，我會問問。但你不能在碉堡裡抽煙。班恩，你呢？」

「不用麻煩。」

「好吧，嗯，如果你想到什麼，就直接說，好嗎？」

「好的。」

下午也十分艱苦，絲毫不比早上遜色。吃完東西之後，他們來到防撞墊上，哈利和莎法玩得非常開心，互相展示各式各樣的殺人技巧，班恩坐在一旁離得遠遠的，陷入痛苦情緒之中。等他們告一段落，他被叫了過去。他不情不願地過去，除了防撞墊很軟之外什麼也沒學到，他陰鬱地被摔倒，直到其他人叫他重新站起來。

從下午持續到傍晚，最後，終於，他全身無處不痛，大腦卻依舊麻木。莎法宣布結束，他們再次用餐。

水果和蛋。維生素、蛋白質和脂肪。

回到他們的生活區時，他在自己的房門口僵住，看到床上放著折好乾淨的灰色運動服，旁邊是新的襪子、內褲和排汗上衣還有褲子。

「做得好，莎法。」哈利在他的房裡轟隆隆地說。

「你拿到了嗎？」她從她的房間裡喊道。「班恩，你拿到了你的嗎？」

他想衝過去對她咆哮，叫她滾開，叫她別再煩他，別把他當成小孩一樣，讓他獨自靜靜，不要拿新東西給他，因為他不會留下來。但他什麼也沒說。

「拿到了，謝謝。」他只嘀咕了幾聲。

「班恩，你要先洗澡嗎？」她的聲音從她房裡傳來。

「盥洗。」哈利喊道。

「好。」班恩小聲地回答。

「還需要什麼東西嗎？」她在門口躊躇地看著他。

他搖搖頭。「不用，謝謝。」

「書或其他東西？我記得維基百科上說你你喜歡讀——」

「莎法！」他這次厲聲說，用一種近乎爆發的深沉憤怒瞪著她，然後退回成一種奇怪的表情，變成一種苦笑，嘴角抽搐，眼中閃爍著最些微的一些希望。

「我會幫你度過這些，班恩．萊德。」她的目光緊鎖在他身上。「淋浴時記得泡一泡你的肌肉。明天會更辛苦。」

她轉身離開。他的體能很糟，他的心裡狀況更是個大問題，但閃現的憤怒是個好現象。他需要耐心，需要時間來痊癒，一旦準備好，就可以爆發出那些憤怒。

21

「班恩，你醒來了嗎？」

他翻過身，不理會敲門聲。

「班恩，你起來了嗎？」

「對！」他的聲音太大而且太生氣，但昨晚比之前更糟，充滿了他想不起來的惡夢，外頭的聲音彷彿是怪物與戰爭，而不是一個溫和的山谷。

他坐起來時，不得不大口吸氣舒緩腹肌的酸痛。他像個產婦般喘氣，同時把雙腿放在床邊，然後因為大腿和小腿的疼痛而喊出來。疼痛還分布在肩膀和手臂，他垂頭喪氣，感覺自己快哭出來了。

「班恩，你還好嗎？」

「我很好。」

「你確定？」

「他媽的，是的，我確定。」他呻吟著，思考他媽的為什麼他必須要站起來。

「早安，」她靠在門邊說。「肌肉酸痛？」

「沒有。」他說謊。

「你不痛？」她一邊問一邊以銳利的視線掃過。

「不痛。」這什麼鬼？他為什麼要說自己不痛？

「那好吧。」她顯然一個字也不信。「你多少會有點痛吧，至少我會。」

「淋浴間沒人？」他問，抬頭看了一眼，發現她的頭髮還是濕的，並且猜測哈利已經沖完了澡。

「是盥洗。」哈利喊道。

「我不是士兵。」班恩喊道。「淋浴間沒人嗎？」

「沒人。」她回答，然後等待著。班恩也等待著。她繼續站在門口等待，期待他在房間裡移動，看看他到底痛不痛。他可以告訴她他拉傷了，全身痛到快要尖叫，他需要更多睡眠。他可以躺下來告訴他們滾開，讓他一個人靜靜。但結果，他站起來走路，嘴唇違抗他的意志顫抖抽搐，因為他的大腿痛到差點沒跪下來哀嚎。

「泡一泡你的肌肉。」在他關上浴室的門時，她說。

「輕輕伸展。」當他回到自己房間穿衣服時，她又說。

「喝吧。」到了主房間，她在他面前放了一大杯水。他沒有問新的大杯子從哪來，還有碗、盤子、餐巾紙或麵包。

「吃吧。」她把雞蛋推過來，遞出切好的水果。

「把這些吃了。」她遞給他兩片白色藥片。他沒問那是什麼，他不在乎。他配著水把藥片吞下去。

「多喝點水。」她說，他喝了更多水。「今天要注意補充水分。」

他喝完了水，盯著防撞墊，留意到頭部護具和拳擊手套的位置改變了。或許麥肯和康拉德昨晚玩得很開心，或是莎法與哈利在他回房睡覺後又交手了幾輪。他沒有問，因為他不在乎。

「出去外頭的時候記得戴上。」她遞給他一頂黑色棉質棒球帽。「避免太陽曬到你的臉。」

「別再嘮叨他了。」哈利嘀咕著，埋頭啃著那些臭腳瓜，他頭上戴著棒球帽，畫面顯得非常滑稽。

「管好你自己就行了。」她的語氣轉為尖銳，但哈利只是聳聳肩，默默繼續吃瓜。如果班恩在意的話，就會發覺他們三個人之間的狀態正在改變。

「你們都到外面去，我一分鐘之後出去。」

班恩跟著哈利穿過門和走廊。外頭的景色如同先前一般壯觀。

「看上面。」哈利說。班恩跟著他望像天空，看到幾隻前天在森林樹冠上出沒的飛行生物。該死。這已經是第三天了，不，是第四天。他們對他下藥可能也過了一兩天，這甚至可能是第五天。離家五天，死去五天。他們會舉行葬禮嗎？沒有屍體的葬禮？應該會吧，拿些象徵物之類的。史黛芙肯定傷心欲絕，他父母也是。史黛芙有外遇。天吶，這種想法像把刀深深插進他的五臟六腑，一種永遠不會消失的痛。五天是不是已經太遲了，回不去了？他可以說自己昏過去，然後在隧道中爬行了幾天。他們會相信的。

「你們來幫個忙。」莎法一手提著黑色槍袋，另一手拿著一個大不銹鋼壺，手指上還掛著三個鋼杯。哈利走過去，接下鋼瓶和杯子放到桌上，莎法皺著臉把黑色包包從肩膀上扯下來。

「我有點肌肉痛，」她說，「你呢？」她問哈利。

「不會。」他說。「咖啡？」

「對。」她說。「雖然沒有牛奶……也沒有糖……」

「我不介意。」他舉起鋼壺檢查外觀。「看起來很巧妙啊。」

「你那時候沒有鋼壺？」

「不是這個樣子。」他轉開瓶蓋，聞了聞，眼神表達出對香氣的滿意。

「我在惹羅蘭。」她閒聊地說，看著哈利把黑色液體倒進杯子裡。「他根本搞不清楚狀況，」她補充說。「完全不知道自己在幹什麼。從昨天起，他問了我三次，我們什麼時候可以準備好。」

「然後？」哈利問。

「我告訴他滾開，這可能需要好幾個禮拜甚至好幾個月，他有個他媽的時光機耶，所以他可以滾到時間的盡頭。」

「莎法。」他咂了一聲。

「怎樣？是你問的。而且我還說，如果他敢再問一次，我就一拳摜在他嘴上。」

「好吧。」哈利同意道，嘴角向下扯了扯。「放鬆點。」

「嘿。」她說。「誰在乎？咖啡如何，班恩？」

「很好，謝謝。」

「我們今天會進行技能訓練。」

「好的。」

「看起來我們都因為昨天肌肉酸痛。」

「沒問題，我現在很好。」班恩說，繃緊了他的大腿，而現在大腿已經不痛了。

「酸痛只是被暫時壓下去了。」她說。「從袋子裡拿把手槍，幫我把它拆開。」

重複的動作，緩慢，但有進步。

「把槍組起來。」

重複的動作。他想著現在的動作，還有接下來的動作，好讓手可以預作準備。他不斷犯錯，並且等她說明怎樣才是正確的步驟。

我很溫暖，我吃飽了，我喝了水。

「拆解。」

我死了。我死在軌道上。

「組裝。」

重複動作。

「武器拆解。」

她的聲音變成這裡唯一真實的東西。語氣很溫柔，但帶著命令的口吻，讓他想照她的話去做。

她人很好，而且很有耐心。當他因為內心的痛苦而分散注意力並忘記自己在做什麼時，她堅定而毫不動搖。

「班恩。」她走進他的視線。

「好。」他再次動手拆解，然後把零件重新組合。

哈利散步過來，背靠著碉堡坐下，用帽子蓋住眼睛開始打瞌睡。

「喝吧。」他們在主房間裡，她在班恩面前放了一大杯水。

「吃吧。」她遞給他雞蛋和水果。

「多喝點。」她說。

「我們等下回去外面繼續。」

回到外頭的桌子。麥肯拿了一壺新鮮的咖啡過來。

「武器拆解。」她說，於是時間繼續流動，只剩下她的聲音。

22

水灌入他的嘴巴和鼻腔。窒息、溺水，他的感官彷彿被關閉。房間一片漆黑，但照進他眼中的光芒強得令視網膜發疼。

浸濕的布蓋在他嘴上阻止他呼吸。他傾斜成某種角度，幾乎上下顛倒地倒在一塊硬木板上。強壯的手緊緊抓住他的手腳。

他沒辦法說話，他試著尖叫，但那只是張開了他的呼吸道。他反胃，嘗試嘔吐，但那意味著再次吸入空氣，這意味著更多的水。

木板立了起來，光線照進他眼中，被粗糙戴著黑色手套的手指強硬扳開眼皮。

他極度恐懼也同樣混亂。他在軍隊裡接受過基本的審問訓練，他明白自己正在接受水刑，但他不明白為什麼沒有人提問，或更具體地說，沒有任何人問過問題。五個人中沒有一人問過一個問題。

由於再次溺水的威脅減弱，他開始咳嗽，試圖清清自己的呼吸道，好讓他可以問他們到底想要什麼。但手槍舉了起來，壓在他的太陽穴上，並在他開口前扣下扳機。

燈亮了起來。嚴峻的頭頂吊燈顯示出這髒兮兮的房間，還有那個剛剛被殺男子的屍體。

還剩五個人。每個人都有鼻子被打斷，挫傷和腦震盪的後遺症。一個人的手臂骨折。兩個人手腕骨折。有一個人睪丸破裂，還有一個人肩膀脫臼。

他們的眼睛疼痛需要幾秒才會緩解，然後他們才能看到周圍的環境，還有同伴的死亡。就跟漢斯・馬克爾一樣，這些人都是硬漢，退伍軍人。他們見過暴力衝突和屍體，但雙手被綁在身後被迫跪著，聽著自己的同伴默默地承受水刑，是他們從未想過的感官衝擊。

五個人看著房間，快速地眨眼好適應明亮的燈光。他們發現自己的同伴死在地板上，倒臥在血泊中，用刑時濺出的水窪漸漸被染成淡紅色。

五名戴著蒙面頭罩的男子盯著他們，從上到下一身漆黑。

五名男子走到五個跪著的人面前，一對一排成一直線，從阿爾法到艾可。

他們從上往下俯視，知道這會增加威脅時的恐懼感和感知。他們把手臂在胸前交錯，讓身體顯得更巨大。他們靜默無聲，一語不發。

其中一個跪著的人開始咳嗽，想清一清乾燥的喉嚨。另一個人因為關節的疼痛而呻吟，而且他斷掉的手臂還被綁在身後。還有一個人搖搖晃晃，肩膀的疼痛幾乎要讓他昏過去。

阿爾法對戴塔點點頭，戴塔拿起手槍碰地射穿那個搖晃男子的腦袋。

剩下四個人。絕對的恐懼嚇得他們開始胡言亂語。但還是沒有人提出問題，連一個字也沒有。

他們本來在兩輛救護車上，醫護人員很親切，確保他們沒有不適，讓他們喝水還有閒聊。然後救護車停了下來。救護人員下車，一語不發，但傷患也沒有多問，那就是他們的狀態。五個戴著蒙面頭套的男子回來。這些人被拖下車，毆打，丟進廢棄倉庫的地窖中，並且被迫在黑暗中跪下，然後第一個人被拖走。

恐懼感徹底擄獲了他們。但對方沒有提問。戴著蒙面頭罩的人之間完全沒有互動，讓他們宛如怪物一般。

阿爾法等著，他的手下也等著。

「我們什麼都不知道。」跪在布拉沃面前的人脫口而出。他的聲音引起了其他人的反應，另外三個人哭了出來，大聲呼喊。懇求饒他們一命，乞求不要被殺。

「我保證。」布拉沃面前的男子抽泣著。「這只是一份工作……只是一份工作……」

戴著蒙面頭套的五個人依舊沉默，但他們轉過身過來看著他。這樣輕微的動作刺激了對方，他對他們點頭，在恐懼和痛苦中大聲喘氣，並且環顧起四周。

「我們被接走……」他再次點頭，持續點頭。「在一輛廂型車裡面……」

「被蒙住眼睛。」艾可面前的男人嗚咽著說。

「對，被蒙上了眼睛。」布拉沃面前的男子說。「他們說我們不能知道位置在哪裡，那是機密……是一個試驗型拘留中心……漢斯說他們付的價碼很高……說那是一個輕鬆的工作……」

五人保持沉默，只是盯著那個男子，表現出他們正在聽。這給了他希望，些微的希望，他此刻的反應沒有錯。他匆忙地加快說明的速度。

「呃……那是在地下……一個碉堡……水泥結構……」

「水果。」艾可面前的人說。

「水果！」布拉沃面前的人驚呼。「他們在桌上放了水果……呃……木頭製成的桌椅……大房間……黑頭髮的英國人……另一個德國人負責翻譯……他們有三個囚犯……」

「被拘留者。」艾可面前的人補充道。

「對……他這麼說……被拘留者……說他們可能會有暴力舉動，所以叫我們做好準備，等待……當那三個人進來時，他正在做簡報……兩個男人和一個女人……大個子叫做哈利……留著鬍子……他叫我們跟他打……侮辱我們的母親……他是英國人……」

「用德語講的……」

「對！他用德語說……叫我們跟他打，叫我們去幹自己的老母時都是用德語。」

「那個女人……」

「身材很好……很漂亮。真的很漂亮，深色頭髮，深色眼睛……」

「天殺的難纏……」

「他們都是，」布拉沃面前的那個人連連點頭，吞嚥了一下。「那個大個子……哈利……他瘋了。他攻擊我們……那個女人也加入……毫無理由地襲擊我們……然後最後一個人也加入……」

「他們被針劑放倒……」

「對，我們注射的……他們提供了針筒……他們在脖子上打一針……我們被打爆了，差不多，有三個人死了，還有……然後他們把我們送上廂型車，就像……我們那時一團混亂，而且他們又把我們的眼睛蒙住……」

「就是這樣……」

「對，就是這樣，我發誓。我用我母親的生命發誓，我發誓……」

「我知道。」查理面前的男子邊咳邊說，他抬起頭來，雙眼充滿恨意。他環顧低頭看著他的五個人。「我把我的眼罩拿下來了……」

那五個人看著他，一語不發，瀰漫著一種期待的氣氛。

查理面前的男子搖搖頭。「滾開。」他吐了一口水在地上。他可以討價還價，他有價值。他們需要他活著，他是唯一的希望。

阿爾法舉起手槍，把子彈送進跪在他面前男子的頭顱。接下來布拉沃開槍，艾可開槍。

剩下一個人。他哭著閉上眼睛。血液、尿液和糞便的氣味充斥在空氣中，同伴的屍體倒在一旁的地上。查理舉起手槍並且瞄準。

「不要！拜託……」威脅太過巨大，恐懼太過強烈。情勢的緊張揪住他的大腦。這些人遠比他想像的還要無情。「倉庫……柏林市中心的後街……」他喊著，抱著一絲窮迫的希望，祈禱自己能夠逃過一劫。

阿爾法點點頭，布拉沃轉身退開。那個男子涕淚縱橫，全身疼痛不已。布拉沃拿著一只手提箱回來，他平推給戴塔，後者按下兩個鎖並且打開蓋子。布拉沃向跪著的人展示其中堆放整齊的鈔票。

男子下意識地吞了吞口水，看著拋在眼前救命繩索。求生的純粹需求突然添了一絲貪婪。他盯著金錢，因腎上腺素和糾纏的恐懼微微搖晃。

「在哪裡？」阿爾法第一次開口。

「你會答應我嗎？」男子轉向阿爾法問到，一股恐懼所引發的狂暴充滿了他的身體。「**給我保證！**」他尖叫吼著，噴出鼻涕與口水。

「在哪裡？」阿爾法問，同時布拉沃帶著手提箱靠近一小步。

男子急促地喘息，盯著手提箱然後看向死去的同伴。他們會殺了他，他知道這一點。他只剩下這點情報，如果他說出來，他們就會殺了他。

「我對柏林不熟。」男子低聲說，顯得支離破碎。「我們經過了上百條街道……那是在一條後巷……」

阿爾法點點頭。布拉沃關上手提箱。查理舉起手槍。

「不！……噢……該死……灰色的磚頭！倉庫的磚頭是灰色的……噢他媽的……拜託……你保證過……」

他沒有更多情報可以吐露了，阿爾法感覺得出來。柏林市中心一條後巷的灰磚倉庫。不多，但足夠了。

他點頭。查理開槍。男子的尖喊聲戛然而止。布拉沃關上手提箱蓋。其他人環顧四周，然後看向阿爾法，他聳聳肩。「看來我們要去外頭走一圈了。」

23

取出彈匣，檢查膛室。放開滑套，把槍指向安全的方向，扣扳機。拇指繞過握把後方，置於滑套下方，四指握住滑套。往後再往下拉，取下滑套。移除滑套，取出彈簧零件，取下槍管。武器拆解完成。

「組裝。」

班恩處理零件，聽到令人滿意的咚與咔啦聲，手槍再次變得完整。直到完成他才抬起頭看了看四周，哈利又在遮陽傘下的木椅上打瞌睡，雙手靠在碉堡門旁的木桌上。班恩轉身看著山谷，心中湧起一股情緒。彷彿只是因為處理手槍而被延後，但現在，僅僅一分鐘無事可做，這些情緒就衝了回來，突然的發作讓一切變得比之前更糟。

「班恩。」

他轉身看到她溫暖的微笑，示意他繼續。

如今過了一週。一週的跑步與環行訓練。一週的體能鍛鍊和健康食物。雞肉、米飯、蔬菜、水果，還有水，喝得比他過去一輩子都還多。有些食物已經煮過還是熱的，但他沒有質疑或詢問它們來自何方。他不在乎。兩天前，哈利吃了一整盤的豬排，還有一碗薯條。班恩吃那些莎法告訴他要吃的東西，喝她叫他喝的東西。連睡覺也聽從指示。他既是個男人也是男孩，在抑鬱的黑色隧道中踉蹌前行。他經歷了一週的噩夢，滿身大汗地驚醒並無比恐懼。

「班恩……繼續。」

「好。」

這天結束，這是他們抵達後的第七天。哈利走進碉堡，莎法把手槍收起來。班恩站在旁邊，注視著山谷。

「你表現得非常好。」她說，檢查每把手槍，然後放進包包理。「班恩？」因為他沒有回應，於是她又喊了一聲。

「啊？」他轉過身，那個表情回到了他臉上。那個每當他恍神而她必須把他叫回來的表情。

「你今天做得很好。」

「喔，謝謝。」

「越來越進步了。」她說。

他點點頭。

「今天已經滿一週了。」她閒聊地說。「時間過得好快啊，真的。」

他再次點頭，雙手插進口袋。她看著他下巴的鬍渣和眼睛下的眼袋，留意到這些奇怪的對比。他比一週前更健康了。他吃的又健康又好並且補充大量水分。他持續鍛鍊，臉色也比之前更好，但失眠和心理健康狀況不佳同樣產生了影響。她溫暖地笑著。「我們應該慶祝一下。」她在心裡皺了皺臉，她竟然用了這麼蠢的說法。「好吧，不要慶祝，但是……你懂的……紀念這一刻。」

他這次沒有點頭，反而聳聳肩。

「或許今晚跟我還有哈利一起喝點啤酒？」

「嗯。」他低頭看著地上。「我可能會去睡覺。」

「跟我們喝杯啤酒吧，這裡的日落美極了。」

「或許吧。」他低聲說。

「我會逼你答應。」她微笑著說。「用槍指著你。」

「妳根本不需要用槍，」他虛弱地笑著。「妳閉著眼睛就可以打倒我。」

「噢，再給我幾個月，你就可以打倒我……」

「哦？」

「我不知道我剛剛說了什麼。」她承認，感覺他恢復了，準備好繼續下去。她飛快地想了一下，咬住下唇。「喔，我正打算詢問你的意見。」

「我的意見？」他眨著眼睛看向她。

「是，呃……你會覺得跟我共用浴室很奇怪嗎？你知道，就是……我應該用另一組房間還是我可以跟你還有哈利一起共用？你知道，我們有很多房間……呃……你覺得怎麼樣？」她越說越小聲，這大概是最遜的意見徵詢。有一秒，她恨不得鑽進地裡去，感覺臉頰也罕見地紅了。他盯著她看，她確信他可以看出這個問題有多蠢。他揉了揉下巴，點點頭。

「這要看妳，真的。」他往後退開一步。這有好有壞。一方面，她感到鬆了一口氣，他沒有察覺到她想讓他講更多話的笨拙嘗試。但另一方面，她也對於班恩再次失去興趣而感到挫敗。

「可以幫我拿這個嗎？」她提起起手槍袋，一邊拿起空的咖啡杯，然後想著要再告訴哈利一次，要他記得帶走自己的空杯。

他拿起包包在一旁等待，變成一隻只為她存在的小狗，這樣他只需要跟隨然後等待，跟隨然後等待。她關上大門時把杯子交給他，然後再從他手上把杯子拿回來。盡量保持互動，盡量找到任何可以對話的機會。

「今晚有牛排。」她說，跟他一起穿過走廊。「當然是瘦肉……我還叫他們準備了一份很棒的花園沙拉，好吃又乾淨。你喜歡紅酒嗎？還是要啤酒？你偏好拉格啤酒還是苦啤酒？」

「呃……不，呃……妳說什麼？」

「拉格啤酒還是苦啤酒？」

「呃，真的不用麻煩。」

她藏起自己的沮喪。她對他的瞭解程度遠超過一個人對另一個人應有的程度。她花了無數個小時一次又一次地閱讀跟他有關的資訊，她知道他比較偏好拉格啤酒，但他更喜歡真正的愛爾啤酒。

「真正的愛爾啤酒如何？我之前喜歡來點真正的愛爾啤酒。」

他聳聳肩然後點頭。他把手插在口袋裡，用肩膀頂開門，進入主房間。

「我餓扁了。」莎法立刻說，同時看了在食物桌邊晃來晃去的哈利一眼。

「是啊。」他說。「可以開動了嗎？這是牛排嗎？聞起來像牛排。是牛排嗎？」

他們開始吃。莎法和哈利想辦法製造話題時，班恩聽了卻根本沒聽進去。他吃了牛排和沙拉，他喝了水，然後靜靜地坐在那邊等戴著。史黛芙外遇了，所以他永遠也結不了婚。這跟他死了也沒有關係，而是他媽的她已經屬於別人了。他死了，他已經死了。他想念他的生活，還有他的未婚妻，即使她即將告訴他這段關係就要結束了。

「班恩？」

「嗯？」

「你要來洗澡嗎？該死，我的意思是去洗澡。不是跟我一起洗……我不是那個意思……我不是叫你來……媽的，我的意思是你要去洗澡嗎？」

「喔，好啊。」他站起來。她對哈利抬抬手，而哈利搖頭並且嘆氣。他淋浴。穿著灰色運動服，準備回到只有金屬單人床和刺眼燈光的單調房間。

「來喝點啤酒。」她靠在門上，看他坐在床邊。

「不，我準備要——」

「別來這套。」她冒險進入他房間。「來吧……你答應過的……」

「我只是——」

「別，來跟我們喝一杯，一杯就好。」她拉起他的手腕，笑著把他拉起來。「看看日落，喝杯啤酒。就像是星期五晚上一樣……事實上，我還真不知道今天星期幾。你知道今天星期幾嗎？」

「呃，不知道……聽著，我只想……」

「媽的少來，別嘰嘰歪歪，就只是喝一瓶他媽的啤酒。」她依舊拉著他的手腕。

他被她的粗話還有她講粗話的樣子逗笑了。她也微笑，看到他的眼中出現了些許火花。

他們走到戶外，三張椅子並排放在一塊。槍械桌旁邊放了一個保冷箱，啤酒就在保冷箱內。哈利早已一手啤酒一手卷煙，蹺起一雙長腿，赤著腳享受夜晚的溫暖空氣。

「啤酒。」她遞給班恩一瓶啤酒。

班恩坐下，沒有注意到他是唯一一個穿著灰色運動服的人。

莎法穿著寬鬆的亞麻長褲和白色無袖上衣。哈利穿著他在里約穿的牛仔褲和T恤。

「我剛剛問班恩今天星期幾。」莎法說，一邊喝著啤酒一邊坐下。

哈利從瓶子喝了一口，然後想了想。「不知道。」他經歷一整秒的深思後回答。

班恩喝了啤酒，但沒有感覺到它的味道，甚至也沒有留意這是什麼啤酒。他根本沒想到要辨識啤酒的種類。他的思緒不在這裡。

「我想……」他站起來，把空瓶放在桌上。「我想去睡了……」

「哎，再來一瓶。」哈利說。

「不，謝了，老兄。」班恩停頓，遲疑而尷尬。「我累了……我去，呃……明天早上見……」

他們看著他離開，聽到門口消毒裝置的噴氣聲。莎法嘆了一口氣。

「才過了一星期。」哈利平靜說，對莎法點頭要她遞給他另一瓶啤酒。

「自己去拿啦，你這個大懶鬼。」她揚起眉毛。「噢，坐著別動，老頭。」她氣呼呼地看著哈利準備站起來拿酒。她再抓了兩瓶啤酒，然後坐在班恩的空位子上。

「哈。」哈利接過啤酒。

「他會沒事的。」她低聲說，從瓶子痛飲了一大口。

哈利點點頭，看向山谷。「我相信他會沒事的。」

「他會的。」她斷言，然後狠狠地看了他一眼。

哈利停頓。他的沉默有時說得比十句話還多。

「我們有過小伙子加入……強悍的小伙子……」

「省省吧，聽我說，他會沒事的。」

他也牛飲一大口，沒有因為她強硬的語氣而感到被冒犯。「你打算給他多少時間？」

她從自己的瓶子裡喝了一大口。他是班恩．萊德。他在十七歲的時候一個人對付了一群嗑藥的幫派份子。他本來可以逃跑，他可以躲起來。他很害怕，但他還是面對了那些人。霍本站也是一樣。他很害怕，但他還是做到了其他幾百人沒辦法做到的事情。當其他人逃跑的時候，他衝向前去。這肯定代表了什麼。

「直到他恢復為止。」

24

「已經快四星期了。」

「我完全清楚這件事。」

「而他絲毫沒有進展。」

「他會變好的。」

「哈利，你覺得呢？」羅蘭坐在辦公桌後面，把目光從莎法轉向哈利。哈利盯著前方，想要說點什麼，但礙於他對莎法的忠誠，最後他什麼也沒說，但卻又什麼都說了。

「我們快沒時間了。」羅蘭說。「妳每天讓他跑步、鍛鍊，然後拆解組合那些該死的槍。」

「時間？」莎法問，羅蘭呻吟著倒回椅子上。

「時間，莎法！時間！」

「我們有時光機啊。」

「又來？每次我們進行這樣的對話都是這個答案嗎？」

「我們有時光機。」

「四星期。已經四星期了——」

「接近四星期，呃……」她停下來，注視他的雙眼。「我們有一臺時光機。我們可以花上四年的時間，這不會產生他媽的任何差別。我們可以回到歷史上的任何一刻……」

「是的，但妳必須在某一個時間點做出班恩不適任的決定。」

「**他是班恩・萊德！**」她突然大吼，羅蘭嚇得縮了縮，吞回他原本要講的話。「要花多少時間就花多少時間。你覺得有壓力是因為你覺得什麼都沒變化，但情況正在改善。哈利跟我在訓練如何彼此合作，班恩在適應他的新環境。他只是需要時間。」

「要多少時間？」

「再我問一遍，看看會怎樣……來啊……」莎法咆哮著，臉上的意圖一目了然。她身旁有人動了一下，哈利的輕微動作讓她把注意力稍微從羅蘭身上移開。

沉重的沉默延續著。羅蘭等待緊張的局面稍微放鬆。

就跟前一次還有前前一次一樣。莎法是對的，這只是一種焦慮。理論上而言，他們有著絕對充裕的時間，但缺乏進展卻消磨了耐性。

「你是不是受到別人的壓力？」莎法打破沉默問。

「你說什麼？」羅蘭問，對這個問題措手不及。

「我說你是不是受到別人的壓力？你想讓我解釋為什麼需要這麼長的時間來訓練某人？」

「不，沒有。」羅蘭向她揮手。「沒有這樣的事。不，妳是對的，缺乏進展是我的個人意見。我道歉。」他緩慢地長長吐氣，彷彿肩上承擔著整個世界，臉上刻畫的深深的憂慮。他撫平頭髮，從椅子上站起來，走到敞開的百葉窗邊凝視山谷。「就只有我。」安靜了幾分鐘之後說。

「只有你？」莎法問。

「只有我和發明者……好吧，還有另一個人，但是——」

「你在結巴。」莎法說。

羅蘭渾身一僵。「發明者告訴我世界末日何時發生，就只有我，我負責規劃這些，我負責籌錢來營運。我，就只有我。所以，我不需要向誰報告，所以也沒有其他人對我們施加壓力。但我還是希望能有進展，希望事情能在人力可及範圍內盡快開始。」

羅蘭究竟是什麼人？他如何籌錢？發明者是誰？為什麼發明者會找羅蘭幫忙？他剛剛提到另一個人，那是什麼意思？

「那我們就有時間了。」莎法直接說，哈利盯著前方，被動地等待著。

「你讓麥肯準備靶場用的沙袋，為什麼沒用？」羅蘭改變話題。

「他還沒準備好。」

「還沒準備好？在使用武器之前，需要拆解武器多少次？」

「那是熟悉武器。」

「我很清楚那是什麼。」羅蘭從窗邊轉過身輕輕地說。「妳擔心給他一把裝滿子彈的槍。」

莎法尖銳地抬起頭，哈利盯著牆上的某個地方。

「班恩不會做那種事……」

「不會？那為什麼他不開始練習射擊？」

「我們正在進行其他技能課程。」她解釋道。「體能鍛鍊和徒手格鬥。」

「我有看到。」羅蘭小心翼翼地說。「他很難專心。」

「哈利和我在服役與擔任警察時，就因為工作接受過這些訓練，」她頑固地解釋。「班恩沒有接受過這種訓練。」

羅蘭準備要回應，但停了下來，重重地坐回椅子上。「他看起來狀況不好。」他平靜地說。「他有辦法好好睡覺嗎？」

「沒有。」莎法嘆氣，搖了搖頭。

「那就告訴他。」羅蘭呻吟著揉了揉臉，臉上滿是長期等待和擔憂之下的壓力。

「不。」莎法立刻回答。

「莎法，」羅蘭懇求地說。「妳必須做點什麼。告訴他史黛芙做了什麼，讓他別再想家。強迫他做出反應，挑釁他，讓他可以發洩那股憤怒。」

「是啊，為什麼不呢？」莎法一臉厭惡。「我們讓一個已經很痛苦的人變得更加悲慘。是啊，真是好棒的計畫。」

「總有一天，我們會不得不做出一個艱難的決定，就是班恩不適合這項任務。」

「他會沒事的，我保證。」

「好吧。」羅蘭說，感覺她可能會再次發飆。「好，有情況隨時告訴我。」

儘管他們兩個人都很好奇，但他們不知道羅蘭去了哪裡，他們也不知道他不在碉堡的時候都在做些什麼。然而他們受到過去生活的影響太深，無法質疑這些事情。你專心在自己的工作上，讓其他人擔心錢從哪裡來。

莎法是一位穿制服的武裝警察，她攜帶的每樣裝備都是來自其他地方，由其他人提供。她的隨身武器也是由其他人維護，車輛由其他人保養，甚至武器的子彈也是由其他人分類管理。她只需要保護要人，擔心工作內的有限細節就好了。

這是很單一的行為，但足以塑造莎法從那時開始的生活。彷彿在霍本事件之後，整個世界都被班恩．萊德所占據，而等她知道他就是那個在十七歲時就殺死五名幫派成員的少年之後更是如此。然後史黛芙玷汙了班恩的傳奇人生，但莎法不這麼認為。她看見了人的偉大，毫無疑問地讓她知道世上存在著正直、值得尊敬的人，當她在唐寧街的私人房間被上下其手時，她緊緊地抓住班恩展現的精神。

當然還有其他的事情，比那些更深刻的事物。當他把死者拖到軌道上時，她從月臺上與他雙目相交，只有那一瞥，但在那一秒，她看到一個擁有巨大力量與生命的人。那深深地影響了她，並且與她同在。

他依舊是班恩．萊德。她看得出來，她以前看過，也在他眼中偶爾閃現的憤怒火光中看過。看到班恩的靈魂很令人興奮，但那總是一閃即逝，他再次變得被動而遲鈍，就像一個孩子被她逼著做每一件事。

她從主房間的鋼瓶中倒出咖啡，然後癱坐在椅子上。哈利頓了頓腳步，思考是不是應該讓她獨自一個人靜靜，但他最後決定也給自己倒一杯咖啡，坐到木桌對面的位置。

她一邊啜飲一邊思考，回想起當她搖搖晃晃地走出房間時，看到他第一眼時，就知道他是班恩．萊德。

她知道。她不敢相信，但她知道。既使是現在，她都得常常提醒自己這是真的，甚至是在他丟掉武器，然後照著她的指示把手臂繞過她的脖子，展示出攻擊敵人脊椎的最佳位置的時候。

「他至少越來越健康了。」她嘀咕著，看了哈利一眼。哈利溫和地點點頭，喝著咖啡。「他也可以拆解我們這邊有的所有武器。」

「是沒錯。」哈利說。

「他的反射速度令人難以置信，你覺得如何？」她尖銳地問。

哈利搖搖頭，繼續喝著咖啡。

「然後呢？」她對他點點頭。「你有什麼看法？」

「妳之前沒有問過我。」他平靜地說。

「因為我知道你會說什麼。」

「是，妳知道。」

「你覺得他無法辦到。」

「對。」

她看著哈利，感覺到他想說更多，但制止了自己，然後用啜飲咖啡這種溫和、輕巧的方式來表達。

「你什麼都不問。」她說。

「沒什麼好問的。」他回答。

「哈利。」她堅定地說。

「莎法。」他回答得很輕鬆，帶著微笑。讓她停下來摒住呼吸，軟化了眼中的尖銳。

「為什麼你讓我當領隊？」她問，過去幾個星期裡，那個聲音還在她腦海裡嘮叨著另一個問題。「我是個女人。」

「妳是。」

「你來自一九四三年，那時候可沒有女軍官。」

「有喔。」

「但不是戰鬥單位。」

「的確。」

「所以她們不會對你發號施令。」

「不會。」

「不管怎樣，」她怒不可遏，因為他拒絕咬餌來引發一場爭吵，好發洩她的鬱悶。「那我們只好繼續這樣下去了。」

「是啊。」

「他會沒事的。」

「是啊。」

25

一場持久戰。一場嘗試與錯誤之戰，前線士兵穿著毛衣縮在沒有窗戶的房間裡喝咖啡，吃垃圾食物。一場駭客與防火牆之戰，手指在鍵盤上飛舞，使用已知的每一種方式和技術來持續推進。

柏林是一座擁有超過一千萬居民的繁榮大都會，但有人的地方，就有犯罪。

幾乎每間公司都有監視器，高畫質、即時的彩色鏡頭，紀錄必須保存三十天已符合保險政策。這麼大的數據量意味著大多數企業唯一可行的儲存方式就是雲端儲存。只要每個月支付費用，就可以把資料上傳到一個虛擬帳號並在所需的時間內保存。雲端儲存營運公司提供最先進的安全措施與無法入侵的系統。

士兵將武器對準那些系統。他們破解系統，找到系統人員的訪問入口。他們鑽入、尋找、搜索、搜尋，然後退出，就如同他們的入侵一般無人察覺。

那間私人醫院沒有監視器，但他們知道有一輛廂型車把那些受傷保全送來。廂型車從何而來？他們知道終點，所以他們反推路徑。他們駭進公司的監視器，來察看道路與路口的鏡頭，希望能看到廂型車的任何一點畫面。

這個方法確實奏效。他們確定了車輛的廠牌與型號，也確定了車子的顏色。他們編寫程式和運算法來駭進別人的系統，工作速度遠遠超過人類大腦所能處理的極限。他們從數以萬計的攝影鏡頭中搜尋、消除、否定並傳送上千個小時的影片。

他們很快發現廂型車採取了非常迂迴的路線，並且以相當衝動的方式隨機選擇道路。這表示一種非常基本的監視防備措施。他們明白這一點，因為他們採用更進一步的監視防備措施，那就是完全不會出現在任何地方的任何鏡頭上，這很困難但並非不可能。網路上有犯罪預防與偵測網站，顯示特定區域內攝影機固定位置的地圖，只要打開地圖，選擇一條經過最少數量攝影鏡頭的路線。但廂型車並沒有這麼做。反之，他只是很簡單地在前往醫院之前，在柏林繞行了一段時間。

這種方式並不完美，但有幫助。

柏林市中心一條後巷的灰色磚造倉庫。

廂型車被追蹤到出現在柏林的正中心，城裡的舊城區。他們還諮詢了歷史建築學者。

並非所有磚頭都是灰色的，有些人繪製作紅磚，那些紅磚往往出現在某些區域。其他也有黃色的，在某些區域使用。歷史告訴他們，只有少量磚頭做成灰色，主要用在城市的這個區域。

這個訊息符合他們入侵監視器所獲得的情報，顯示了廂型車的位置。

定位的圈圈再次緊縮，地圖上的隱形圈圈再次縮小。

從這個區域，他們分析了工業區、商業區，目前還在經營的倉庫，以及做為住宅翻修但仍保留倉庫外觀的建築。

這工作十分辛苦，而且令人疲憊。但他們非常積極，好賺取更多報酬。母親想要結果，而且明確表示她會獎勵那些讓她得到結果的人。

嗨，阿爾菲。我希望你喜歡這趟旅行，少喝點酒！我正好跟我朋友聊到。她說柏林的舊市中心相當不錯。大教堂西邊的區域有很多老房子沒有受到戰爭的破壞。我知道你喜歡建築，所以特別告訴你。無論如何，注意安全。X

嗨，老媽！這趟旅行真的很棒，謝謝。柏林的舊城區真的很有意思。我們肯定會去那個地區逛逛。這些小子等不及要去看看那些哥德式建築了。愛妳和老爸。X

在柏林市中心的舊城區，從大教堂以西的區域找到一棟灰色磚造倉庫的最簡單辦法，就是向警察、毒販、妓女、披薩送貨員、快遞員、計程車司機掏錢問路，詢問那些花費了許多時光在這些融合了哥德式與新式高聳建築之間的居民。然而，只要其中一個人提到有人對在後巷的灰色磚造倉庫感興趣，每個人都會去找那間倉庫。

五人組用老派的方式進行，一步一腳印。這個區域被分成若干小塊，有條不紊地一一進行調查。他們檢查了每條街道，每條大道、道路、小巷和地下通道。他們打扮成觀光客，拿著地圖，背著色彩鮮豔的背包。他們在景點停留，對應該欣賞的景物讚嘆。他們睡在廉價旅館，融入人群，不引起注意。

比賽開始，而獲勝的獎品值得一切。

26

沒有任何改變。時間並不存在。

他醒來，他訓練，他入睡。沮喪的情緒變得更糟，剝奪了他作為一個人的每一寸。他無法替自己思考，由於持續缺乏認知挑戰，他單純無法為自己思考。

惡性循環開始，嚴重的衝擊表示他的大腦產生的化學物質破壞他均衡感受的能力。腎上腺素分泌過多，睪酮素分泌過多。缺乏足夠的血清素還有其他一百種要素，讓班恩無法阻止循環惡化。

拉自己一把。像個男人。停止擔憂，不要驚慌。不要往壞處想。振作起來。冷靜。日復一日跌入自怨自憐的深淵。史黛芙外遇了，那是他應得的，他死去是因為他不配活著，他在這裡接受懲罰。自憐異變成自我厭惡。

他身旁的兩個人是他們領域中最棒的專家，完美的專業人士。他們擅長自己的工作，讓進行的過程看起來毫不費力。他拿自己跟他們比較，他認為自己一無所長，並對此十分堅定，明顯地反抗莎法與哈利，而這只強化了他的自我認知。他很軟弱，他很憔悴。看看哈利，學學哈利。看看莎法，振作起來，像個男人。

他周遭的生活環境產生了變化，但他卻視若無睹，毫無反應。他們共用的浴室現在充滿了物品。新毛巾有著不同的顏色，不同的牙膏和牙刷，他不用的鏡子，莎法的女用刮毛刀，哈利用來修剪鬍鬚的剪刀。鏡子上多了一盞燈，洗髮精和護髮素，馬桶刷，各式清潔用品，置物架和軌道。他沒有發現蓮蓬頭終於有了熱水，也沒有留意到麥肯和康拉德終於搞定這件事情時的勝利歡欣。

公共休息室的地板上多了地毯，衣服披掛在藍色椅背上，矮桌上堆著書本，他們房間外的走廊上則放著靴子、運動鞋和夾腳拖。

三間單調枯燥的房間，變得只剩下一間單調枯燥的房間。莎法和哈利的房間都多了地毯和吊衣架，他們的床邊放了側櫃，上頭擺著更多書、水杯和用電池發電的柔和燈光。牆壁上終於出現了可以調整刺眼燈光的開關，櫃架上擺滿了體香劑、梳子、髮帶和個人用品，這些東西在他們開始在碉堡生活後的日子裡陸續出現。

班恩走過那些東西，卻絲毫沒有留意。他的房間一如過去，單調而冰冷，空虛而樸素。他是個沒有價值的人，所以不配得到任何柔軟舒適的東西，他的生活變得空虛而毫無意義。

肥肉從他的身上消失，他變得精瘦而結實，明顯的肌肉分布在四肢與軀幹上。他曬黑了也顯出更多戶外的風霜感，鬍子變長，頭髮變得蓬亂。眼袋也變得更黑更明顯，憔悴的模樣逐步加劇。最艱難的戰鬥是夜晚，最糟糕、最可怕的時候。他掙扎著不想入睡，卻又覺得疲憊而渴望睡眠，但入睡會帶來噩夢。頭腦中不斷惡化的恐怖世界，它們變得更令人困惑而混亂。史黛芙變成莎法，莎法有了外遇，莎法打算離開他。史黛芙在這裡，史黛芙讓他死守著那些他不配擁有的舒適生活。他在十七歲時殺死了莎法和史黛芙，他在十七歲時試圖拯救莎法和史黛芙，但羅蘭殺死了她們，而哈利在一旁大笑。

主房間也改變了。在大混戰時被砸壞的桌椅全部換新，食物的種類也變多，同住在一起的人開始展現出自己的人格特性。桌上出現了來自咖啡杯的圓形汙漬，地上的汙痕則來自有一次哈利撞翻了一壺咖啡。

麥肯和康拉德四處走動，修理、維護，把東西帶來或帶走。等待與觀察。

羅蘭陷入煩惱，每過一週他的神經就更緊繃一些。莎法依舊很粗暴，從來沒有人能像她那樣守護著班恩。沒有保護能量能這樣籠罩著另一個人。其他人不和班恩講話。**別跟他說話，別看他**。羅蘭不再詢問，因為這樣只會引起她的憤怒。他們全部都在等待著班恩是否會突然振作起來。

莎法的奉獻精神成了一種執著，一種有形之物，一個幾乎可以思考和交談的生物。班恩去哪裡，她就去在那裡。在他身邊，在他身後，在他前面。她知道他做了什麼，他救了那個女人和小孩，他殺人為了讓她們可以活下來。他在霍本站也是這樣，他殺人好讓其他人得以存活，為此，她的能量彷彿無窮無盡。她永遠不會厭倦，她永遠不會屈服。班恩有這個價值。

哈利補充吸收著這八十年或更長時間中出現的新武器和新戰術，他對自身技藝的精熟程度令人欽佩，他做的一切都很完美。他對莎法冷靜以對，他付出耐心，而且跟羅蘭可以進行超過一次點頭以上的對話，而且可以跟麥肯和康拉德講更多話。

莎法反覆嘗試把班恩帶出他的自我放逐，希望他能恢復自我。而在過去這幾月中，她只產生過一次希望，也只哭過一次。

四個月過去了。她躺在床上無法入睡，她黑白分明的腦袋罕有地進入一種理論科學的昏暗世界。她很困惑，這種困惑更引起了她的焦慮。她甚至開始希望自己沒有開始思考這種事，但那種念頭揮之不去。她輾轉反側，怒氣沖沖地喘息，最後只好坐起來，在房間裡皺著眉頭，然後她乾脆起床走到班恩的房間外面。

「你醒著嗎？」她問。

「嗯？」班恩說，他仍醒著躺在床上，對溫和的敲門聲還有她的語氣感到訝異，似乎隱隱透露出某種急迫感。「呃，是……」

「謝天謝地，」她走進班恩的房間，直接來到他的床尾，她重重地坐下，但舉起一隻手彷彿準備要做出某種強調。他把兩隻腳挪開並且坐了起來。他的眼睛掃過她的身體，而她只穿著胸罩和緊身短褲。

「嗯，你聰明得要命。」她說，依舊抬著一隻手。「所以說……如果我回到過去，殺死還是小嬰兒的我，我還會在這裡嗎？回去殺掉小嬰兒的我，那我還是我嗎？這樣怎麼講得通？因為我在嬰兒時就被我自己殺掉，又怎麼可能回到過去殺死身為嬰兒的我？畢竟我在嬰兒時就死了。」

「妳在胡說什麼？」

繁星排成了一直線、這個氣氛、她穿著內衣進入他房間的驚喜，還有這些令人費解的問題，讓班恩的大腦重新開始運作，回到一個具備完整認知功能的美好時刻。

「這有可能嗎？」

「什麼？」他大笑，搖搖頭。「什麼可能？」

「我說，」她輕輕拍打他裸露的大腿，然後才注意到他只穿著一條短褲。「好吧……我還是個嬰兒，懂嗎？我回到過去……所以……我回到過去，殺死嬰兒時的我……這種事情可以辦到嗎？」

「呃……該死。」他努力地思考。房間很暗，他的燈關掉了，只有莎法床頭燈的柔和光線從她的房間流洩而出。

「呃……對，對，這應該有可能，但是……」

「但是怎麼可能？」她的語氣像是立刻需要一個答案。「如果我在嬰兒時就死了，那我怎麼可能回去殺死我自己？」

「這可能像是平行世界理論，但是……想一想……事實上妳**可以**回到過去，殺死嬰兒時的自己，表示這有可能。所以如果要討論是否有可能，那妳確實可以這麼做。」

「啥？」她困惑地搖頭。

「好，」他把身體前傾，靠近她。「妳在這裡，對吧？所以妳**可以**用時光機回到過去殺死小嬰兒的自己。從事實來看，這個可能性**是**存在的，對，妳**可以**做到這件事。但這也意味著因為小嬰兒的妳被殺了，於是妳也不再存在。如果妳在殺死小嬰兒時不存在，那表示我和哈利從來沒有見過妳。這表示妳從來沒有長大，你從來沒有加入警察，從來沒有被帶到這裡……但這表示妳永遠無法來到這裡，讓妳可以回到過去殺死嬰兒的自己。」

「你剛剛他媽的在說什麼？」她笑著問，腦袋裡一團混亂。

「不，想想。妳可能會繼續存在。」班恩說。「因為如果不是這樣，妳永遠不會在這裡，然後回到過去殺嬰兒時期的自己……這表示嬰兒的妳長大來到這裡……所以應該是平行世界或類似的東西。」

「平行世界？」

「是啊，就像……無限的世界全部在一起。妳看，我們認為時間是線性的，對嗎？它只會前進？但時光機打破了這種觀念，因為我們可以回到過去……但是，如果我們並不是回到過去，或我們已經回去了，但不是回到我們的過去。明白我說什麼嗎？」

「不明白，一個字都聽不懂。」她說，不再對他講的話感興趣，只是看到他眼中的火花。在最初幾天，當他質疑一切，並努力解決問題時，她也看到了那樣的火花。那種變化非常強烈，他整個人變得充滿活力而生氣勃勃。這才是正確的班恩。

「所以說，」他伸手舉起她的手。「這是在這裡的妳。」他上下揮舞她的手，這種感覺讓她露出微笑。「所以我們有莎法在這邊……但如果我們把莎法——」他再次揮動她的手，「——讓她回去殺死嬰兒莎法……但或許我們不是殺死過去的妳……而是另一個嬰兒莎法……就像……就像……所以每當妳做任何……不管什麼事情，每當妳做出決定或做某件事，如果妳做了不同決定或做了別的事情呢？那個世界還是延續下去。」

「我完全搞不懂。」她仍然沒有在聽，但全神貫注地看著他。

「那好吧，」他笑了。他真的露出微笑。當他上下揮手時，可以透過鬍鬚看到一點牙齒。

「那，嗯……妳早上醒來，做的第一件事是……是什麼？」

「呃……上廁所。」

「對。」他眨眨眼，又笑了。「但如果妳沒有上廁所呢？其中一個妳上廁所，另一個人刷牙，另一個人淋浴，另一個人決定跑步，還有一個人決定在哈利的床上大便——」

「什麼？」她大笑。

「妳懂我的意思嗎？妳做了一件事，但妳可能做的事情依舊完成了，由無盡的妳所完成……它無限延伸。每個活著的人做出每個可能的決定和每種生活方式總和的無限可能性。所以……現在和這裡的妳——」他又揮揮手。「——回去殺死了嬰兒時期的妳，但誰知道這是現在的妳的嬰兒時期，還是另一個嬰兒時期的妳？懂嗎？」

「一點也不懂。」她說。

「這樣的話，」他說。「我沒辦法回答妳的問題。」

「好吧，感謝你的嘗試。」她對他的歸來感到興奮。

「不客氣。」他說。

一個停頓，一陣猶豫。突然意識到房間的黑暗，以及彼此近乎赤裸的狀態。她很漂亮，令人驚嘆，毫無缺陷。而他不配，軟弱而憔悴。

她目睹這一切，她看著變化發生，因為吞嚥口水而咳嗽。

「呃……所以……」她看著他退去，黑色的陰影爬過他的臉龐。她的大腦努力想要繼續對話，但為時已晚。她猶豫太久。「謝謝。」她最後說。

他點點頭，眼中的火花再次消失。

「有頭緒多了。」她微笑地站起來。「如果我再想不通，我會回來。」

「沒問題。」

「晚安，班恩。」她穿過房門，想知道他是否看著她的背。她跨過門檻時瞥了一眼，但不知道他有沒有在看著這個方向。

那天晚上給了她希望。他回來了，雖然時間不長，但事實證明正確的班恩依舊在那裡。那神奇的幾分鐘，這種感覺陪伴著她持續了接下來的幾週。

這種感覺也跟隨著他，這讓他變得更糟。幾個月來他第一次感覺自己還活著，但這讓他感到內疚。他看到她的身體並感受到內在的反應，這讓他的罪惡感變成了好幾百倍。他怎麼敢活著？他怎麼敢這樣看莎法？史黛芙外遇了，史黛芙離開他了。他死了，他不配，他什麼都不是。

那個希望之夜讓莎法從抵達以來，第一次掉淚。

即便像莎法那樣強悍，她依舊是個美麗的女人，她非常清楚男人對她外表的反應，那天晚上她從班恩身上看到了一絲反映。只有一瞬間，她知道穿著內衣進入他房間令他感到驚訝，但她沒有一次感受到威脅或任何侵略性的感受，但看到他的反應種下了種子。正確的班恩依舊在那邊，那個男人在那邊。

這不是個輕率的決定，但他的情況持續惡化。他如此退縮，光用看的都令她感到痛苦。彷彿他正在緩慢地死去，而他們不得不袖手旁觀，任其發生。有些事情非做不可，他們已經走投無路了。

她可以感受到哈利的挫敗也正在增長。哈利已經準備好了，她也是。他們已經有了充分的時間，種子成長成一個計畫。

那天晚上，她等待著黑暗到來的幾個小時。她對這個想法感到煩惱、擔憂與恐慌，但決心要付諸實行。更何況，若她完全誠實，她知道在內心深處，這件事並非全然無私。班恩必須要回來，要不成功要不失敗。她沒有更多辦法了，沒有其他希望了。

隨著哈利的鼾聲在碉堡中響起，她溜進浴室，幾個月來她第一次好好地盯著自己的倒影。她看著自己眼睛的形狀，解開她的頭髮，讓頭髮垂到肩上。她準備好了，雙手不由自主地顫抖著。大半是因為緊張，但依舊有著最輕微幾乎不可見的興奮蘊藏其中。她這麼做是為了班恩。他必須要回來，他要死了。他的生命將會由他自己或在霍本的軌道上回歸虛無而終結。他只需要回想起活著是什麼感覺。

她嚥了口水，深吸了一口氣，聞了聞腋下，對自己點點頭，然後用力拉了自己的胸罩，些微地露出她的胸部上部。

「你醒著嗎？」

班恩醒了過來，他的眼睛立刻因為她那奇怪的語調看向門口，正如她所擔心的那樣。

「班恩？你醒著嗎？」

「是的。」他嘶啞地說。他剛開始打盹，在他感到的恐慌與懼怕中依舊可見那些噩夢的痕跡。

門轉開。她調整燈光的明暗，讓最細微的光線帶入他房間。她關上門，走向他的床時，她感覺自己的心臟正在咆哮。

「怎麼了？」他聲音低沉地問。

她不知道該說什麼，所以什麼也沒說。她在他床邊停下來。她的雙手環抱身體，雙眼搜尋著他的臉龐。

他無法克制地看著。她走進來，把燈光調暗，然後停在他床邊。他眨眨眼睛，目光迅速地掠過她的身體還有她的雙眼，停了下來。他的心臟做出了反應，怦怦地越跳越大聲。他吞了吞口水，眨眨眼睛，然後坐了起來。

她一語不發，只是等待著，觀察、搜尋，然後看到了。她看到了他眼底的閃爍，這強化了她的決心，讓微小的興奮變得更強烈，也更迅速。她輕巧地移動，抬起一條腿，跨過他的大腿。他立刻僵住了，眼睛瞪得老大，口乾舌燥。他快速地眨眼。她把一隻手放上他赤裸的胸膛，感受到他心臟怦怦的跳動聲。她緊張地微笑，突然變得脆弱而毫無防備。他依舊盯著她的雙眼，當她的身體開始往下滑時，他的大腦飛快地旋轉著，她的動作緩慢得彷彿那是永恆。她的手移動過來想尋找他的手，他們的手指彼此交纏。他們沒有說話，也不需要任何言語。她從他的大腿上移到下腹，他快速而突然地吸了一口氣。她感覺身體下的他變得緊繃，這再次強化了她的決心，讓那種小小的興奮感進一步增強。

他們的雙眼緊鎖著彼此。她黑色的眼瞳美得驚人，而他的雙眼如此湛藍，充滿了痛苦與傷痛，彷彿深不見底，足以讓她無盡深陷。她的唇往他的方向移動。他也開始移動，抬起身體靠向她。他的腹肌現在夠強，可以保持這個姿勢而不會顫抖或疼痛。最後一秒，她停頓了一下，她的嘴唇離他的唇只剩一絲距離。她不知道自己為什麼停下來，只知道她就是這麼做了。或許只是想品味當下的感覺，或許是想反思，或許是想到儘管有這麼做的原因，但實際上她就是希望他現在就吻她。

那個停頓打破了魔咒。他低頭看著她的完美形象，毫無瑕疵的膚色，烏黑的頭髮飄落而下，在那一秒，他覺得自己比整個低潮期總和起來更加無用，那就是谷底。他遇過最尊敬和最欽佩的人如今正在可憐他，這個想法扭轉了一切。

她感受到那個轉變。她看見他的眼睛往下看，她希望他去看，她希望他能看。她希望班恩可以感到渴望，感受到自己的價值，感覺自己像個男人，回到原本的樣子。因為他奉獻自己的生命好讓其他人得以存活，而還不只一次。她希望他看到而且感受那種興奮。她希望他感受到親密的溫柔。他有尊嚴與自豪，他是那麼的特別，不應該如此孤獨而恐懼地死去。當他抬起頭看著她的眼睛時，她知道她錯了。她犯了錯，事情突然變得愚蠢而廉價。

「出去。」他低聲說，聲音顫抖而充滿了情感。「滾出去……」

她走得很快，從他的床回到自己的門邊，她立刻關上門，眼淚瞬間滑落。屈辱，失落，拒絕。她哭了，多年來她第一次痛哭，她靜靜地哭著，幾乎悄然無聲。班恩躺在自己的床上，臉上同樣閃著淚光。

27

早上跟其他早晨一樣。他在莎法敲門時醒來，經過了淋浴、刷牙和穿衣。

「喝吧。」她直接地說，口氣讓他覺得很陌生。

「吃吧。」她說，他從碗裡拿了一個剛出爐的可頌麵包，然後把麵包放進嘴裡。

「班恩！」

「怎麼？」他抬起頭，訝異於莎法的目光。

「你甚至沒有注意到。」

「注意到什麼？」

「可頌麵包。」她從桌邊站起來。

「呃？」他滿臉困惑，直到他發覺這是他們第一次吃到可頌麵包，而且他以前很喜歡剛出爐的可頌麵包，這件事毫無疑問在維基百科上有寫。

「我在外面等你們。」莎法拿起裝著手槍的黑色手提包。班恩看著她離去，知道自己應該說點什麼，但他沒有。

「她特地為你弄來這些麵包。」哈利說。

「是啊。」班恩回答，因為腦袋裡想不出其他字句。

「她盡力了。」

班恩看著她，感受到某種事物的累積。哈利在椅子上轉過身，咬了一口可頌麵包，麵包屑輕輕落在面他面前的盤子裡。「你十七歲時發生了什麼事？」哈利問。

「莎法要你問我？讓我講話？」

「我好奇。」哈利說。

「沒什麼好說的。我走在鄉下的小路要回家，看到一輛汽車停下來，五個男人襲擊一個女人和她的小孩……」

「然後？」

「就這樣。」

「你殺了他們？」

「對。當場殺死了三個人，另外一個人在我們等救護車時也死了。最後一個是達到醫院時死亡。」

「用什麼？」

「刀。」

「你怎麼辦到的？」

「不知道。」

「之後呢？」

「一開始被逮捕，但後來他們讓我走了。那些人是幫派成員……像黑道？」

「我知道幫派成員是什麼。」

「我接受心理治療。他們給了我一個新名字，就這樣。」

「心理治療？」

「是啊，他們認為我會因為殺死一群人而陷入混亂。」

「你有嗎？」

「沒有。」

哈利繼續吃著可頌麵包，從桌子邊站起來。「你好了嗎？」他問，但沒有等他，而是逕自走到門邊。

班恩看著他走開，感覺自己像是一個拒絕參與對話的討厭鬼。管他的。反之，他慢慢吃東西喝水，惡恨恨地瞪著裸露的水泥牆和水泥地板，回想著昨晚的莎法。

最後，他還是走到外面，另外兩個人在桌邊等著，桌上有三把手槍。班恩嘆氣，然後拿起其中一把。

「現場拆解？」他諷刺地問。幾秒內，槍被拆開，零件放在桌上。「重新組裝？」他一邊回答一邊立刻把槍組合起來。「拆解？」

「不。」她以一種全新的表情盯著他。

她把一個有著工廠印刷標籤的盒子放在桌上，最上面和兩側印著「九毫米」的字樣。然後他留意到桌上放了三個射擊護耳，目光移過他們兩人後方，岩架下方的高牆堆滿了沙包。

「彈藥要錢。」她邊說邊打開盒子，露出裡面閃亮的黃銅子彈。「在警察單位時，我們練習時能射的數量有限……但現在」──她退出克拉克的彈匣開始填彈──「現在我們不用擔心……我們想射多少射多少。看那邊。」

班恩看向另一張桌子，看到他們拆解組裝過的每一種類型的手槍，旁邊都放著一盒盒的子彈。

「裝上這些。」她向他示範要如何填彈匣並且遞給他一副射擊護耳，她的語氣顯得有些生硬，「確定保險關上，直到你準備射擊。向後滑動讓第一發子彈進入槍膛。用兩手握槍。絕對不要把槍指著我或哈利。轉身的時候把槍指向地面，面對靶場吧。」

班恩拿起武器，採用她和哈利正在使用的雙手持握式，同時注意到她看他的方式變了，而她語氣中的柔和語調也消失了。他拿著填滿彈的手槍繞過桌子，他們盯著他的每個舉動，直到他開始看向臨時射擊場的沙袋牆。她看了哈利一眼，他點點頭，動作幾乎微不可見；她把自己的槍放在桌上，然後走到班恩身後，把射擊護耳從他右耳拉開，同時伸腳輕踢他的雙腿，讓他把腳站開一些。

「打開你的雙腳，多一點……好，這樣可以。」

「妳還好嗎？」他轉向她問。「可頌麵包很好吃。」

她沒有看他。「面對靶場。」她簡短地說，並且靠向他直到身體壓上他的背部。她伸手調整他握槍的姿勢。「左手放在這邊，右手放在這裡。放鬆，正常呼吸。我會看著你開槍，如果我輕拍你肩膀，就停止射擊。明白嗎？」她沒有等他回答，而是把射擊護耳放回他耳朵上，並且輕拍他的肩膀。

他開槍，感受強烈的震動從他的手臂穿透到肩膀，噪音同樣大得嚇人，遠比他在霍本記得時的更大聲。他稍微調整了握姿，輕輕地聳肩，然後再次開槍，這次他注意到子彈擊中沙袋時噴發的小小煙塵。他繼續射擊，感受手中的猛烈後座力，直到手槍發出空膛的喀答聲。他轉身，注意到他們都專注地看著他。

「什麼？」他問，看見她的嘴巴開合卻沒聽見那些話。她再次把射擊護耳從他耳邊拉開。

「我說你沒有後退。」她說。

「我應該要後退嗎？」

「不用。」

「那好。」

「繼續。」

「我子彈用光了。」

「彈藥。」

「什麼？」

「子彈叫做彈藥。」

「噢，總之它們沒了。」

「去填裝。」

「妳還好嗎？」

「我很好，繼續。」

「謝謝那些可頌麵包——」

「班恩！」她惱怒地說。「專心！」

「好的，抱歉。」

「不用抱歉，拜託專心在你正在做的事情上。」

他回到桌邊，因為被罵而雙臉熱辣，感覺自己更像個小孩了。他裝填的時候另外兩個人更加仔細地觀察他。莎法的手槍就放在她旁邊，單手握著，光從她握槍的模樣，就可以知道她對這些武器非常熟悉。哈利看起來非常放鬆，但他依舊留意著班恩的每一個動作。

班恩回到射擊線，握住槍，調整雙腳，並且把子彈射進沙袋。他並沒有真的瞄準，而是多方向地扣動扳機。

這像是一個全新的事物，而有些地方跟前幾分鐘不同。

「現在試著瞄準，」她說。「就像我之前告訴過你的那樣，你已經知道如何握槍了。壓扳機，不要拔或是抓，用壓的。要自信，但不要自大，確實地瞄準。」

「好。」他抬起頭，轉向沙袋牆射擊。

「我說要瞄準。」她立刻說。

「我有。」他聳聳肩，又繼續開槍。沙袋的最上層之上就是天空，所以他的目標是第三層下部。

「那不是瞄準，那只是指著然後開槍。確實地做！」

「妳這麼凶幹嘛？」他把黃銅子彈推進彈匣時問。

「因為你沒在努力。」

「我有，我有努力。」

「那就更努力一點。」

「為了什麼？」

她摒住呼吸，看向別處，彷彿要在回答前數到十。「你要學會怎麼射擊，這就是原因。」

「為什麼我要學會射擊？」

「你知道嗎？」她的表情顯得尖刻。「隨你便。」她抬起槍並且開火。迅速地清空她的彈匣，時機和精準度都十分完美。哈利也做了一樣的事，透過把子彈射進沙袋牆，微調他的握槍動作和姿勢。

「好！」哈利在射完第一個彈匣時喊道，對著手裡槍滿意地點頭。「好武器。」

早上過去。他們拿著桌上的槍械對著三個射擊沙袋練習。

莎法在沙袋上標出目標，但沒有給班恩任何指示，告訴他該如何瞄準。他還是繼續對沙袋開槍，學著如何讓子彈更靠近他想射中的目標。

他們在主房間吃午飯。班恩坐在桌邊，如同往常般的消沉與畏縮。他花了五分鐘才注意到她自己拿了一碗食物安靜地吃著。他的臉羞得通紅，因為他期待著莎法拿食物和飲料給他。他覺得自己蠢透了，於是有好幾秒他動也不動，只低頭盯著自己的手看。然後時間過去，去拿食物顯得太晚，這只會更突顯出他一直在等莎法拿食物給他。

「你不餓嗎？」最終她還是問了，但沒有看他，而在那一秒他決定放棄在乎這一切。

「我不餓。」他伸手拿了一個可頌麵包。他不想鳥這些狗屁。又不是他自願要做這些，他也不想待在這裡。他把責任推得一乾二淨，不屑地盯著他恨透了的裸露水泥牆。

「我們今天下午會待在室內。」她說。

「太棒了。」他回答，沒有費心去看她。

「我們會進行徒手戰鬥練習。」

「班恩……」

「是嗎？」他問，突然裝出感興趣的樣子。她尖銳地看著他，瞇起眼睛。「好好享受。」

「怎樣？」他隔著桌子瞪向她，然後看到哈利移動了位置，咕噥著彎下腰，靠近他的食物。

「有意見嗎？」班恩問他。

哈利沒有回答，只是專心吃著他的東西。他們陷入沉默。

班恩喝水，感覺到一種奇怪的解脫感，不用再他媽的在乎這些狗屁。

「準備好了嗎？」他一喝完水，她就問。

「沒有。」

「來吧。」她開始站起來，哈利把椅子靠回桌邊。

「玩得開心點。」班恩說，也把椅子靠上。

「你要去哪裡？」

「去外頭，射一些適合的目標。」

「我們有訓練要做。」

「就像我說，玩得開心點。」

「你他媽的有什麼問題？」

「沒有問題。」

「班恩，他們會殺了你。那是你想要的嗎？」

「或許我就是這麼希望。」他推開門進入走廊。

「你他媽的到底哪裡有毛病？」她追上他喊道。

「沒有啊。」

「不准走。」

「我要去外頭。」

「你這個自私的混蛋。」她抓住他的手臂，讓他原地轉了一圈。「我們要在室內訓練。」

「不要。」

她臉上的狂怒清晰而真實，她咬牙時，下顎的肌肉全部跟著一起抽搐。「我們。要在。室內。

訓練。」

他向前俯身，強調他的表達。「不要。」

「班恩！」她再次抓住他的手臂，不讓他轉身。他沒有抵抗，只保持被動和拒絕接受。

「跟哈利一起去當英雄吧，我沒興趣。」

「他們救了你的命。」

「那他們可以不要這麼做。」

「班恩，你會死。搞清楚這件事。他們會帶你回去，然後把你留在那裡，就這樣。結束了，你就死了。」

他聳聳肩，拉長了臉，只是讓她的臉頰顯出一種更深的紅色。

「自私。」她不屑地搖頭。「你是個自私的傢伙。」

「誰在乎？」

「**我在乎**。」她怒吼，彷彿戳進他的胸口。「你會練習！你明白嗎？你會練習！」

「別再逼我。」

「你會努力活下去。」

「我選擇去死。」

「長大點！」

「我不想待在這裡……」

「我不在乎你想要什麼，你必須要練習。」

「別再他媽的逼我！」他咆哮著，但她更快更用力推他。

「阻止我啊！」她喊，然後他把推到牆上。「阻止我啊，來啊，生氣啊，他媽的，給點反應啊。」她更用力地推他，力道大到讓他撞在牆上。

「我不想待在這裡。」

「你現在就在這裡。」

「妳在乎什麼？別管我。跟哈利一起去訓練，拯救世界，因為我不會這麼做……別這樣……別再逼我了。莎法。他媽的別**逼我……妳他媽的想要什麼？**」

「**你……我想要你參與！**」

「我不要！」他咆哮，強迫自己挺胸對抗她的手。「我不會替妳做這些，我也不會替羅蘭做這些。」他更往前站一步，迫使她退後。「我不會這麼做，我不想這麼做。我想出去。我厭倦了跑步和跳躍，厭倦了拆裝那些該死的槍，厭倦了被扔在墊子上、扣住手腕和鎖住手臂，厭倦了吃水果和雞蛋。我恨這些，我恨這個地方。我想要我的生活，如果我不能擁有自己的生活，那我他媽的寧可去死。」

「不。」現在輪到她給出頑固的答案，她伸手推他的胸膛，而他奮力抵抗，他們陷入僵局。

「離我遠一點，莎法。去找哈利，去找其他人，在我的脖子上打一針，把我帶回去，別人一定比我更適合這裡。」

「不要。」

「妳無權決定。」

「不要。」

「別再說不要，這是我的生活和我的選擇。」

「不要，你會留下來。」

「我不會留下。**離我遠一點……**」他大吼著把話噴到她臉上，但她一點也沒有退縮。「我不知道妳以為我是什麼人，但我不是警察或士兵。我只是個他媽的小人物……」

「你不是小人物。」

「我是，我只是個他媽的小人物，做過一次怪事——」

「兩次。」

「好……我做過那些事，然後第二次就害死了自己，讓我落到這步田地……那是個慘敗，我失敗了。我不可能變成妳希望的樣子。」

「當班恩．萊德就好」

「莎法……」

「當班恩．萊德就好，」她的聲音因為充滿情緒而激動。「這不是班恩．萊德……你不是這個樣子……」

「我就是這樣，」他憤怒地說。「這就是我……我想要我的生活……我想跟史黛芙在一起，而我不需要妳因為同情就跟我來一炮……操他媽的，那到底是為什麼？」耳光重重落在他臉上，他奮力掙扎但下一巴掌更快而更用力。她為他做的一切，她給他一切支持，她對他的信賴以及付出的精力，還有在昨天晚上把自己也給了他，經歷了這一切，他還是只唸著那個婊子的名字，吐出那些傷人的話。她把他打到牆上，一掌接著一掌。

「做點什麼……」她懇求著。「反擊……」

「不。」他咆哮著站起來，又挨了狠狠的一擊。他們四目交會，她黑色的雙眼充滿了狂怒，而他的眼睛滿是自怨自哀。她再次揍他，他承受著。又一次，他承受了。肉體彼此擊打的聲音在走廊中迴盪。她抿起嘴，對於班恩的毫無反應感到憤怒。她揍了又揍，他內心中某種東西猛跳了一下。她再次揮手時，他在揮舞的瞬間猛地抓住她，緊緊地握住她的手。

「你不明白你對人們的影響……」她氣憤地低語。「全世界都知道你的名字……你很重要……你很了不起。」

而他內心中的憤怒依舊反覆累積著，她的雙眼從生氣轉變成懇求又露出一絲希望的模樣冒犯了他，她口中那些陳腔濫調的胡扯，那些試圖引起他一點反應的認真表情，彷彿他就是那樣特別，值得這一切。他討厭這些，他因為她昨晚做的事情而更恨自己，他恨自己有那些感覺。自我厭惡將他吞噬，讓他痛恨所有的事物，對自我存在的厭惡另莎法的話語變得毫無意義。

「你比你以為的更了不起，你給了那麼多人希望，你代表了勇氣和正直。我知道你……我瞭解你，班恩。成為那個人吧。成為班恩．萊德……拜託……**成為班恩．萊德。做我的班恩．萊**

德……」

「什麼？」他突然停下，她令人震驚的話語驅散了他心中的仇恨與憤怒。在那一秒鐘，他清楚察覺到當她臉頰上浮現出羞紅時，他困住她雙手的抓握也隨之鬆開。

「莎法……」他困惑地眨著眼睛，看向她。

「去你媽的！」她咆哮，臉上露出一絲恨意，大步退開。「你不是班恩．萊德……媽的去死……」

「莎法。」他追上去，但她走得很快，立刻衝回走廊。讓他感受沉默在耳中迴繞，宛如臉頰上的刺痛。

他走到外頭，從桌上拿起一把手槍。關保險，退彈匣。他把子彈塞進彈匣，用力地塞回槍托中。**做我的班恩．萊德**。他走到射擊線，開保險，抬起手，射擊。**做我的班恩．萊德**。他在沒有射擊護耳的情況下射光了第一個彈匣，但感覺還不錯。彷彿後座力和噪音抹去了他腦中的思緒。

他重新填彈，這次他同時裝了好幾個彈匣與手槍，然後拿到射擊線旁邊的桌子上。**做我的班恩．萊德**。他開槍。腦中不停重複著他們剛剛講的每一句話，還有莎法叫他去死時，她臉上的表情。他活該，他是一個糟糕透頂的自私鬼。他把子彈射進靶紙，並且換了一把槍，感受不同的重量與後座力，調整瞄準，好像落點可以更靠近中心。莎法一直在幫助他，為了讓他度過這些盡了一切努力，但為什麼呢？他只不過是在把屍體拖到火車鐵軌上時，偶然被她瞥見的某個人。

他的射擊速度加快。空氣中充滿了扣扳機後的爆音，感到那種震動穿過他的身體。他看到莎法懇求他的表情，還有他們在走廊上彼此推拉時，握住她的手的觸感。他的臉頰依舊刺痛，但那是他活該。當史黛芙的樣子出現在他的腦海時，他再次開槍並且更換槍枝。最後一次看見她時，是在他們的臥室，那晚他們做了愛。**操我，班恩，操我，大力一點**。她任由毛巾滑落，在他硬起來時跨坐到他身上。他永遠無法再見到她，他永遠無法回去了。他死了。他一次又一次地開槍。子彈擊中靶心，他顫了顫，著開始瞄準靶紙的外圈，正中目標。那種抑鬱和沮喪再次出現。他轉身，瞄準莎法的標靶。儘管從不同角度發射，他發現自己依舊可以輕鬆命中目標，他對於自己居然擅長這個感到一陣惱怒，他不應該擅長任何東西。

內心變得更加黑暗。莎法的臉開始變形，與史黛芙離家那天早上的模樣融合在一起。

他迷失在自身的痛苦之中，滑向情緒的黑暗深淵，抑鬱感絲毫沒有減弱而且變得越來越糟，他全然無力阻止。他想阻止抑鬱的情緒，他不想留在這裡，但他也不想讓莎法失望。為什麼她昨天晚上要那樣來找他？他一邊開槍，眼淚一邊從臉龐滾落，他一直開槍直到覺得自己快哭出聲來，有一瞬間他覺得哭出來也好，這樣或許可以讓某些情緒消失。

但那些情緒沒有出現，它消失了，他再次變得麻木。

我討厭這裡。

我不要留在這裡。

我不屬於這裡。

28

多年紀律生活磨練出來的生理時鐘讓她自然醒來，平板裝置在她床邊桌上輕微地震動著。

她把腳伸過去，向下延展好滑動螢幕，讓鬧鐘關閉。另一天，新的一天。她站起來伸展身體，感受到肌肉的拉力，良好的食物攝取和充足的睡眠有了回報。如今她的身材體態可能是有生以來的最佳狀態，然而她毫不在意，內心中的悲傷掩蓋了一切。

兩天以前，那些話從她嘴裡脫口而出，就在走廊上，她一想到那幾個字就不由自主地瑟縮一下。**做我的班恩．萊德**。她盡了一切努力。**我想跟史黛芙在一起**。在那一切中，這句話傷她最深。儘管班恩不知道史黛芙做了什麼，那個時候她就想告訴他，但她還是忍住了。

他們從那時起就沒再說過話，尷尬的沉默隨著時間增長。那天剩下的時間班恩都在待在外面。射擊了數百發子彈，直到靶紙被打得粉碎。第二天他也做了一樣的事情。拆解武器，清理武器，裝填和射擊。

「你以前見過這種事嗎？」莎法那天稍晚的時候問哈利。

「沒有。」哈利誠實地承認。

班恩的射擊能力非常出眾，極為優異。他彷彿天生就擅長射擊，而這也讓事情變得更糟。他甚至站得更後面來增加距離，但依舊可以精準地命中目標。

哈利也說了一些別的，他說是時候了。**放手讓他長大，讓他當個男人。把尊嚴還給他。**他講得很簡單也很真誠。

她昨天沒有去叫班恩。她想去，但依舊感受到那種想要保護與呵護的本能。於是她和哈利在外頭做了跑步繞行訓練，射擊練習與徒手格鬥，還有吃飯。

她知道他們已經做好了準備，她知道現在只有她和哈利會參與任務。而她只是把問題放在一邊不去解決。

她走進起居間，看著班恩的房門。或許今天早上她應該去叫醒他，或許他會有所不同，有所改變。準備好參與任務。她走過去，抬起她的手，剛好哈利打開門從自己的房裡走出來，他什麼也沒說，或許是他根本不需要開口。她站著沒動，手離班恩的房門只有一寸之遙，然後她轉身看向哈利，大漢聳聳肩走進浴室。

他是班恩．萊德。她敲門並且等待。他拯救了好幾百人。她再次敲門，等待。「班恩，你起來了嗎？」

毫無反應。她再次敲門，並且皺起眉頭。「班恩？」依舊毫無回應。她感受到一股擔憂，伸手轉開門把，把門推開一道縫。「班恩？」她把門完全打開，盯著床鋪，還有空蕩、單調、樸素的房間。「不好了……不，不……」床鋪得好好的，沒有睡過覺的痕跡。他的衣服整齊地疊好，放在地板上。

她立刻離開，沿著走廊跑到主房間，裡面是空的。沒有人碰過或用過任何東西，桌上也沒有杯子，所有椅子都靠在桌子邊。她轉身離開，奔跑地穿過房間，內心充滿了恐懼，她沿著走廊跑到時光機的房間，房間是鎖著。她繼續跑，檢查羅蘭的辦公室，但有種整顆心往下沉的感覺，因為她知道他會在哪裡。她跑得飛快，赤著腳在水泥地板上奔跑著，立刻衝出大門，衝進一場大雨中，瞬間淋濕了她的全身。

「班恩？」她大喊，繞過碉堡盡頭，跑向桌子還有放手槍的箱子。其中一個箱子開了一半，她打開蓋子，看到一個應該放著克拉克的格子是空的。

「班恩？」她幾乎尖叫著他的名字，頭髮濕漉漉貼在頭皮上。哈利也從碉堡裡跑出來，她跑過光滑的草叢衝向碉堡的盡頭。「班恩？」她更用力地喊著，更大聲，焦急而擔憂。雨越下越大，雨點砸在她臉上，還有碉堡的水泥牆壁上發出咚咚的聲響。他不在這裡。她跑到山谷邊緣，往下看。什麼也沒有。她轉一圈，試圖搜尋任何可能的線索。視線在濕草地往碉堡上方延伸。「班恩？」她往上跑，赤腳重重踩在草地裡，希望可以獲得足夠的抓力到達山丘頂。她滑了一跤並且往下滑了好些，她一邊咒罵著一邊繼續往上衝。拜託不要，不要用這種方式，不要這樣。他不應該落得這樣的下場，這樣獨自一個人死去。

她爬到山丘頂時立刻發現了他。一個灰色的身影跪在地上，背對著她。右手握著手槍，放在地上。

「他在上面嗎？」哈利在她身後爬上山丘。她連忙揮手讓他停下。

「班恩。」她跑得很猛，完全不顧腳下的尖銳石頭。她發現他胸口因為嗚咽而大大起伏著，他的頭低垂著，彷彿屈服於生命。「噢，老天……班恩……」她走到他身邊，而他剛好轉身看到她，而她從沒見過一個人身上會充滿如此的悲傷與痛苦。他的雙眼因為哭泣而通紅，眼袋大大地腫起，頭髮凌亂不堪而且在大雨中塌垂。一幅淒涼而沮喪的慘狀。他似乎想要說話，但嘴巴卻沉默著，手槍抬起了一寸之後又整個掉到地上。

「我沒辦法……」他啜泣著。

「噢，班恩。」她撲在他背後，用雙手摟住他的肩膀。

「我做不到。」他痛苦地低語著，那種苦痛彷彿隨著心跳從他的胸口滿溢出來。他的左手抬起抓住她的手臂，把她拉得更近。「我沒辦法，莎法……我做不到……」

「我知道。」她也哽咽起來，眼淚奪眶而出，隨著雨水在她臉頰上傾瀉而下。她更用力地抱著他，親吻他的額頭，感受那沉重的啜泣流過他的身體。「不是這樣……」

「我得要……」他又哭了起來，他的手放在她的手臂上。她感覺他想把她的手推回去，卻又渴望著接觸別人的體溫。

「不是這樣的，」她在他耳邊低聲說。「班恩……不是這樣的……」

「讓我……幫我……我沒辦法……我……」

「不是這樣！」她對他大喊，把臉頰貼緊了他的頭。她的手臂緊緊環繞著他，輕輕搖著他，任由他們兩個人陷在泥巴裡。哈利在山丘頂的邊緣看著，如同之前那般無動於衷。

班恩試圖開口，卻只是讓哽咽變得更嚴重。一股悲傷、失落和徹底的沮喪湧起，他嘗試舉起手槍，但被她握住手臂，迫使它輕輕往下，滑動滑動，她從他手中拔出手槍，朝哈利的方向扔。

「我沒辦法……讓我回家……」

「好。」她低聲說，回憶那天她在鐵軌上看到的那個人。他的右手抬起來輕撫她的肩膀，因為情緒而握得緊緊的。

「回家……」他啜泣著。她慢慢把他轉過來，讓他放鬆，讓他更靠近，好讓她的雙手可以緊緊抱住他。

「好。」她再說了一次。

「送我回家……」

「我會的……」她抬起頭，像他一樣哽咽著，在泥濘和大雨中來回搖擺。鐵軌上的那個人非常正直，就像他一樣，這就是班恩．萊德。

「我真的很抱歉。」

她用一隻手摟著他的後腦低聲說，緊緊抱住他。「沒事了……你可以回家了。」

「回家……」

「回家，班恩。你可以回家了。」

把他的尊嚴還給他，把尊嚴還給班恩．萊德。讓他像個男人，讓他選擇死亡而不是苟活。那一樣很光榮。真的。她點頭並親吻他的額頭，而淚水流進他的頭髮裡。

29

「他在哪裡？」

「在他的房間裡。」莎法回答。

「老天爺，」羅蘭走到桌邊，手上拿著瓶子和幾個杯子。「他還好嗎？」

「不，不好。」她陰鬱地說。

「為什麼他沒有舉槍自盡？」羅蘭輕聲問。哈利搖頭，癟著嘴。麥肯和康拉德留意到這個，但不知道要怎麼在這樣的氣氛下開口。

「或許他還有求生意志。」莎法抬起頭看著羅蘭。

「當然。」羅蘭點頭表示理解。「可憐的傢伙……我希望我們能做點什麼，有什麼是我們可以做的嗎？」他問其他人。

「你們有看過那段影片嗎？」莎法問，看向麥肯和康拉德。

「當然有。」麥肯溫柔地說。

「康拉德你呢？」莎法問。

「很多年前，年輕的時候。」康拉德說。

「我希望你們現在可以看看那些，」莎法對他們說。「記得他原來的樣子，而不是現在這樣。

這樣我們可以記得自己是誰……記得他是誰。這是我們欠他的。」

「當然。」麥肯再次說。「我會準備好。」

一片沉默。咖啡倒進杯子，杯子舉起。康拉德喝了一口並吸了口氣。「那我們……我的意思是……」

「我不知道。」羅蘭說。「我從來沒想過還得把別人送回去。」

「他媽的。」莎法脫口而出，然後看向別處。

「給他鎮定劑，」哈利停頓了一下之後說。「我會把他帶回去。」

另一陣沉默。「如果你覺得這樣是最好的辦法。」羅蘭吐出這些話。

「是。」哈利語氣堅定。

「我們有保留他的衣服，」麥肯說。「我們可以把你抵達的時間鎖定在我們剛帶走他之後。」

「他媽的，」莎法再次咒罵，主要是對這個想法。在外頭時那似乎沒錯，但現在又感覺錯得離譜。事情不能是這樣，不可以，但確實是如此。這就是他想要的。「麥肯，你可以準備那段影片嗎？」

「我現在就去準備。」麥肯緩緩從桌邊離開，任由他們陷入沉默，只有偶爾的吞飲聲，倒咖啡，還有舉起杯子喝咖啡的聲音。幾分鐘內，麥肯就拿著一個大螢幕的平板電腦回來，放在桌子上。他用拇指滑開螢幕，其他人喝著咖啡。

「準備好了，」麥肯說。「呃……你們想要 3D 播放還是……？」

「一般模式就好。」莎法說。麥肯點頭並轉動平板，好讓其他人可以看到螢幕。

哈利盯著畫面還有中央顯示的怪異三角形，莎法俯身向前，輕觸螢幕。畫面產生了變化，顯示出火車月臺上的即時高清畫面。許多人在月臺上候車，儘管年代差異許久，但哈利立刻認出倫敦地鐵的獨特風格，還有後面牆壁上的「霍本站」標記。

「那是班恩，」莎法指著班恩，他從月臺盡頭的側門走進來。「他剛剛跟工地領班見面，而班恩惹火了那個傢伙，被他從地下鐵設施中趕了出來。你看，那個門差點甩在他臉上。」

「那是班恩。」哈利震驚地說，沒想到可以這麼輕易認出班恩。

「沒錯。」她暫停了這個她已經看過無數次的畫面。「看到這個女人了嗎？」

「是的。」

「她是環保活動份子之一，這邊的這個人，紅頭髮的高個子，這個女人，還有後面的這個男的……還有一個人跪在人群後面，另一個在這邊。他們全都穿著『我愛倫敦』的T恤還有雨衣。」

「假裝他們不是同一伙人。」哈利說，計算著他們之間的距離。

「我會繼續播放，請留意班恩。」她按下「播放」鈕，觀看她已經看了好幾百次的知名畫面，但現在衝擊更大了。她見到了這個人，她見到了班恩．萊德並且跟他講過話。當他哭泣的時候，她抱著他，而他只想求死而不願意活下去。她熟悉這段影片的每一秒，但用一種嶄新的角度看著它，好像第一次看這些似的。她現在知道了他的聲音，他講話的語氣，還有他的幽默感。他走路的方式和親切的態度掩飾著這個人具有極端殘暴的能力。她是最後一個看見班恩．萊德還活著的人。他們緊盯著畫面，在那一秒，她看見一個充滿榮譽與正直的人。一個絕對不會伸手亂摸她，強迫她或透過權力侵犯她的人。他能夠克制自己的力量，只用在絕對必要的時候。她知道班恩・萊德很愛笑，而且充滿幽默感和風趣。

她在最初的幾天也看見同樣的班恩・萊德。他以自己的步調接受一切，絲毫沒有恐慌，在她遭到攻擊時他挺身而出，參與其中並開始使用暴力。未經訓練卻具有毀滅性，冷酷無情卻依舊人道，他不是怪物而是個英雄。

班恩在十七歲時阻止的攻擊，動機是源於性慾，但即便如此，一名白人青年阻止一群流氓襲擊一位印度裔女性和她的孩子這件事始終糾纏著莎法。莎法親眼見過那些種族歧視，她在成長過程中始終承受著那些侮辱、嘲諷與霸凌，但她知道世界上有著那些正直而勇敢的人。她知道她會保護別人，並且為了正確之事挺身而出。多年後，她親眼目睹了他在霍本站的所作所為，她也看到當這個世界知道那個在火車站的男人和多年前在鄉村小路上的男孩是同一個人時，他們會如何反應。班恩・萊德這個名字代表了正直、道德剛毅、榮譽與勇氣。她加入外交安全小隊都是因為他的行動。**因為**班恩・萊德，她才會獻身於保護他人。哈利明白這一點，並根據她的話而在這幾個月來始終表現出耐心。

透過別人的言語知道和親眼看到它是截然不同的兩件事，哈利的表情沒什麼變化，除了更靠近螢幕之外。莎法看著哈利，等他做出什麼反應，但士兵什麼反應也沒有。他的目光回到螢幕上，當其他人往外跑時，班恩卻往內衝。有人掉在鐵軌上而被電死，空氣中充滿煙霧，屍塊散落一地。紅髮男子試圖引爆他的背心，班恩衝向他。黑髮男子拿一把鋸短的散彈槍要阻止班恩，而班恩從跑向紅髮男子改為衝到持雙槍的金髮女子身邊。他撲倒那個金髮女子，重重地把她撞倒在地板上，而她對著那個持散彈槍的男人尖叫。班恩以本能阻止了攻擊者的溝通，他從金髮女子手中搶到手槍，開槍射死那個女人。下一秒，他起身開槍射向那個拿散彈槍的男人，立刻殺死他，然後轉身看到那個紅髮男子在把其他人丟到鐵軌上。

另一次攻擊，一個女人對著班恩狂笑並拿刀刺向他。班恩所展現的反應速度和純粹侵略性令人震驚。他們看到他滑倒和翻滾，但他的反應非常完美，這也是為什麼這段影片在世界各地的槍械教官間流傳。成為那個男人，追上他的侵略性。班恩一槍射穿那女的頭部，不過一秒，那個威脅就被掃除了，於是班恩換回主要目標，在他未經訓練大腦的某處，他知道紅髮男身上有炸彈，於是被認定為最危險的目標。他一邊奔跑一邊射擊，臉上充滿了恐懼與堅決。**我們可以訓練你百發百中，但只有你自己可以追上班恩．萊德的侵略性與本能。**

既使手槍發出子彈用罄的咯答聲，班恩也絲毫沒有動搖，而是把炸彈帶到鐵軌上，表現出絕對、究極的暴力，瞄準頭臉的連續揮拳把那個人釘在地上。他們永遠沒辦法問班恩，但之後的分析表示班恩知道火車正在靠近，這也是為什麼他把自殺炸彈背心扯開，並且由揮拳改成腳踢，這樣造成的致命打擊可以讓人無法引爆自己。

他持續在評估威脅。他站起來，把死人拖離鐵軌，拚命想讓炸彈遠離火車。他也幾乎成功了。只要再幾公尺，他就能活下來。

「那是妳嗎？」哈利問，對著螢幕上的年輕莎法眨著眼睛，她穿著整套制服跑上月臺。

「是的。」她低聲說。她可以聞到空氣中的化學物質，乾熱的空氣從隧道中爆出，鮮血的鐵鏽味，因為死亡而暴露的內臟散散出糞便的惡臭，她盯著班恩跑向後方，拖著一個死人。那時候，她不知道他是誰，也不知道為什麼他拖著那個人，但她看到了那個自殺炸彈背心，把事情串在一起。她對著司機大吼，司機猛踩煞車，但為時已晚。火車駛了進來，占住了整個月臺也讓她失去班恩的蹤影，幾秒後，爆炸撕裂了隧道，把火車沖得倒退並掀翻到月臺上，而她那時已經跑到了出口的安全位置。

螢幕上的畫面結束時，她的心臟依舊在怦怦地狂跳，哈利坐回位子上，把雙臂在胸前交叉，對他剛剛目睹的事件陷入沉思。

「老天爺。」羅蘭再次說。他現在也認識班恩了，他知道那個人，但看到班恩在訓練又是另一回事。麥肯和康拉德也有同樣的感覺，所有關於那個拒絕任務的人的惡評都消失了。莎法做得沒錯。他們應該要記住他過去的樣子，而不是現在的狀況。

「好了。」哈利說，雙手依舊在胸前交叉。

「就這樣。」莎法在畫面結束時低聲說，螢幕變成一片黑。

根據第二次世界大戰的突擊隊員所說，你沒有辦法把他們做過的事情編成故事，因為他們會在現實生活中做到這些事，而哈利看到好東西時會知道。他瞇起眼睛並且用鼻孔噴氣。他剛剛看到的男人不是在這裡的這個人。他想起班恩在外頭那種近乎隨性的射擊方式，他想起第一天時他所表現出來的聰明，他想起在這個房間裡的打鬥，還有他儘管被嚇壞了但依舊投身戰鬥。有些士兵是訓練出來的，而有些士兵是天生的。

哈利從來不多話，但他現在講話了。瘋子哈利・麥登，摧毀了整個德軍基地的人，當瘋子哈利・麥登講話時，其他人洗耳恭聽。

30

他們已經為了這個任務假扮成救護人員，現在他們扮成遊客。有的留鬍子，帶著鬍渣或剃乾淨；有的頭髮整齊，有的凌亂；有的服裝整潔，也有人的衣服略帶摺皺。他們自然地融入人群，而不引人注目。他們的衣服經過精挑細選，得以掩飾他們的肌肉線條，而且持續檢查彼此的視線，以免流露出軍事背景的線索。

他們小酌啤酒但不會太多，在公共場合，他們彼此像老朋友那樣聊天，講笑話，互相嘲諷，討論建築、藝術和道路格局、時下青年、運動和其他所有正常的聊天話題。

他們五個人徹底清查了城市，改變隊伍組成，干擾別人對他們留下印象，避免太輕易被人認出。

一個穿著深藍色防水外套和粗獷步行靴的留鬍子男子，在隔天就會變成兩個穿著格子襯衫、牛仔褲和運動鞋，鬍子刮得乾淨的男士。他們也會戴帽子來避免旁人的留意。有時他們是德國人，有著各式各樣的口音；有時他們是英國人，說話非常有禮貌。有些時候他們是法國人，表現出跟那個國家有關的典型細微差異。他們需要什麼身份就能變成什麼身份。

阿爾法和布拉沃在咖啡館喝咖啡。這是個漫長的早晨，他們打開桌上的旅遊地圖，閒聊，安靜地討論下一個他們要去的景點。

布拉沃吃了一塊蛋糕，實際上他並不喜歡蛋糕，但這是為了符合人物形象，所以他吃蛋糕。阿爾法一邊輕輕哼著歌，一邊翻閱旅遊指南，瀏覽著桌上的地圖和書頁。

咖啡館可以算半滿也可以算是半空，取決你的生活觀。對這些男子而言，這間咖啡館的空桌率為一半，就這麼簡單。

布拉沃忽略了店門打開，他的直覺告訴他剛剛有兩個人走進來，但他的訓練阻止自己立刻搜尋對方。反之，一塊碎屑從他嘴裡掉到襯衫上，他拍掉碎屑並且轉了轉眼睛，提供了一個看似合理的理由，讓他可以看到兩個看似一般的男子走向櫃臺。他們看起來非常普通，中等身高，中等身材，短髮。他們的神色充滿憂愁，像是剛知道了什麼非常糟糕的消息。一個人揉揉脖子後深深地嘆了一口氣，另一個人用流利的德語點了兩杯咖啡，但某處帶有一絲英國口音。

「Danke（謝謝）。」帶有一絲英國口音的德國人拿起兩杯咖啡，同時對櫃臺人員道謝。

「那段影片是四十六年前的事。」麥肯走過桌子時繼續揉著脖子。

「是啊。」康拉德說，語氣悲傷而擔憂。「不敢相信我們真的見過他……她讓我們看這些是對的。」

「喔，當然。」麥肯特別強調。「你覺得哈利的計畫會成功嗎？」

他們走到咖啡館更裡面，對話隨之消失。布拉沃吃了他的蛋糕，阿爾法的手指滑過旅遊指南。

「Kaffee（咖啡）？」布拉沃吃完蛋糕後以完美的德語問。

「Bitte（麻煩）。」阿爾法友善地說，同樣流利而宛如德國本地人。

布拉沃拿了兩杯新的咖啡回到桌邊。他們靜靜地討論建築物和地區，他們昨晚住的旅館，吃的東西，還有大眾運輸系統的價格。

阿爾法拿出他的手機，把大拇指貼上螢幕，並且翻了翻眼睛。「Meine mutter（我老媽）。」他說，彷彿因為不得不給母親發一則訊息而感到有些惱人。

「啊。」布拉沃溫和地笑了笑。

阿爾法寫下訊息。

嗨，老媽，我們在柏林市中心的一間可愛的小咖啡館裡，咖啡和蛋糕都不錯，真的很有意思。天氣很好。阿姨怎麼樣？

他寫完之後嘆氣，並且啜飲一口咖啡。手機輕輕地發出嗶聲。

親愛的，我很好。你阿姨手術後正在恢復。你的咖啡館聽起來很不錯。下次如果我去那裡應該要嘗試一下。

「mutter（老媽）？」布拉沃點點頭問，彷彿在嘲弄老朋友有個愛操心的老媽。

「Ja（是啊）。」阿爾法咋舌，知道手機的訊號會將他們的位置傳送出去。

「……莎法會傷心欲絕。她這麼努力想幫他……」

「現在，只能看他了。阿麥，我們沒辦法替他多做什麼。Danke。」講德語的英國人對櫃臺後面的女孩道謝，兩人走向門口。

阿爾法和布拉沃拿起他們的地圖，站起來時發出中年男子那種呻吟，禮貌地把他們的杯子拿回櫃臺。

「Danke。」布拉沃把杯子遞給咖啡館員工。

「Bitte。」女孩對於這些中年德國男子的彬彬有禮感到驚訝。

兩名遊客走到咖啡館外，布拉沃把地圖轉過來，彷彿對於自己為什麼把地圖拿顛倒感到很困惑。阿爾法無所事事地看著兩個人離去的方向。

「啊。」布拉沃終於把地圖擺正，剛好足夠他們形成適當的徒步跟蹤距離。「走哪邊？」他以完美的英語問。

「我相信應該是這邊。」阿爾法回答，同樣講著完美的英語。

他們配合著步伐，沒有縮短或拉大距離。徒步跟蹤是一門藝術，他們透過完美的動作來表現出他們對這門藝術的掌握，並且在猜測何時停下或轉身，以及何時該保持前進動力時近乎具有第六感。

他們跟這兩個人走上繁忙的主幹道，擠滿了嘈雜的人群。市中心的日常喧囂，有利於讓他們隱藏在正常視野中。電動車經過時發出嗡嗡的低鳴，汽油或柴油引擎的稀有聲響散布在這裡和那裡。

人們用耳機和無線麥克風聊天，以完美的清晰度進行完美的對話。其他遊客戴著數位眼鏡，在鏡面內部展示出他們需要的路徑。也有人停下來閱讀只有他們看得到，以及講出訊息並發送。

「那是一間中國餐館嗎？」阿爾法問，彷彿看到這樣東西而感到驚喜。

「我想應該是，」布拉沃說。「它在營業中嗎？」

「我們來看看，或許我們今晚可以在這裡吃飯。」

「沒問題。」布拉沃的熱情顯得很溫和。

康拉德和麥肯走到中餐館，然後右轉走進後面的小巷。遊客就跟在他們身後，停下來閱讀窗戶內螢幕上顯示的數位菜單。

「這才是老柏林。」阿爾法隨意地說，瞥了一眼後面的小巷，還有那棟灰色的磚造建築。

「嗯？」布拉沃說，他在讀菜單時心不在焉。「你說什麼？喔，我知道了，好啊，好啊，真少見，說不定是第二次世界大戰前的。我們去看看？」

「你介意嗎？」阿爾法問。

「一點也不。很難看到那個時期的工業建築依舊完好無損。」

「天啊，看看那個。多棒的哥德風排水系統。」

「那個簷口很棒，侵蝕程度很輕微。」

「我覺得磚砌功夫也很棒。」

「的確。我喜歡這種從熱鬧市中心到安靜小巷的轉換，還有從辦公建築到住宅和輕工業用途的改變。那是一間倉庫嗎？」

「看起來很像是。」

「有人使用嗎？」

「不確定。但看起來安全性十足。」

「嗯，我們在市中心地區，可以想像犯罪率很高。」

「噢，的確是，有堅固的大門。嗯，對，那兩個人進去的時候在操作警報系統。」

「是的沒錯。感覺有點讓人擔心呢。我希望這裡不是高犯罪地區。」

「噢，討厭。我媽又再傳訊息給我了。我這次該講什麼？」

「告訴她我們可能找到了一個適合休息和恢復體力的地方。」

「好，我就這麼告訴她。我們回去瞧瞧那個菜單？」

「太好了。」

31

門沒有敲就被直接打開。班恩抬起頭，看見哈利正盯著他。「你準備好了嗎？」他直截了當地問，臉上一如往常地平靜。

班恩點點頭。沒有什麼可說了。結束了，他要回去了。他內心空無一物而做好了準備。他沒有什麼好留戀的。

「跟我來。」哈利拋下這句然後走開。班恩起身，一言不發地跟著他，穿過有藍色椅子的房間，走到通往各個預備房間的走廊。他再也不會看到這個地方了，他永遠不會再回到這裡。他什麼都感覺不到。什麼都沒有。他什麼也感受不到。他不屬於這裡。

他們來到走廊盡頭。哈利把門推開，然後點頭示意，讓班恩先進入空蕩蕩的主房間。班恩沒有問其他人在哪裡，或他們要如何進行這件事。他不在乎。除了他在霍本站死去的事實之外，他無法對任何事產生關心的感覺。在那之後所有的事情都錯了，他就像是一個鬼魂，被留在一個他不再被需要的世界。

液體倒出的聲音讓班恩停下來，一個沉重瓶子被放回木桌上的聲音，一個杯子被輕輕拿起的聲音，還有淺飲的聲音。一種不祥的預感，某種沒有被預期的情況。班恩轉身，看到哈利站在主桌旁等著他。空氣中充滿了靜電。不祥與沉重。

「我們要走了嗎？」班恩問。

「等一等。」哈利沒有轉身。「這咖啡不錯。」

「莎法說——」

「莎法不在這裡。只有我。」從他們在這裡打鬥的那一天起，班恩就忘不了這種危險的低沉語調。

「怎麼回事？」班恩問，直接而無所畏懼。他想要去，想要結束它。哈利沒有回答，只是再次從杯子中啜飲，只不過那個畫面被他寬厚的肩膀與背部所隱藏。

班恩嘆氣，將空氣吐進原本無聲的房間。他的腳在裸露的水泥地板上移動。哈利又喝了一口咖啡。班恩垂下頭，並不在意，然後過了一會兒，他感覺到被延誤的憤怒，在那之後不久，動力逐漸消失，讓他再次感到不在乎和不關心。班恩皺眉，試圖想捕捉至少一個連貫的想法，但他腦中的一切都很混亂。

「莎法說，我應該試著跟你談談。」

班恩抬起頭，眨了眨眼睛。哈利轉過身面對著他，咖啡杯在他巨大的手掌中顯得特別小，那個超現實的第二個班恩想知道為什麼他要用雙手握著杯子。

「別麻煩了。」班恩咕噥著。「那之後我們會去嗎？」

「她說可能讓我來會更好。」哈利繼續說。

班恩聳聳肩，然後盯著他看，四目交會。而哈利喝著咖啡，班恩盯著看。哈利把杯子放低。

「我們要走了嗎？」班恩問，憤怒開始重新滋長，認為哈利試圖對他不利，因為哈利認為他軟弱而且是個懦夫，因為他讓莎法幫助他，自己卻沒有做他該做的部分。哈利去死，他的價值觀和對錯也去死。班恩已經完蛋了，班恩只想要這一切結束。

哈利依舊盯著他，既不眨眼，也沒有表情，但在那種被動之中，傳遞了一大堆有含意的電報。哈利再次啜飲，這個動作表示他可以慢慢來，也反映出他覺得班恩有多可憐。

班恩向前跨出一步。「我們要走了嗎？」

哈利依舊啜飲，凝視著。班恩同時感到愚蠢、憤怒、困惑和悲傷。他感到迷惘、孤獨，感覺充滿了對一切事物的憎恨，在這種情緒的巨大漩渦中，他因為哈利這最後一次的力量展現而感到受傷。

「去他媽的！」班恩咆哮，顯得暴躁而且焦躁不安。他的情緒直線下滑到絕望，然後閃過一陣狂怒，然後瞪著哈利的雙眼一秒鐘，然後班恩眨了眨眼，不耐煩地轉換視線。班恩感覺自己正在失控，他的思緒正在溜走。他無法應付，他不能待在這裡。這些牆壁令他窒息，他覺得自己受困了。

「我一定得走。」班恩低聲說，盯著四周，胸口的起伏開始變強。「我不能待在這裡。」他的思緒旋轉環繞，他的心臟越跳越快，腎上腺素的衝動，然後是恐懼和沮喪。「拜託……可以讓我走嗎？莎法說我可以走。」

哈利依舊盯著他，哈利不會眨眼，也不會把他該死的杯子抬高幾寸，他的啜飲聲宛如釘子刮過黑板。班恩深呼吸，努力讓自己的聲音維持平靜。

「哈利，莎法說我可以走了……別再喝那個該死的……」班恩想把杯子砸在他那滿是鬍子的臉上。他想要狂怒地砸爛、摧毀一切的東西還有他自己。

但結果他只是提問，「莎法在哪裡？」聽起來像個孩子。他轉身走向門口。哈利沒有過來追他。班恩會找到莎法或羅蘭，逼他們把他帶回過去。他會穿過那個藍色光幕，毫不猶豫地走入火車爆炸的烈焰中。

班恩停下並低下頭。門被鎖上了，他推門，拉門，捶門並且踢門。他用拳頭猛擊門扉，但沒有效果，沒有人來開門。班恩回到房間中，抓起一把椅子砸在門上，但還是沒有任何反應。椅子是實木，門是堅固的金屬。憤怒正在累積。班恩從側面揮出椅子敲門，然後把椅子高舉過頭然後砸在門上，一次又一次，直到椅子裂成碎片，但門還是完好無損。

「**搞什麼？**」班恩大聲嘶吼，轉向哈利，而那個大個子依舊站在那邊捧著杯子喝咖啡。

「**媽的！**」班恩狂怒地走向哈利，一邊咆哮一邊撿起碎在地上的椅腿。「打開那該死的門！」班恩大吼，拿椅腿著他。

哈利啜飲著咖啡。班恩把椅子踹開，把桌子翻倒，他在房間裡亂扔椅子時，他的思緒碎成一片片微小的殘塊。他想挖出自己的眼睛，扯掉自己的舌頭，戳穿自己的手腕，直到自己盯著自己的一條靜脈，深深地陷入一種失去感覺的狀態。班恩想要大哭大吼，但哈利只是在那邊喝著咖啡，盯著他看。

他想揍我。班恩看得出來。哈利用盯著他看來刺激他。哈利再次啜飲，聲音越來越大。班恩又退縮了，感受到憤怒在他頭骨上跳動著。哈利吞嚥了一下，班恩皺著臉，因為把每一分的注意力集中在不要攻擊哈利而讓他的臉龐扭曲了起來。

時間暫停了一秒。兩秒。四目交會，意圖明確。

班恩沒有眨眼，哈利也沒有眨眼。班恩抓著椅腿，哈利拿著咖啡杯，微微地抬起嘴巴。班恩畏縮了，噘起上唇。哈利停頓、凝視、挑釁、刺激。他的嘴唇來到杯子邊緣。

「不要。」班恩給出明確清楚的警告，他抓在椅腿上的指關節因為用力而發白，如今椅腿是一把武器，而在那一秒，班恩看見鑰匙就掛在哈利左手手指的一個大鐵環上。

「把鑰匙給我。」班恩立刻說。「我要走了。把鑰匙給我。」

哈利把頭從左邊轉到右邊，又從右邊轉到左邊。

「鑰匙。」班恩咆哮地向他逼近，哈利繼續發出啜飲的聲音。班恩只覺得內心充滿仇恨。

「他媽……」班恩試著講話，但他的聲音因為緊張而支離破碎。他咳嗽清了清嗓子。「他媽的鑰匙……」他伸出手，期待哈利把鑰匙扔給他。

哈利悠閒地低下頭，看了看掛在他手指上的鑰匙，然後目光移回到班恩身上，又繼續從杯子裡喝著咖啡。

「我要拿走那把鑰匙。」班恩對他說，並且又踏前一步。他丟下椅腿，落地時發出碰地的悶聲。班恩停在他面前，就在手臂伸手可及的距離，他可以清楚看見哈利眼中虹膜的斑點。哈利動也不動。一種詭異的平靜降臨，班恩知道如果他試圖從哈利手中拿走到那個鐵環或僅只是碰到鐵環，會發生什麼事。那不是預言，而是一個事實，絕對而篤定。而在班恩混亂的思緒中，他知道自己沒有機會可以奪走它，所以他慢慢舉起手，並盯著鑰匙。

班恩距離鑰匙不到一寸。哈利的右手一閃而過，用張開的手掌拍打班恩的頭部。班恩眨了眨眼，回頭看過去，哈利再次用雙手捧著咖啡杯。

班恩再次嘗試，再次挨了一巴掌。哈利的速度快得驚人，他的手臂在移動時會留下殘影。班恩的臉頰刺痛不堪，他嘗試奪取鑰匙，又挨了一巴掌，聲音悶而平。他的臉火辣辣地刺痛著。他再次嘗試，哈利更用力，而每次揮舞之間，他的手都會回到杯子邊。班恩的速度也加快，試圖搶到鑰匙，但啪的巴掌讓他搖晃地差點站不住。他穩住身體並眨眨眼，他的臉頰已經腫了起來。班恩以非常緩慢的動作轉身並伸手抓向鑰匙，但挨了更大力的一下。

紅色的迷霧隨著疼痛、失落、拒絕、悲傷、哀悼、自憐和卑怯的苦痛的退去而逐漸消散，所有的精力都集中在純然的憤怒中，讓班恩懷著陰沉的思緒一次又一次地衝向哈利，他希望被殺死，死在這裡跟死在霍本站都沒有差別。

班恩衝得很快，士兵輕鬆地拍開他的拳頭。哈利放下咖啡杯，把班恩推開。

「你沒有接受過訓練。」哈利說，感覺很無聊。

班恩左右揮拳，而哈利騰移閃躲，顯得非常輕鬆。

「沒有紀律。」

班恩猛力揮拳，但哈利推了他胸口一下，他的手臂立刻偏到一邊，並且退開好幾步。

「試再多次，我還是一樣會打垮你。」哈利說得如此隨意，輕易讓班恩的怒火燒得更加猛烈。

班恩衝向哈利，彷彿全身灌注了怒氣。被自己無能為力的憤怒蒙蔽了雙眼。哈利直到最後一秒才反應，他聳聳肩然後開始動作。

那之後宛如一片模糊的殘影。

班恩很能打，但是瘋子哈利．麥登把他打得滿房間跑。推、揍，人被丟在椅子和桌子上，然後桌椅被拆成武器用，班恩拿著它們瘋狂地揮舞，但哈利的技巧遠遠超過班恩能拿來丟向他的任何東西。

班恩一次又一次地擊退，但一次又一次再撲上來，直到他眼睛腫脹，鼻梁斷裂。他依舊衝向哈利。他恨這個地方，他恨哈利，他恨自己已經死了。他沒有要求過這些，他不知道還可以怎麼辦，只好一次又一次地站起來，好讓哈利可以殺了他，疼痛加劇，血液流得更快，而他也持續地重新撲向哈利。

哈利沒有說話，只是繞著房間打轉，等待班恩站起來再衝向他，然後他左右揮拳，把拳頭摜在班恩的腦袋上。班恩的肚子挨了一記重拳，讓他跪在地上嘔吐，酸苦的膽汁燒灼著他的喉嚨，但他依舊再站起來，因為他身體中的憤怒如此強烈，他無法否認它。

「史黛芙背叛了你。」哈利的聲音從附近某處衝過來。「你去世五天後，她找上一家報社，告訴他們你毆打她。」

班恩立刻站了起來。他的大腦試圖理解哈利告訴他的內容。然後他在頭側又挨了一拳，然後一陣猛烈的拳擊讓他癱倒在地，血液和鼻水從他嘴裡一起流出來。

「她知道你是班恩．萊德。她說你威脅他，如果她告訴其他人，你會殺了她……」

「沒有。」他吐出這個字，然後搖搖頭，但再次站了起來。

「我不喜歡打老婆的人。」一隻手揪起班恩的頭髮，然後猛打他的後腦。哈利的嘴巴接近他的耳朵。「史黛芙說你會打他，她說班恩．萊德是一個暴力狂……」

「沒有。」班恩試圖搖頭，但哈利抓得太緊，然後把他猛力向後拉，用膝蓋抵著班恩的脊椎，把他固定在血跡斑斑的地板上。

「……說你打她，說你揍她。告訴全世界你打她……」哈利用一種近乎惡意的喜悅把這些話吐出來。「她本來打算在你死的那天跟你分手……」

今晚我們談一談……

「……有了外遇……」**今晚我們談一談……**「……因為他而離開你……」**今晚我們談一談……**

「……打老婆……」

當大量頭髮被扯下來時，班恩被甩向一旁。哈利試圖把他壓制住，但他奮力掙脫，身體中充滿了全新的能量。他四肢撐地，臉上淌著鮮血。班恩爬行著，哈利追在他身後。把他踢翻，然後用大腳踩在他胸口。

「我不喜歡打老婆的人……」

「我沒有……史黛芙……愛……我愛……」

哈利俯身下去，臉靠在班恩上方幾寸處。「你打她，你揍她。你這沒用的蛆。她說你死前一晚還強迫上了她……」

「**不是！**」班恩對著哈利尖叫，嘴裡噴出鮮血，一點點地灑在哈利的臉上。他擦掉那些血點，然後瞪著他。

「說你強迫她，說你打她，告訴全世界……」

操我，班恩，操我，大力一點。

「她說她……愛上了別人，但太害怕而不敢告訴你……說你威脅她……說你……」

班恩腦海中畫面飛過，史黛芙在他們的臥室，轉過身去看她的手機。扯掉她的毛巾。她的簡訊。他們前一天晚上的性愛。莎法走進他房間。在他握著莎法的手，解釋什麼是平行宇宙時，她對他的微笑。莎法和史黛芙。

「沒用的蛆……」

「我沒有……」

「打老婆的廢物。懦夫……」

「我沒有……」班恩試圖站起來，但哈利的腿更用力，把腳踩進班恩的胸口。

「你什麼都不是。你應該像個打老婆的蛆一樣死掉——」

「**我沒有！**」班恩對他大喊。

「打老婆的廢物。」哈利把腳抬起來，流暢地俯身向下，抓起班恩的脖子，用一隻手舉起他的身體，把他拉到自己面前一寸的地方。「**沒用的小人物……**」他單手搖晃著班恩，非常輕鬆。來回搖晃。「**強暴犯……**」口水濺到班恩的嘴唇。「**懦夫……敗類……**」

班恩來到絕望的極點。時間開始變慢，進入一種之前發生過三次的狀態。一切都顯得無比清晰，由無法發揮的憤怒、失落、拒絕與傷痛所推動。他用純粹、肆無忌憚的憤怒攻擊著，他的拳頭砸在哈利的鼻子上，一拳接著一拳猛力打擊。哈利從意想不到的反擊中搖搖晃晃地恢復平衡。到目前為止十分容易，但現在必須要全神集中，士兵以更具破壞性的拳頭反擊，重重搥在班恩已經受傷的頭部。經過幾個月的訓練，幾個月被莎法和哈利丟來丟去，儘管班恩沒有盡力，但這些課程已經深入他的內心。不斷提醒他要防禦，要格擋和反擊。出拳時要瞄準和從腰部發力。移動與穿行，擒抱、扭身、舉起、投擲，像個專業人士一樣打鬥。

兩者的並陳十分鮮明。班恩的戰鬥能力與維持冷靜的本事與狂暴的憤怒融合在一塊，迫使哈利必須越來越努力應戰。他們一連打了好幾分鐘。以粗野的暴力炸遍了整個房間，拳頭猛擊臉部、頭部、身體和四肢。用上固定技還有反擊。嘗試摔技但被阻止。他們臉上流淌的鮮血與汗水混雜在一塊。如今不是單方面的毆打，或是某種教訓課程。而是一場戰鬥，一場困難、艱苦、險惡的戰鬥，爆發在兩個清楚自己在做什麼的人之間。多年的經驗和沒有陷入狂怒給了哈利優勢，他被迫傷害對手好減緩他的速度。

而班恩的心中充滿困惑，害怕與擔憂。史黛芙告訴大家這種事？她知道他是班恩．萊德？這給了他動力。這件事情本身，但也同樣令他震驚，但不知為何它很合理。他請莎法告訴他關於史黛芙的事情，她拒絕回答。班恩知道史黛芙有了外遇，以為這是莎法不願意說的理由。記憶與情感交揉成漩渦。莎法和哈利教他如何戰鬥。史黛芙冰冷和刺人的語調。莎法拒絕談論史黛芙，每次班恩提到她時，她每次都會變得好鬥起來。「這就是我……我想要我的生活……我想跟史黛芙在一起。」莎法揍他。當他說他想跟史黛芙在一起時，她打他的臉。莎法走進他的房間。

那些想法造成了更多的分心與集中力不足，讓哈利得以重重反擊。眼前一黑，班恩感覺到地板張開雙手迎接他。他醒來，感覺恍惚而遲緩，身體的每個部位都疼痛不堪。他的大腦如此混亂，幾乎無法運轉。他翻身並且重新起身。無法用一隻眼睛看清楚每個地方，他的嘴唇太腫，講不出話。他在哪裡？他跟某個一次又一次打他的人戰鬥，直到痛苦強烈到形成他感官範圍的新次元。

「別再站起來了！」哈利近乎懇求。但班恩不會繼續躺著。他重新撐起自己的身體，渾濁地吸氣，並用右眼盯著哈利。班恩啐了一口血然後嘔吐，感覺自己的牙齒鬆動，但卻搖搖晃晃地走向哈利。

「夠了，班恩……」

不夠。永遠不夠。他必須去死。他不應該待在這裡。他必須回去……**我必須回家然後……**

「看在老天的份上……拜託停下來，班恩。」

回家。史黛芙。莎法。史黛芙不愛他。史黛芙背叛了他。史黛芙告訴全世界他打她並且強暴了她。莎法走進他的房間。莎法支持他。

「你這個傻子。」那個聲音顯得很悲戚而且聲音微弱，但班恩朝它轉身，揮舞著手臂然後被抓住，於是他試著頭錘，然後眼前再次一黑。視線閃爍。一個大鬍子男子看著他，眼底充滿真正的擔憂。班恩打他。哈利承受了擊打，用一種罕有的情緒凝視著他。

「我收回那句話。」哈利用一種充滿遺憾與悔恨的語氣說，班恩全然無法理解。「你一點也不弱。」

班恩再次眼前一黑，但這次他沒再醒來。

哈利站在班恩．萊德失去意識而滿目瘡痍的身體旁。他自己的臉上也傷痕累累、出血、腫脹和疼痛。他的胸口激烈起伏，汗水和血跡淋漓。他低頭看著自己血淋淋的指關節，然後倒在血泊中的昏迷軀體。

金屬的鈍音響起，莎法推開門走進房間，環顧毀損的家具，還有站在班恩身旁的哈利。

「天吶，哈利。」她大喊，衝了過來。「他死了嗎？」

她蹲下來，手指壓上他滿是血跡的頸部，感受他的脈搏。

「我說過你的方式行不通。」哈利說，用血淋淋的手抹了他受傷的臉龐。「他還活著嗎？」

她點點頭。「還有脈搏，只是很微弱。」

「怎麼回事？」羅蘭大步走進房間質問，他停了下來，看見班恩時驚訝地張大了嘴巴，然後看到哈利血淋淋的臉龐時再次震驚。「天吶。」他脫口而出，才慢慢環顧房間，接受了破壞和血跡。

「他跟你打了一架？班恩跟你打了一架？」

「是的。」哈利說，幾乎不敢相信他自己。

「他死了嗎？」羅蘭問。

「沒有。」莎法說。

「你要重建一個男人之前，必須先粉碎他。」哈利虛弱地說。

「重建他？」羅蘭緊張地問。「他不是要回到死前……麥肯？」

「就在你後面。」

「去找康拉德，把班恩送回霍本的軌道。」

「你不會這麼做。」哈利小生地說，聲音嘶啞而低沉。

「哈利，」羅蘭脫口而出，「這個人已經花了……你已經把他打個半死了。」

「他會需要醫生。」哈利說，盯著班恩。

「看看他，」羅蘭說，用顫抖著手指指著班恩，還有房間裡的一團混亂。「他已經完了……他必須回去……他不能死在這裡。我們要把屍體放在哪裡？他也不能死在過去，驗屍會……他需要呼吸隧道中的煙霧，讓肺部充滿那種空氣……老天，哈利，他必須在死前回去。」

「是。」哈利伸展了背部。「我揍了人，但沒人喜歡這樣……」他轉身看向莎法。「你是對的。」莎法聳聳肩，她當然是對的，她總是對的。「我們要留下班恩。」他補充說。

「畢竟，他是適合這個工作的人選。」

「你可以找位醫生嗎？」莎法問。

羅蘭發出呻吟，「你確定嗎，哈利？」

「是。」哈利說。

「哈利，」羅蘭溫和地說，「看看他，他已經結束了……」

「你告訴他史黛芙的事情了嗎？」莎法問。

「是，」哈利說。「我想我從來沒對付過比他更難纏的對手。」他沉思，搖搖頭。「他最後回來了……他觸到了谷底。」

「你確定嗎，哈利？」莎法問。

「我確定。」哈利說，殘酷而誠實。「替他找個醫生，把他治好，他就會是你需要的人……」

「我們在文件夾裡找到一個醫生。」麥肯插話說。

「文件夾？」莎法問。

「在辦公室裡。」麥肯瞥了羅蘭一眼。

「我們有一份專業人士的強行徵召清單。」羅蘭說。

「雖然我還沒有找到其他人，」麥肯立刻說。「而且康拉德也不願意再回去了。」

「我們去，」莎法立刻說。「我們會去找醫生……」

32

希望。總是有希望。在內心深處，他知道自己會死。在海上，遠離人煙好幾百英里，兩個小時前海面平靜無波，但如今怒濤洶湧，海浪足足有好幾公尺高，白色的泡沫隨風粉碎。

他是個不錯的帆船駕駛，經驗豐富，不喜歡冒險，但最近他的思緒不穩，逐漸惡化。時常忘東忘西，心不在焉，認得別人的長相卻想不起對方的名字。有些年紀，禿頭但配著些許灰白夾雜的頭髮與鬍鬚，滿是皺紋的臉龐讓人更顯老，但這就是酒精對人的影響。正式晚餐配紅酒，晚飯配威士忌，所以他的夜晚過得很愉快，但後來她死了，那些夜晚不再愉快。夜晚漫長而孤獨，很快他在晚飯喝威士忌，午飯也喝威士忌，於是早餐時來杯威士忌也不是件難事。

如今孤獨一人，什麼事情都不再有意義。一切都令人困惑，世界變得太快，他無法跟上。新技術，新規則，新法律，新面孔，所有的一切都是新的。

只有大海永遠是大海，當惡魔威脅逼近時，他就會來到海上；但如今，他盯著近在眼前的死亡，被高高的水牆所包圍，他應該靜靜地接受命運。但他沒有。那一秒，帆船揚起就如同他想活下去。隨著船衝上近乎垂直的水壁，他希望能直衝上頂並且安全地沿著另一側航行。

又過了一個多小時，他努力讓船乘波而行。攀升和下衝，上升和下降。他的手靈巧地控制舵輪，讓船舵往這個方向，平緩地駛過那邊，半空的威士忌酒瓶被遺忘地滾在他腳邊。

他齜牙咧嘴，充滿恐懼，但比起過去這幾年感覺更充滿生命力。多年的壓力與抑鬱從他的老臉上散去，這些皺紋如今訴說的是經驗與智慧，而不是憂慮與酗酒。但依舊有著遺憾。可惜的是，他把自己的技術虛擲在奢侈的生活方式中，在那樣的生活方式裡，他更注意自己的社會地位而不是他能幫助的人。他並非生來就是有錢人，也從未有過這樣的規劃，但他很有天分，而這天分獲得了認同，只有傻瓜才會拒絕這麼高的薪水，而這些薪水帶來了額外津貼。房子，汽車，美麗的妻子，假期和旅館。

他立下誓言，向天上眾神祈求，儘管愚蠢，儘管無能為力。**我會重新投身工作。如果我能活下來，我會努力成為我原本夢想中的人。**一樣供品，一項獻祭，而在他心中，過去的生活方式可以扔進地獄了。

然而，這個夢想來得太晚。隨著海浪增強，狂風在帆船的索具上尖嘯，他的希望也逐漸削弱。船帆被撕裂，瘋狂地隨風拍打。隨著每次搖晃顛簸，還有騰起落下，帆杠都更劇烈地搖晃與鬆動。他奮力地在波濤中維持航行，但在這永無止盡的戰鬥中，每個波浪都化身成必須被打倒的怪物。

他衝上浪峰，替他多爭取了幾秒鐘的生命，在那幾秒裡，他在浪峰上搖搖欲墜，他在中心點維持平衡，讓他能把數英里的洶湧大海一覽無遺。多壯觀的景象，不枉他的奮力掙扎。時候到了，也許就再幾分鐘。對你選擇的神明祈禱吧，因為你的大限已至。

下衝。俯衝的速度如此驚人，空氣彷彿撞上他的臉龐，他大聲尖叫，半是恐懼半是喜悅。直落入海面，水花噴濺到空中，下雨般把他淋濕，但他還活著，另一頭怪物被打倒了。

人們都說，浪有七波，而第七波是最大的浪。他沒空去數浪有幾波，但是當他轉身面對下一隻怪物時，這個想法竄入他的腦袋，他抬起頭卻看不見海浪的頂峰。看來就是這樣了，這頭怪物無法被打敗。航向摩天高樓吧，管他去死，如果他連嘗試都不敢，那他注定下地獄。

「**來啊！**」他大吼。這些話被風浪扯碎，但老天，大吼的感覺真好。「**放馬過來！**」他又喊道，聲音越來越大，悲傷從他靈魂的頂端冒了出來，他依舊對著衝向他的巨浪咆哮，隨著他越深陷入浪谷底部，那種悲傷逐漸增長。失落、哀悼、虛度生命與遺憾，這些全被引導到他的喉嚨，隨著血管鼓動而一起被吼出來，他發洩出他的恐懼，在這些年來頭一次感受到平靜。

船頭直撞上波浪並騰起，堅固的帆船依舊奮勇抵抗，努力完成她被設計來進行的工作，她揚起，拖著船的中段與船尾。但重力不想放開她，但她依舊努力。他大吼著讓帆船繼續抵抗。他的拳頭揮向空中，船過了，她盡可能付出了一切，但大海帶走它想要的東西。到了無法回頭的一刻，他沉思了一整秒，他滿懷敬意地低下頭，輕扶帽緣，感謝她用盡全力，而帆船開始從波浪上往下滑。整艘船激烈地下沉，但帆船不是設計來這樣子移動的，當船頭努力爭取領先時，她滑向危險的另一側，海浪撕咬著，一個輕微的壓迫，但這樣就足夠了，船從水牆上翻滾下來。他過往的生活宛如連串的畫面閃過。

他被拋出船外，感覺到空氣，然後是水，再來陷入黑暗之中。浮力把他拉了起來，他喘息著，但那堵浪牆依舊在，那頭怪物還沒玩膩他。他上浮，又被海浪的吸力往下扯，救生衣讓他維持在水面上。水、空氣、水、空氣，他兩者都接受，但感覺自己的位置正在升高。在浪峰附近，他匆匆一瞥自己心愛的帆船，她依舊勇敢地搏鬥，在那一刻他祈禱她能倖存。

「我們的落點在水裡，對吧？」

「是的。」麥肯點點頭，把其中一根桿子拉出來。

「他媽的，」莎法說，「總之這場風暴的規模有多大？」

「很大。」麥肯道歉地說，彷彿風暴太大都是他的錯。

「好。」她把救生衣拉緊了一些，然後縮起手臂，在穿潛水衣時讓衣服包覆整個身軀，然後用手指拉緊救生衣背心下的粗繩。「我們的繩索有多長？」她問，看著房間後面的巨大輪軸。

「好。」她再次開口，沒等待回答。

「你待過船上，」麥肯說。「引擎發動後降落在水上，再駛進浪裡，請牢牢記得。」

「啊，」哈利皺起眉頭，坐在後面，握著舵桿的轉把。「我經歷過好幾次風暴。」他說。

「麥登先生，」麥肯禮貌地說。「這個引擎真的很強，就像……遠比你用過的那些要強得多……差不多，強十倍……你只要轉動這握把，它震動很大……」

「少說點話，讓我們開始吧。」哈利說，盯著裸露的水泥牆，然後眨眨眼睛，看著尺寸超大的充氣橡膠艇。「再說一次，這叫什麼？」

「**RIB**，硬式充氣——」

「知道了，**RIB**。」

「有趣的是，當我們強行徵召你的時候，我們真的有一艘船，哈利，但有人說要把它丟了，因為我們不會再需要一艘船……」麥肯說，並且看了羅蘭一眼，他低著頭彷彿自己的腳好像很有趣。

「我們會把設備連結到你身上，」康拉德對他們說。「等你們穿過藍色光幕，你就會出現在選定的時間和地點……呃……就是一片大海……在風暴之中……」

「是，我們知道。」莎法坐在 RIB 的前段，咬牙切齒地說，一樣死盯著裸露的水泥牆。

「RIB。」哈利再說了一次。

「對，」麥肯說。「降落在水中，再駛進浪裡，找到醫生，讓他上船，再通過藍色光幕回來……」

「知道了，」哈利說，一臉嚴肅地蹲下來面對牆壁。「水，醫生，藍光，回來喝茶吃蛋糕。」

「假如你們沒辦法回到藍色光幕，」麥肯瞪大眼睛看著兩個人的瘋狂行為，「我們會等五分鐘，然後用繩索把你們拉回來。」

「繩索，知道了。」哈利說，站起來，好讓他可以再次蹲下。「水，醫生，藍光，繩索，茶和蛋糕……RIB。」

「五分鐘不算太長，所以你們動作要快。」麥肯說。「你們會降落到船翻覆，發出遇難 GPS 訊號的位置，但你們必須靠自己找到目標。」

過去兩小時堪稱瘋狂，麥肯和康拉德衝過時光機，好取得所需的裝備，而羅蘭走來走去大聲咆哮。

一艘高緣硬式充氣艇，潛水服，救生衣，繩索和輪軸，潛水護目鏡，手套。還有哈利和莎法小心翼翼地把班恩抬回他的床上，並且威脅說如果他們回來的時候，班恩沒有好好的待在床上，每個人都會死得非常可怕而痛苦。

「這太瘋狂了。」羅蘭嘀咕著，輕拍平板電腦的螢幕。「徹底瘋了。電源啟動。」黑色盒子上方的紅燈開始閃爍，房間裡充滿了低鳴聲。「校準……」他說並且等待。幾秒之後，他開使用手指輕敲螢幕的一側，哼著某種曲子。

「水，醫生，上船，光幕，回來，」哈利說。「現在打開引擎嗎？」

「哦，好主意。」麥肯驚訝地說。「沒想到這一點……你知道怎麼發動嗎？」

「拉拉繩？」哈利盯著那臺大引擎說。

「呃，不是。」麥肯小心翼翼地說，「現在的引擎沒有拉繩了……按下那個按鈕。」

「這個？」哈利猛戳了一下按鈕，引擎立刻啟動，濃濃的黑煙立刻噴進房間，發出一種單調的尖銳聲響，當哈利測試舵桿的轉把時，聲音變得更大。

羅蘭尖銳地咳嗽，「準備好了。」他說，發現沒有人聽見他時，翻了個白眼。「我說機器準備好了！」他揮揮手。

哈利點頭，豎起大拇指。莎法也跟著做了一樣的動作，然後握住安全繩索，把她的位置固定在充氣艇前端。

藍色帶著虹彩的光線充滿了房間，一種閃閃發亮的美麗光暈，將一切沐浴在它的深沉色調之中。麥肯和康拉德分別握住一根桿子，準備將光幕從前到後穿過他們。

「出發！」羅蘭在沒人聽見的情況下大喊。「我說出發！」他再次大吼，向他的兩名技工揮手。

莎法入迷地盯著藍光，因為船的前端只是從藍色光幕中消失，彷彿被某種窗簾阻斷。桿子移動，光幕隨之滑動，充氣艇一寸寸地消失。

「**快點！**」羅蘭咆哮著，他很清楚另一側的危險。他們突然拉著桿子跑了起來，莎法睜大了眼睛，看著藍色光幕迎面而來。

前一秒，他還在溫暖、乾燥的房間中，然後她看到一堵水牆，捲得比人還高，狂風吹在她臉上。憤怒的大海與風浪讓噪音無所不在。她瞥了一眼身後，看著藍色光幕沿著充氣艇移動，然後很快消失，哈利出現在她面前，做了個鬼臉並且轉動油門，讓更多嗆人的黑煙充滿他身後的房間。然後完成了，他們落下近一英尺，降落在水中，哈利已經發動了引擎，讓充氣艇衝向巨浪。

麥肯說得沒錯。引擎確實震動很大。一秒鐘之後，螺旋槳將船頭推入波浪的底部。哈利絲毫沒有搖晃，也沒有表現出任何一絲驚訝。他憑本能和感覺行動。海浪很大，但沒有大到構成問題，他感覺到身後的引擎在發揮作用。當他們開始傾斜時，他就轉更多，逐步增加動力。莎法抓著繩索，因為眼前的畫面和體驗而不由自主地吞嚥。從白堊紀的碉堡房間到二〇三二的某片瘋狂大海。

她的大腦需要幾秒來處理這樣的變化，在那段期間裡，哈利讓充氣艇來到浪峰，他們在那裡停了幾秒。

「**妳找到了嗎？**」哈利吼道，迅速地轉頭，看到藍光依舊維持在浪谷底部，同時也有海浪掠過它，他忍不住好奇那些水到底會不會進到房間裡。

「**那邊！**」莎法指著左邊喊。「**船！**」一艘白色的帆船，它衝上浪峰時顯得很渺小，並且從另一側開始往下飛掠，並清楚地看見一個男人在掌舵時咧嘴而笑。禿頭，兩側和後面的頭髮呈灰白色，就跟鬍子的顏色一樣。他還活著，船近乎直立，她看著帆船從波浪衝下來，撞到浪谷底，濺起一陣水花。

哈利操控引擎，知道他必須留在這處浪峰，或是搶先進入浪谷底部。他選擇了後者，讓充氣艇越過浪峰，他從丹田發出一聲大吼，而莎法的目光正緊盯著帆船。

穿過浪谷時，哈利利用下一波浪到來前的時間，把引擎的動力全開，讓充氣艇重重地衝擊水面。它緊咬著水面發出尖嘯。莎法指著帆船，一面看著下一波浪到來，並且看到它該死的大小。不管如何。他一直等到最後一秒，讓船首翹起，讓船體抬高，然後衝向波浪。他鬆開油門，讓引擎加速直到重力開始拉扯著它們，然後轉動更多，強迫充氣艇抬高。

莎法緊盯著帆船，那個男人把拳頭指向空中。他會撐過去的，他會度過難關。再那一秒，她看見一場搏鬥還有醫生的決心，因為他試圖讓他的帆船完成不可能的任務，但缺少動力或船帆，帆船無法克服如此之高的大浪，它停下，暫停然後下沉。當船頭試圖控制時，船歪到另一側，船就此翻覆，從海浪的峭壁上翻滾落下，重重落在海面上。

「**他掉下來了！**」她對著哈利尖叫，他只是冷靜地點頭，讓 RIB 保持在浪的另一側，哈利知道他們現在嘗試轉向，他們也同樣會翻覆。他們向浪頂猛衝，然後猛拉了一下方向舵，他衝過這片怒海，濺起大量的泡沫。他輕巧地左右閃躲，在波浪中彎行。莎法依舊死死地盯著帆船翻覆的地方，搜尋那些黑色、翻滾、浮沉的物體，它可能就是醫生。

「**找到他了嗎？**」哈利大吼著對抗喧囂，感覺到他們不可能長時間維持這個狀態。

「**在那邊！**」她指著海浪下方的谷底，一道橘色的閃光突破水面，兩條手臂揮舞著。哈利從船緣瞥見，在他毫無幽默的微笑中露出牙齒。好吧，死過一次但又活了下來。他轉動方向舵開始下衝，同時關閉油門，讓大自然的力量把充氣艇往下拉。他們的速度快得令人難以置信。頭髮瘋狂地飛舞，淚水從眼睛裡飆出，但他們都沒有想到要戴上護目鏡。當醫生開始爬上他們衝下來的那道波浪時，醫生從他們的視線中沉下。

哈利看向前，已經計畫到達底部，打算利用浪谷的凹洞轉向並重新爬回來。

醫生從視線下沉後又再次出現。一次一次吞下的海水讓他溺水。莎法仔細地觀察，祈禱他能活得夠久，讓他們來得及在掠過時抓住他。

「**往上走！**」她對著哈利大喊，指著醫生。哈利繼續往前，向下衝進浪谷，然後開始轉向回到海浪斜坡上，同時滿意地看著船的能力。

莎法知道她只有一次機會可以抓住他。波浪如此陡峭，任何停滯都可能導致充氣艇翻覆。哈利評估這個方式，觀察前方的波浪，還有莎法手指指向的現場目標。

她奮力俯身向前時，海浪濺到她的臉上，她的肚子貼在充氣艇的橡膠船緣。她勉強看了一眼，水中的橘色斑點和對現實的體悟擊中了她。槓桿原理。她沒有什麼東西可以去拉他。那個男人比她還重，如果她拉他，就會把自己也拉進水裡。她一邊尋找某個東西可以鉤住她的腳，但手把太遠。沒有什麼東西可以抓住或握住。沒辦法把他拉起來，她甚至沒辦法單手進行，因為她的左手也沒有任何東西可以拉住。

當他們靠近橘色背心和醫生時，哈利加速，行駛了最後幾公尺，然後鬆開油門，正對著海面。莎法身出手，而哈利發現她沒有任何東西可以保護自己的安全，但他也不能放開方向舵或是失去動力。

「**莎法，不要！**」他大吼，但為時已晚。她猛撲過來，抓住背心，試圖用手臂的力量抬起醫生，但那個男人太重，她滑進水裡。哈利盡可能地轉動握把，讓充氣艇衝過他們，然後從側邊跳入水中，潛入冰冷洶湧的海水中。他立刻感受到一股複雜的衝擊，感受到跳入劇烈流動的水體，還有海浪上升的感覺。

他的頭衝出水面，由雙腿強而有力的踢水而上浮。他環顧四周，看到莎法掙扎地把醫生扛到自己背上。

哈利奮力游過去，強迫自己的身體貼著海浪時，他們剛好浮了上來，衝進他懷中。他態抱地抓住他們兩個人，猛力把他們抬起，讓他們離開水面，莎法趕緊把醫生的臉從水裡抬起。她也幾乎喘不過氣，海水從口腔和喉嚨噴吐而出，眼睛因為鹽而刺痛。海浪越升越高，而繩索依舊鬆散地落在他們身後。RIB 攀上了海浪的頂峰，然後從水壁上直線滑落，在光滑的水面上滑行，就在他們頭頂呼嘯而過，如果不是因為速度實在太快，或許他們就可能抓住它。

他們被波浪扯得往上，彷彿要推向天空，他們正在上升，哈利只是利用他的踢腿力量來維持他們所有人都可以漂浮著。現在更接近浪峰，頂部的白色泡沫高高地飄散到風中。

「光幕在哪裡？」莎法嗆到，咳出一口水。

哈利試圖找到藍色的方形，但四面八方都只是黑暗的陰影。些許的東西，一縷閃光，但隨即消失在遠方。他把目光鎖定在四周，緊張地看著，然後在波浪谷底看到彩虹般的光芒時，他忍不住大叫；帆船載浮載沉地向它靠近，但可能有一英里之遠，他們懷抱所有的希望游向它。

當他們被海浪捲上令人眼花繚亂的浪峰時，只覺得肚子天翻地覆，有一瞬間，所有人都覺得平靜而清明，他們看到巨大遼闊的天空，滿是灰色的雲朵，在天上射出鋸齒狀的閃電，雷聲咆哮著它的憤怒與狂暴。他們乘著浪峰，保持自己的位置，海浪戴著他們寶貴的幾秒鐘，但無可避免的情況注定發生，當它發生時，他們感到雲霄飛車般的瘋狂墜落下衝。落在山壁般的海水上，猛烈地撞擊著他們的臉部。恐懼、驚慌令人尖叫，還有以越來越快的速度滑下水壁的徹底、純粹的恐懼，而哈利努力讓他們保持在水面之上，莎法緊緊地抱住醫生，三個人毫無希望地被大自然的力量所壓倒。

被衝下海浪已經夠糟了，但從側邊橫過更糟，然而當他們身上的繩索被拉得緊繃時，他們全被側著扯過海浪，他們感覺繩索被拉動，向著海浪的另一側拖行。一切失控，繩索無情地穿過波浪的厚實水體，直奔向光幕，消失在其中的深處。

他們被扯進一波太過晦暗厚重的海浪，光線無法穿透，然而大海的咆哮依舊充斥在他們耳邊，同時血液衝進腦袋，催促著他們呼吸。他們勉力堅持著，希望他們被拖得夠快，讓他們可以憋住呼吸，在他們開始無意識吸氣前穿過光幕。

莎法閉上自己的嘴巴，她什麼也看不見也聽不到。她無法伸手觸摸任何東西，拖行如此之快，她無法保持有意識的思考。當她的身體掙扎著要她開始呼吸時，她只希望醫生可以穿過光幕，好拯救班恩。他必須活下來，班恩必須活著。他是班恩．萊德。他代表了某些事情。首相對她上下其手，其他男人只把她當成性慾對象，但她知道世上有著正直的男性，她見過一次。

他們衝出海浪的側面，有一秒，他們吸到了上天賜福的空氣，吸入肺部乞求身體可以利用。他們再次落下，繩索將他們拖向波浪底部的光線方向，重新掉入水中。

藍色方塊如此清晰，但帆船的白色船體也同樣清楚。當懸掛在桅桿上的破損船帆順著波浪指向傳送門時，哈利大聲尖叫，好像要發出警告，但他的聲音被風浪與大海捲走。帆船直衝進碉堡，桅桿被藍色光幕的上緣乾淨俐落地切成兩半，消失在視線中。片刻之後，被拖行的感覺彷彿因為突然消失了動力而停止。

「快游！」哈利突然說，他大口喘氣，用腳踢水，朝光線方向衝去。她也跟他一起，用一隻手抱住醫生，另一手划水，用力踢水。

讓醫生過去，讓醫生過去。只有這件事情最要緊。讓他過去，給班恩一個活下去的理由。班恩必須活下來。讓醫生過去。

他們游泳、踢水，對抗海浪的力量，那些威脅著要把他們拉回去的上升波浪。他們游泳、踢水，兩個人一起用手拉著醫生。雙眼灼燒，嘴巴和喉嚨刺痛。他們嘔吐，哽嗆與哭泣，但照樣游著，但這樣還不夠，莎法逐漸失去力氣，她的四肢拒絕動作或聽從命令。

「去吧。」她喘息著，乾脆地放開醫生，她知道哈利有力氣可以穿過，但那個大個子搖搖晃晃地在她周圍，努力讓她可以把頭部維持在水面上。

「**莎法！**」哈利吼著，一手抱住醫生，而她被海浪吞沒。他等戴著，祈禱她會再浮起來，然後發現她的身影被海浪推著遠離。任務優先，任務永遠是第一位。把醫生帶回去。他們是士兵，少數人的性命跟多數人的性命相比時，無足輕重。他游泳，憎恨自己卻知道這是必須的。他游泳，朝向光亮處，心裡唯一所想的就是趕快拋下這個男人，然後回頭找莎法。

他靠近了。跟著海浪上升，然後透過扭動身體的方式讓重力來完成其他部分而從海浪中落下。隨著他每一次踢腿，方形光幕越來越近，而他心中構思著計畫，上升與下降。他沉入水中，感覺著何時該踢水，何時該讓波浪把他抬高，直到他幾乎要穿過閃爍的光幕時。他一邊扭轉翻身，一邊用雙手抓住醫生。大浪起伏，他奮力把男子抬到空中，而他自己因為爆發力量的反作用而沉入水中。醫生穿過了光幕，而他沒有。反之，他深深穿過光幕之下，爆發出力讓他的四肢乏力，肺部的空氣也不足。他試圖吸入空氣，但只吸到水。嗆到的水填滿了肺部。恐慌讓四肢踢水，手臂擺動，在那種恐慌中，他再次呼吸，更加重了傷害，身體因為缺氧而開始死亡。

狂怒的大海將山高的巨浪送向遙遠的海岸。一艘空蕩蕩的 RIB 隨著波浪起伏，兩具屍體面朝下地漂浮，當它們被抬起又落下到深綠色的海水中時，一道藍色閃爍的光芒突然消失。

33

倉庫對面的空大樓是透過一間房地產開發公司支付的現金所直接購買，該公司由一間金融公司所有，而那間金融公司則是替一間可能有註冊也可能沒有註冊的投資企業服務，而那該投資企業則可能是屬於某個在巴哈馬註冊的集團旗下。

五個男子魚貫地走入，穿著一模一樣的工人服裝。色彩、身形、風格完全一致。這不是五個人一個接一個地走進去，而是同一個人進進出出。

進入大樓的技工有理由帶著包包與裝備，他也有理由把廂型車停在外頭，慢條斯理地拿著大罐油漆還有裝滿工具的箱子。他有一個工具箱，纏線膠帶、梯子、電動工具和手寫筆，給他塞在屁股後面的平板電腦所用。他滿腹牢騷，憤怒不平，過度勞累，薪水不足。他在找停車管理員，氣喘吁吁中微微咒罵。他做了五次。

五個人獲得進入許可，占據了位置。最先完成的是窗戶，特別注意細節。在每個窗戶上方固定了一種特殊薄膜，用一種特殊角度延伸到房間內。任何人都會看到房間和外面的部分反射。而裡面的人可以站在那邊向外凝視而不必擔心被人發現。

高功率鏡頭做好了準備，高功率定向麥克風朝著對面的倉庫，特別是安置著警報裝置的前門和前面的窗戶。倉庫右側的窗戶可以看到一間似乎並未使用的大房間。樓上左邊的窗戶被塗黑了。位於一樓左邊的三扇窗戶有點髒，兩扇窗戶替大門內的走廊提供照明，第三扇窗戶則是替一間使用中的房間提供光源。牆壁上釘著貨架，有些椅子和桌子，但沒辦法看見整個房間。這扇窗戶是他們關注的焦點。

當最後一臺攝影機對準了最後一扇窗戶時，他們發現一臺拖車運了一艘 **RIB**，而拖車由一輛廂型車所牽引，廂型車的駕駛則是他們在咖啡館看到的那個操德語的英國人。

那是一艘很棒的 **RIB**，非常高規格。船外馬達非常巨大。那個操德語的英國人打開了有警報器的大門，另一個英國人也加入他。他們一起帶著潛水服、潛水裝備和連結在馬達上的巨大繩索捲輪。然後他們氣喘吁吁地把 **RIB** 運進大門內。

一陣奇怪的藍光出現。十分獨特，並且反射在窗戶上。它在幾秒內消失，然後再次出現，但這次是出現在左方遠處髒汙窗戶的裡面。藍光出現又熄滅。

當操德語的英國人出來移動廂型車時，大門內走廊上的 **RIB** 也不見蹤影了。**RIB** 很大，它無法穿過左邊房間的門。廂型車再次開走，幾分鐘後，操德語的英國人匆忙地趕回來，穿過警報器大門，進入房間。藍光再次離去時持續亮著，在他回來幾秒後，藍光也隨之消失。

「母親會很高興。」阿爾法靜靜地對其他四個人說。「我想我們找到了。」

34

「班恩……班恩……你聽得到嗎？班恩，睜開眼睛……就是這樣。現在看著我，看著我，班恩。很好。」

班恩眨眨眼睛。一個男人眨著眼睛看著他。那人的雙眼滿是血絲，鼻子上也布滿了破碎的血管紋路，下巴還長著灰白夾雜的鬍鬚。

「班恩，你聽得到嗎？」

班恩想知道他到底在哪裡。從他的語調聽來，這個男人顯然是位醫生，當然還有他身上的白袍和聽診器。有一瞬間，班恩以為自己回到了現實世界的正常醫院，直到他的眼睛開始聚焦，看到頭頂上裸露的水泥天花板。我沒死。哈利沒有把他送回去。他感到一股怪異的放鬆感。

「你覺得痛嗎？」醫生用低沉的聲音問他，聽起來有些粗啞，彷彿他喉嚨受傷了。

班恩想開口說話，但他的嘴巴和喉嚨太乾。醫生幫他坐了起來，用顫抖的雙手把一杯水按在他唇邊。班恩貪婪地吞嚥著，但醫生很快把杯子拿開。

「現在這樣就夠了。」醫生堅定地說，他把杯子從班恩手中拿走，而班恩想把杯子拿回來。

「渴。」班恩說，盯著杯子。

「好吧，這是個好現象。」醫生說，把杯子放開。

「先讓我診斷，你一分鐘後還可以喝更多。現在，你覺得身體有任何地方會痛嗎？」

「每個地方。」班恩立刻回答，但他還沒檢查過自己哪裡痛，哪裡不痛。他試著把注意力集中在自己的身體上，先輕輕拉緊腿部和手臂的肌肉，然後暫時改變滋事，再回頭看看醫生。「其實沒有。」他承認。

「很好，又一個好現象。」醫生再說。「看著光。」他在班恩的眼前揮動著一個小亮點，讓他追蹤光點左右來回了幾次。「好，維持不動。」他把亮點照到班恩的耳朵上，然後回到他的眼睛，仔細地檢查，然後把亮點移開，伸出雙手按住班恩的頭顱，開始輕按，好像在檢查有沒有撞擊傷害。

「你是誰？」班恩一邊問，一邊他的頭被左右擺弄。

「約翰．華生。」

「咦？」

「不，這個名字不是我編出來的。」醫生的語氣顯出他已經進行過很多次類似的對話。「就只是個很普通的名字。」

「華生醫生。」

「對，我是華生醫生。」

「喔。」

「我父親也叫約翰。」

「喔。」

「還有我祖父。」

「喔。」

「我曾祖父叫做——」

「約翰？」

「漢米許。」

「漢米許？」

「華生醫生的中間名。」

「是什麼？」

「漢米許。」

「漢米許是華生醫生的中間名？」班恩問，為了跟上對話而努力對抗困惑。

「是的，約翰．漢米許．華生醫生。」

「噢，所以你們家的人喜歡夏洛克．福爾摩斯。」醫生的手指觸診開始向班恩的胃部和肋骨推進，他留意到班恩的疼痛反應。

「的確。」

「所以你的中間名是漢米許？」

「不是。」

「噢。」

「是夏洛克。」

「你在唬我？」

「對。」

「呃？」班恩眨著眼睛看向他。

「我在唬你，我的中間名不是夏洛克。」華生醫生一邊說，一邊開始檢查班恩的腿部。

「噢，所以那是什麼？」

「福爾摩斯。」

「真的嗎？」

「不是。」

「什麼鬼？你到底是誰？」

「華生醫生，我剛剛講過了。」

「不……我的意思是說，就像……」

「啊，」醫生故意說，「看來有些認知功能失調。」

「做什麼？」

「你叫什麼名字？」

「你說什麼？」

「嗯，看來認知功能有嚴重問題。」華生醫生一邊說，一邊對班恩嚴肅地點頭。

「班恩。」

「你說什麼？」

「我的名字，我是班恩。」

「很高興認識你，班恩。我是華生醫生。」他伸出一隻手，跟班恩握手。

「你他媽的超奇怪。」

「你知道自己在哪裡嗎？」

「你呢？」班恩問。

「我嗎？」他問。

「是，你知道嗎？」

「或許，你知道嗎？」

「嗯。」醫生沉思，專注地看著班恩。

「我們在羅蘭的蝙蝠洞裡，時間是恐龍時代。」

「嗯。」

「所以，你是誰？」

「很高興認識你，我是華生醫生。」華生醫生說，再次握住他的手。

「呃……我們剛剛才握過手。」班恩說，再次搖頭。

「我們有嗎？」

「當然有。」

「確定？」

「是的，我確定。」

「你確定我們握過手了。」

「是。」

「嗯。」

「好吧，怪咖。你為什麼在這裡？」班恩問。

「替你做檢查。」醫生說，低頭繼續檢查，彷彿這個答案很明顯。

「不是說你在這個房間幹嘛，但你為什麼來這裡？羅蘭處於恐龍時代的蝙蝠洞？」

「剛剛講了，為了替你做檢查。」

「去你的，你是一個人，你是。」班恩說，換了一個更合適的坐姿，伸手拿新安裝的床頭櫃上的杯子，或更正確來講一塊有腿的粗糙木塊。

「我說你可以喝更多水了嗎？」

「沒有。」班恩拿起杯子，流暢地把它拿下來。「所以……你為什麼在這裡？」

「啊，」他換了一種聲音，讓班恩意識到他之前都在胡扯，但這個新的聲音顯得嚴肅，低沉，充滿了莊嚴感。「介意我坐下嗎？」

「去啊。」

「那是好的意思嗎？」醫生問。

「是的。」

「謝謝。」他坐在班恩的床邊，深深地嘆了口氣，感覺像是醫生即將告訴某人他的生命只剩下十四秒。

「你看起來很糟。」班恩說。

「我覺得自己很糟。」華生醫生說。「我酗酒。」

「哦。」

「但我已經有四天沒喝酒了。」

「聽起來不錯。」

「謝謝。」

「為什麼是四天？」

「我在四天前來到這裡。」

「你在四天前來到這裡？」

「對。」

「我昏迷了四天？」

「你處在一種誘發性昏迷的狀態，讓你的身體可以獲得治療，度過危險階段。幾個小時前，你都還在打點滴。在你的時代之後，醫學又走了很長一段路，班恩。」

「噢。」

「除了需要徹底休息之外，你很好。」醫生再次嘆氣，這是壞消息的前兆。「但是……我有一些壞消息。」

「說吧。」

「帕特小姐和麥登先生來找我……我想這裡的用語是『強行徵召』？那時候我在我的帆船上遭遇了一場風暴，其他人告訴我，我死在那場風暴中。」

「然後。」班恩說，感覺自己的心跳正在加速。

「在麥登先生把你打了一頓之後，你需要醫生提供醫療協助。我就是那個被選上的醫生，你的同伴來找我，把我從死亡前帶走，帶我回來治療你的傷勢。」

班恩盯著他看，近乎入迷，這個陌生的男子講得如此直接，但也確保了他全神貫注，毫不分心。

「他們沒能成功回來，」醫生說，盯著班恩。「帕特小姐和麥登先生都在風暴中喪生。」

班恩沉默了許久，盯著前方既不眨眼也不動彈。

「但是……那你是怎麼回來的？」

「我不知道，我失去意識。我只知道我來到這裡，但他們沒有回來。」

班恩吞嚥著口水，感覺整個世界以令人頭暈目眩的錯誤方式旋轉著，讓他想要抓住床，怕自己整個人跌下來。莎法和哈利死了。兩個人都死了。

「但是……」

「這很令人震驚，」華生醫生溫柔地說，「我為我之前跟你講話的方式道歉，但我必須要確定你有足夠的認知能力，可以接受跟處理壞消息。」

「莎法她？」

「是的，班恩。莎法沒有回來，哈利也沒有。我很抱歉。」

「我……但是……」

「我知道哈利打了你。」他說，依舊密切地注視著班恩。

班恩點頭，什麼話也說不出來。

「我覺得重要的是，你要知道哈利是在盡最後的努力挽救你。羅蘭想把你送回去，但哈利告訴他，要重建一個男人之前，必須先粉碎他。這是他毆打你的原因……」

「是我攻擊他。」班恩愚蠢地說。

「我想，根據拼湊起來的線索，或許你被挑釁，刺激到做出反應，才能進行那樣的毆打。我知道你認為自己不適合那個任務。」

班恩震驚地坐在原處，而他的身體透過靜脈將腎上腺素送往各個部位，讓他在心緒翻湧時依舊維持清醒。「我的老天。」

「的確。」醫生說，莊重地低下頭以示敬意。

「那是錯的……這他媽的整件事都錯了……莎法才是對的……」

「我不懂你在說什麼。」醫生溫柔地說，彷彿準備好接受一個震驚的病人的無意識嚷嚷。

「這些。這一切……把人帶到這裡卻絲毫沒有考慮到對方會如何反應還有……莎法是對的……我必須要斷開聯繫……」

「對，你說的沒錯。」華生醫生說，讓他發洩他的悲傷。

「噢，他媽的，我做了什麼？」

「你沒辦法承擔別人所做的決定，你無需為此負責——」

「滾！」班恩暴怒，把腳移到床邊。「我殺了他們……我他媽的殺死了他們……」

「班恩，你沒有殺他們。是風暴殺了他們。你必須要休息。請你回到床上，我會開一些藥幫助你入睡。」

「我要宰了他。」班恩怒氣沖沖地說，他扯下灰色運動服，在醫生面前全裸而絲毫沒有留意。

「我他媽的要宰了他。」他嘀咕著，伸手去拿他的黑色上衣，依舊整齊地折好疊在地板上，然後胡亂穿好。

「班恩，我瞭解你很震驚，但你還在康復中。你必須要休息。」

「莎法是對的。我應該要斷開連結，但我沒有。我像個他媽的自私的傻瓜一樣，自我沉溺……老天啊，我做了什麼？他為什麼讓他們回去？」

「班恩，拜託……」

他開始穿上靴子，快速地拉好拉鍊，然後筆直地走向敞開的房門，醫生在他身後緊追不捨，懇求他回去休息。

「班恩，你得聽……」

班恩穿過房門走進走廊，進入主房間，懷著滿腔如雷鳴般的狂怒。

「羅蘭？」

「班恩，停下來。」醫生在他身後匆忙地說。

「羅蘭！你他媽的在哪裡？」班恩大聲咆哮，他的大腦終於覺醒到他身在哪裡，而他又應該做些什麼。當羅蘭說他沒有線索時，他說的沒錯。這個人無能到難以用言語形容，而因為班恩放任自己變得如此糟糕，糟到他必須挨一頓揍才能被打醒，而他自己愚蠢自私的頑固，讓他在哈利懇求他不要再爬起來時，卻又一再起身。哈利打傷了他，但每一拳都是他活該。班恩引起了這些，他讓這一切發生。他讓他們不得不去找那個醫生，他害死了他們，這無法被原諒。但羅蘭把他們帶到了這裡，羅蘭完全沒有考慮到人們會有什麼反應，羅蘭讓他們回去找那個醫生。

羅蘭穿過隔壁的門，朝他走來，臉上帶著安撫的笑容。「啊，班恩，我很高興你起來了——」

「你這該死一千遍的混蛋！」班恩咆哮，瞬間縮短了他們之前的距離。

「班恩，立刻停下來。」羅蘭說，像警察般堅定抬起手，這個動作立刻讓他想起了莎法，而下一瞬間羅蘭伸出的手就被抓住，反轉過來而手腕被壓在背後，這些動作班恩練習了一次又一次。

羅蘭試圖說些什麼，但班恩完全沒有給他機會。

「你他媽的狗屎。」

內心充滿狂怒，憤怒無處不在，而這個人成為怒火的焦點，狂暴爆發，但如今更為精鍊，有了目標，因為它終於有了一個清晰而自由的頭腦來掌控。

「你讓他們回去……」

「我別無選擇。」羅蘭顫抖著說，宛如可憐的小羊。

「你做了，你就是他媽的做了！哈利遵從命令……他會照你說的做……」

「他不會，班恩。」羅蘭喘息地說。

「班恩！」麥肯進入走廊，醫生和康拉德緊跟在他身後。

「哈利是個士兵，」班恩咆哮。「他聽從命令……你為什麼讓他們回去？」

「我——」

「**為什麼？**」

「班恩，住手……」麥肯站起來抓住他的手臂，他的動作讓康拉德和華生醫生也靠近他。幾個人把他從羅蘭身邊拉開，羅蘭因為壓制的痛苦而發出呻吟。

「為什麼？」班恩再次問，其他人輕柔地引導著他。

「為了救你。」羅蘭繼續喘著氣說。

「我準備要回去。」班恩嘀咕著。

「我們看了影片，」麥肯立刻說。「哈利看了影片，改變了對你的看法。說他會以他的方式嘗試……」

「但是……」

「我們陷入絕望，」麥肯脫口而出。「我們不想送你回去……莎法建議我們看那段影片，讓我們可以記住你在霍本站的義舉，而不是像……不是像在這裡那樣……」

班恩靠在牆上，想起這個令他哀嚎。「我都做了什麼？」

羅蘭站了起來，揉著疼痛的手腕，他顫抖得幾乎發出了聲音。「莎法嘗試了各種方法想讓你振作。」他對著房間中緊張的氣氛說。

「你不應該用你那種方式把我們帶回來，」班恩用一種低語但清晰的聲音回答。「一個空蕩蕩的碉堡。」他厭惡地看著四周。「這裡……你……」他遲疑著，試圖組織自己的思緒。「不，不是，這是我的錯……我們在這裡有多久了？」班恩看著其他人問。

「有多久？」麥肯問，對這個問題感到困惑。

「幾週？幾個月？多久了？」班恩問，他在這裡記憶無可救藥地糊成一團。

「你不知道？」康拉德驚呆了。

「六個月。」羅蘭站直了身體。

「六個月？」班恩挺起身體。「不……不可能……這不可能……」

「真的是六個月，班恩。」麥肯說，臉上流露出擔憂。

「噢，他媽的……老天不是……」班恩靠在牆上。不可能過了六個月。這不可能。他在這裡待了六個月？一切都顯得如此模糊，時間在他的腦袋裡顯得模糊而詭異。

「我說過一樣的事情。」華生醫生說，看著羅蘭。

「嗯？」班恩問，眨著眼睛看向醫生。

「這樣把人帶回來，」醫生說。「很容易引起震驚或休克，加上你給的藥物和鎮定劑，還有腎上腺素和化學物質的釋放，會讓任何人陷入極為可怕的心理狀態。它可能也會引發精神焦慮，就像嚴重的抑鬱症。醫生，或是我才應該是第一個……」

羅蘭在被反覆斥責時身體僵了起來，臉上滿是壓力與操勞。「這又沒有先例……」

「有。」華生醫生說，但語氣並不嚴苛。「不是時間旅行的強行徵召，而是與社會隔離的先例。譬如監獄？單獨監禁？長時間被困住的人？被綁架的人？有很多例子。」

班恩聽著，他的大腦不再試圖想穿過困惑的迷霧。他吞嚥口水，並且對醫生說的每句話點頭表示同意。

「你們可以送我回去嗎？」班恩問，而其他人困惑地看著他。「去找莎法和哈利。你們可以把我送回那裡嗎？」

「班恩。」羅蘭溫柔地說。「他們走了。太晚了。」

「我要回去找他們。」他說，語氣十分堅定，意志堅決。

「你沒辦法……」麥肯說。

「我要這麼做，」班恩以堅定的點頭打斷他，他重新站直。「送我回去……」

「班恩，拜託。」麥肯發出抗議。「聽聽……」

「我要回去。」

「拜託聽我說，」麥肯懇求。「那個主意很糟……」

「怎麼回事？」

「我們打開了通道，但那是在一場風暴中，海浪從通道衝進房間……」

「所以？」

「好幾噸的水。」麥肯語無倫次，不顧一切地說出來。

「我們的位置太低，最後醫生的帆船也衝了進來……」

「你們到底在想什麼？」

「聽他說，班恩。」羅蘭懇求著。「莎法和哈利有連著救生索。他們要在五分鐘內找到醫生，之後我們就會把他們拉回來，但醫生的帆船撞上了通道，干擾了一切。到處都是水……我們只好盡快把東西搬出房間……看看牆壁。」

牆壁到處都是暗斑，水痕幾乎有三英尺高，表示碉堡進了大量的水。

麥肯抓住這短暫的沉默連忙開口。「那裡情況太糟。沒有人能穿過去而活下來。」

「讓我看看。」

「你看不穿它的。」羅蘭說。

「讓我看看。」

「班恩，拜託。」麥肯嗚咽著說。

「拜託讓我看看就好。」班恩轉為懇求。

「讓他看看，」華生醫生說。「讓他親眼看看。」

「羅蘭？」康拉德轉向羅蘭問道，羅蘭只是點點頭，然後從他鼓起的臉頰吐氣。

麥肯打開上頭有著紅燈的門，露出一間如今充滿海水和海藻氣味的房間。牆上的破洞和凹痕顯示出有東西曾經重重地撞在上頭。到處都是深深的凹坑和溝槽。

「班恩。」班恩轉身，看到醫生站在幾英尺遠的地方。「我就在那裡，我知道那有多恐怖。你沒辦法活下來的。」

「你活下來了。」班恩直截了當地說，他回過身看著麥肯和康拉德調整桿子，羅蘭用平板電腦讓裝置啟動。

「好了。」麥肯說，班恩聽到音箱發出低鳴，紅燈閃爍。一秒鐘後，散發的藍色光芒如同之前一樣美麗迷人。

「那水在哪裡？」班恩問，環顧房間，然後看向羅蘭。

「我們沒有設定在同一個地點。」麥肯說。「我們設定在上一次使用的地點。」

「設定到那裡……莎法和哈利在的地方……去那個地方。」

「班恩。」麥肯說，緊張地看著藍色光幕並且吞嚥口水。「海浪會直接撞擊那個通道，力量會把所有人撞翻。帆船衝進來的時候，我們勉強才逃過一劫。」

「但你們還是活下來了。」班恩指出這一點。「設定到莎法和哈利的位置。」

「你沒聽到我們說的嗎？」羅蘭說。

「你把他們帶來這裡，所以我們可以再做一次。」

「不是從那裡，」醫生急切地說。「海浪至少有十公尺高。」

「好吧。」班恩環顧四周，看著每一張盯著他的臉。「你們每個人都在告訴我，說我沒在聽。莎法也老是在說這句。這次是**你們**沒在聽，但你們這次，會他媽的給我聽進去。我要過去把他們帶回來。你們會在需要的位置維持通道。我會穿過通道。我在這裡沒用，你們需要莎法和哈利，而不是我。而如果你們不照做，我會開始使用暴力。」他停頓，來強調剛剛說的話。「但請不要……請不要逼我這麼做。幫助我，跟我合作，告訴我需要做什麼，讓這能成功。」

房間裡一片沉默，但他感覺到能量在轉變，當麥肯看向羅蘭時，他知道齒輪正在慢慢轉動。

「幫幫我……拜託……你需要莎法，遠超過這裡的其他所有人……包括你自己。」他指著羅蘭。「我派得上什麼用場？」班恩繼續施壓，急迫地想讓他們明白。「哈利打我是因為我是一團爛泥，不聽他們說的，也不照他們說的做。我本來就是要被送回去，然後死在那裡，不是嗎？」班恩問他們所有人。「不是嗎？」

幾個人點頭，不情願但老實地點頭。「所以別管他……拜託讓我試試……拜託……」

「羅蘭？」麥肯問，清楚地表明他打算幫忙，但願意把最後的決定權交給羅蘭。羅蘭揉著手腕，盯著班恩。

「好吧。」他嘀咕著。「命是你自己的。」

「謝謝你。」班恩真誠地說。「我需要知道什麼？」

「你現在應該休息。」華生醫生插話。「再多幾天不會有任何——」

「現在。我們現在就做。我需要知道什麼？告訴我。」

「你提到大浪。」班恩看著醫生。

「班恩，」華生醫生說，他的聲音低沉而嚴肅。「你剛剛從醫療誘導的昏迷中甦醒。如果你現在就去，你會在幾分鐘內昏過去。這是事實。你明白嗎？儘管你意志堅強，但你無法抗拒身體的本能。」

班恩再次吞了吞口水。心中的急迫讓他現在就想做的點什麼。潛入水中，導正錯誤。「你上次是怎麼做的？」

「他們駕駛了一艘 RIB。」康拉德說。「但出了一點問題。我們等了五分鐘，開始把他們拉回來，但帆船衝了過來，卡住了捲輪馬達……」

「他們有氧氣可以呼吸嗎？譬如說氧氣瓶一類的？」

「沒想到那些。」麥肯一臉悲傷與痛苦。

「我們會從那個錯誤中記取教訓……我會帶三個氧氣瓶……你們可以弄到小型氧氣瓶嗎？」

麥肯點點頭，看看康拉德。「我們可以使用壓縮氧氣瓶……真的很小。」他說，雙雙手分開幾英寸。

「準備三個……繩索……還有救生圈之類的漂浮救生裝備，或是他們可以抓住的東西……」康拉德說。

「我們需要一點時間。」麥肯回頭看向班恩。

「我們沒有時間。」班恩回應，態度越來越緊迫。

「他們死了，班恩。」麥肯說，吞嚥著口水，眨眨眼睛。

班恩想要回答，但那句話重重地擊中他。

他們死了。

他們幾天前就死了。

班恩的背重新垮下，腳步不穩，世界開始旋轉。

腎上腺素效果退去，衝擊再現。他身體一軟，整個人倒下，華生醫生連忙跑過去防制他摔在地上。

35

「M和K出去了，」艾可說。戴塔點擊螢幕，把這些輸入到平板電腦。

麥肯和康拉德。從RIB交貨之後的四天，他們透過竊聽知道了這些名字。有時候是阿麥，有時候叫康，麥肯一次，康拉德三次。

羅蘭。他們還沒有見過這個人。

班恩。他們也沒有見過班恩。

莎法和哈利。他們也沒有見過他們。莎法和哈利都死了。

「……不敢相信他們都死了……」

他們聽到這一句的片段，從那兩個人的對話中，他也知道了班恩還活著，羅蘭還活著。

「……班恩飽受摧殘……」

「……羅蘭承受著莫大的壓力……」

備註了緊張的氣氛。

有一個新人。華生醫生。華生醫生正在照顧班恩。哈利打了班恩。

「……哈利差點殺死他……」

情報取得。他們建檔並且回傳給母親。

他們懷疑藍光有所關連。在K和M出來前，藍光就會出現。如果只有K出來，那光可能會熄滅，但之後會重新亮起。那五個人發現藍光的操作者不知道K什麼時候回來，因為有時候K會等上幾分鐘，有時候藍光會在K回來之前就亮起。那表示K和光線操控者沒有通信。這五個人猜是M在操作藍光，因為如果K和M一起出現，那藍光就會一直維持到他們回來。

「他一定很生氣，」麥肯對康拉德說，搖頭，對監視而言如此明顯。「他兩天前才醒來。」

班恩一定是醒來了。哈利打傷了班恩。班恩之前失去意識。

「儘管訓練很辛苦，但他決心十足。」康拉德說。

班恩為了某事在訓練。

「游泳水槽什麼時候會到？」麥肯在他們走到街上時問。

阿爾法對查理和布拉沃點點頭，後者向後門走去，穿過迷宮般的小巷，前去大街上開始跟蹤。

「一個小時內。」康拉德說。

阿爾法透過耳機收聽。游泳水槽。他們說游泳水槽，而不是游泳池。游泳水槽是一種單人訓練裝置，配有波流產生裝置，讓人可以在機器推動的水流中練習游泳或保持靜止。

「他變得截然不同，」麥肯說，聲音隨著她們走上街而逐漸消散。「就像他第一次來到這裡時一樣……」

康拉德回答了什麼，但對話在靜電的雜音中散失。

情報越來越多。在母親的持續關注之下，他們把這些拼圖碎片送入系統中，由專家來拼湊組合。哈利和莎法使用 RIB 進入了一個有水的環境。

他們沒能活下來，但那之後他們第一次提到華生醫生。他們懷疑哈利和莎法救了華生醫生，但在過程中死去。

阿爾法、戴塔和艾可等待。布拉沃和查理徒步跟監。麥肯和康拉德去了咖啡館，他們喝咖啡。離開後去了一間專業的潛水用品商店。

他們購買了小型壓縮氧氣瓶。三個。還買了漂浮救生裝備、潛水服、潛水刀、繩索、蛙鞋、潛水面罩還有各種潛水相關的裝備。

「M和K回來了。」艾可看著路的盡頭說。

「……但如果他們不在，感覺很可怕。」麥肯說，肩膀上包包的重量令他做了個鬼臉。「感覺很空盪……他們在那裡六個月……六個月……」

「班恩不應該這麼做。」康拉德說。「如果他死了，那就是我跟你，我們又得回去做那個該死的強行徵召行動……還是我們回去，在班恩出發之前，告訴他他會死，叫他放棄……但他如果不去找他們，那我們永遠也不知道他會不會死？媽的，這真令人混亂……」

阿爾法抬起頭，立刻傳訊給母親。

我們找到時間了。——阿爾菲X

確認了。剛剛的對話確認了那樣設備就在倉庫裡。班恩要使用那個設備拯救哈利和莎法。

幹得好。——母親X

36

他對時間有了全新的視角。它不存在，卻又確實存在。它並非線性，卻又具備線性的特質（唯有不是線性時，它才又是線性）。他可以回到過去，也可以前進到未來。他唯一不能做的事情，就是讓時間變得更快。一分鐘一就是六十秒，一小時六十分鐘，一天二十四個小時。事實上，他確實記得白堊紀時代的日子是更長或更短，似乎跟地球的自轉或其他什麼東西有關？他皺起眉頭，嘗試回憶，但很快拋下這個想法，重新思考起時間。

四天前，班恩從醫療誘發的昏迷中甦醒。他起來，威脅羅蘭，告訴所有人他要拯救哈利和莎法，然後立刻又昏過去。

班恩在三天前再次醒來，他意識到就算有著鋼鐵般的意志，他依舊要仰賴自己的身體。而這個身體，仍然十分虛弱。於是，他必須要該死地慢慢等待，直到他恢復，他才能回去救他們，這連串的時間的問題，以及複雜而令人疲憊的悖論。他的確想過一個充滿缺陷的可能性，他直接使用時光機，跳到一週之後，但那依舊是虛弱的他穿過時間通道，抵達到另一邊的還是虛弱的他。所以那樣行不通。然後他想到，這樣使用時光機，他會跟自己面對面相遇。虛弱的班恩，以及沒那麼虛弱的班恩。於是就有了兩個班恩，然後他想過是不是能讓他自己幫助自己，去拯救哈利和莎法，然後天馬行空地想了幾秒，他能找多少個班恩來幫自己。

他知道的是，過去六個月的健康飲食和持續體能訓練有了回報。看起來，他的身體狀態實際上相當不錯。心肺功能都非常好，血壓也非常正常。除了他一個大個子痛毆了許久，對他的身體造成相當大的衝擊之外，他的身體實際上沒有任何問題。而臥床不起幾天，表示他衰弱了。他的能量水平降低，他的體內資源集中在治療和修補受傷的部位，於是這也讓他變得容易疲憊。

儘管如此，儘管知道莎法和哈利已死帶來了極端的孤寂，他的心智再次由自己所掌控，並且為了填補那種失去親友之痛，他不斷提醒自己，他有一臺時光機，他會去找他們。

這個想法鞭策著他，產生了一種毫不懈怠，無法阻擋的能量。他訓練、吃飯、睡覺。而游泳水槽實在驚人。班恩原本只是在空閒時游泳，水槽很小，但他可以透過增強波浪水流來鍛鍊自己的技術。這也表示他習慣了潛水面罩、蛙鞋。還有在嘴裡插入呼吸管的狀態下發揮自己的能力。

他也會跑步。起初不遠，但隨著時間推移，他越跑越遠。在碉堡的一邊上下來回，之前莎法和哈利在那邊無情地驅策他。他記得那些課程，他記得熱身、伸展，還有結束的舒緩。他記得莎法告訴他的食物類型與流程。蛋白質、碳水化合物、脂肪和營養素。

班恩知道，儘管他滿心衝動，想立刻穿過時光通道去拯救他們，但他只有一次機會，錯過就沒了。麥肯和康拉德絕對不會跟他走。羅蘭說得很清楚，如果他沒有回來，除了哈利、莎法和班恩之外，他絕對不會冒著失去其他人的風險，再次組織救援。這意味著班恩必須一次就要成功。

夜晚是最糟糕的。白天，他可以專心在訓練上，他可以游泳、稍事休息、游泳，做一些其他運動之後再回去游泳。他可以對著靶開槍，使用金屬探測器在草地上找彈殼。他可以找到焦點或事情來占據他的思緒，但是當夜晚降臨，碉堡的空寂變得非常明顯。

於是，他拿了一瓶啤酒，坐在外面看哈利和莎法看過許多次的日落，而他身邊有兩張空蕩蕩的椅子。然後回到他們的房間，這些房間發生了許多變化，但依舊保留著他們的氣息。那些苦樂參半的味道勾起了太多情緒。

他現在睡得很好。一樣會作夢，但沒那麼恐怖，現在外面的聲音聽起來比較溫馨，感覺更正常而生氣勃勃，彷彿那些聲音屬於這裡，也屬於他的生活。就像住在繁忙街道附近的人一樣，他們已經習慣了那些噪音，沒有它反而無法入睡。華生醫生開的藥也有幫助。它們減緩焦慮，幫助他產生血清素，這有助於他的理性和幸福感，合理化自己對空間和時間的認知。

「很美，對吧？」羅蘭說，班恩醒來幾天後的某天傍晚，他從碉堡裡走了出來。

班恩點點頭，「對。」

羅蘭轉身看向班恩。禮貌地微笑，但很明顯地在打量另一個人。「你覺得怎麼樣？」

「很好。」班恩說。「疲憊……依舊會痛……但變得更好。」他補充道。

「我知道了。」羅蘭說。

「你來晚了。」班恩說。羅蘭很少待在碉堡裡。儘管之前他精神狀態不佳，班恩依舊留意到羅蘭缺乏存在感，但卻從來沒有想提出詢問，或是費心思考。

「的確，」羅蘭看著保冷箱裡的啤酒問，「介意我加入嗎？」

「請便。」班恩說。他差點要說出這是你的碉堡，但最後一秒把話嚥下去。

「麥肯和康拉德需要一些錢。」羅蘭解釋道，同時挑了一瓶啤酒，扭下瓶蓋並且喝了第一口。但看起來有點奇怪，羅蘭太僵硬，太正式，不適合從瓶子裡喝啤酒。班恩的好奇心受到撥撩，他的調查員大腦開始蠢蠢欲動。他臉上沒有做出任何表情，但他側過頭，表現出對談話的興趣，但沒有開口，而是等羅蘭自己打破沉默。「花了一大筆錢。」羅蘭說，感覺需要化解這種沉默。

「怎麼了？」班恩問。

「這些，」羅蘭說。「這所有的一切。」

「喔。」班恩溫和地說。停頓了一下，喝了一口啤酒，然後吐氣，表現出放鬆的狀態，傳達出一種訊息，表示他提出的所有問題都只是閒聊。「你一定很有錢。」

羅蘭乾笑地哼了一聲，「老天，不是。我死於二〇四六年。自殺。走進大海，把自己淹死。」這個突來的訊息讓班恩十分驚訝。他原本以為只是溫和的對話，但節奏的轉變告訴他，羅蘭有話想說。

「請繼續。」班恩輕輕地說。

羅蘭看了他一眼。眼中滿是疲憊，還有他肩膀上的重擔。班恩有種衝動，想要追問為什麼，什麼地方，什麼時候，發生了什麼事，但抵抗著這種只會獲得單一答覆的封閉式問題。

「生意失敗，」羅蘭說，悶悶不樂地對他的啤酒瓶點點頭。「傾家蕩產。我有一份保險，會在我死時理賠，幸運的是，自殺也包含在內。」他停下來喝了一口啤酒。「我的死支付了我小孩的教育經費。」

班恩點點頭。他的大腦清晰而自由，簡單得到了結論。疑問形成，各點連結，沿著線索追尋。羅蘭的一個孩子強行徵召了他。誰？羅蘭很少在這裡。為什麼？班恩揉了揉後頸，苦笑著。「嗯。」他說。

「嗯，是啊。」羅蘭回應，沒有看班恩，只是看著前方。

「兒子？女兒？」班恩問。

「兒子。」羅蘭說。

「我明白了。」班恩說。

「你明白了？」羅蘭問。他移了個位置看向班恩。「說說看。」

班恩被那個語氣所刺激，但忍住了不滿的情緒。「你死了。你的孩子念了私立學校。你兒子發明了時光機想救他父親，但把世界搞砸了，然後他真的回去救了他父親，現在這位父親正在試圖彌補他兒子闖下的大禍。這也是為什麼你總是不在這裡，因為你跟你兒子在一起。」

「你真的很敏銳。」

班恩沒有掩飾他的不悅，但他把頭側過來嚴肅地凝視著羅蘭。「所以你現在扮演上帝，玩弄別人的人生，好解決你兒子闖下的滔天大禍。就像我說的，我明白了。」

羅蘭變得僵硬，臉頰上泛起紅暈。「我……」

「怎樣？」班恩冷冷地問。

「我很抱歉。」

「錢從哪裡來？」現在是時候提出具體的問題了。

「什麼？」

「錢。你說這個地方需要錢營運，然後你說你不是有錢人。那錢從哪裡來？」

「我不想……」

「是，但我沒有要給你選擇的餘地。錢從哪裡來？」

「班恩，怎麼——」

「我會在一分鐘內把你從那個該死的岩壁丟下去，你這個卑鄙、惡毒、自私、自負的渾球。你把三個人帶進這個水泥碉堡。你把他們塞進那樣牢房般的房間，然後期待他們變成英雄，因為一臺他媽的的電腦告訴你這樣行得通，然後你把事情丟給他們，自己帶著兒子去公園——」

「給我聽著——」

「我調查過自殺事件。我不得不調查人們的生活，來確認他們的權利是否有效。而幾乎每一個人都是像你這樣的人渣。一群有錢的該死混球因為貪婪而搞到自己破產，無法面對貧困的生活，沒辦法開他媽的保時捷。像你這樣的人根本搞不懂你所造成的苦難。你為了錢他媽的跑去自殺？你為了錢拋棄了你的家人？你把我們帶來這裡，把我們丟到他媽的的恐龍年代，好減輕自己的罪惡感？操你媽的！操你媽的理念！這件事太嚴重，而不能交在你這種智障手中。錢從哪裡來？」

羅蘭吞了吞口水。班恩話語中的力量讓他整個人差點倒下。猛烈的瞪視，還有平靜的聲音令人恐懼。「投資。」他虛弱地說。

「投資？什麼投資？」

「我們不能平白拿錢。對時間線的影響會……我的意思是。從理論上而言，我們可以利用未來的知識致富，但這可能會影響時間線。我投資那些我知道會上漲的股票，小額的分散項目，不會擾論整個整體——」

「用偷的就好了。找個毒販或走私槍枝的，他媽的把錢偷走就好……事實上，告訴我人在哪裡，我現在就可以去做。」

「不可以！你不可以……我的意思是……想想看。走私犯醒來發現自己的錢不見了，他要怪誰？他報復的對象是誰？這是對時間線的干涉。」

「那黃金吧。回到過去，找黃金或鑽石。」

「再說一次，不能這樣。如果在之後的時間線，那些黃金或鑽石被人使用了呢？」

「就是這樣，你就是這樣。」班恩陰鬱地說。

「什麼？」羅蘭問。

「你更看重物質財富，而不是人們生活的價值。」

「你說什麼？」

「你為了錢而自殺。你把我、莎法和哈利丟到這裡，然後消失去扮演什麼股票投資客，你更在乎一堆黃金或鑽石，而不是整個人類種族……」

「好了。」羅蘭站起來說，「我認為這次談話結束了。」

「你把我從死亡中強行徵召——」

「我是這麼做了，但是——」

「但這不會讓你變成上帝。這不表示你可以控制那些被你強行徵召的人，他們的言行舉動都不是你能控制的。」班恩站起來，腳步強硬地走向羅蘭，羅蘭驚恐地退後。「沒人讓你跑來這邊，吹噓你的生活，然後在你媽的覺得適合的時候結束對話。莎法和哈利死了。就算我能帶他們回來……而根據華生醫生的看法，這可能性極低，他們可能還是會死。他們會死是因為我精神崩潰，而我是因為你所做的行為還有你採取的手段導致了精神崩潰。」

「班恩，拜託……」羅蘭背對著碉堡，停了下來。

「你既沒有付我薪水，也沒有擁有我，更不能控制我。在你把我們帶回來並且解釋緣由的那一秒鐘，就是你把解決問題的責任加諸在我們肩上的時刻。你懂嗎？不是你在營運它，這不是你的東西。這問題遠比你更重大……你表現出來的缺乏關切實在令人不敢相信。我建議你，羅蘭，我真的……真的他媽的建議你，從現在起你就專心提供資金就好了，不要插手任何你可以搞砸的事情。」班恩貼在羅蘭面前，兩個人鼻子只有一寸的距離。說出來的每一句話都充滿了脅迫與敵意。

羅蘭下意識地吞了口水。

「找一個有軍事情報背景的人，」班恩說，目光緊盯著羅蘭。「找一個知道自己在做什麼的人，因為你不知道。」

對話結束，羅蘭匆匆離去，而班恩內心中滿是忿怒無法平息。他想念哈利和莎法。當頭頂上的天空變暗，夜晚的雜音逐漸變大時，他又喝了一瓶啤酒，來回踱步。

他走回碉堡裡，盯著走廊。碉堡裡感覺起來非常空盪。如此寂寥、枯燥而冰冷。時光機發出的藍光從房間縫底下流洩出來。他走過去，看著房間中閃爍著虹光的方形光幕。羅蘭回家了，羅蘭自己破壞了規則。班恩知道，毫無疑問，如果他追上羅蘭，他會看到一個奢侈的家。對那樣的人而言，財富的誘惑太大。羅蘭不會在碉堡裡過夜。他從股票市場中搾取金錢，扮演上帝，然後讓那些小人物來替他做這些髒活。

他滿腔怒火，這不公平。他走進房間，拿起時光機旁邊的平板電腦。一個類似PDA的簡單東西，用起來非常方便。他抬起頭，聽見麥肯和康拉德在他們的房間裡講話。他滑過螢幕，一邊滑動一邊搞清楚要怎麼操作。「歷史紀錄」。簡單地按下按鈕就顯示出一長串清單。他向下滑動，看到「柏林」和「羅蘭」一次又一次出現。「柏林」一定是麥肯和康拉德取得所需物資的地方。「羅蘭」則是羅蘭的家。他繼續往下滑，直到看到某個東西而讓他僵在那邊。「里約一九九九」。他嚥了一下口水，他沒有多想，沒有思考，他按下它。螢幕變化，「將傳送門開往『里約一九九九』」？管他去的，他按下綠色的「同意」按鈕。藍光閃爍然後熄滅，下一秒，它再次閃爍地出現。他盯著光幕看，感覺自己胸腔裡的心臟狂跳不止，嘴巴也突然乾了。里約就在那裡。這樣的干涉太過嚴重，互相交錯的時光旅行。如果他穿過去，他會見到過去的自己。他會看到麥肯在另一邊，等待其他人回來。但也充滿誘因，再次看到哈利和莎法的誘惑。一分鐘就好。

他飛快地跑回房間，抓起黑色棒球帽，穿上牛仔褲，還有他第一次到這裡時穿的灰色運動服上衣。他的頭髮和鬍鬚又厚又長，他戴上棒球帽，把帽緣拉低。他看起來很不一樣。他跑回去，那個想法充滿了他的腦袋。在時光機的房間裡，他盯著藍色的傳送門，但他知道自己不能過去。麥肯就在另一邊，而且有一個風險，因為再次設置了傳送門，他蓋過了前一個傳送門。這個想法讓他滑動螢幕，關閉了傳送門，但他的大腦還沒有放棄這個點子。反之，他從設定中找到了「里約一九九九」的GPS座標。六位數的經緯度座標。他只需要調整座標的最後一位數，來改變位置。原本的傳送門將不會受到影響。他只是從這個時間創造了一個新的傳送門，到那個時間，但全新的位置。他完成了，他刪改做後一個緯度數字，把數值加了二；然後再對經度數字做一樣的事情，按下按鈕，讓美麗的藍光充滿了房間。他向前邁出一步，他的頭輕輕向前，結果從光幕中的牆上彈開。他調整了數字，再次嘗試，彎腰過去。聲音立刻竄進他耳中，熱空氣撲面襲來。嘉年華遊行就在附近。里約的氣息讓他立刻回想到六個月前。他一邊靠近，一邊環顧四周。左邊是另一個傳送門的明顯光亮，但因為巷子的轉角而被擋住。他意識到自己必須走得更遠，他爬出來，停下來聆聽。那種感覺令人難以置信。濕度，生命的氣息，人聲和音樂。他放鬆地走到角落，偷看周圍，看到康拉德靠在牆上抽煙，一邊盯著大街。藍色傳送門就在他旁邊。

班恩的心臟抽搐了一下。這是六個月前的康拉德，這個概念太多了，而誘惑也太多太強了。他走了另一條路，繞過長長的小巷，再向下走到同一條大街上。他走出了燈光和音樂，人們跳舞、歡呼、吹口哨、按喇叭、打著節拍，他穿過那些群。他發現遊行隊伍有個空隙，立刻衝過馬路走到另一邊，試圖穿過人群，他被推擠和碰撞，但感覺很舒服。他微笑地向人點頭，他們微笑或大笑。空氣中彷彿戴著電流與脈動，持續地替興奮的狀態提供能量。

他穿過遊行隊伍時發現了酒吧的遮陽篷，但兩側的人群太厚，看不清楚。他左右移動，試圖看過去，但效果有限。他走到更遠處，等待一個間隙，跑到一另邊，朝遮陽篷移動。他把帽子拉得更低，低下頭，伸長脖子看向酒吧外的密集人群。

突然間他覺得自己的肚子彷彿挨了一拳，腎上腺素湧出。他看見哈利被一個衣著暴露的舞者拉到街上。哈利。班恩停在原地動也不動。哈利。那個滿臉鬍子的大個子笑著轉過身，高舉著一瓶啤酒。他在人群中搜尋，看到羅蘭身體僵硬，憂心忡忡，緊緊地抱著一瓶啤酒。然後就在那邊，他突然清楚看見自己正在跟莎法講話。光是視線就令他心跳加快，肚子也跟著翻攪起來，他的兩腳打顫，但感覺不錯，遠遠超過不錯。

他看起來很不一樣。短髮，沒有鬍子，還有胖，嗯，不算胖，但沒有像現在這樣結實。老班恩看起浮腫，就是不一樣，儘管他看自己看得入迷，但他發現自己的注意力被吸引到莎法身上。她看起來一樣，一模一樣。一樣烏黑的頭髮，一樣的身材，一樣的姿勢和身型。他同時感到不適與欣喜。光是看到他們，她。哈利和莎法。音樂、聲音、熱度、歡笑的人們。看到之前的自己，知道班恩接下來需要經歷的事情。他有一種衝動，想要介入，並且說些什麼，告訴他們可以用不同的方式做事，但干涉的危險同樣在他心中尖叫。

他更靠近了一些，被他們吸引過去。他想聽聽他們的聲音，他需要聽見莎法的聲音。他壓低帽子，駝著背，低著頭，他懶散地改變自己的步伐，彷彿喝醉了一樣。他混入人群裡，愚蠢地迂迴靠近。

「噢，老天，班恩！看看他。」莎法的聲音飄了過來。他如此清楚地記得她沙啞的笑聲。他閉上眼睛，純粹地聆聽。就一秒鐘。只要知道她在那裡。在那裡。「我要小便，幫我拿著……」該死。他睜開眼睛。莎法已經走向酒吧的廁所。他擋住了她的路，當莎法繞過他時，他轉過身，低下頭，她的肩膀從他身上擦過。「對不起。」她舉起一隻手說。他也舉起手，轉身去看遊行，突然感覺自己像是在偷窺。媽的。這樣不對，這樣真的不對。他迅速地離開，穿過馬路，跑回他的小巷，然後穿過傳送門，他一回到碉堡立刻就把時光機關閉。他呼吸困難，胸口劇烈起伏。有一秒鐘，他對自己做過的事情感到噁心。然後幽默感回來，他大笑起來。他看到了哈利，他看到了莎法。莎法摸了他的肩膀！

如果他在那之前還沒意識到，那他現在肯定意識到了。

37

他的目光緊盯著藍色方形。「我得衝過去，對吧？」

「我會潛水過去。」醫生從他身後說。「但我不是說我真的會潛過去，因為只有瘋子才會真的這麼幹——」

「瞭解。潛水過去。」班恩說，憂心地看了醫生一眼，醫生還在喃喃自語。「我現在可以看看嗎？」他問麥肯。

「當然，」麥肯說。「只是要小心海浪可能會打過來。」

班恩把臉伸出去，對著他臉前不到幾寸的巨大海牆尖叫，他在被海浪擊中前退後一步。一股凶暴翻騰的海水直接把他撞到水泥牆上。

「該死。」班恩說，摸索著把氧氣瓶的咬嘴放進嘴裡。

「班恩，」麥肯從門口說，其他人都離開了房間。「或許這不是個好主意……」

班恩憑著冷酷的決心，他走回到傳送門邊，將頭伸向那宛如群山壓頂的海浪，頭頂的閃電與雷鳴彷彿要將天空撕裂，而海浪波峰的白色泡沫隨風飛散。

「我沒看到其他藍光。」班恩說，伸展他的背部。

「我們不得不移動位置，因為帆船還有接應華生醫生。」羅蘭從走廊裡喊。

「為什麼？」

「時間旅行，班恩！」羅蘭怒不可遏。「另一個藍色通道是連結到幾週以前……我們必須讓莎法和哈利從第一個通道把醫生送過過來，否則他現在就無法在這裡。」

「噢，對，瞭解……是，這很合理……所以如果他們還跟醫生在一起，我就不能去接他們？」

「老天，不要。」麥肯因為這點建議而臉色發白。

「如果我把他們三個都帶回來，那會怎麼樣？」

麥肯聳聳肩，對這個問題感到震驚。「我們會有兩位華生醫生。」

「我以為兩個人不能占據同樣的……同樣的某種東西？」

「那是電影內容。」

「兩個一模一樣的人？」麥肯斷然拒絕地看向班恩。

「所以……好……」班恩點點頭，看向前方，然後回頭看了看麥肯。「而且那樣不好？」

「喔，當然是，這個主意糟透了。」班恩立刻說。「所以，讓他們把醫生送過來，然後去接他們……對吧？」班恩說。

「對。」麥肯的表達方式顯得不太有信心。

「瞭解。」班恩再次把頭伸過去，在那噩夢般的景象中搜尋他們的蹤影。「這個通道離另一個通道有多遠？」他轉回到房間裡問。

「第一個通道應該在你面前兩百公尺。」麥肯說。

班恩俯身穿過，努力看著，雨點打在他臉上，狂風吹得他眼睛直流淚。天空中閃電四射，雷聲轟隆而沉重。到處都在翻湧，狂怒的海水捲成山峰，從低谷直奔天際。那邊，在那邊。前方兩百公尺處有一個藍色的方形，感覺起來不遠，但在這混亂的風暴中，它看起來有數英里遠。

當他看到 RIB 衝向傳送門前的海浪時，他的心臟彷彿受到重擊，他在第一瞬間就看到了它，聽見引擎的噪音。哈利和莎法還活生生地在那艘充氣艇上，光是看見他們就讓他全身充滿了力量。只有徹底的瘋子才會只有兩個人就嘗試這麼危險的事。看在老天的份上，那真勇敢。真正的英雄做正牌的英雄之舉。

「找到了……我看到他們了。」班恩對著呼嘯的狂風說，然後意識到這點而退回房間。「我看到他們了。」他告訴其他人。「他們在充氣艇上越過一陣浪。」

「他們還沒救到我。」華生醫生從走廊裡喊。「你必須等他們讓我穿過另一個通道……」

「是啊。」班恩從光幕中退開，準備好奔跑。

「你想要多少時間？」康拉德問，準備好巨大的繩索捲輪。

「幹什麼？」班恩問。

「在我們把你拉回來之前？」

「天知道。」班恩聳聳肩。「他們之前是多久？」

「五分鐘。」

「好，所以他們可能已經花了一分鐘在……然後你在他們救到醫生之後把他們拉回來……所以，去他媽的，我不知道！」

「十分鐘？」

「那些瓶子裡的氧氣可以維持多久？」

「我不知道。」康拉德說。

「操他媽的，真是一團屎。好吧，給我十分鐘。」

「十分鐘在那裡頭可是很長一段時間。」醫生默默說。

「噢，老天啊……好……八分鐘。」班恩對康拉德說。「八分鐘，然後拉。」

「知道了。」

「然後一直拉，直到莎法和哈利進來。」

「知道了。」

「如果另一個醫生不小心從這裡進來，那就把他丟回去吧。」

「什麼？」華生醫生說。

「八分鐘……」班恩點點頭，把咬嘴放進嘴巴裡，再次點頭，然後大步跑向通道，免得被自己腳上的大蛙鞋絆倒。他伸直手臂衝向前，潛入另一個世界，另一個時間和地點。

「徹底的瘋子。」他前腳剛走，麥肯就說。

生活是瘋狂而怪誕，但管他去死，學學哈利，接受它，鎖定它，衝下去。在此時此刻，穿過時光機跳進海上的狂怒風暴，如果不是他嘴巴早就塞滿，他肯定會放聲尖叫。

他垂直落下，肚子著水重重落在兩道海浪間的低谷，他的腹部翻攪，心臟好像被錘子重重敲了一下，然後他往下沉。

他身上的漂浮配備發揮了作用。他很快恢復過來，感覺大大地鬆了一口氣。然後他想起自己正在從氧氣瓶中呼吸，所以他不需要憋氣。

一切都看起來截然不同。一分鐘前他只是位置稍微高一點，但那一點高度讓世界整個變得不一樣。現在他位在底部，看著朝他湧來的海浪心生敬畏，他不得不強迫自己保持冷靜，並且維持自己的方向。

他扭身並划水了一秒鐘，直到他發現自己的方形光幕，在他身後的下方與後方，仍在海浪的波谷處。考慮到光幕的位置，他開始直接游離它，透過咬嘴快速呼吸。

水槽中的訓練有了成果。透過對抗海流的訓練，讓他覺得自己不是處在一個全然陌生的環境中。他游了一會兒，感覺像是幾分鐘，但回頭看看發現方形光幕似乎還在原地，於是他游得更加賣力，並記得正確使用蛙鞋。

巨大的波浪推動著他，讓他有了一種全新的感受，並且隨著他被推高，他努力往前方搜尋。他瞥見另一個藍色方形光幕，還有在它周圍擺盪的白色帆船。哈利和莎法也在那邊，努力營救醫生，不知道自己會在幾分鐘內死去。這種想法讓他更加努力，帶來新的力氣。他想起哈利和他所知道關於哈利的一切，他的功績以及他所進行的大膽任務，現在班恩認識他了，他沒辦法把電影還有電視節目中的哈利跟本人聯想在一塊。哈利很真實，隨和得不可思議，總是很悠閒，但有一股慢慢沸騰的怒火等待著爆發。他第一次要給莎法喝水的方式，姿態放得如此之低，努力降低自己的威脅。如果他們會列出有史以來最優秀人類的名單，那哈利．麥登肯定名列其中。

班恩持續地游泳，對抗想要把他抬起的海浪還有想要把他往回扯的波濤。雖然有進展，但實在太慢，所以他尋找動力來驅使自己，在他們被淹死之前他必須得更快。他必須要到他們身邊，他必須把繩索還有漂浮裝備交給他們，還有把呼吸管放進他們嘴裡。麥肯和康拉德可以解決剩下的問題。無論如何，莎法和哈利都必須活下來並且回去。華生醫生告訴他這有多困難，但他從來沒想過事情會是這樣。海浪上下翻騰，狂風怒嚎，大雨傾盆而下，閃電、雷鳴彼此交錯。海浪也遠比他想的更強大，幾秒後他就意識到自己毫無希望。

然後他回想起莎法沒有放棄他，整整六個月，而這一輩子他從未對任何事感到這麼大的遺憾。他失敗了，搞砸了，令所有人失望，而他們為此喪生，但他絕對不會讓事情再次發生。於是他繼續划水游泳，他抗拒那些筋疲力盡的四肢傳來的灼燒與疼痛，他透過潛水面罩吸入空氣，越游越快，一直緊盯著藍色光幕的位置。

帆船現在靠得更近了，它跟水流、波浪和強風一同旋轉與撕扯。有幾秒鐘，感覺帆船會被波浪抬起拋高，但它降到波谷，然後邁向最終一次的撞擊。

他看得出來自己還離得太遠。**游啊！該死的。至少把事情做好一次。**感謝老天，他聽從醫生的話，沒有在剛甦醒時嘗試這件事。不然他早死了。即便現在，經過了十天的治療與恢復，他依舊在苦苦掙扎。他對自己的失敗感到純然的憤怒，這驅使他穿過那波濤洶湧的海水。他強而有力地伸手划水。漂浮裝備阻礙了他的動作，水流拖著他。他呼吸困難，擔心使用過多的空氣。他應該弄一艘船，叫來水上救援隊，找那些海軍，或是嘗試其他辦法，而不是這個愚蠢的方式。如果他死了，那他們所有人都會死，沒有人可以來救他們。他陷入絕望。他前進有限而持續上下浮動，然後他看到閃過一片橘色還有三個頭在水面上晃動，但下一瞬間，一切都在移動，人影也消失了。

看見他們給了他所需要的動力，他用盡全力地盯著水面，眨也不眨，思緒屏蔽了他身體的痛楚。他不會失敗，他也不會放棄。他絕對不會失敗。一個人為了許多人的生命而付出。他現在明白了。

他再次看到了他們。哈利抱著莎法，而莎法抱住醫生，他們三個人隨著波浪靠向光幕，但既使他看到他們也並不表示成功。他們太慢了。他必須到他們身邊，於是他利用波浪把他帶到浪峰，讓他獲得足夠的高度。

莎法停下來並推開其他人，對哈利揮手，讓他帶著醫生繼續前進。哈利在風暴中大吼回應。班恩聽見他的聲音，但看著莎法沉下去，儘管哈利遲疑不前，班恩知道他會繼續前進，因為任務優先。哈利確實照做，他怒吼著，拚命踢水加速，把醫生拖往藍色閃爍的光幕；這時莎法重新浮上水面，但沒有移動。班恩讓下一波浪把他帶起，看見哈利也做了同樣的動作，利用波浪的力量上升，這樣他可以更靠近並且穿過光幕。只不過班恩知道他自己不會過去，哈利會讓醫生穿過通道，然後他會回去找莎法。

這表示莎法是他的首要目標。他開始想辦法下降，他改變姿勢，倚靠重力把他拉下來，而不是讓波浪抬起他，而這麼做所消耗的體力令他筋疲力竭。他所能做的就是滾動，迫使他的身體在波浪中往下墜，然後他沉入水面。她現在沒有游泳或踢水，彷彿已經是一具屍體，動也不動，毫無生氣。

他靠得更近，但還不夠近。班恩在四肢抽痛的情況下強迫自己前進，死死地咬著氧氣咬嘴。他幾乎就要碰到她了，但海水在最後一秒又將他推開。他再嘗試踢水、游泳，對抗這個世界，用盡全力只想到達這名女子的身邊。她閉著眼睛的模樣感覺很奇怪，彷彿死亡也無法玷汙她。

他再次碰到她，瘋狂地絕望地伸長了手。他的指尖滑過她的救生衣，他猛力踢腿、划水，直到突然他抓住了她。粗暴的海浪將她推進他的懷中。他輕拍莎法的臉頰，一邊祈禱她能睜開眼睛，一邊把口中的橡膠管吐出來。

「莎法！」他大喊著，努力從手腕上拿下一個瓶子。「妳還好嗎……妳沒事了，莎法……妳會活下來的。」他一邊喘息一邊說，胸口劇烈起伏，把咬嘴的帶子拉過她的臉龐。「張開嘴，莎法……我是班恩……張開嘴……」她做了。她的嘴巴打開，他感到一股希望，彷彿她仍然可以聽見他。「妳沒事了……現在咬住……咬住……**咬住，莎法！**」

她用力地咬了，把牙齒緊緊咬在橡膠頭上。莎法會活下來。她不會死。班恩把她拉近，感覺到她的手臂繞過了他的脖子，但她的眼睛始終閉著。

為了保持她的穩定，他吸了一口氣潛入水下，找到了還連在她救生衣上的繩索。這一切感覺花了非常多時間，摸索出刀子，找到一種辦法可以抓著繩索來切割它，但最終他還是完成了，並且在她的臉緊貼著他的身體時，回來呼吸空氣。

「去找哈利……去找哈利……」他脫口而出，狂風吹散了他的聲音。大雨落下，海浪用一種令人作嘔的動作把他們拉在一塊。他拿出漂浮裝置把東西塞進她手裡。「拿著……抓住它……抓緊它，莎法。」她抱住他的脖子，把班恩抓得更緊。「不是我……該死。」他掙扎著把繩索從漂浮裝置上拿下來，繞過她的身體並且綁好。「好好咬住……妳聽見了嗎？」他大喊著，希望她能聽見他的話。「他們會把妳拉回去……堅持下去，好好咬住……」

他被迫得把她的手從脖子上拉開，而突然有種衝動想就這樣緊緊抱住她，直到她安全為止。她可以呼吸，繩索也綁好了。他必須放手。他抓起他的氧氣咬嘴，然後在把咬嘴放回嘴中之前，他把莎法拉近，輕輕地吻了她的額頭。然後他離開，像個瘋子般轉身游泳。

哪裡都沒有看到哈利。只有無盡的水面隨著潮汐和風雨翻騰。班恩往下潛，因為少了一些漂浮裝備而感覺自己變得更重。沒有看到。他潛得更深，深到四周看起來如此黑暗，但依舊沒有。他轉向，朝每個方向搜索，但依舊什麼也沒看到。他在哪裡？班恩繼續努力，搜尋著，奮力地觀看，希望可能看到一點動作或陰影。某些東西，任何東西。**拜託，拜託，我一定得找到他。**

他感到一股拽扯。救生衣上的繩索滑了出來，表示他們很快會開始收繩。他還沒有找到哈利。在他努力搜尋著任何陰影或一丁點的反光時，繩子再次拽扯，力量更大，並且將他拉過水中幾英尺。

然後他突然想到，他一直往下看，但他應該往上看。莎法因為穿著救生衣而漂浮著，哈利肯定也穿著一樣的東西。他抬起頭，立刻發現了他。一個黑色的形體，就在前方幾公尺。他掙扎向前，卻已經沒有什麼多餘力氣。他四肢沉重，腦袋發漲，他感到噁心、虛弱而暈眩，但他要救的人是瘋子哈利．麥登，所以他一定要努力。努力、訓練，還有照莎法的話做。他一定不能自私，班恩，不要自私。成為班恩．萊德。**我可是班恩．萊德**。他從內心深處汲取力量。班恩越靠越近，靠得如此之近。跟莎法一樣，哈利顯得毫無生氣，被困在洶湧的海浪之中。班恩游過大個子的腿還有身體，然後抓住了他的救生衣，而這時哈利的繩索也傳來拉扯。那股難以抗拒的大力穿過海水拉扯著哈利，它穿過風浪與海水連往另一個方形光幕，在那裡過去的麥肯和康拉德正在操作的絞輪。

而班恩的繩索也同樣緊繃、拉扯著，現在的麥肯和康拉德從這一邊的傳送門操作的絞輪。兩根繩索，一根通往過去，一根連向現在，兩邊同時拉扯。它們產生的力量大得驚人，儘管隔著層層的海水，但還是差點將兩個成年男子打垮。一定得割斷哈利的繩索。哈利需要呼吸。哪個先？給他咬嘴或是切斷繩索？班恩從大腿的刀鞘中拔出刀子，感受繩子的拽扯。他準備去割繩，然後檢查哪一條是自己的繩索。他被扯得東倒西歪，依舊被拉拽，感覺精疲力盡，而他知道哈利還是無法呼吸。他找到了另一條繩索，把鋒利的刀子割過繩子，瞬間繩索斷裂分開。方向陡然一變。班恩的繩索繃得筆直，把他們一起拉過海水。

他把刀子丟開，專心把咬嘴塞進哈利的嘴中。他用力握拳猛搥，好不容易把東西塞進。終於哈利打開了嘴巴，讓咬嘴進入。他必須把哈利綁起來，他必須把哈利固定在繩索上，但他快要昏過去了。他可以感覺得到。他的大腦離徹底關閉不遠了，但如果發生這種情況，他會放開哈利，而哈利將會留在這裡死去。

班恩沒辦法繼續抓著他。他支撐不住了，班恩希望能堅持下去。他在心中抓住哈利是第一要務，但他的力量正飛快地從身體中消失。班恩抓住他們之間的漂浮裝備，而水流飛快衝過他們的頭和身體。他把士兵的手穿過它，讓他用手指握緊。哈利做了。他突然用力，雙手緊握，班恩感覺到那個力量。他看到哈利從咬嘴流出氣泡，哈利正在呼吸。他堅持下來了。班恩沒有失敗。這次沒有。

幾秒之後，班恩眨了眨，睜開眼睛。他不再感覺被拉扯。他漂浮在一片近乎漆黑的大海中，看著哈利朝著遙遠藍色的虹光流走。

他感覺平靜而祥和，完全沒有噪音。他透過咬嘴呼吸，吹出的氣泡湧到他上方或下方的水面。他不清楚。他覺得自己徹底用盡了最後一絲氣力，垂死，然後他昏了過去。幾秒？幾分鐘？可能是幾小時或幾天，但他睜開眼睛，他依舊在水中，感覺身體疲憊不堪，氧氣瓶中的空氣現在出現了一種奇怪的味道，想必是即將耗盡。

無所謂了。莎法和哈利會回去，他們會拯救世界，一邊互開玩笑一邊開槍。啊，至少他遇到了他們，這本身就很光榮。光是在這幾個月中認識他們就已足夠，他在逐漸失去意識的同時，他對於自己之前表現得像個渾球感到後悔。

他被某種東西重重擊打，猛烈的力道甚至讓空氣氣瓶從他嘴邊掉下來。一雙手摟住他的腰，緊緊抓住他，他透過潛水面具看到莎法注視著他，她能力十足的熾熱模樣，拒絕被任何事物或任何人所擊倒。

他們四目交會的同時，班恩緊抱住她的身體，把她拉向自己。隨著海水流過他們的身體，莎法掙脫出一隻手，把嘴邊的瓶子拔出來。有一瞬間，班恩以為她會把它從帶子上拉下來，結果，她把他拉了過去，她的嘴唇貼上了他的嘴巴。班恩花了太長的時間才做出反應。她的舌頭在他閉合的嘴唇間推撞，迫使他打開，這樣她才能把空氣吹進他口中。不管這是意外還是故意的，都比心臟電擊器帶來更強的震撼，他恢復了清醒，把莎法．帕特的氣息吸入肺裡。接受她賦予他的生命，再一次照莎法的話去做。

她閉上眼睛，再次退開從氧氣咬嘴中吸氣，她把氧氣吸進肺部並吐出氣泡。然後她再次吸氣並且憋氣，然後伸手引導他。這次他心甘情願，她的手搭在他的後腦，他的雙手放在她的臉頰上，當他們的嘴唇交會，她伸出舌頭要告訴他張開嘴巴時，他已然打開了雙唇。她吐氣，他吸氣。當下的混亂，過去六個月的混亂。她在班恩重傷躺在碉堡時離去，但現在他在這裡，抱著她，看著她，即便透過海水，她也可以看見他眼中跳躍的火花。瘋狂的一刻，也是生命與死亡的一刻。而身體被巨大的力量扯過洶湧的海水拉向時光機。他們的嘴巴都是張開的，她可以對他吐氣，他也可以從她口中吸氣。但令人困惑的是，她知道這件事，她眼中的笑意透露了她知道這一點。他們可都現在就會死。而他們兩人的舌頭找到了彼此。當個英雄，做英雄之舉。一邊被繩索扯過海水拉向時光機時，一邊親吻她，因為之後如果你活了下來，你可以說那都是意外，而你不知道自己在做什麼。它很短暫，它一閃而過，它在一秒內結束。它甚至有發生過嗎？

海浪和繩索把他們帶過通道，連同好幾百加侖的海水一起衝過傳送門，灌進一億年年前的水泥碉堡中。他們乘風破浪，動力全來自於一個由電動馬達驅動的輪軸，出力之大，幾乎讓人覺得自己快被扯裂。

班恩翻滾地摔倒，直接被水沖撞上堅硬的牆壁，潮水把他釘在原地，動彈不得。有人落在他身上，其他人尖叫著，更多海水把他推向房間的角落。他扭動著身體，掙扎地擺脫交纏的肢體，他不知怎麼地抓住某人，但立刻奮力把人拉起，讓他的頭離開水面。海水依舊灌了進來，一波又一波地衝進房間裡，迅速地充滿著房間，並且流向敞開的房門。儘管還戴著潛水面具，班恩看到輪軸依舊拉扯著莎法和哈利，威脅著要把他們一起捲進機器裡。他從牆邊衝過海水，或跑或游，但是綁在他大腿上的刀子早已不見。

他抓住了哈利，從哈利的刀鞘中拔出小刀，割斷繩子，繩子以更快的速度甩到輪軸上。哈利立刻摔到水裡，但氧氣瓶依舊咬在他的嘴邊。

班恩轉身尋找莎法，而下一波海浪從後方凶猛地襲擊他，徹底把他沖倒，飛快地撞上牆壁，猛烈的撞擊讓他幾乎無法呼吸。他被拋出、摔倒、抬起、碰地落下，但他始終在尋找莎法，終於他看到她卡在輪軸邊，雙手被纏住，拚命阻止自己被捲進輪軸裡。她頸部的青筋賁起，一邊用力一邊大吼。氧氣瓶連著帶子掛在她的脖子上。

班恩潛入水中靠近她，腳撞到了地板，衝過大腿高的激流，抵抗著來自開放洞口形成的漩渦吸力。

哈利猛地站起，巨漢宛如海神波塞頓般出現，海水從鬍子嘩啦流下。他舉起粗壯的手臂攬住莎法的腰部，猛力拉扯。絞輪的馬達立刻發出噪音，莎法同時尖叫。班恩掙扎地穿過水面，抵抗著另一波海浪。哈利的手突然伸了出來，班恩立刻抓住他，讓自己被拉過去，然後衝到莎法身邊把繩子割斷。尖銳的鋼鐵與繩索彼此對抗，下一波海浪到來時，繩索落入水中。

康拉德努力地讓平板電腦遠離水面，但他滑倒，整個人搖搖晃晃。他一次又一次地嘗試觸碰螢幕關閉傳送門，但每次海浪襲來，他被會被門口渦流扯得跌倒。班恩從他手中搶走平板電腦，並且拉著他的衣領幫他穩住。康拉德大聲喘氣，並且嗆咳不止。而下一波海浪湧入，大自然的威力穿過傳送門而來，撕扯人的浪潮與渦流。海浪從牆壁反彈與咆哮。走廊上的水淹到了腰部，還有更多水流進其他房間。

班恩和康拉德一起努力著，盡量讓平板電腦保持在水面之上。麥肯被水帶著流過他們身邊，一邊尖叫一邊手腳亂揮地想讓自己停下。視線中已經看不到羅蘭。

「撐著點！」康拉德胡亂吼著。當班恩舉起平板電腦在螢幕上滑動時，他爭折地跳起來，手指瘋狂而匆忙，而紅色的『結束』按鈕跳了出來。他重重地按下，用力滑動，而班恩看到下一波水流衝向他而替康拉德驚呼。

「**完成！**」康拉德鬆了一口氣地大喊。瞬間感受到海水的力量消失了。康拉德一屁股坐下，班恩大口嘔出肚子裡的鹹水。隨著海水流向其他房間，水位迅速下降。另一邊的門打開，水流過醫生身邊。

「他們在哪邊？」華生醫生大喊，但其實沒有必要，因為大海的噪音已然消失。

「在那邊。」班恩朝著身後揮手，設法想維持自己的清醒，而不到五秒，他倒了下去，讓疼痛與疲憊把他扯向潮濕的地板。

38

「休息幾分鐘就好。」華生醫生站了起來。

「謝謝，醫生。」哈利咕噥著。

「你看起狀況很好，沒有什麼地方受傷。」

「你之前講那個是什麼？」哈利問。

「急性呼吸窘迫症候群。當你把水吸進肺部時會發生的情況，不過看起來目前沒有這種症狀……這也是我讓你躺著幾天的原因。莎法快要醒來了……你還有問題嗎？」

「沒有。」哈利揮揮手。

現代科學的奇蹟，現代藥物的魔法。當華生醫生走到她床邊時，莎法剛好從誘導的昏迷狀態中甦醒。她的眼皮顫動，四肢也微微動了起來。

「妳沒事了。」華生醫師巧妙地說，當她在鬼門關前走了一遭之後，他的聲音令人無比放心。

「莎法……妳沒事了……慢慢地醒來……一切都沒事了。我要握著妳的手腕一會兒。」他說。麥肯、康拉德和羅蘭都告訴他，她的反應有多快，她不喜歡被觸碰。他抬起莎法的手腕，找到脈搏，然後盯著自己的手錶。

「你他媽的是誰？」

「早安。」他微笑地說。

「我說你他媽的是誰……？」莎法瞪著那張滿是皺紋的臉龐，然後目光下移看見他握著她的手腕。

「華生醫生。」醫生說。「跟夏洛克．福爾摩斯一點關係也沒有……」

「誰？你說什麼……？」

「沒關係。脈搏沒問題。我要檢查妳的眼睛和耳朵。」

「你他媽的——」

「噢，閉嘴。」他語帶微慍，立刻讓她安靜下來。「看著我的手指。」他的手指在她眼前來回揮動。「好，覺得視線模糊嗎？」

「沒有？很好。耳朵。」他點亮小手電筒，毫不畏懼地觸摸她的臉龐，轉動她的頭，左右觀察。「好……」

「你是我們救的那個醫生？」

「觀察力不錯。」

「我在調查領域爛透了。」

「很明顯。」

「我比較喜歡用拳頭發問，直到對方開口回答。」

「真的嗎？這樣有效嗎？」

「不知道，想試試看嗎？」

他微笑，然後笑了出來。「我是你們拯救的醫生，謝謝妳。」他真誠地補充道。

「班恩和哈利在哪裡？班恩來找我們……所以他還活著……他還好嗎？哈利在哪裡？哈利？班恩？」

「天吶，妳真激動。」

「在這裡。」哈利從中間的房間喊道。「別揍醫生。」

「班恩呢？」她坐起來問。

「妳應該要休息。」華生醫生說。明知她會無視他的囑咐，就跟班恩還有哈利一樣無視了。

「**班恩？**」

「他沒事。」華生醫生說。「他想一起過來，但我讓他在餐廳等著。」

「餐廳？我們現在有餐廳了嗎？」莎法問，依舊瞪著他。

「有食物的房間。」

「主房間。」

「也可叫它餐廳。」華生醫生說。「妳吸氣時會痛嗎？我假設是沒有，畢竟妳吼起來十分順暢。」

「我很好，」她說。「有點口渴……可以給我點水嗎？」

他把杯子遞過去。「慢慢喝……慢點……我說**慢慢喝**……噢，老天爺，你們這些人還真難伺候。」

「怎樣？」她放下現在已經空了的杯子。「我口渴了。」

「我也一樣，然後被他叨唸。」哈利的聲音傳過來。

「你見過班恩了嗎？」她喊。

「哇哦，」華生醫生在莎法面前揮手嘀咕著。「妳有看到我嗎？我是不是不存在？我是鬼嗎？或許妳腦部受創，需要再次治療……我說班恩在餐廳……」

「主房間。」

「好，隨便。」華生醫生說。

「我可以起來嗎？」她問。「我起來了。」她告訴他並且站了起來。

她低頭看見她的胸罩和內褲，然後滿臉陰沉地看向醫生，最後決定他是一名醫生，她可能不該為了醫生脫了她的衣服而殺死他。她套上一件T恤和慢跑褲，然後走進公共休息室，看見哈利坐在藍色的椅子上。

「早安。」他說。

「早安。」她回答，逕自走過去打開班恩的房門。「噢，」她遲鈍地說。「看到這些了嗎？」

「看到什麼？」哈利問。

「這個。」莎法說，對著班恩的房間點頭。

「沒有，妳說什麼？」

「班恩的房間。」

「怎麼了？」

「站起來過來看看，你這懶鬼。」

哈利在考慮這個要求時搓了搓鬍鬚。然後做出決定。「不，麻煩告訴我。」他說。

「床頭櫃……檯燈……地板上有地毯……弄了一些架子放衣服，」她說，她環顧四周，感受其中的變化。她嗅了嗅空氣。「他也在用體香劑。」

「感謝老天。」哈利嘀咕著。

「好吧。」她回過頭對哈利說，意識到醫生已經離開了。「看來是奏效了。」

「看來是如此。」哈利說。

他在走廊的金屬鉚釘門前停了下來，上面標著「哈利．麥登」、「班恩．萊德」和「莎法．帕特」三人的名字。他迅速地深呼吸，然後走了進去。

「早安。」班恩說，他的聲音同時透露出緊張與期待。

「班恩！」哈利咧嘴一笑，站了起來。莎法驚訝地看著，緩慢地露出笑容。

「待在那裡。」班恩說，揮手讓他坐下。

但他還是站了起來，搖搖頭，微笑地緊握住班恩的手。「是，很高興見到你，班恩。你沒事吧？」

「我沒事。」班恩說，搖晃地從哈利巨大的拍肩力道中重新站穩。「你感覺如何？」

「很好，很好。」巨漢笑得露出全部的牙齒。

「莎法，妳還好嗎？」班恩問，她離開他的房門。

「很好。」她笑著說。「看著你們都害羞了起來……順便一提，你房間看起來更好了。你的鬍子呢？你刮掉了嗎？我喜歡那個鬍子。你穿牛仔褲？你看起來好多了。哈利，他是不是看起來好多了？」

「是啊。」

「真的。臉色也好多了。」她一邊微笑，一邊仔細檢查他，不停說話，絲毫沒有羞澀。「是，我真的喜歡那個鬍子，但很高興看到你再次刮鬍子。你的頭髮還是很亂。我們還是少說廢話，來點啤酒吧。」

「你在說什麼？」班恩說，在一連串猛攻中搖頭。

「該死，我以為我在調查方面很遲緩。」她說，依舊對著他滿臉笑容。「噢，不管如何……過來……」

「呃？」班恩說，而莎法衝向他。

「我討厭擁抱別人。」她一邊說，一邊抱住他。「我只會抱你或是哈利……還有，沒有其他人了……」

「沒問題。」班恩說，看著依舊在微笑的哈利。

「回抱我啊，你這該死的渾球。」

「抱歉。」班恩說，把雙臂繞過莎法的身體。

「現在放手。」她拉開，看著他然後看向哈利。「大概。沒錯。」她點點頭，彷彿對自己表現出的情緒有點尷尬。「但你還是個渾球。」

「可能吧。」班恩說。

「少說廢話。所以？是哈利把你打醒了？還是我們死了？」

「呃……」班恩說。他在思考要怎麼告訴他們，他們已經死了，但後來他想起他們是哈利跟莎法，死亡這種小事不會讓他們困擾。「兩者都是……大概……」

「噢，這樣啊，關於那個。」哈利嚴肅地說，一手搔了搔鬍子。「沒想到你會回來找我們。」

「我一定要去。」班恩搶在他之前說。

「是。」哈利說。

「醫生告訴你們怎麼回事了嗎？」班恩問。

「沒有……但你回來找我們，」她說。「你自己一個人？是這樣嗎？」

「是啊，但等等。」他說。「我有東西想給你們看。醫生說我不應該讓你太興奮，但它就在隔壁……」

「什麼東西？」莎法問。

「過來看看。你們兩個都能走動嗎？如果你需要的話，我可以拿輪椅載你……？」

「別搞笑了。」莎法說，越過他身邊走到門口。「哪邊？左邊還右邊？」

「等等。」班恩喊著，衝過她。

「我猜是左邊。」她向左邊走，哈利對班恩微笑，也走了過來。

「不對，」莎法，看向左邊的房間。「一定是右邊……」

「你可以慢一點嗎？」班恩說，而莎法直接穿過他，走到另一邊。

「哇，」她在隔壁停了下來。「真的耶，真的很棒。你弄的嗎？」

「嗯，是吧……」

「哈利，過來看看這個。班恩，是你弄的嗎？」

「我只是——」

「是不是很棒？」莎法說，她越過班恩，而哈利走到她身邊。

「是。」哈利盯著裡面。

「那是誰弄的？你弄的嗎？」她再次問。

「去他的。」班恩說，擠過他們身邊走進房間。「是我弄的……」

房間跟他們的房間一樣。三間臥室，一間浴室，一個公共起居空間。但相似性就僅止於此。三個人走進來，從門口看進臥室裡面。地板上鋪著又大又軟的地毯。床頭櫃，扶手椅，格子櫃，牆上有畫和照片。柔和的光線和柔軟的家具。公共起居間的藍色椅子被扶手椅取代，地板上的地毯更大。牆壁漆成米白色，同樣掛著畫和照片，並且安置了架子跟櫃子。現在頭頂的燈有了燈罩。浴室也很柔和，更多配件，軟化了冷酷的水泥牆和不銹鋼。百葉窗打開了，流入自然的光線。房間看起來很溫馨、暖和而居家。

「有過先例。」班恩一邊講，他們一邊看著四周。「華生醫生推翻了羅蘭行事的紙上空談。羅蘭說沒有先例，他只想到時間旅行，而沒有想到他是把別人從他們的生活環境中帶走。幾個世紀以來，監獄就是這樣，還有被困在荒島上的人們，而讓他們度過精神痛苦的方法也一樣。綁架、單獨監禁、社會剝奪實驗，甚至『老大哥』這樣的真人實境秀節目都提供了一定程度的科學研究。這個，」班恩說，慢慢轉向對房間揮手，「可以緩解初期的震驚。醫生還說，鎮定劑再加上我們為了防止環境危害和氧中毒所施打的藥物，可能導致嚴重的精神衰弱。我們處在生死之間的高壓環境中。你們兩個訓練有素，所以你們的精神狀態已經對這些做好了準備。但我不是，再加上我可能只是那百分之一受到藥物副作用影響的人。如果我們也要把別人帶回來，醫生已經更改了要使用的藥物。」

「該死。」莎法低聲說，她聽著這一切而眼睛眨個不停。

「抱歉，」班恩舉起手說。「你們兩個都才剛醒過來……」

「沒事。」她對他搖頭說。

「羅蘭什麼也搞不懂，而發明了時光機的是他兒子，這表示他不應該——」

「什麼？」莎法說。

「什麼？」班恩反問。

「你剛剛說什麼？」

「哪個部分？」

「羅蘭的兒子？真的嗎？他的小孩？」

「妳只是在開玩笑吧？」班恩看著他們兩個問。「你們不知道嗎？你們不知道那是他兒子？過了六個月，你們都沒有問他？」他們兩個都搖頭。「你們有問他都去了哪裡嗎？錢從哪裡來？你們什麼都沒有問過他？」

「你才是調查員。」莎法說，把責任推得一乾二淨。

「好吧，」班恩說，慢慢地點頭。「……總之，我告訴他要找一個軍事情報人員或是類似背景的人……知道怎麼處理這麼重大事件的人。不能交給羅蘭來做。」

他停下來，讓他們接受這些並且回應些什麼。哈利朝最近的扶手椅走去，深深地坐進去並發出一聲嘆息，滿意地點點頭。莎法也一樣，坐進中間的椅子，她癱坐其中，讓背部陷進柔軟的座位。

「真棒。」她說。

「就像妳講的那樣。」班恩慢慢地說，看他們舒服的模樣。

「妳說我們必須斷開跟過去的連結，就是這樣。而我辦不到，於是被瘋子哈利．麥登揍了一頓，還讓你們死掉，才達成這個目標。」

「我們不能在別人來到這裡時就把他們打一頓。」哈利若有所思地說。

「而且我不要每次去救人就得被淹個半死。」莎法補充說。

班恩嘖了一聲之後繼續。「看看這個碉堡。所有東西都是裸露的水泥而毫無生氣。就像是一座監獄……至少在這裡……」他環顧四周。「這裡有我們可以連結的東西。你們覺得這樣有用嗎？譬如窗戶、皮椅和咖啡桌……」

「我們改變了房間的擺設，但你不想這麼做。」莎法說。

「我那時候精神崩潰。我不知道自己想要什麼。聽著，不管別人怎麼做，這都可能會發生……這件事可能沒有獲得妥善處理。」

「嗯，我同意。」莎法說。

「是。做得好。」哈利嘀咕著，伸長了雙腳，打量著周圍。

「那羅蘭找好適當的人選了嗎？」莎法問。

「不知道。我好幾天沒有看到他了。阿麥跟康說他在這裡的時間越來越少……就好像他覺得你們兩個回來了，而我現在也很好，所以他不需要擔心……或是他非常擔心於是正在做別的事。我不喜歡他，以不相信他。我們越早開始進行，事情就會越安全……但是，我這樣說沒有冒犯的意思，但我們無法監控整件事。它太嚴重了。他們用來買東西的該死傳送門是固定在二〇六一年的柏林某處。他們沒有任何安全或防監視觀念。老天，他兒子發明了時間旅行卻沒辦法妥善保護它。」

「班恩？」麥肯從走廊裡喊。

「我在這邊，老兄。」班恩說，轉身看著麥肯走進房間，手裡拿著一個有著三大杯熱騰騰咖啡的托盤。

「哈利，莎法。」他依次點頭。「很高興看到你們醒來……喜歡房間嗎？」

「非常好。」哈利說，從托盤上拿起一個杯子。「你好嗎？」

「很好，很好。」麥肯說，把托盤遞給莎法。「好多了……班恩、康還有我對主房間跟其他部分有一些不錯的點子……班恩有告訴你們，醫生對於那些藥物的看法嗎？」

「是，剛剛跟他們說了，老兄。」班恩說。

「我們不知道。」麥肯說，在哈利和莎法面前道歉。「無論如何，事情由你們決定。我們要進城大概一個小時，班恩。需要什麼嗎？」

「不用。回頭見。」

「謝謝。」哈利在麥肯離開時說。

「好吧，」莎法堅定的眼神看著班恩，令他侷促不安起來。「房間裡的大象。」

「啊？」班恩說。

「什麼大象？」哈利一邊問，一邊四下張望。

「我只是剛好想到，」莎法看向班恩。「我們漏了這個……」

「噢，」班恩呻吟說。「別……」

「什麼？」哈利問。

「史黛芙。」莎法說。

「該死。」班恩嘀咕著。

「喔。」哈利說。「那個啊。」

「那，」她問。「你覺得沒事了嗎？」

「莎法。」班恩呻吟著，在她彷彿能透視的目光下不安地改變姿勢，而哈利悄悄地靠回扶手椅上放鬆，好從這段對話中脫身。

「沒事了嗎？」她繼續質問。

「大概吧。」班恩小聲地說，看向別處。

「哈利，閉上你的耳朵一秒。她就是個該死的婊子，班恩。一個徹底惹人厭、冷血、死要錢的妓女、婊子、超他媽的爛貨……」

「好啦……」班恩嘀咕著。

「我還沒講完。她是個髒骯、卑鄙的臭婊子。哈利，真的把你的耳朵閉上……」

「閉上。」

「她就是個賤屄。」

「莎法！」班恩和哈利驚呼，但她只是怒瞪著，沒有一絲歉意。

「我恨這個字眼，」她強調。「所以對我來說，用它就表示她真的是個賤屄……」

「好，好吧。」班恩立刻說。

「喔，你不知道。」她陰暗地說。「你死了。」

「是，我是死了。」他嘀咕著，顯得有點驚慌。

「事實上，這世界上有兩個人……我們的世界……以前的世界……總之，我討厭兩個人，真的很恨他們。恨到我會真的殺了他們，還可以睡得很香，而她就是其中之一……」

「天吶。」班恩再次嘀咕著，他看向哈利，而哈利假裝自己不在那邊。

「真的。」她繼續。「她想毀掉你的作為……而你做了兩次。你做了兩次，而她想從你身上奪走那些。哈利有告訴你，她知道你是班恩．萊德嗎？」

「呃，我想有吧……我沒有記得非常清楚，但我知道大概。」班恩試圖回想時，忍不住皺起了眉頭。

「她說你強暴她。」

「我沒有。」班恩的語氣瞬間變得僵硬。

「噢，媽的。」她嘖了一聲。「我知道你天殺的沒有。每個人都知道你沒有。」

「咦？」

「我簡單解釋。你死了。有人從畫面上認出你是班恩．萊德。消息傳了出去，媒體都瘋了。那個妓女已經知道你是班恩．萊德，因為她無意中聽到你跟你爸媽談論到，要不要告訴她你是誰，還有她跟她老闆有染，然後你死掉之後，她為了錢出賣她的故事。媒體再次瘋狂，但之後每個認識你的人都站出來，說她是個撒謊的妓女……」

「他們這麼說？」班恩問。

「會導向那個結果的話。」她跳過這個問題。「你父母拿他們的房子抵押，去請了倫敦最好的私人調查機構，逮到她在餐廳吃晚餐時勒索她的老闆。」

「為什麼？」

「老闆想離開她。她無法接受，所以想勒索他，但是……」她改變姿勢坐到椅子旁邊。「妓女在吵鬧的過程中，自己承認，她撒了那一堆謊……」

「他媽的。」

「媒體第三次發瘋。她完蛋了。一家報社支付了調查機構的費用，你父母還清了他們抵押貸款的債務。」

「我——」

「所以她是個妓女。」

「我——」

「徹頭徹尾的婊子。」

「呃——」

「說夠了。」她堅定地說，然後坐下來。「但她還是個賤屄。」

「但是——」

「講完了。」她舉起手。「我們再也不要討論那個妓女婊子蕩婦了。」

班恩緩緩吐氣，讓自己的思緒釐清。腦袋突然想到一件事。「另一個人是誰？」

「什麼？」莎法問。

「妳恨的另一個人。是誰？老天，莎法。」他倒退回椅子上，如果說談到史黛芙時，莎法表現的是仇恨，那他的就錯了。她現在的模樣簡直是滴著毒液。

「不重要。」她嘀咕著。

「莎法，妳不需要——」

「我知道。」她以陰暗的眼神制止他。「別講了。」

「沒問題。」他退縮地舉起手。

「有一天我會告訴你。」

「好的。」

「但今天不行。」

「沒問題。」

「明天也不行。」

「知道了。」

「所以別再問我了。我準備好的時候就會告訴你。」

「好。」

「大概永遠不會。」

「好的。」

「我們有時光機。」哈利開口，悠閒地看了她一眼。

「比你快兩步。」她回答。

「什麼？」班恩困惑地搖搖頭。

「什麼意思？」哈利反問。

「你知道她在說什麼嗎？」班恩問他。

「知道。」他簡單地回答。

「我徹底糊塗了。」班恩呻吟地說。

「哎呀，班恩。」哈利的語氣中帶有些微的責備。

「我們有時光機。」

「所以？」

「莎法有一些她想導正的事情……我想再次見到伊迪絲。」

「天殺的等等！」

「怎麼？」

「那時間線，還有那些不能回去，斷開連結的狗屁都是什麼？」

「老天，班恩。」莎法呻吟道。「哈利不是在講要離開……」

「但是……妳之前……我說……媽的等等！」

「維基百科說班恩．萊德很聰明的。」莎法指出。

「是，但是……我因為說我想回去而被痛打一頓……」

「不是。」她說。「你被打是因為你表現得像個渾球。哈利只是建議，如果有機會，我們可以進行一次小小的旅行……讓他可以看看伊迪絲，讓我……我做我需要做的事情……你知道……看在老天的份上，班恩！我們有一臺時光機耶。」

「那時間線。」他脫口而出。

「是，這就為什麼我們還沒有這麼做的原因，我們要搞清楚我們能做什麼才不會把事情搞砸。」她說。

「你們討論過這些？」他看著他們問。

「沒有，」她說實話。「我只是覺得哈利的想法也是一樣。」

「是，的確。」哈利說。

「我不知道該說什麼。」班恩憤怒地說。

「我們只是說，如果機會出現的話。」莎法說。「但還沒有。」

「我現在震驚到不知道該說什麼。」

「像個男子漢。」莎法咕噥著，但對他露出微笑。

「任務優先。」哈利指出。

「所以你是說回去看看伊迪絲，然後再回來這裡？」

「是。」他粗魯又誠實地說。

「該死的。」班恩嘀咕著，「我還是在柔軟的家具上再坐會兒……」

39

「他們愛死了。」麥肯說。

「真的嗎？他們說了什麼？」康拉德問。麥肯微笑然後走了過去。「他們真的喜歡嗎？」康拉德追問，從白堊紀的碉堡進入柏林的倉庫。

「沒有說出口，但我可以看得出來。」麥肯說，穿過房間，走到底端的大門。

「他們看起來如何？」康拉德問，等待麥肯打開大門，然後跟他走到街上。

「呃……實際上，」麥肯的頭歪向一邊。「嗯，就像，跟平常一樣，真的。」

「真不敢相信羅蘭沒有回來看看他們。」康拉德說，他等待著麥肯把大門鎖好，嘖嘖稱奇地說。他凝視著對面的建築物，超過六個月以來幾乎都每天都看到相同的門窗。「雖然他總是這樣。」康拉德補充道，語調降低到略顯暴躁的埋怨。「總是懷抱遠大的理想，然後覺得無聊，並且失去興趣。他兒子把事情搞砸，所以你以為他會堅持下去……」

「他正在弄錢。」麥肯的語氣顯出這種對話已經持續了一段時間。

「是啊，老樣子。」康拉德不滿地說。

「來吧，」麥肯說，穿過他走向大街。「我們可以在喝咖啡時配塊蛋糕。嘿，我們要帶點什麼給他們嗎？譬如說一個大蛋糕？你覺得如何？」

「是可以。」康拉德點點頭，依舊有些悶悶不樂。「順便再買一點紙帽和蠟燭。」

「喔，沒問題。」麥肯又發出嘖聲。「他們回來了。三個人都在了……不管羅蘭在不在都沒差了。讓他們解決——」

一位觀光客從路口的轉角出現，對康拉德和麥肯微笑。他手上緊緊抓著旅遊導覽和地圖，臉上透露出一種在陌生城市迷路的茫然，十分困擾的表情。

「呃……你會說英語嗎？」觀光客清楚而緩慢地問，眼中透著一點希望，希望有人能跟他溝通。

麥肯咧嘴而笑，「你還真幸運，老兄。」他輕笑地說。「你迷路了？」

「你是英國人！」觀光客明顯鬆了一口氣。「我不知道我在哪裡……原本這棟建築應該是一座博物館。」他補充道，看向角落的大樓。

「讓我們看看，」麥肯對著地圖點頭。「你要去哪裡？」

「先生們，多說一個字，你們就會死在這裡。」阿爾法說，向他們展示出地圖下的手槍。親切的表情在一秒內消失。他的目光冷冷地射向兩個嚇呆了的男子。

「不要動。」布拉沃近乎禮貌地說，拿著部分隱藏的黑色手槍走向他們。

好幾名男性從四面八方出現。他們全都穿著普通的平民服裝。麥肯瑟縮了一下，心臟怦怦地狂跳著。

康拉德轉身，看著包圍網正在收緊。

「不要動。」阿爾法平靜地說。

「冷靜點，老兄。」麥肯脫口而出。

「你搞錯了。」康拉德緊張地說。「真的……拜託不要……」

「噓。」布拉沃低聲說，站在麥肯身後。艾可移動到康拉德背後。阿爾法把手槍放在地圖下，饒有興味地打量著他們。

「老兄，」麥肯說。「不要……你不知道他們是誰……」

「他們會他媽的殺了你……你們所有人。」康拉德急忙補充說。

「照我們說的做，就饒你們一命。明白嗎？」阿爾法說，語氣平靜，舉止輕鬆。這五個人都顯得很放鬆，很冷靜。

「不要。」麥肯在爭論中皺起臉。「別這樣……」

「聽他的。」康拉德催促地說。「你不會有——」他停止說話，因為短刀的超薄尖刃插進他右大腿約一公分。

「不准再多說一個字。」布拉沃嘀咕著，握著短刀，顯然藏在觀光客手上的地圖之下。

「那些藍光，是那個裝置嗎？」

「媽的。」麥肯當場腳軟了一下。當他意識到正在發生的事情時，他忍不住把眼睛閉上。

「那個裝置就是藍光嗎？」阿爾法問。

「你們不知道自己在幹嘛。」康拉德說，當大腿的刀刃又插深一公分時，他拚命讓自己堅強起來。他們呼吸急促，急遽上升的恐慌和緊繃的恐懼讓他們的內臟感覺翻攪成一團。

「先生們，你們可以看出我們絕對認真。」阿爾法溫柔地微笑。「那個藍光就是裝置嗎？」

「噢，該死的。」麥肯抽噎地哭著。「拜託別這樣……」

「殺了我們也沒有用。」康拉德大口喘氣，因為刀刃又進一步戳下去。強壯的手臂把他抓緊。手槍抵著他背後，讓他無法退後。

「回答問題，你們兩個都可以活下來。我們會提供報酬，你們可以在一小時內成為百萬富翁。你的雇主永遠也不會找到你。我們會保護你，去任何你想去的地方，獲得任何你想要的東西……」阿爾法以一種完美的語氣誠懇地說，可信與誠意的極致表現。他靠得更近，聲音再次變得柔和。「麻煩……告訴我就好。藍光就是裝置嗎？」他聽起來近乎擔憂，甚至是害怕。

「他們拿刀在刺我，阿麥。」康拉德吞了口水，低頭看著刀。

「是。」麥肯哼了一聲。「我們會沒事的，伙伴。」

「超他媽的痛，阿麥。」康拉德低聲說。

「麥肯，康拉德。我們知道你們是誰。我們知道裡面有誰。班恩、哈利、莎法、羅蘭、華生醫生。我們都知道了。你們可以變成富翁，去任何地方，新身份。不要犧牲自己的小命……」

阿爾法近乎懇求，臉上戴著擔憂與憐憫的面具。

康拉德哼笑了一聲。「他以為可以用錢解決，阿麥……噉，他媽的有夠痛。」

「是啊，百萬富翁。」麥肯回答，低頭看向插在康拉德腿上的刀刃。

「你們想死嗎？」阿爾法問，露出困惑和擔憂的表情。「在這裡？死在這條街上？為了什麼？沒有人知道你們為什麼而死……」

「之前就死過了。」康拉德低聲說。

「了不起再一次。」麥肯補充道。

「班恩回去救他們，阿麥。」

「我知道。」麥肯點點頭。

「他也成功把他們救回來了……」

「的確……」

「麥肯，康拉德。理性點，死在這裡毫無榮譽可言。他們不會為了救你們而回來。我們會在造成任何損害之前拿走裝置。幫助我們。獲得一大筆錢，救救你們自己的小命……」

「阿麥？」

「是。」麥肯哼了一聲。

「我會把你們開腸剖肚，把你們可憐的老二塞進對方的喉嚨裡……」看出這兩個人韌性之後，阿爾法改變了語調。

「媽的！」刀刃進一步深戳時，康拉德慘叫。

「要死還是要活？你們自己選……」他的語氣起初很硬，然後放軟。「選擇活下去，選擇生命，變有錢……」他敦促、懇求、乞求。「理性點，做正確的選擇。」

「他們會來找你。」康拉德咬牙切齒地說。

一個柔和的聲音。就像空氣穿過窄管而被迫加速的聲音。麥肯退後了幾步，身體突然感受到一陣暖意。強壯的手讓他保持站著，他低頭看著深紅色飛快地在自己的T恤上暈開。

「他們開槍打我……」他抽噎地說。「康……他們天殺的開槍打我……」

「你們全都死定了。」康拉德說，刀插得更深，他再次發出低嚎。

又一聲那個柔和的聲響。麥肯再踉蹌了一下，兩隻手握住他。血從他臉上流出來。「拜託不要再開槍打我。」他低聲說。

「藍光的另一邊是什麼？」阿爾法問。他把槍放低，朝麥肯的膝蓋射擊。一隻戴手套的手摀住麥肯的臉龐，阻擋他的尖叫。康拉德腿上的刀開始扭轉，左右割鋸。「另一邊是什麼？」

「去你的！」康拉德怒吼。**「去你媽的！去你媽的去——」**

咻的空氣聲消失在他的大吼中，而子彈穿過他的心臟，連帶讓他的吼叫停止。手槍放在他後腦並且開槍時，他摔倒。麥肯被摀著嘴地尖叫。他的內臟絞痛著，他的膝蓋也疼痛不堪。

「另一邊是什麼？」阿爾法問。

麥肯閉上眼睛。康拉德已經死了，但哈利和莎法也都死了，而班恩讓他們回來。這不是結束。他們會來。他奮力掙扎，瘋狂地想要大喊尖叫。手槍開火。他毫無生氣地倒下。

襲擊即將到來。她很清楚。他們是專業人士。他們的動作就像專業人士。他們像專業人士一樣地包圍康拉德和麥肯，儘管她聽不見那些對話，但她可以猜出內容。一開始很有禮貌，柔和而認真。用生命威脅時也提供財富。同時操控著貪婪與恐懼。

現在他們扯下了面具。他們在馬路上襲擊兩個人。她的目光越過一群七個人來到路口，然後看見更多武裝人士。除了同樣走在街上之外，這些男女從各方面看來都十分普通。她繼續觀察著，長型卡車滑過交叉路口，阻擋了過往駕駛的視線。她點點頭對這場表演表達敬意。時間點絕佳。讓一輛卡車穿過一座城市在你需要的時間點抵達並非易事。這表示他們組織龐大，資源甚豐。她知道他們在這裡，他知道他們正在監視倉庫。她繼續觀察，看著武裝人士走到卡車側面，拿出長管的攻擊武器。更多武裝人士聚集，更多男性，更多女性。當她看到康拉德被槍殺，麥肯奮力掙扎時，她迅速地走回那一群七個人中，黯然地嘖了一聲。麥肯也被處決了。該走了。

阿爾法和其他四個人等待著。卡車就位。武裝人士下來拖走屍體，帶回到卡車。交叉路口兩旁的工人展開了巨大的路障，路障從建築物一路放到卡車兩側，有效地封閉了後巷，防止任何人通過。

阿爾法拿起他的衝鋒槍並操作部件以檢查武器。布拉沃、查理、戴塔和艾可的動作也都一樣。他們脫下旅行外套，露出底下的黑色緊身服。他們從側袋中拿出蒙面頭罩，從頭頂拉下戴好。綁好槍套，放入手槍，檢查彈匣。從卡車上拿出閃光手榴彈。他們動作迅速而沉默。

阿爾法走開，俯瞰通往倉庫的道路。手下聚集在他身邊，額外的行動小組也準備好了，拉下蒙面頭罩準備好攻擊。

布拉沃環顧四周，檢查所有人是否已經就位並且做好準備。他拍拍阿爾法的肩膀。阿爾法舉起右手指向前方，他們其中一個人走向倉庫。

她往回穿過倉庫，走下樓梯進入地下室。她停下拿起她先前留下的東西並且沿著走廊來到門口。她停下來，從口袋中拿出一個薄金屬鋏，然後彎下腰，而她的下背僵硬地呻吟著。她擺弄那個門鎖。然後站起來，轉動手把，用腳把門推開，拿起兩個重物然後走進去。她用腳關上門，因為臀部的悶痛而皺起臉。有些蹣跚地走到房間，因為手上的重物而左右搖晃。

她對藍光沐浴的房間啐了一口。她看著散落各處的物品。她看向潛水裝備，黑色衣物、灰色運動服、燈具、家具、地毯、食品、盥洗用品還有五個人在碉堡中生活所需要的所有東西。她很訝異他們沒有放個告示牌在外頭，寫著「時光機在此」。

阿爾法領頭，布拉沃和查理就在他身後。戴塔和艾可往兩側去。他們動作穩定而迅速。現在沒必要急躁，謹慎行動，小心地靠近。倒不是說他們需要小心。運作這個地方的人沒有安全意識，也沒有防範監視。他們沒有資格持有那樣的東西。

那個東西就是目標。必須要確保那樣裝置。最重要的是，它將會安全無虞。

她對此而言太老了。她在房間走來走去，起初專心看著貨架，然後是傳送門旁邊的貨物堆。她的動作穩定而迅速。沒必要匆忙，謹慎移動而小心動作。她完成了第一個，然後把第二個舉起來，然後處理裂縫、角落和縫隙。把事情做好，一次就搞定。當一聲哐的悶響傳進她耳朵時，她抬起頭，開始往藍光的方向移動。

阿爾法瞪著拆解大門門鎖的組員。那個哐的悶響實在是一個小學生才會犯的錯誤。對方不安地吞了吞口水，在任務結束後他肯定會得到懲罰。但這不是他的錯，鎖已經很老了。他很多年沒有處理過這麼老舊的鎖了。他點點頭然後退開。阿爾法對下一個組員點頭，他拉開門，組員瞄準著走廊。倒不是說有任何人會在那裡，但這就是他們身為專業人士的理由，而且預防意外。

他們突破了大門。她環顧房間，然後拉開黑色手提包的拉鍊，伸手把重物拿出來。她把袋子扔過傳送門並且靠近它。她靠過去看了碉堡裡的房間一眼，然後目光轉回倉庫。她已經就位，一腳跨過傳送門，一腳在過去，一腳在未來。她再次啐了一口，這彷彿就像是她生命中最後幾年的寫照。一腳在過去，總是一腳在過去。她按下手中物體的一個按鈕，並且做好準備。

阿爾法指向裡面的門，然後指了指準備進入的組員。阿爾法做了手勢，表示如果先遣的組員把事情搞砸了，會有什麼下場。組員點頭並且移動到門邊。他蹲下來並且打開一個皮革袋，挑出他需要的開鎖器。他把開鎖器插入鎖中，當鎖被打開時，幾乎沒有任何聲音。

僅只是幾聲咔噠聲，但就已經足夠。她微笑並且扔掉手上的物體。一秒之後，她在碉堡中拿起平板電腦，她滑動螢幕結束連結。信號發送時而藍光閃爍，火焰陡然出現，然後在藍光第二次閃爍時消失無蹤。

阿爾法聽見炸藥落在地上的聲音。布拉沃也聽見了，查理聽見了，戴塔和艾可都聽見了。他們聽見了，這是為什麼他們的報酬更高，為什麼他們是菁英，為什麼他們被選中進行這件事。當其他人向前走到門邊時，他們撲倒，而眼前的房間被裡面的塑膠炸藥所引爆，同時點燃了女人帶來的燃料罐。火焰竄出，衝擊波大得驚人，爆炸產生的音量、熱量、衝擊與漩流瞬間殺死了其他行動小組成員。那五個人的動作很快，他們拚命從大門中逃竄出來，同時倉庫的外牆整個炸開。玻璃、磚塊濺射過馬路，空氣讓爆炸的怒焰直衝天際。

她嘆了口氣，看看四周。她的舉止沒有流露出一絲興奮，也沒有一點腎上腺素的閃爍。她來到走廊，走到通往主房間的門口。她兩天前來過這裡，羅蘭帶她來的時候，每個人都睡著了。她看了碉堡，聽了他說的話。她沒有表現出任何反應。她告訴羅蘭叫他回家別再來煩她。然後她像班恩一樣，摸索出了如何使用平板電腦來操作時光機。她回家去，拿了她藏的炸藥，她還拿了她現在握著的九毫米手槍。她回來以後花了很多時間來監控與評估。她想親眼看看，能親眼看看總是最好。她所看到的東西並沒有留給她深刻的印象，她並沒有感到震驚，因為要感到震驚，你必須有一定的情感程度，而經過她所帶領的生活之後，她沒有這樣的情感程度。她進行準備並且完成了準備。會發生什麼事情顯而易見，使用固定的集合點是個荒唐的主意，但至少現在這個切入點被處理好了。

她在主房間對華生醫生點點頭，然後走向大桌，從桌上拿了一個蘋果，咬了一口。醫生震驚地瞪大眼睛時，她仔細地咀嚼著。

「他們醒了？」她問。

他點點頭。他看見她插在臀部上的手槍，思考自己是不是該做點什麼或說些什麼。

她計算著他看到手槍的時間，然後吞下滿嘴的蘋果。「我是你們這邊的。」她說，她的聲音低沉而且充滿美國味。華生醫生立刻點點頭，看著她的模樣而說不出話。她的身高和體型中等，皮膚曬得黝黑而健康，但顯得疲憊憔悴。她大概在五十到六十五歲之間。暗金色的頭髮夾雜一些灰白，綁成簡單的馬尾辮，臉龐上刻畫了許多充滿歷練的線條。凝視的灰色雙眼顯得有些冰冷，但深藏著智慧。

「你就是醫生？」她問。

他再次點點頭，但還是講不出話來。

「坐骨神經痛，」她拍拍臀部說。「彈片……」

他抬起頭，「好的。」他說。

「年齡是一種心態。」她走到門口，感覺像是對自己說。「這是他們告訴我的。」

她穿過門口，走到走廊，聽見他們的聲音。她走得很慢，聆聽吸收他們的對話。當她走近時，她停了下來。

「你確定？」莎法問。

「是。」班恩說。「從超市上，經過基因改造，注射類固醇，某種 DNA 水果……」

「呃。」莎法的聲音從房間裡傳來。「不確定我現在還喜不喜歡它。」

「還有我覺得超棒的水？」班恩說。

「噢，別說了。」莎法呻吟地說。

「自來水，他們用管線填充水槽。」

「他們這麼做。」女人若有所思地說，又咬了一口蘋果。

「德國自來水？」

「呃，對。」班恩說。「就只是水。」

三個聲音告訴她，他們都在同一間房間裡。她繼續往前走然後把嘴裡的蘋果嚥下。然後她停下來凝視。

三個人迅速地抬起頭，一起站起來。看到女人咬著蘋果還有屁股上的槍，三個人僵在那邊。

她點點頭，又咬了一口蘋果。她咀嚼並且吞嚥它。

「嗨，」她帶著一嘴的蘋果說。她吞嚥然後看著他們。「我是你們的新老大……」

高寶書版集團
gobooks.com.tw

TN 250
末日特遣隊
Extracted

作　　者　RR・海伍德 (RR Haywood)
譯　　者　微光
主　　編　謝夢慈
編　　輯　林雨欣
美術編輯　林政嘉
排　　版　彭立瑋

發 行 人　朱凱蕾
出　　版　英屬維京群島商高寶國際有限公司臺灣分公司
　　　　　Global Group Holdings, Ltd.
地　　址　臺北市內湖區洲子街 88 號 3 樓
網　　址　www.gobooks.com.tw
電　　話　(02) 27992788
電　　郵　readers@gobooks.com.tw（讀者服務部）
　　　　　pr@gobooks.com.tw（公關諮詢部）
傳　　真　出版部　(02) 27990909　行銷部 (02) 27993088
郵政劃撥　19394552
戶　　名　英屬維京群島商高寶國際有限公司臺灣分公司
發　　行　希代多媒體書版股份有限公司 /Printed in Taiwan
初版日期　2019 年 5 月

國家圖書館出版品預行編目 (CIP) 資料

末日特遣隊 / RR. 海伍德 (RR Haywood) 著 ; 微光譯 . --
初版 . -- 臺北市 : 高寶國際 , 2019.05
　面 ;　公分 . --
譯自 : Extracted

ISBN 978-986-361-660-3(平裝)

874.57　　108002572